你好，小青梅 [上册]

浮光锦 著

青岛出版社
QINGDAO PUBLISHING HOUSE

图书在版编目（ＣＩＰ）数据

你好，小青梅 / 浮光锦著.--青岛：青岛出版社，
2018.3
ISBN 978-7-5552-6655-6

Ⅰ．①你… Ⅱ．①浮… Ⅲ．①长篇小说－中国－当代
Ⅳ．①I247.5

中国版本图书馆CIP数据核字(2018)第017757号

书　　名	你好，小青梅	
著　　者	浮光锦	
出版发行	青岛出版社	
社　　址	青岛市海尔路182号（266061）	
本社网址	http://www.qdpub.com	
邮购电话	010-85787680-8015　13335059110	
	0532-85814750（传真）　0532-68068026	
责任编辑	郭林祥	
责任校对	耿道川	
特约编辑	李文峰　孙小淋	
装帧设计	千　千	
照　　排	梁　霞	
印　　刷	三河市鹏远艺兴印务有限公司	
出版日期	2018年3月第1版　　2019年3月第2次印刷	
开　　本	32开（880mm×1230mm）	
印　　张	15	
字　　数	350千	
书　　号	ISBN 978-7-5552-6655-6	
定　　价	55.00元	

编校印装质量、盗版监督服务电话　4006532017　0532-68068638

建议陈列类别：畅销·青春文学

目 录 [上册]

目 录 [下册]

01 │ 他记得林思琪

一场秋雨一场凉。

九月刚过而已，校园里原本郁郁葱葱的梧桐树却开始显露出萧索之态，黄叶飞旋，随风轻飘飘落地。

"窗户边那个女生！"

林思琪正在发呆，突然听到一道严厉的男声，她下意识地抬眸看去，对上一脸怒意的李教授。军训刚过，正式上课不过一周时间，学院李教授的大名却如雷贯耳，表演专业三个班，学生个个怕他。

"刚才我念的两句话，你翻译一下听听！"李教授目光紧盯着她，一脸黑云。

三个班一起上课，教室里满满当当坐了六七十人，目光齐齐地落在她身上，林思琪窘得不行。

"士之耽兮，犹可说也。女之耽兮，不可说也。"边上的楚滢整张脸低到了课桌上，小声提醒。

"男子沉浸在爱情里，还可以脱身。女子沉浸在爱情里，就无法摆脱了。"林思琪微微咬唇，目光带着些歉疚，开口说话的声音倒是清晰，抑扬顿挫十分好听。

教室里安静得落针可闻。

李教授一板一眼地训斥："我知道你们学表演的大都觉得这门课枯燥乏味，可学可不学，不挂科就好，反正也不会影响你们演戏上电视。可要是一点用都没有，那咱们何必安排这门课程？所以，既来之则安之。不要以为长得漂亮就万事无忧了。"

他性子古板，讲话素来不留情面，一出声满教室鸦雀无声。此刻听见他最后一句话，众人心里却又有些不是滋味。

表演专业帅哥、美女云集，都是打定主意将来混娱乐圈的，最看重的，莫过于自己那张脸。

林思琪是全校学生公认的新晋校花，尤其这漂亮不光体现在脸蛋上，她的身材、气质都非常出挑，浑身上下找不到丝毫缺陷。

听说她是小地方来的，可偏偏举手投足都落落大方，优雅迷人，就连一向古板乏味的李老头都不得不注意到她的长相。而且，她暑期参加了华夏音乐造星大赛《天籁》，过关斩将进入五强，目前在网上呼声颇高，很有可能一举夺得冠军宝座。

前途大好，能不惹人嫉妒吗？

林思琪又接受了不少注目礼，挨到了下课。

楚滢笑嘻嘻地抱上她的胳膊："美人儿别和那老头子一般见识。中午本小姐请你吃大餐。"

楚滢家境优渥，性格跳脱爽快，分明长着一张精致小巧的脸，可她硬生生剪了个男生发型，宿舍里见到林思琪的第一面就自来熟地将她称呼为"我的美人儿"，算是林思琪目前在云京最好的朋友。

林思琪揉了揉她的头发，笑道："那我可不客气了。"

"咱俩谁跟谁呀，不用你客气！"楚滢笑嘻嘻地回了一句，挽着她的胳膊，两人一起走出校门。

2

学校外面的西餐厅，环境清雅，音乐如水。

中午十二点刚过，人不多，林思琪和楚滢手挽手上了二楼，跟着服务员朝窗边走去。视线不经意间落到一处，两人均是微微一愣。

女人白嫩的手指划过菜单，嘴角带笑："就这两个招牌套餐好了，你觉得怎么样？"

"嗯。"她对面的男人看上去有点漫不经心。

林思琪看着那男人，一瞬间心跳突然慢了一拍。

男人侧脸的线条英俊利落，眉骨、鼻梁，再到下颌，有着浑然天成的流畅弧度，漂亮极了。笔挺的黑色西装衬得他双肩挺括、清俊非凡。那双眼睛是标准的桃花眼，眼尾微挑着，又给淡漠俊逸的一张脸添了点风流神韵，让人觉得他很容易亲近。

她看得出神，目光专注，宋望察觉到，抬眸瞥了她一眼。

女孩也就十八九岁，看着他，轮廓优美的一张脸微微泛红，耳尖也是。大而黑亮的眼睛里似乎含着些氤氲水汽，十分动人。粉唇微张，好像急需雨水滋养的花瓣儿，非常漂亮。

宋望神色微怔，淡淡地笑了。

他对面，顾青媛扭头一看，惊喜地道："楚滢？你和同学过来吃饭呀？"

"打扰你们约会了？"楚滢笑嘻嘻地问。

顾青媛嗔怪："说什么呢？我和你表哥就是正常吃个饭。"

她喜欢宋望，圈子里好些人都知道，可宋望从未对她有任何表示。因而，听到楚滢这打趣的话，她又气又恼，眉眼间却带着喜悦。顾青媛正想打量一下宋望的神色，就听见他突然开口："遇到了就一起吧。"

"我表哥，帅吧？"楚滢一乐，对林思琪耳语一句，毫不客气地坐到了宋望里面的位置。

林思琪有些呆愣，顾青媛起身拍了拍她的肩膀，让她坐进去。

楚滢唤了服务员，很快点了餐，和顾青媛说笑起来。

她性格跳脱，顾青媛又有意讨好，两人显得颇为投缘。比较之下，宋望和林思琪都没说几句话，显得很安静。

服务员送餐上来的时候，林思琪忍不住朝宋望看了过去，触及他的视线，又很快低下头去，紧紧握住了餐刀。

她听到宋望发出一声轻笑，清雅温柔，让人沉醉。

心神不宁，林思琪不敢再看他，低头用餐。

半个小时后，餐厅里客人稍微多了点，楚滢放下咖啡杯，起身说："我去一下洗手间。"

林思琪看了她一眼，楚滢眨眨眼："去不去？"

林思琪摇头笑了笑，边上的顾青媛站了起来，矜持地笑道："我跟你一块儿去，补个妆。"

楚滢便抬手挽了顾青媛的胳膊："那我们去了哈。"

"嗯。"林思琪微抿唇，目送她们的背影远去。

男人在看她……

只是那么一种感觉，她突然就有点尴尬无措。

"加一份香草冰激凌。"一道男声落在她耳边，低沉如风，轻缓醇厚，语调起伏间自有一种淡然自若的气度。

林思琪忍不住抬眸望去，刚好对上男人毫不避讳的目光。

视线交缠，两个人却都没说话。

"您的冰激凌。"年轻的服务员突然出声，笑着将冰激凌放在她眼前。

林思琪一怔，推着杯沿往宋望的方向推去，谁料还没推到他跟前，宋望突然抬手挡了一下，笑道："给你的。"

他笑起来十分清雅，光风霁月，一双琉璃般透亮的深黑眼眸尤其漂亮，潋滟流光。

林思琪点点头，将冰激凌放下，轻声道："谢谢。"她低下头，脸颊一热。

宋望看着她分明有些拘谨的样子，问："大一新生？"要是他没记错，楚滢那丫头选了个表演专业。

"嗯。"林思琪声音轻柔，没抬头。

她吃了两小勺冰激凌，听到宋望又问："多大了？"

"十九岁。"

宋望点点头，语调随意："我抽根烟，介意吗？"

林思琪摇摇头，抿唇笑了一下。

打火机发出一声清脆的响声，宋望整个人往沙发上靠了靠，修长的手指夹着烟，低头，慢条斯理地吸了一口。

他一根烟没抽完，楚滢和顾青媛一起回来了。

"走吧。"楚滢挽着林思琪站起身，笑嘻嘻地朝宋望道："表哥你结账！"

宋望嘴角轻勾，挥手赶了她一下。

目送两人消失在视线里，顾青媛回过头，见宋望指间还夹着烟，笑笑提醒："吸烟有害健康。"

宋望莞尔，将半截香烟摁灭在手边的烟灰缸里。

顾青媛面露喜色，柔声试探："我今天下午没课，要不我们去看电影？"她扬起一抹甜美的笑期待地看着他。

从小到大，她见过的公子哥儿不在少数，可眼前这男人，是她唯一想嫁的。

酒会上意外遇见，她自人群里看见众星捧月的他。

彼时，他接过服务员手中的酒杯和边上的几个男人一一碰过，笑容浅淡，神色舒朗，却也正如此刻这般，带着点漫不经心的倨傲。和他碰杯的几个男人显得受宠若惊，她便知道，这人定然不像表面那样温和无害。

她从没见过一个男人能有这样漂亮的眼眸，深黑透亮，华光流转，让人不自觉地沉迷深陷。

顾青媛咬咬唇，看着他不起波澜的眸子，突然觉得他应该不会爽快地应下来。果真，宋望伸手松了松领口，神色自若地从沙发上起身，微笑道："改天吧。下午还有事。"

顾青媛勉强笑道："很重要吗？"

她爸已经打电话说了，楚家老爷子对她印象不错，有意让宋望和她交往，这顿午饭，就是存着让两人深入了解的意思。

这人吃完饭就走，算怎么回事呢？

顾青媛骤然红了眼眶，看着他风轻云淡的笑容，一脸委屈地问："什么事比我们见面还重要？"

宋望闻言微怔，淡笑："你怕是误会了。"

"宋望！"

顾青媛话音刚落，宋望已经越过她，大步流星地朝楼梯口走去。

"顾小姐再见。"旁边位子上起身的男人道了别，急匆匆地跟了下去。

赵青也挺郁闷。

老爷子让自己这大哥过来见面，存了什么意思不言而喻。可这人倒好，放着千金小姐不理会，饭桌上一直在逗弄那个看上去挺腼腆的小丫头。他转念一想，又觉得林思琪那相貌、身段，也很难不惹人注意。

两个人上了车，赵青一边发动车子一边笑着道："刚才四小姐那同学还挺漂亮的。"

"嫩了点。"宋望轻笑。

赵青嘴角抽动两下："盘靓条顺，难得一见了。"

"开你的车。"宋望一脚踹在驾驶座后背上，没好气地说。

赵青："……"

西餐厅偶遇后，林思琪再没见过宋望。

不过，那天吃完饭后，楚滢喋喋不休地对她说了很多。起因是她突然想到，宋望的老家在青城，正是林思琪的家乡。

青城地处云京西南，自然资源丰富，有"金玉之城"的美誉。

宋望的父亲宋清晖，三代单传，是鼎鼎大名的青城前首富，同时是当地无人不晓的一代赌王。

九年前，宋家惨案轰动青城，宋清晖和妻子双双死在宋家老宅，他们年仅十六岁的儿子是唯一目击者，事后被其外祖父接走，再无音信。

　　这些事在当地几乎无人不知，林思琪自然有所耳闻，却没想到，有一天她会在云京碰见宋望。

　　这位传言中的赌王之后，同他父亲一样，清俊卓绝。

　　"偏偏没交过女朋友，你不知道，我爷爷急得头发都白了，变着花样给他介绍女人，可惜他就是一点也不上心，唉。"

　　林思琪有些好笑："才二十五岁，年龄并不大啊。"

　　"是不大。可你不知道，他们家往上几代子嗣都很艰难！而且我爷爷年过七十了，就希望他早点结婚，最好生个大胖小子，这样一来，他哪天蹬腿，也没遗憾了。"

　　林思琪："……"

　　楚滢呸呸呸了好几声，嘀咕道："口误口误，老爷子长命百岁。"

　　她说话时神情飞扬可爱，林思琪笑了笑，又忍不住问了顾青媛的事，谁承想，楚滢一瞬间福至心灵，眨着眼问她："你不会对我表哥一见钟情吧？"

　　林思琪想了想："你先说顾青媛的事。"

　　"肯定是我爷爷安排的。不过，顾青媛喜欢我表哥是肯定的啦，我表哥应该不喜欢她那一款，太高高在上了。"

　　"不是情侣吗？"

　　"肯定不是啊！"楚滢一本正经地问她，"你没发现吗？顾青媛连约会这种话都没敢说，只说吃饭。"

　　"哦。"林思琪回想后，若有所思。

　　楚滢却不放过她，神秘兮兮地问："你不会真对他一见钟情吧？快说快说，说出来我帮你。"

　　林思琪自己也说不清那种感觉。

　　她长得漂亮，从小到大都不缺人追，属于那种走在路上回头率百分之百的女孩，是以她对男生有些免疫，同时，也没几个谈得来的女

7

性朋友。

楚滢算一个奇葩了，大大咧咧、没心没肺，性子直来直去，好玩又仗义。

林思琪想了想笑了，反问她："要是真的呢，你怎么帮我？"

"你这算承认？"

"你觉得呢？"

"啊啊啊，你知不知道你这样好讨厌啊，啊啊啊！"

"哈哈。"林思琪正色看她，一脸正经，"好了好了。实话就是，我不否认我对他的确有好感。"

"原来你也是看脸的。"

"也不单单因为他长得好。"林思琪想了想，若有所思地道，"那种感觉挺微妙的，就是觉得好像以前在哪见过，有些熟悉，忍不住想多看几眼，又觉得尴尬，不好意思……"

"停！"楚滢啧啧两声，"我起鸡皮疙瘩了。"

那次聊天以两人的打闹结尾，事后楚滢信誓旦旦地表示，要努力努力再努力，帮林思琪拿下她那个万人迷表哥，促成良缘。

星期五，下午。

十色包厢里，林思琪看着醉倒的楚滢哭笑不得。

按楚滢的说法，宋望眼下有了自己的事业，回楚家的时间很有限，她十天半个月都不一定能见上一面，而且她从没主动打电话约过他，那样会显得很刻意，最好的办法就是，两个人先去他最常去的地方守株待兔，毕竟，意外相遇才会让人觉得非常有缘分。

十色作为云京十大夜店之一，正是宋望最常去，且她们出现也不会让人觉得突兀的那个地方。

可是，说好的偶遇没有，楚大小姐几杯酒下肚，醉倒在沙发上睡着了。

难道这便是传说中的一杯倒？

林思琪好笑又无奈，拎了她的包，将迷迷糊糊傻笑的楚滢扶起来，一出门，耳边却突然传来一道怒骂声："找这种模样的，纯粹是埋汰老子！"

林思琪一愣，扶着楚滢低头往外走。

"哎！"一条手臂突然拦住了她们的去路，男人垂眸打量着她，"这妞不错。"

"李总说笑了，这是客人。"值班经理点头哈腰地笑着，一个劲儿朝林思琪使眼色。

"客人？"男人一挑眉，抬手掐上林思琪的下巴，四目相对，他下意识地咽了口唾沫。

林思琪穿着简单的白色休闲外套，因为扶着楚滢，拉链在动作间扯了下去，露出里面挺翘而饱满的弧度。学生打扮，曲线玲珑，清纯中不乏性感，眼神里带着一丝抗拒、反感，真是……尤物啊。

上下打量她一番，被称为李总的男人已经起了心思，指腹微动。

林思琪一偏头，生生错开了他的动作。

男人摸了个空，一只手就那样停顿在半空中："啧，有点意思。"

林思琪蹙眉，扶稳楚滢，看向值班经理。

经理苦着脸朝男人笑道："让李总动怒是我们的错。不过这二位姑娘到底是客人。您看，要不您先进包厢，我这就找两个漂亮的过来陪您喝？"

"废话那么多！"李总边上还跟着几个人，其中一人不耐烦地道，"不就两个妞？我们李总看上了那是她们的福气。"话音刚落，男人朝林思琪道，"这是我们兴华地产的李总。姑娘运气来了，陪着喝几杯。"

"几位老总行个方便。"林思琪隐忍着情绪，"我朋友喝醉了，一会儿吐在这过道里也不好看。"

客人就是客人，硬拉着让人家陪酒就过分了。

值班经理苦着脸正要再劝，围着的几个男人却不耐烦了，直接伸手过来拉她的胳膊。

"放手!"林思琪倏然变脸。

几个男人失了面子,脸色铁青地低声咒骂了两声。

身后突然传来一道中气十足的男音:"吵嚷什么!"

林思琪下意识地回头,只见身后不远处的包厢里,两列男人鱼贯而出,齐刷刷地站满了过道。十多个男人穿着统一的深黑色西装,个个高大壮硕,偏偏一个个微微弯着腰,恭敬得像是餐厅里训练有素的服务员。

"谁呀?好大的排场!"正要拉林思琪的一个男人忍不住嘀咕。

"闭嘴!"李总低声呵斥那人。

李总的话音刚落,一个男人从包厢里缓步出来。

那人微微低着头,流转的灯光下,英俊的眉眼刀裁一般,工整绮丽。他半张脸隐入昏暗中,林思琪只看到那微抿的薄唇弧度稍显凌厉。身后跟上的男人伸手帮他披了件西装外套,他顺势接过,漫不经心地侧身穿上。

走廊里两列男人齐齐凝神屏息,他穿衣服的过程就像电影里皇帝上朝前洗漱穿衣的慢动作回放画面。

递了外套,赵青不经意地一抬眼,神色微怔,然后侧头看向宋望。

宋望已经将西装外套穿上,接到他的视线,懒懒地抬起眼眸,朝争执的方向瞟了一眼,目光掠过几张讨好的笑脸,在楚滢脸上晃了一圈,定格在林思琪呆愣的面容上。

他眉梢微微挑起,嘴角轻勾,流露出一抹浅淡至极的笑,抬步朝着她的方向走去。

"宋先生,我是兴华地产的李得友,这是我的名片。"先前不可一世的李总突然就矮了半截,双手递出烫金压花名片,十分客气。

宋望身材高挑颀长,站在人前便有几分居高临下的气势,他没有接名片,李总递到半空的手便尴尬地停在那里,脸上仍旧带着笑。

"你们怎么在这?"宋望出声问了一句。

林思琪正待开口，楚滢就顺着她的胳膊往下滑，她又连忙伸手去扶。

"四小姐！"赵青大跨步上前，将楚滢扶稳。

以李总为首的几个男人只觉得脊背发凉。所幸，宋望并未再抬眼看他们，只是朝赵青道："带她回家。"

话音刚落，他便率先大跨步地往外走，身后两列男人齐刷刷地跟了过去，像刚才出门时那样，众星捧月。

宋望走了两步，却发觉林思琪还留在原地发呆。

他停步，所有人便齐齐止了步子，眼看着他回过头，看着她发问："怎么不跟上？"

他主动跟女人说话，嗓音还轻缓柔和，那两列男人的目光落在林思琪身上，登时就复杂微妙起来。

林思琪一愣，紧抿唇朝他走过去。

黑色轿车融入车流。

林思琪微微抿着唇坐在后排，心里还有些说不清的恍惚。

她没想到，这一晚当真会遇到宋望，也没想到，宋望将楚滢交给了别人送回楚家，却亲自送自己回家。

联想到先前那一幕，她有些忐忑不安。

楚滢心思单纯，林思琪和她在一起无所顾忌，眼下很轻易发展到了无话不谈的地步，在她跟前很自在。可宋望到底不一样。他比她大六岁，人生经历有些复杂，既然能纵横商场，必然精于算计。

她那点小心思，在他面前，会不会根本不够瞧？

他这样，算不算顺水推舟？

像他这样家底雄厚的权贵之流，遇到了好像对他有意思的年轻女孩，又会怎么看待？

林思琪搁在腿上的双手交握了起来，一时间有些后悔自己对楚滢说了大实话，以至于出现了这样的碰面。

11

酒吧那种地方，暧昧、放纵、迷离，并不是偶遇的好地方。

这人，会不会觉得她轻浮？

一念起，林思琪忍不住朝他看过去。

宋望指间夹着一根烟，刚点燃，似乎感觉到她的目光，他侧过头微微一笑："宋望，'宋朝'的'宋'，'渴望'的'望'。"

林思琪微微一愣："我知道。"

宋望笑意突然深了一些。

林思琪只觉得脸颊发热，尴尬地解释道："上次楚滢说过。"

"你呢？"

"哎？"

"不自我介绍一下？"

"哦。林思琪，双木林，'思念'的'思'，'安琪儿'的'琪'。"

话音刚落，她不自在地摸了一下脸。空间就这么大，在男人专注的目光下，她觉得自己肯定脸红了。

还好，宋望笑着移开了视线。

林思琪侧头看向窗外一闪而过的璀璨夜景，又听到他突然问："听你的口音，不是云京本地人？"

林思琪心跳突然慢了一拍，回他："嗯，老家在青城。"

"青阳市？"

"嗯。"

宋望将烟蒂摁在手边的烟灰缸里，轻笑："这么巧？"

林思琪抿了抿唇，没说话。

宋望了然："楚滢那丫头还说什么了？"

"……"林思琪再一次对上他的视线，很快又低下头，心一横，故作镇定地道，"该说的基本上都说了。"

"哦？"宋望似乎被她这句大胆的话弄得有点意外，微微挑了一下眉。

林思琪却觉得长松一口气。

她对宋望有好感，那点小心思应该瞒不过他。既如此，直接挑明也好，就当试探一下他的态度了。

可直到车子到了她家小区外，宋望都没有深入这一话题。

林思琪有些失落，又觉得他的反应在意料之中。

她身边的这个男人是寰宇集团年轻的总裁，豪门楚家老爷子的外孙，云京千金们心心念念的钻石单身汉之一，而她，虽然有望夺得这一届《天籁》的冠军席位，但和他相比，根本不够瞧。

最起码，他的三言两语让她知道，他完全不认识她。

和普通人相比，"明星"这标签，也许光鲜靓丽，可对他这种含着金汤匙出生的天之骄子来说，明星也许只是高级戏子。

林思琪很快调整了心情，按着门把手朝他笑："谢谢宋先生。"话音刚落，开门下车。

微凉的晚风吹在脸上，她扯动嘴角，长舒一口气。

"不邀请我进去喝杯茶？"宋望从另一边下车，淡笑着问。

林思琪一愣，侧头，视线越过车顶和他相对，只觉得他微微含笑的双眸比暮色更迷人。

"不方便？"宋望看她半天不答话，又问。

林思琪看了一眼腕表，晚上七点五十分，抿抿唇，她露出洁白的贝齿，扬起一抹微笑："要是您不嫌弃的话。"

您？

宋望琢磨着这个称呼，淡淡地笑了起来。

赵青停完车跟着两人上台阶，环顾四周，心里仍是有些诧异。他没想到，林思琪家境相当不错，清平乐可是云京排得上号的高档住宅区，带着点古典韵味的三层小洋楼别致雅静，每一栋，市价都不低于一千万元。

这诧异，在他见到林思琪的父母后更甚。

林思琪的父母说话都带着明显的青城口音，穿着打扮都非常低调，看上去就像普通的工薪阶层。

　　赵青抬眸看了宋望一眼。

　　宋望神色如常，正笑着和林思琪的母亲说："这么晚打扰实在抱歉，听思琪说你们是青城人，一时觉得亲切，冒昧上门了。"

　　"您也是青城人？"林母的表情一瞬间柔和许多，诧异地问。

　　"是。我姓宋，您叫我小宋就行。"

　　宋望长得好，身形修长高挑、眉眼绮丽如画，若是眼眸里蓄上笑意，能让任何年龄段的女人心生好感。

　　林母自然不例外，很快和他熟络起来，一边招呼他坐到沙发上吃水果看电视，一边吩咐林思琪去摆饭。

　　林思琪脚步轻快地进了厨房。

　　她刚打开电饭煲，身后突然传来脚步声，紧接着，一个脑袋就挤到她手边，笑嘻嘻地问："姐姐，外面那个宋叔叔是不是你男朋友啊？"

　　"小孩子瞎说什么？"林思琪没好气地瞪了他一眼。

　　她弟弟林思源，十岁，目前正读小学四年级。说起来，林思源其实并非她同父同母的亲弟弟，而是她母亲程瑜和继父林凯所生。

　　至于她生父，她出生以后从未见过，只知道他跟继父一样，也姓林。

　　程瑜在她升小学的时候嫁给了林凯，这之前和之后，并未过多地提起她亲生父亲。

　　她从小早熟一些，也从未多问。

　　"琪琪，琪琪！"客厅里程瑜略显激动的声音突然打断她的思绪。

　　林思琪放下饭勺，一边应声，一边脚步匆匆地出了厨房，一脸疑惑地问："怎么了，妈？"

　　她母亲程瑜性子温厚，鲜少会这样急切地唤人。

　　此刻，程瑜却一脸喜悦地拉扯着她，笑着说："真是想不到，太意外了，你知道小宋是谁吗？"

"小宋？"林思琪下意识地将目光落到宋望身上。

宋望也已经站起来，用一种非常意外又好笑的全新目光打量着她。

林思琪被他的目光看得有些不好意思，偏过头，小声问程瑜："怎么回事呀？难不成您以前认识宋先生？"

"可不认识嘛！"程瑜还沉浸在意外的喜悦里，笑着问她，"你小时候那桩糗事，我说的那个小男孩，你叫小哥哥的那个，就是他，还有印象吗？"话音刚落，她又摆摆手道，"你瞧我糊涂了，你那会儿也就两岁多，哪会记得！"

她有些语无伦次，林思琪却突然觉得脸颊一热。

她两三岁时的糗事，她当然不记得。可程瑜一提起"小哥哥"这三个字，她总免不了又羞又窘。

那件事，程瑜这些年不知道说了多少遍，有时候说起来都能笑出眼泪。

程瑜嫁给林凯之前，独自带着林思琪生活。两个人并没有固定的住处，几年时间搬过好几次家。

林思琪两三岁那时候，母女俩租住在青城一条古街上。邻居是一个带着儿子独居的年轻妈妈，和程瑜颇为投缘，时常走动。

那家的儿子七八岁，在程瑜的描述里，唇红齿白，话不多，漂亮得像个小姑娘。

大抵是个艳阳天，他敲门给程瑜送花。

程瑜当时在午睡，林思琪听到声响悄悄地溜了出去给他开门，而后，便发生了她从小到大最糗的一件事。

程瑜前一天告诉她，小女孩不能穿着内裤和小朋友玩，她在刚想开门的时候犯了难，最后，灵机一动，迅速脱了小内裤，边开门边喊："我把小内裤脱掉了，哥哥你可以进来啦！"

程瑜发觉她不见了找出来的时候，正巧看见小小少年扔了花落荒而逃。

"说起来，你妈当时不告而别，要不是后来在报纸上看见那件事，我连她的真名都不知道。"程瑜突然低落的声音打断了林思琪的胡思乱想。

她话里的"那件事"，当然是指宋望的父母惨死轰动青城的事。

林思琪心里咯噔一声，下意识地抿紧唇朝宋望看了过去，宋望只淡淡一笑，安慰程瑜："快十年了，您别太伤感。"

"听说你跟着外公来了云京？"

"是，那件事后就来了，说起来，这么多年也没怎么回去。"

"你好好的比什么都强。"程瑜忍不住喟叹一声，看向宋望的目光越发和蔼，拉着他说话，絮絮叨叨简直像变了一个人。

林思琪觉得妈妈可能有些想家了，心里挺不是滋味。

她从小就喜欢唱歌，高考后过来参加《天籁》比赛，同时又考了表演专业，原本也想好了以后在云京发展。

程瑜不放心她，说服了林凯，带着林思源一起过来定居。

至于清平乐的这栋别墅，是她和程瑜商量后，动用了她中的福利彩票奖金的一部分，一次性全额付清。

房子在她名下，她继父林凯并不十分了解来龙去脉。

想起四年前那桩意外，林思琪的心情一瞬间跌至谷底，正想躲去厨房盛饭排遣一下，耳边突然响起一道脚步声。

她扭头看去，对上了林凯客套的笑容。

"我先去盛饭。"收回视线，林思琪转身就走。

宋望目送她的背影，若有所思。

和程瑜当邻居的时候，林思琪还很小，不记得什么事，他却已经七岁多，很多事仍旧有印象，自然知道这一个可能是林思琪的继父。

身材高瘦、面容刻板，收回的视线里带着些对林思琪的隐忍和不满，看来，小丫头和她这个继父，关系不怎么好。

宋望微笑着伸出手去："您好，我是思琪的朋友。"

晚上九点半，林思琪在厨房里洗碗。

宋望进去的时候她剩下最后一道冲洗程序，围着碎花围裙立在龙头前，水流哗哗下落，汤碗拿在手中，正反面转两圈。

人长得美，做什么都赏心悦目。

宋望倚着门框看她，实在无法将眼前这亭亭玉立的姑娘和当年那个留着蘑菇头的小萝莉联系起来。

他目光专注，存在感又强，林思琪第一时间察觉，扭头看了过去。

宋望嘴角噙着一抹笑，比那会儿在车上随意很多。林思琪脸上一烫，一时间竟然不晓得该说点什么好。

程瑜用那件糗事笑了她好多年，算起来，当时这人也有七岁多了，怎么可能没一点印象。

胡思乱想着，林思琪越发不自在起来。

"阿姨说明天做青城小吃让我尝尝，留我在你们家过夜，不碍事吧？"宋望突然开腔。

过夜？

林思琪大脑有一瞬间的空白，对上他微微上挑的漂亮眼眸，有些无措地搓着手："我妈是不是让你很为难？"时日久远，说起来彼此也就做过一段时间的邻居而已。

刚用凉水冲了碗，她纤细的指尖微微泛红，神色纠结地揪着围裙下摆揉弄，丰润嫣红的唇瓣不自觉地噘着，看上去别扭又可爱。宋望有意逗她，开口道："盛情难却，我已经答应下来了。"

"啊？"林思琪手上的动作停了下来。

宋望笑意更深，只觉得此刻带着些呆傻的她乖巧极了，笨笨的，让人忍不住想摸一摸。

少时父母双亡，他从青城到云京，一路至今并不容易，此刻看着这记忆中烂漫天真的小丫头，他突然觉得，有些事也许冥冥之中早有定数。念头一动，他站直了身子，上前一步到林思琪跟前，伸手在她腮帮子上拧了一把。

没有和女孩子亲热的经验，他下手哪有什么轻重，手挪开，林思琪的脸颊上倏然间多了两道指印。

看着自己捏的地方红了一片，宋望微微一愣，笑着说："怎么脸皮这么薄，捏一下就红了？我都没怎么用劲！"

林思琪："……"

她不说话，水汪汪的眼睛却好像在控诉他。

宋望轻声问："疼了？"

"没。"林思琪轻咬下唇，有些窘迫地笑了一下。

不知怎的，自从刚才程瑜说了那件往事，她对宋望突然就熟悉了很多，只一想到"小哥哥"这个称呼，心里就有说不出的甜蜜、羞耻感。

当年宋望的妈妈在她们隔壁住的时间并不长，又隐姓埋名，称呼宋望也就"宋宋"两个字，就像程瑜称呼她也就"琪琪""宝贝"一样，她们彼此间的称呼无非"宋宋妈、琪琪妈"。

要不是后来宋家那件事太轰动，可能程瑜也不会注意到。那样的话，纵然他们如今再相见，大抵也是对面不相识的状态。

看着他笑，林思琪觉得，有些事可能冥冥之中自有安排。

二楼，客卧门口。

林思琪单手抱着床上四件套，敲门。

"进。"宋望的声音隐约传来。

林思琪舒口气，进了门，环顾四周，目光落在了洗手间方向。想来，宋望应该在洗漱。

她扯了床单，将自己拿来的给他铺上。

身后传来脚步声的时候，她刚铺好床单，回过头有些腼腆地笑着道："我是来给你换床单的。"

"我看见了。"宋望裹着雪白浴袍，单手擦着头发，笑着说。

许是因为刚刚洗过澡，他这样随意地站在她面前，林思琪慢慢地就红了脸，低头道："再换上枕套、被套就好了。"她转过身继续忙碌。

宋望淡笑着立在边上，目光却始终落在她身上。

室内温度适宜，林思琪没穿外套，浅灰色长毛衣配一条打底裤，将她玲珑有致的身材完美地勾勒了出来。

当年肉乎乎的小丫头，长成了这般亭亭玉立的大姑娘。

他看着看着，忍不住轻笑了起来。

林思琪换了枕套退到床边，发现他不知什么时候坐到了床角，正捏起被子的一角在鼻子下闻。

"洗干净的。"她抿唇解释。

"我知道。"宋望声音淡淡的，笑得意味深长，"很香，是你盖过的吧？"

林思琪脸颊一热："新的没洗过。"她细细的贝齿咬着下唇，神色带着些女儿家的羞涩窘迫，惹人得很。

宋望突然想起自己曾给她的那个评价："嫩了点。"

的确，青葱鲜嫩。

"那，要不然我给你重新换一套？"林思琪看着他的神色，有些纠结地想了一下，开口道。

"不用，就盖这个。"

"那没什么事的话，我回房了。"

宋望挑眉看着她："去吧。"

"晚安。"

"晚安。"宋望微微一笑，目送她的身影出门。

躺上床，被子散发着淡淡的清香，他靠在床头，给自己点了一根烟，慢慢地想起记忆里的家乡。

蓝天、白云、鲜花，很美很宜居。

他母亲有些少女性子，和父亲吵几句嘴都得闹脾气，一言不合就离家出走。

少年时的记忆零散而琐碎，他却记得林思琪。

19

小丫头头发有些自来卷，非常柔软，人又活泼好动，经常伸出软嫩汗湿的小手抓他的衣角，以至于，那个夏天他的衣角多半都有着一个脏兮兮的印子。

　　宋望勾唇淡笑，将烟蒂摁在手边的烟灰缸里。

02 | 你以前这样喊过我吗?

翌日，上午。

吃罢早饭，赵青接了宋望离开。

程瑜去厨房里收拾碗筷，闲来无事，林思琪、林思源、林凯三人坐在客厅的沙发上看电视。

娱乐新闻里，主播提起了《天籁》五强选手，林思琪参赛的画面一闪而过。

"姐姐好棒，姐姐要变成大明星了!"林思源目不转睛地看完，仰头看着林思琪，笑嘻嘻地表示着崇拜。

林思琪摸摸他的脑袋："我们家思源也棒!"

"哼!"林凯突然冷哼了一声，侧头看着林思源，板着脸训斥，"小小年纪别整天想着玩闹出名，好好学习才是正经。"

"我有好好学。"林思源扭头看了他一眼，"姐姐学习也很好啊，都考到云京念大学了。"

"表演专业，放在以前就是戏子，有什么值得骄傲的。"

"谁是戏子？"林思琪猛地侧头看去，声音僵硬，"您好歹是老师，连最基本的尊重人都不会吗？"

她从小孝顺，程瑜再婚后，她也一直将林凯当作父亲敬重。

直到四年前变故陡生。

林凯酒醉回家，竟然意图对她施暴，不过没得逞，被正好回来的程瑜撞了个正着，打晕了他。

清醒后，他解释说错将她看成了程瑜，再三保证，求得了她们母女的原谅，这日子才勉强往下过。程瑜主要是考虑到林思源年纪太小，而林思琪，纵然面上表示了原谅，心里却从未忘记那一幕。

这几年，她和林凯的关系生分得很。

林凯自知理亏，在她跟前端不起架子，可同时，对她的不满也与日俱增。此刻，看到她横眉冷目质问，他的脸色也一瞬间难看到极点，不悦地道："你好意思和我谈尊重？你看看你这副样子，哪里还有一点家教！我问你，这房子怎么回事？是不是姓宋的给你买的？我就说了，放着正经的专业不读，非学什么唱歌表演，你妈一贯由着你的性子，迟早毁了你！"

"唱歌表演怎么了？"林思琪讽刺地看着他，"你倒是想唱，有人听吗？"

"怎么说话呢？"

"我就这么说话！"

"怎么了怎么了？好好的怎么吵起来了？"程瑜闻声从厨房里跑出来，一脸焦急地看着两人。

"你看看她像什么样子！"林凯一脸怒火。

林思琪不想和他多说，转身就要上楼，却又听到林凯问程瑜："我问你，这房子怎么回事？是不是姓宋的买的？"

"说什么呢你！"程瑜拉下脸看了他一眼，想了想开口道，"房子是思琪彩票中奖的钱买的，和小宋没一点关系，你可别乱说！"

"彩票？"林凯冷笑，显然不信。

22

程瑜无奈地叹了一口气，又道："的确是中彩票的钱。琪琪运气好中了一等奖，不知道该怎么处置，我就想着给她名下买一套房，毕竟她以后要在云京发展总得有地方住……"

"妈！"林思琪突然打断她，"您别说那么多。"

"怕说多了露馅？"林凯冷笑道。

"随你怎么想！"

"你给我站住！"林凯一个大步上前，伸手扣上了她的肩膀。

林思琪直接抬手，冷着脸将他的胳膊往外推。

啪一声，林凯突然上手甩了她一巴掌。

室内安静了一瞬。

程瑜回过神来，猛地推了林凯一下，怒道："你做什么？打孩子做什么？你是不是疯了？！"

林思琪皮肤白皙娇嫩，一巴掌过去就浮现出清晰的指痕，甚至一张脸都红肿起来。

林凯用的力道极大，打完了，他自己却也有些蒙。

边上，林思源哇的一声大哭起来。

林思琪一只手捂着脸，好半天才回过神来，愤怒、屈辱……许多情绪一起涌上心头，她冷着脸走到沙发边拿了自己的包，快步往门口走。

再待下去，她怕自己会忍不住和林凯拼命。

他以为他是谁？

他以为他做下那种事一个道歉就能抹平？

简直可笑！

林思琪对身后程瑜的声音充耳不闻，很快就到了门边，一用力推开门，直接往外走，砰的一声，撞进了一个人怀里。

宋望扶着她的肩膀站好："干什么去？急匆匆的？"话音刚落，看着她的脸神色一愣，低声问，"脸上这怎么回事？"

"琪琪！"程瑜追到了门边，看见这一幕也微微愣了一下，脸色有些尴尬地问，"小宋怎么又回来了？忘了什么东西？"

"嗯，好像把手机落沙发上了。"

程瑜一愣，看看林思琪，又看看他，开口道："那我去帮你找找，琪琪这孩子，唉……"她一边说一边折了回去，很快去而复返，将手机递给宋望，一脸忧心地劝林思琪，"听妈妈的话，别生气了，回家。"

"我去学校住两天。"林思琪低声道。

"琪琪。"

"妈，我没事。"林思琪深呼吸一下，朝她道，"我回学校去，您别担心了，进去吧。"

"……"程瑜尴尬地看了宋望一眼。

宋望了然，朝她道："您别担心了，我送她回学校。"

"真是麻烦你了。"

"不麻烦。"宋望朝程瑜微微笑了一下，拍了拍林思琪的肩膀，温声道："走吧，我送你。"

林思琪顶着巴掌印，沉默地上了车。

宋望和她一起坐在后排，等车子驶出小区，抬手过去拨了拨她的脸，问："疼吗？"

"嗯。"林思琪声音微哑。

宋望看着她，又问："你继父扇的？"

林思琪一愣，侧头看着他，半晌，抿了唇没说话。

宋望心里有数，也就不再问，抬眸朝赵青道："去昌宁路。"

昌宁路，云京著名的别墅区。林思琪心下诧异，转头看他一眼，有些不确定地开口道："那不是我们学校的方向。"

"我知道。"宋望笑道，"那是我家。你总不可能顶着这样一张脸去学校，挺吓人的。"

林思琪："会不会不方便？"

"我家就我一个人，你觉得方不方便？"

"咳咳。"前面开车的赵青突然咳了起来。

林思琪："……"

晚上十点半，赵青将两人送到家。

宋望一个人住，家里没什么烟火气，因而他这下属当完了司机继续当采购员，去超市买东西。

林思琪换了鞋，拿着包坐到沙发上。

宋望脱了外套挂起来，蹲下身在茶几下面的抽屉里翻找半天，从一堆常用药里面找到了消肿药膏。

洗了手，他拿着药膏坐到林思琪边上，开口道："我帮你涂？"

林思琪抿抿唇："还是我自己来吧。"

宋望低头拧开了药膏，淡笑着说："怎么，怕我趁机占你便宜？"

"不是。"

"那不就行了。"宋望将药膏在指尖匀开一些，低下头，动作轻柔地往她脸上抹。

林思琪心跳突然慢了一拍。

宋望的皮肤比一般男人白一些，桃花眼、高鼻梁、薄嘴唇，凑近了帮她抹药，神色专注的样子非常迷人。

林思琪神色愣怔地看着他，凝神屏息。

宋望抹药的动作渐渐慢了下来，黑亮的眼眸看向她，两个人都没说话，气息却交缠在一起，时间都像突然静止了。

四目相对，宋望的薄唇慢慢地压了下去。

林思琪合上眼帘。

宋望吻上去的那一刻，悸动的感觉让两个人都微微愣了一下，而后，林思琪松开了包，手掌撑在身侧的沙发上，宋望将药膏放在一侧，一只手环着她的肩膀，握住了她圆润的肩头。

这个吻，由浅入深，缠绵悱恻。

时间不知道过去了多久，两个人倒在了沙发上。

林思琪身子发软，有些迷糊地嘤咛了一声，下一瞬，她被自己低媚的声音吓了一跳，睁开眼来。

25

宋望重重地吻了一下，放开她。

两个人坐起来，额头相抵，都有些气息不匀。

许久，宋望开口唤她："小丫头。"这三个字被他有些喑哑的声音喊出来，动人又温柔。

林思琪如坠梦境，轻声问："你以前这样喊过我吗？"

宋望一只手不知什么时候落到了她的脑后，取下她的发圈，修长的手指从她柔软的长发间穿过，低低笑着道："头发已经这么长了，还和以前一样，带着点自来卷。"

"当时我太小了，不记得什么事。"林思琪声音有些沮丧。

"是很小。"宋望想了想，抬手在空中比了一下，笑着说，"也就这么高，一见面就喜欢攥紧我的衣角。"话音刚落，他将林思琪揽到了自己怀里。

林思琪听到了他沉稳的心跳声，油然而生一种安全感，这感觉非常奇妙，让她觉得，要是这样一直到老就好了。

星期一，上午。

前三节是学院江教授的"中外电影史"。

江教授全名江远，三十出头，气质儒雅禁欲、相貌俊朗端方，兼之教学深入浅出、十分有趣，在学生中一向广受欢迎。

他不点名，课堂却从来座无虚席。

林思琪和宿舍里的几人一进教室，便收获无数注目礼，男生、女生看着她都窃窃私语起来。

"美女来了。"

"已经是校园论坛美女榜第一名了。"

"唱歌蛮好听，难怪会进前五。"

"前途一片大好！"

"看到她身上那件风衣没，Vivian最新款，姜黄色这么挑人，她穿上简直比模特还好看！"

最后一句话恰好飘入耳朵，林思琪下意识地低头看了一眼。

她对名牌其实不热衷，只因离家匆忙没带外套，宋望才让人专程送了好几件到家，竟是Vivian的？

"教授来了。"

她正发呆，授课的江教授踩着上课铃声进来，楚滢扯了扯她的袖子，两个人坐到了位子上。

林思琪摊开书页，楚滢便捂着嘴打哈欠道："昨晚没睡够，我睡一会儿哈。"

"江教授上课你还睡？"林思琪有点无语，压低声音道，"你看看其他人哪个不是身板笔直，别太扎眼了。"

"嗯，真的困。"话音刚落，楚滢趴在了课桌上。

想到她昨晚玩游戏到半夜，林思琪也没办法，拿本书在她前面挡了一下，便抬眸听课。

谁承想，没几分钟，手机便来了条短信。

宋望问她："你怎么没开微博？"

周末独处了多半天，宋望已经知道了她参赛的事情，林思琪想了想，也就明白了他为何有此一问，低头回复："感觉挺麻烦的。"

"哪麻烦？总决赛在即，现在正是涨粉的好时机，开一个。"宋望这句话有点不容置喙。

林思琪犹豫了一下，回复道："嗯。"

江远温文尔雅的声音在教室里回荡，林思琪发了短信却有些心不在焉，低头拿着手机倒腾了半天，注册了微博账号——林思琪，并发布了第一条消息："朋友说开了会涨粉，真的吗？"

消息发布成功，想到宋望那张俊秀绮丽的脸，她忍不住抿着唇笑了起来。

"林思琪！"

远远一道声音突然传来，林思琪差点没握住手机。回过神来，和讲台上江远的目光遥遥相对，她抿着唇心虚地站了起来。

视线中的女孩脸蛋微微发红，大而黑亮的一双眸子有点蒙，仔细看，比电视里还漂亮几分，的确当得起"校花"之名。

江远略一思量，微笑着道："我要提问你边上那个男生。"

"啊？"林思琪一愣。

她左边是过道，右边是楚滢，不过这丫头穿着打扮素来中性洒脱，又顶着个刺猬头，不看脸也确实挺容易被认错性别。

林思琪拿脚尖踢了她一下："楚滢，楚滢。"

楚滢一个激灵，直愣愣地站起身来。

满教室学生登时哄堂大笑。

讲台上的江远微愣，笑了，透过麦克风的声音醇厚性感："哦？原来是个女孩儿。"

他年轻俊朗、学识渊博，是学院里诸多女生爱上"中外电影史"的主要原因，此刻语调微微调侃，自是引得学生们又是一通大笑。

楚滢仍是有些蒙，江远看着她的目光倒也包容，提问道："刚才播放的这部影片，你觉得怎么样？"

"好。"楚滢木木地说了一个字。

"能详细点吗？"江远很有耐心，双手环抱倚在讲台上。

"各方面都很好。"楚滢道。

林思琪忍不住笑，硬憋着侧过头去，听到江远继续用温和耐心的声音询问："给大家讲一下，它到底怎么个好法？"

楚滢这会儿才慢慢回神，蹙着眉闷声道："教授，答疑解惑这些，不该由您来说吗？"

"噗。"林思琪着实忍不住了。

教室里笑声此起彼伏，波浪一样。

双手环抱的江远明显也愣了一下，半晌，他站直了身子，手心向下打了个手势："好了，坐下吧。"

楚滢舒了口气坐下。

林思琪也为她捏了一把汗，正想说话，自己的手机突然又振动起来。

林思琪看了一眼屏幕上跃动的"妈妈"两个字，微微弯下身，接通电话低声道："妈，我正上课呢。"

"你爸被人打了！"程瑜声音慌张极了，"脸肿得不成样子，头上还流了好多血，一进门差点吓死我！"

"别急别急，"林思琪也急了，连忙安慰她，"您慢慢说。"

程瑜喘口气道："我们现在正去医院，就是距离咱们家不远的第四人民医院，思源今天也请了假，你要不忙的话下课过来一趟。"

"我现在就过去。"林思琪想了想，安慰完程瑜便挂了电话。

程瑜性子软，眼下又是刚来云京，人生地不熟的，遇到事还容易慌张无措，她怎么能放心？

林思琪胡思乱想着，上完第一节课便直奔医院。

传媒大学距离医院还挺远，等她紧赶慢赶到了地方，时间已经过去近两个小时，上午十一点了。

"姐！"林思源坐在病房外的长椅上，揉着眼睛一抬头，看到远远而来的她，哭着扑到了她怀里。

"思源别怕，"林思琪伸手揉了揉他的头发，"姐姐这不是来了嘛。"

"嗯，"林思源委屈地应了一声，瓮声瓮气地道，"他们在里面，还有宋哥哥。"

宋哥哥？

林思琪一愣，反应过来是宋望。

林思源喊他"叔叔"他不满意，第一次在家里就叮咛林思源换了称呼。

可，他怎么会来？

林思源看她一脸迷惑，主动解释说："我们在前面大厅里遇见宋哥哥了，刚好医院人太多，还是他找了医生爸爸才这么快看完，这病房也

29

是他找人安排的。"

"哦。"林思琪应了一声就往病房走。

她怀里的林思源却挣开她的手，又往椅子边去，一副不情愿进去的样子。

林思琪以为他害怕，也不曾多想，推开门进去了。

林凯的伤口基本都在脸上，即便被医生检查清洁过，一张脸依旧肿得老高，额头和眼睛尤其严重。

此刻头上围着一圈纱布，他正愤愤不平地和程瑜说话："真是太无法无天了，光天化日之下就冲过来抢人。怎么这小区外治安这么差？这以后还让人怎么安心住下去？！"

他认定别墅和宋望有关，语气难免有点兴师问罪的意思。

宋望微微蹙眉："您还记得那几个人的长相吗？这事咱们可以找附近的派出所民警反映。"

"报警？"林父蹙眉想了想，"算了算了。那几个看着不像什么好人，被抢的也不多，要是因此再惹上麻烦可就不好了。"

"这，"宋望笑了笑，看了林思琪一眼，朝程瑜道，"阿姨，你们先在这，我去看看今天能不能出院。"

"还伤了哪？"林思琪下意识地问出声，狐疑地看了眼挺正常的林凯，只以为他还有伤。

"没，跑的时候摔了一跤，"宋望声音略低，"担心脑震荡，多检查下总稳妥些。"

"嗯。"林思琪点点头。

宋望出了门，屋子里略微安静了几秒，靠在床头的林凯看着她，没好气地哼了一声。

火气这么大，看来伤得并不重。

林思琪看他一眼，转身直接出门。

看着她的背影，林凯气得不得了："你看看你看看，她这什么样子？我看她根本没把我当爸！"

"林凯！"程瑜紧紧蹙眉，一脸失望地看着他，"你还有脸说孩子？你怎么不看看你自己？遇到危险将儿子丢下就跑，你还是不是人？"

"我能怎么样！钱包在我身上，那些人会动他一个孩子？眼下不也好端端地坐在外面！"

"钱包在你身上？"程瑜气极反笑，"你身上统共也就一千多块钱，没了就没了，比亲生儿子还重要？！"她语调一顿，声音疲倦，"思源才十岁！你说你！你太让我寒心了！"

重组家庭十几年，林凯在日常生活中算不上体贴入微，程瑜觉得没什么所谓，日子勉强能过就行。可眼下这靠在病床上，说到报警畏首畏尾，做了错事死不悔改，灾难当头连亲儿子都能直接丢下的男人，真是让她从头凉到脚！

程瑜伸手扶着额头，语调缓缓地道："算了。你自己想想回了家怎么安慰阿源吧。这次多亏了小宋，我看他这孩子挺好的。还有，琪琪的事情你以后就别管了。"

"挺好？"林凯拧眉看她一眼，"哦，我受伤他就在医院，我排队他就认识医生，你不觉得这未免太巧了？依我看，没准就是他找人打了我！思琪肯定在他跟前说什么了！"

"你怎么这么想孩子？"

"那我要怎么想？别以为我不知道你在想什么！我告诉你，这样的女婿我可不要。你看他笑起来那副样子，那是关心我？！"

"你！"程瑜被他这番揣测气得说不出话来，深吸一口气转身往外走，正好看到推门而入的宋望。

两人的争执他有没有听见？

程瑜脸色微变，勉强笑着问："医生怎么说？"

"都是外伤，随时可以出院。"宋望眯了眯眼睛，看着她笑道，"您要不放心的话再让住几天也行。"话音落地，他又抬眸看了看气呼呼的林凯，只觉得赵青这事做得不得劲，手下那几个下手还是太轻了点。

林凯看着他正想说话，手机突然响起来。他拿出来接通，诧异地问："这么快就到了？"

"谁到了？"程瑜一脸茫然。

"知道了。这会儿接你不方便，你在机场打个车过来，地址就是我前天给的那个。"林凯说完话挂了电话，看向程瑜："晓琳说她也要学表演，过来培训考试，在咱们家住一段时间。"

"住一段时间？"程瑜一愣，"怎么你事先也不说？"

赵晓琳是林凯的外甥女，年龄比林思琪小一岁，从小和她那个妈妈一样，每次来家里都要顺走些东西，程瑜打心眼里不喜欢。尤其是，林思琪参加过艺术生专业考试，程瑜知道这一住少说也得个把月，心里更是不悦。

这么大的事，林凯压根没提前和她说一句，程瑜脸上的笑容有点维持不下去了。

林凯沉声道："这么亲的关系，难不成让她住酒店？好了好了，去办出院手续，回家再说。"

碍于宋望在场，程瑜转身出门，去办出院手续。

下午一点多，众人回到了家。

赵晓琳已经到了，手里拉着行李箱，正对着三层小别墅咂舌惊叹，远远地看见林思琪等人从一辆玛莎拉蒂上下来，她嘴巴张成了O形。

"晓琳！"林凯下车便唤了她一声。

"舅舅。"赵晓琳乖乖巧巧地小跑到他跟前，笑着唤了一声，又朝程瑜问了好。

程瑜勉强笑着点点头。

赵晓琳又看了眼林思琪，试探着问："思琪姐，送你们过来的是谁呀？你男朋友？"那辆车少说也得上千万元！

难怪人说云京遍地土豪，她过来上学这想法真是太对了！

林思琪从小就和她认识，对她的性格自然一清二楚，闻言微微蹙了蹙眉，淡淡地道："普通朋友。"

"普通朋友？"赵晓琳意味深长地看了她一眼，明显不信，全然没注意到边上林凯的脸色越来越难看。

自己头上的伤这么明显，外甥女一句都没问，注意力全在宋望身上，能不让他生气？林凯干咳一声，沉声道："晓琳。"

"舅舅。"赵晓琳这才意识到自己的言行太过分，连忙上去挽着他的胳膊道，"你这头上怎么受伤了？这么不小心？疼不疼？医生怎么说？"

"没什么事。"

"看上去挺严重的，让舅妈下午炖点骨头汤补补。"

她嘴上说着话，小心地扶着林凯往家里走，目光却仍忍不住往后面瞟去，待看到宋望停了车过来，她整个人都不好了。

她这便宜表姐在家乡就是出了名地漂亮，从小就各方面压她一头，眼下一来云京就遇到这么有钱有貌的男人，简直占尽了好事，太没天理了！

心里嘀咕着，她忍不住又多看了几眼。

身后不远处的男人个头最少有一米八，宽肩窄腰大长腿，一身质地上佳的西装穿在他身上煞是好看，活脱脱一个移动的衣服架子！

还有那张脸，赵晓琳觉得自己从没见过这么英俊的男人，娱乐圈那些当红偶像和他比起来，根本不够瞧！这男人就像天生的发光体，清俊、英挺、骄傲、气势迫人，让人看见了都没办法移开视线。

赵晓琳看着看着就心神恍惚了，进了门松开林凯，压低声音问林思源："他真不是你姐姐的男朋友？"

林思源挠挠头，诚实地回答："我不知道。"

"那你去问。"

林思源性子天真老实，听了她的话就抬眸朝宋望看了过去，问道："宋哥哥，你是我姐姐的男朋友吗？"

宋望一笑："你说呢？"

林思源愣了愣："我不知道。"

林思琪听着这两人说的话脸都红了，朝宋望道："我去帮我妈打下手，你吃了饭再走吧。"

"好。"

"那……你先坐。"林思琪给他倒了杯水，去厨房给程瑜帮忙。

她一离开赵晓琳自然高兴，将行李箱放到一边，凑到宋望跟前笑着问："宋大哥，老实交代，你和我表姐到底什么关系？"

她凑得很近，近到宋望能看到她鼻子上并不明显的黑头，下意识地就蹙了蹙眉。

赵晓琳浑然不觉，看着他，露出自以为最甜美的笑容。

宋望冷笑着看了她一眼。

"宋大哥，"他的脸色变得太快，厌恶的情绪又十分明显，赵晓琳愣了愣神后显得委屈极了，小心翼翼地问，"是不是我说错话了？"

"宋大哥？"宋望眉梢一挑，"我们有这么熟？"

"啊？"赵晓琳一愣，咬着唇辩驳，"我是思琪姐的表妹，不叫你'宋大哥'叫什么？"

宋望呵呵一笑："闭嘴。"

"什么？"

"我说，你闭嘴。"宋望压低声音重复了一遍，懒得理她，直接起身去厨房了。

饭后，宋望送林思琪回学校。

车子开出小区，他抬手将颈间的领带扯了扯，漫不经心地问林思琪："你和你表妹关系怎么样？"

"一般。"林思琪语调淡淡的，"她是我继父那边的亲戚。"

宋望冷哼了一声。

想到刚才吃饭时赵晓琳一个劲地往他跟前凑，林思琪尴尬地笑道："可能是你长得太帅了，她那人就那样，你别介意。"

"我帅？"宋望笑着看过去。

"嗯。"林思琪脸一红。

"那你说我们是普通朋友？不怕别人对我有想法？"

"我不想给你惹麻烦。"

"你这么说才是给我惹麻烦。"宋望勾唇一笑，抬手捏了捏她的下巴，迫使她看他。

林思琪不自在，别扭地咬紧了下唇。

宋望笑着松开手："以后大大方方承认，我又不是见不得人，而且，"他神色定定地看着她，声音微沉，"我也不怕麻烦。"从青城到云京，向来只有他主动找麻烦，还没有麻烦敢主动找他。

他气定神闲，脸上不自觉地就流露出几分清贵傲气，林思琪余光瞥见，也只得抿着唇点点头。

宋望淡淡一笑，继续开车。

学校距离清平乐并不近，等他送林思琪到了校门口已经快傍晚六点，于是他又带着林思琪在外面吃了晚饭。

一来二去，他再见到赵青等人时，天都黑了。

十色，包厢里。

宋望推了门进去，就听到一声打趣："人常说兄弟如手足，女人如衣服，咱们大哥这节奏，有了衣服就不要手足了是吗？"

"哈哈哈！"

"哈哈哈哈哈！"

宋望脚步一顿，抬眸睨过去，语调凉凉的："哥可以没有手足，总不能不穿衣服，裸着吧？"

"大哥！"

"哥你来了！"

横七竖八倒着的几个人顿时站成了笔挺的一排，其中一人拍马屁道："大哥这话堪称真理！嫂子那继父怎么样了？"

宋望从鼻子里哼了一声，抬步坐到沙发上。

赵青俯身给他点了火，搭话："听说看见抢劫的连自己的儿子都不要了，这男人可真够贱的。"

"可不是，尖嘴猴腮的！别说给大嫂当继父了，当儿子都寒碜！"

"儿子？"宋望挑眉看向他，"他配给我当儿子？"

"……"

室内诡异地安静了一会儿。

站着的几个人面面相觑后，有人疑惑："大哥，你认真的？"

宋望十几岁来京，既有父母留下的万贯家财，又有权势滔天的外公帮扶，不出几年就站稳了脚跟，光是明面上的产业都羡杀多少云京少爷，更何况其他方面。

这些年追着他要献身的豪门千金一拨又一拨，就说近前的顾青媛，那可是楚老爷子千挑万选之后才让他考虑的其中之一！

眼下，他看不上千金小姐，看中青城来的灰姑娘了？

赵青那段子虽然挺好玩，可结婚毕竟是人生大事，自己这大哥遇上那姑娘才几天，难不成还当真是念起了幼时情分？

这速度……

众人神色诧异地看着他。

宋望俯身摁灭烟头，勾唇笑了："怎么？不行？"

"行行行！联姻什么的对大哥来讲那也就是锦上添花，结婚嘛，肯定选个自己喜欢的。"有人看着他的脸色，忙不迭地附和。

自己喜欢的？

那丫头，他的确喜欢得紧。

宋望心情愉悦，看向赵青，笑着吩咐："我早上让琪琪开了微博，你记得给她涨涨粉。"

"涨粉？"赵青很快回过神来，点头道，"回头让子公司那几个大腕儿关注一下她，分分钟的事。"

"嗯。"宋望点点头，"不要做得太明显。"

赵青暗暗咂舌，又应道："知道了。"

林思琪突然爆红。

红得她自己都有点莫名其妙。

几天时间，微博粉丝涨了几百万，将同期参加《天籁》的其他选手都甩到了九霄云外不说，还接连上了好几次热搜。

江远在讲台上讲课，楚滢在边上睡觉，她看着手机一脸抑郁。

今天和她捆绑上热搜的是国内一线男星上官烨，原因是上官烨关注并@了她，评论称：唱歌很好听，继续加油。

上官烨会关注她，又得从他的至交好友许依依说起。

自从许依依前几天在微博上关注并@她之后，这几天，总有明星大腕儿和娱乐圈人士突然关注她。

谁让许依依是"微博女王"呢。

微博女王？

林思琪握着手机胡思乱想着，突然愣了。

许依依不但是微博女王，更重要的是，她是寰宇集团旗下子公司——橙光娱乐当红一姐！

林思琪好像突然明白了什么，给宋望发短信："是你让许依依关注了我的微博吗？"

咚咚咚！

突然响起的声音将她吓了一跳，林思琪条件反射地将手机塞到了衣兜里，抬头看过去。

江远敲了敲桌面，眼见楚滢迷迷糊糊地抬起脸，蹙眉问："昨晚做贼去了？"

"呃。"楚滢看着他眨眨眼。

江远抬起手腕看了一眼表，骨节分明的手指又在桌面上点了点，提醒道："还有十五分钟，影评作业计入平时分。"

"啊？"楚滢反应过来，整个人都慌了。

江远扯动嘴角笑了笑，目光又越过她的课本落到林思琪的笔记本上，看了看那清秀工整的字迹，意外地扬了扬眉。

若是他没看错，这两人可没一个专心的。

不过话说回来，楚滢每次上交的作业都有明显自网上摘抄拼凑的痕迹，倒是林思琪，作业永远和人一样漂亮，还颇有见地和深度，许多感悟，都不像一个大一新生会有的。

他胡乱想了会儿，转身欲走。

捂着口袋的林思琪长松一口气，下意识地抬眸看了江远一眼，就对上他一本正经的俊脸。

"手机振动老半天了。"江远面无表情地说完这句话，扭头走了。

"呃……"林思琪看着他笔挺的背影，恨不得找个地缝钻进去。

楚滢却瞬间乐了，嘿嘿笑道："啧啧，才发现咱们这江教授是闷骚型！"

林思琪扑哧一笑，低头拿出手机又开始看起来。

宋望回复了她："这么快就发现了？"

"……"林思琪无言以对，揉了揉眉心。

她并不喜欢这种感觉。

粉丝有几个是几个，发自内心的喜欢才会让她觉得踏实。宋望这样，和弄虚作假有什么区别？纠结半晌，她抿着唇回复："以后能不能别用这种办法帮我涨粉呀，感觉不真实。"

"你不高兴？"宋望的短信来得很快。

林思琪觉得头大："也不是，就是感觉不太好。"

"知道了。"宋望回复了三个字。

林思琪握着手机看了半天，觉得他可能有点不悦，偏偏，原则问题不好退让，她只能暂时将手机放边上了。

寰宇集团，董事长办公室。

宋望正看着手机，门外突然传来一阵敲门声。

"进。"

他一应声，便看见赵青快步走来，语调沉沉地道："大哥，林小姐出事了。"赵青从中学开始就跟着他，私底下称呼一向随意。

宋望一愣："怎么了？"

"上网看看吧，一两句话说不清。"

赵青说完话，两个人齐齐到了电脑前，赵青点开国内颇有名气的一个论坛，将其中一个热门帖子给宋望看。

历来成名之路没有一帆风顺的。

林思琪长得好，自在《天籁》舞台上露面后就饱受关注，再加上最近有他私下力挺，说是一炮而红绝不为过。

这不，大清早网上突然就爆出了她的黑料。

帖子统共对她提出了三点质疑：其一，林思琪的相貌非常立体深刻，身材前凸后翘比例完美，看上去接近混血儿，分明整过容；其二，林思琪开通微博之后粉丝飞涨，其中不乏大腕儿明星，不科学，肯定有水军有背景；其三，林思琪来自二线城市，却多次出入云京高档住宅别墅区清平乐，有图有真相！

综上三点，发帖人认为，林思琪有后台，她之所以一炮而红，正是金主力捧的结果。并且，金主应当是寰宇的高层！毕竟，关注林思琪的那几个大腕儿明星，都是寰宇旗下橙光娱乐的著名艺人！

"大哥……"赵青眼见宋望的脸色越来越难看，迟疑着唤道。

宋望直起身，抿着薄唇看了他一眼，隐忍着怒气。他倒是没想到，因为自己，让小丫头突然就承受这样的污蔑了。

整过容？被包养？

真是呵呵了！

"我现在吩咐下面解决？"赵青又问。

"怎么解决？"宋望抬手在眉心按了按，问他，"干净利落地删了帖？你觉得这算不算越抹越黑？"

林思琪上大一，普通学生而已，若是有能力在半天之内操纵网络言论风向，可当真坐实有金主有后台了。

宋望能想到，赵青自然也明白，两人一时无话。

两个人蹙着眉站了两分钟，赵青突然道："要不要先告诉林小姐？她早上有课，还不一定知道，让她有个心理准备。"

一炮而红，红了又突然被黑，这落差，一般姑娘多少会觉得委屈想不开吧？

"先别。"宋望道。

这件事和他关系很大，若是林思琪这么快就知道了，他还有点尴尬，好像自己给她惹了麻烦似的。

宋望纠结了半天，最后朝赵青道："去订一束玫瑰花，九十九朵，半小时之内送来。"

"玫瑰？"赵青有点跟不上他的节奏。

"对，玫瑰。"宋望挑眉一笑，桃花眼溢出风流的光，"不是说背后有金主吗？狗仔的力量不容小觑，我这靠山不得迟早被发现？何不光明正大地交往给他们看？"

赵青："……"

大哥这思维一般人还真跟不上。

他面色犹豫，宋望抬手在他胳膊上拍了拍，散漫一笑："这种消息再怎么澄清总有人不信，何必呢？既如此，我大大方方捧她就是了，尽管让旁人去羡慕嫉妒恨。"

赵青："……"

他不得不说，这也算一个办法。

娱乐圈多乱，要是遇到黑料就拼命澄清，根本不切实际。

既如此，何必委屈，风光给人看就是。

"明白了。"赵青微微一颔首，转身出门吩咐人订花去了。

03 | 阳光很好，我也很好

传媒大学。

林思琪上完了上午的五节课，待下课铃声一响，便抱着书本和楚滢随着人流往外走，准备去吃饭。

没一会儿，楚滢压低声音道："嗯，现在和你走一起，莫名感觉压力袭来。"

"啊？"林思琪一愣。

楚滢抱紧她的胳膊，嘀咕道："一出教室就是焦点。也不知道这些人有什么好看的，没见过美女啊，烦躁。"

林思琪其实也有感觉，不过，今天这感觉更甚。

她叹了口气，正想安抚楚滢两句，突然听到边上传来一声惊呼："我的天，玛莎拉蒂，限量版！"

"这男人好有型！"

"好酷！也不知道是等谁！"

"感觉哪儿有点面熟呢！"

"呃，后面还有一辆！"

各种轻呼声、惊叹声似乎突然就从四面八方飘来了，林思琪被人挤了一下，勉强站稳，下意识地抬眸和众人一起看过去。

两辆车停在林荫道上，被斑驳的阳光照耀着，静谧、优雅、奢华，车身线条流畅，十分吸引眼球。

"这是……"楚滢看着车牌号正发愣，林思琪已经注意到那个男人。

他身材高大挺拔，面容沉稳刚毅，微带探寻的目光扫过人潮，丝毫不被议论的学生所影响。

赵青？

林思琪看见他的一瞬间，赵青也眼尖地看见了林思琪。

推推搡搡的学生们正议论着，就瞧见他大跨步到了车门边，刚硬的脊背微微弯了一下，拉开后座的车门说了句什么。

这么有型的男人，竟然是……司机？

围观惊叹的女生们瞬间风中凌乱，就看到极品型男往边上退了些，开着的车门里伸出了一条腿。

然后，一个高挑颀长的男人出现在众人眼前。

"啊！"

"寰宇总裁！"

"天哪！就是他！"

"这张脸简直让人过目不忘！"

"我男神！"

许多学生彻底迈不动步子了，议论的声音比刚才大了不知道多少倍，潮水一样，漫得到处都是。

林思琪在传媒大学读表演专业，周围的同学也多半学表演相关专业，都是铆足了劲将来要进娱乐圈的，很多人都对云京的富豪才俊如数家珍。

宋望作为其中一位，无论是财富地位还是长相气质，都让他毫无争议地坐稳云京钻石单身汉的第一把交椅。曾有媒体记者采访他之后，给了他极好玩的美誉——"移动的荷尔蒙"。

眼下是他第一次出现在传媒大学校园里，围观学生也是第一次见到他本人，尖叫过后更没人舍得离开了，齐齐目不转睛地看着他。

宋望个子高，身材比例极好，两条腿分外修长，黑色西装将他衬托得越发挺拔出挑。此刻他绮丽工整的眉眼间似乎带了点类似愉悦的情绪，英朗清俊的一张脸，简直让人……把持不住！

看着他，胆子大点的女生都起了蠢蠢欲动的心思，他跟前有人正纠结着想要博点好感，一抬眸，便瞧见他的目光落在了一处。

宋望看到了林思琪，她穿着米色风衣，漂亮白皙的脸蛋在人潮里十分引人注目，此刻睁着大而黑亮的眸子看着他，微微张着嘴，一脸意外。

宋望一笑，将赵青递来的玫瑰花接到手中。

玫瑰花颜色极正，绽放在白亮的天光下，将他整个人映衬得越发英挺，完全满足任何一个女生对心上人的所有幻想！

是来找林思琪的吧？

因为他的注视，这念头很快就浮现在每个人的脑海中。

传媒大学的漂亮女生很多，表演专业尤其多，可偏偏，林思琪就是最漂亮的那一个，公认的！看着宋望抬步，站在林思琪前面的学生都下意识地往边上退了退，自觉地留出一条道来。

宋望神色愉悦，快步到林思琪跟前，笑着问："中午一起吃饭？"

耳边嘈杂的议论声不绝如缕，林思琪有些哭笑不得，微微歪着头，一脸平静地打量着眼前这举动透着些轻狂的男人。

她觉得，自己好像对这人的性格还是了解得不够全面。

心里一股暖意慢慢涌起，林思琪美丽的眼睛灼灼发亮，看着他，嘴角浮上无比动人的笑意："嗯。"话音落地，她接了花，甚至大着胆子踮起脚，在他嘴角落了蜻蜓点水般的一个吻。

宋望被她撩拨得无比愉悦，揽过她看了楚滢一眼。

"你……你们！"楚滢已经从林思琪那里知道了两人交往的事情，此刻一根手指点了半晌，愤恨地道，"难不成要让我一个人吃饭？"

宋望勾勾唇："真聪明。"

楚滢："……"

林思琪羞愧歉疚的话尚未出口，整个人突然被宋望打横抱起，以一种极为嚣张的姿态离开了。

学校里上演了如此轰动的一幕，不出半个小时，就有看热闹的学生传了照片和视频上网，很快网络上也跟着轰动起来。

林思琪的黑料上午出来，这才多久，宋望就到学校高调示爱，这不等于正大光明地告诉所有人，他就是林思琪的后台？

简直不能更嚣张！

可偏偏有好些围观网友都觉得他做法非常带感，一时间，林思琪注册不久的微博下热闹无比。

最爱林思琪："给宋总点赞，哈哈哈！"

亲妈粉："就是这么狂，黑子们没话说了吧？"

小旗子："宋总好帅好帅好帅！重要的事情说三遍，哈哈。"

158★★★33849："呵呵。有后台了不起啊？宋望什么身份，林思琪什么身份，被抛弃的时候不要哭得太惨哦！"

真相帝："大总裁嘛！就是玩玩而已，林思琪挺漂亮的，大长腿能玩很久哦，哈哈哈。"

素手红颜："果然哪里都有喷子，宋总一向没什么绯闻好吧？说不定就是真爱呢。爱思琪，唱歌好棒！"

路人甲："坐等后续。"

林思琪不要脸："我就想知道，出入清平乐是怎么回事？帖子上说林思琪住别墅哦，就凭她，呵呵，不就是被包养吗？下贱无极限！"

44

总归，网上一时间众说纷纭，不一会儿，林思琪的粉丝和各种黑子掐作一团，各不相让。

传媒大学附近，一家特色餐厅。

宋望点餐之后便拿起手机浏览微博，一页一页看过去，脸色变了又变，实在算不上好看。

"怎么了？"林思琪看了一眼他的手机。

"没事。"宋望若无其事地将手机收回去，朝她笑了笑，开口道，"我去边上打个电话。"他神色微妙，说完便起身去了稍远处的窗户旁。

林思琪抿唇略微想了想，拿出了自己的手机，登录微博。

很快，她的脸色也和宋望刚才的脸色一样，变了又变，只觉得又无奈又郁闷，还有几分好笑。

网友们估计太闲了，这种时候她开口多半被骂。

胡乱想了想，林思琪又退出微博。抿着唇在位子上坐了良久，等宋望回来之后，她便轻声道："有件事，我觉得应该告诉你。"

"嗯？"

林思琪看着他笑了笑："我们家在清平乐那房子，你不好奇吗？就像网上说的，按我们家的生活条件，根本住不起。"

"……"宋望短暂地沉默了一下，笑道，"你想说我就听，不想说就算了。别因为网上那些闲人烦恼。"

林思琪一只手摩挲着手边的茶杯："买房子的钱是彩票中奖得来的。"

"彩票？"宋望完全没想到，诧异地反问了一句。

"嗯，一等奖，六千万元。"

"……"宋望半天没说话，眼看对面坐着的她越来越局促，忍不住轻笑出声，道，"运气真好。"

林思琪咬咬唇："真的。"

彩票中奖，还是这么大金额，连她自己现在回想起来也觉得不可思议，可偏偏，这件事就是真的。

这人，会相信吗？

林思琪抿抿唇，再一次解释道："因为金额太大了，我妈和我都一直很不踏实，所以用一大半买了房，清平乐那小别墅就是其中最贵的一栋。"

餐厅里有暖气，她此刻脱了外套，穿着一件黑色的高领毛衣，因为着急说话，额头上都有了细汗。

宋望看着她，突然抬手握上她的手，温柔地笑道："我没说不信，说你运气好也没有讽刺的意思。乖，额头都急出汗了。"

"你真的相信？"

"嗯。"宋望十分郑重地点点头。

林思琪在宋望的安抚下慢慢定下心来。

两个人将网上那些言论抛诸脑后，有说有笑地吃了午饭，宋望便将林思琪送回了学校。

一个人走在学校的林荫道上，林思琪又拿出手机看了起来。

半天过去，微博上因她而起的掐架并没有消停，反而有愈演愈烈之势，同时，私戳她支持、辱骂的人也皆有。

点开私信看了一些，林思琪深吸一口气。

她不喜欢私生活被窥视的感觉，可自从踏上《天籁》舞台的那一刻起，她也明白，这一天早晚会来的。做一个公众人物，享受了万人瞩目的荣耀，就必然要承担与之相应的压力，逃避不是办法，她能做的，唯有坦然面对。

一边走一边想，她索性又耐下性子看那些热门评论，目光落到"橙光娱乐V"几个字上，神色一愣。

"林姑娘，加油。老大说，爱你，我们永远在你身后。"

橙光官博对她最新微博的这一条评论，正是她和宋望吃饭之时所发，想来，自然也是因为他的授意。

秋日的阳光照耀在身上，林思琪只觉得心中暖洋洋的。

橙光官博发送的这条评论眼下被顶得老高，底下跟着的评论也基本形成泾渭分明的两派，一派觉得宋望很暖，祝福两人，另一派觉得高调示爱总有自己打脸的一天，等着看热闹。

宋望会抛弃她吗？

他会像微博上网友所说的那样，只是和她玩玩而已吗？

林思琪握着手机，突然低头淡笑了起来。

她相信自己的感觉。

林思琪举起手机自拍了一张近照，编写文字，发送："阳光很好，我也很好。感谢所有关心我的朋友，如你们所说，清者自清。我恋爱了，但只是纯粹的恋爱而已，不存在其他任何恶意揣测的交易。谢谢。"

她不怎么热衷于更新微博，这一条更新刚显示，自然让原本焦躁的粉丝们安静了一小会儿。

照片里，下午的阳光灿烂而明亮，林思琪歪头笑着，整个人沐浴在金色的光芒里，漂亮白皙的脸蛋上一丝瑕疵也无，大而黑亮的眼眸微微弯着，带着难以言喻的柔和静美，让人一瞬间想到"岁月静好"这样的词语。很显然，这样的她，并未受到来自网络上的丝毫影响。

小旗子："女神！"

最爱林姑娘："思琪好美好美！盛世美颜，和宋总好般配呀。"

路人甲："你没被影响就好，加油！"

林思琪粉丝后援会："相信你！我们一直在你身后！"

素手红颜："期待听到更好的歌曲哦。"

微博上沉寂了几分钟之后，看完图文的粉丝们第一时间反应过来，用各种各样的话语来安慰她，温馨热闹极了。

又过了几分钟，随着"宋望V"转发并评论这条微博，又将这热闹推上另一个高潮。

宋望先前没有私人微博，可见是刚注册不久，但因为先后有橙光官博等大V账号帮着转发确认，倒也在第一时间验证了他的账号真实度。

他转发评论的内容也很简单，一个字而已："乖。"

可就这简简单单的一个字，却让人感觉到浓浓的宠溺和疼爱。毕竟，身为寰宇集团掌权人，他能在日理万机之余开微博力挺小女友，已经太让人瞠目结舌了好吗！

网络上风向很快有了质的变化。

林思琪随之松了口气，回到宿舍，便暂时将网上这些事抛诸脑后了。

可某些黑子并未因此而消停。

账号名为"林思琪不要脸"的网友在她的最新微博下发布了一段评论，同样热度很高。

"一个二线城市普通家庭出身的大一在校生，住着价值上千万元的别墅，这不是太匪夷所思了吗？清者自清？呵呵，如果这房子不是被包养的证据，那，最起码可以解释一下来源吧？随随便便一段话就可以将网友当成傻子吗？就没见过这么搪塞娱乐大众的！"

说来说去还是因为房子。

偏偏，这质疑合情合理，粉丝们都哑口无言。

林思琪当晚看到这条评论，纠结半晌，和《天籁》节目组沟通之后，第二天，再一次更新微博称："房子的事情会给大家一个解释，本周六晚九点，江北电视台《今夜星语》，不见不散。"

江北电视台星期六晚间的《今夜星语》，是圈子里做得最好的明星访谈节目，采取的是现场直播形式。

主持人叶子在节目中问话犀利麻辣，心直口快，屡屡爆出明星私底下不为人知的另一面，惹来公众哗然的同时，节目的收视率也一直在同类访谈节目中居高不下。

林思琪刚出道，按理说没什么资格上这档节目。

可凡事又有例外。

一来,《天籁》这档音乐选秀节目热度极高令人惊叹,林思琪是选手中最具潜力和话题度的一位;二来,自然是因为宋望了,寰宇集团最高掌权者的女朋友这个身份,足够在娱乐圈横着走。

因而,林思琪和《天籁》节目组商议后,便很快得到回复,能够趁参加明星访谈节目《今夜星语》的机会澄清丑闻。

从登上音乐选秀舞台,到开通微博,再到骤然大红,又很快陷入丑闻风波,直至她发声表示上节目澄清,细细数来,这时间不过两个月而已,她的生活却绝对算得上大起大落。

诸多网友喟叹感慨的同时,突然想到,这姑娘只有十九岁。

可她如此令人着迷。

万众瞩目的音乐舞台上,多少年龄比她大的人紧张失态,甚至卖惨卖故事博同情,可她落落大方,自信淡然;校友、路人偷拍的照片里,无论身处何时何地,她永远笑容浅浅,显露出远超同龄人的平和温柔;热闹纷杂的网络世界里,她骤然大红,又意外被黑,从头至尾没有丝毫浮夸兴奋的言辞,也未见一丝一毫的委屈抱怨。

她的性格似乎就和她的人一样,美丽、安静、柔和、坦荡、得体,兼具女孩的腼腆娇柔和女人的温柔包容,让人不得不喜欢。

得知她要上节目澄清,一直支持喜爱她的粉丝们自然翘首期待,许多看热闹的网友也安静下来,静待节目,剩余一小撮唯恐天下不乱的黑子似乎也顿时失语,留下一些酸溜溜的说辞,扬言等着她自打嘴巴。

林思琪浏览了许多评论,眼见吵嚷的评论区总算有了几分安静,淡淡一笑,不再费神关注。

她放下了,有人却始终放不下。

下午课间,林思琪意外地接到了顾青嫒的电话。

顾青嫒在本校读大四,算起来是她的学姐,可两个人从来没什么交情，也就是在开学不久后校外的餐厅里有过一面之缘。

林思琪握着手机愣了好半晌，笑着道："记着呢，学姐你好。"

"放学有时间吗？请你吃个饭。"顾青嫒似乎是笑了一声，在电话那头淡淡地说道。

林思琪一愣："……"

"怎么？不赏脸呀？"

"不是。"林思琪连忙笑了笑，"学姐，我只是有点意外。"

"呵呵。"那头顾青嫒笑意明显了一些，语调柔和地道，"那就这么说定了，晚上见。"

"……"林思琪话未出口，手机里便是一阵嘟嘟的忙音。

顾青嫒要请她吃饭？

一面之缘而已，顾青嫒肯定有事专程找她吧？

林思琪怔怔地想着，边上的楚滢撞了撞她的胳膊问："谁呀？看你一副魂不守舍的样子。"

"顾青嫒。"林思琪收了手机，笑了笑，"说是晚上请我吃饭。"

"你答应了？"

"嗯。"

"傻啊你。"楚滢撇嘴道，"你和她又不熟。她对我表哥有意思，找你肯定没什么好事。要不我陪你去？"

林思琪看她一脸着急，一下子也明白了过来。

"别怪我没提醒你呀，顾家在云京也算有头有脸的，她又骄傲惯了，再加上我爷爷先前有意让表哥和她联姻，她找你反正没什么好事。"楚滢见她不说话，又补充道。

林思琪看着她，点头道："嗯，多谢大小姐提醒。"

"哎呀你！"楚滢没好气地推推她，"我说认真的呢。我陪你去吧，免得你被她欺负！"

她一脸着急，林思琪反而扑哧笑了："没事。你去了一看就是给我助威呢，反倒不好。再说，吃顿饭而已，纵然最后闹得不愉快，她也不至于把我怎么样，不用担心。"

"你确定？"

"嗯。"

"那行吧。"楚滢摊摊手，"被欺负了可别找我哭。"

"放心放心。"林思琪揽了揽她的肩。

两个人闹作一团。

不让楚滢陪，林思琪其实是有自己的顾虑。毕竟先前楚滢和顾青媛的关系也还过得去，都在一个圈子里，楚滢性子又直率，若是为她得罪了顾青媛，以后见面相处起来肯定麻烦。

至于她……

顾青媛说是请吃饭，肯定不至于对她做什么，没什么可担心的。

林思琪并未纠结过多，如往常一般上完课。

顾青媛约在晚上七点，她不习惯让人等，提前半小时就从宿舍出发，背着包前往约好的餐厅。

路上，她意外地接到了宋望的电话。

林思琪笑着说："我已经和别人约好一起吃晚饭了。"

"楚滢？"宋望已经到了学校附近，闻言不悦地挑了挑眉，嫌弃地道，"让她和别人一块儿吃去。"

"……"林思琪无奈一笑，哄他，"不是楚滢。顾学姐请我吃饭。"

"顾学姐？"

"嗯，顾青媛，你认识的。"林思琪想了想又补充，"我们第一次见面，你当时就和她在一起。"

"哦？"宋望的一个字简直算得上九转十八弯，琢磨着林思琪的情绪，他似笑非笑地发问道，"怎么？吃醋了？"

"没。"林思琪声音很小，却有些心虚。

宋望也没再要求和她吃晚饭，状若随意地问："约在哪？说来听听，看看她请你吃什么。"

"2064主题餐厅，"林思琪想了想，"就在我们学校西门外那一块，十字路口东南角，挺容易看见的。"

"2064？"

"嗯。"

"行吧，知道了。路上小心。"

"哦。"林思琪挂了电话，抿着唇回想宋望刚才的语气。

除了打趣她那一句，其他好像也没什么特别的。那么，先前他和顾青媛吃饭，是纯粹为了应付楚老爷子，还是说，也有点想联姻的意思？

林思琪胡思乱想着，晚上七点前到了餐厅。

2064主题餐厅在他们学校挺有名，店内装修设计风格偏向浪漫温馨，氛围很好，价格偏贵，一般相携而来的多是情侣。

林思琪刚进门，就有服务员笑着上前问："小姐几位？"

"约好的，有没有一位顾小姐在等人？"林思琪眼睛弯弯地笑着问完，补充了一句，"哦，我姓林。"

服务员打量她一眼，突然面带惊喜地道："是林思琪吧？"

林思琪："……"

半晌，她眨眨眼，点头道："嗯，是。"

"本人比电视上还漂亮啊。"年轻的服务员嘀咕完，微微红着脸开口道，"那个，我妹妹可喜欢听你唱歌了，能给我签个名吗？"

"……"林思琪有点蒙。

参加《天籁》以来，这还是她第一次被路人要签名。

"好。"林思琪笑着点点头。

她签完名，服务员喜不自胜，带着她到了二楼一个小雅间。

说是雅间，其实并没有门，细碎的珠帘垂落下来挡住里面的场景，正好方便情侣间做些暧昧的小举动，很有情趣。

林思琪自己拨开珠帘走了进去。

"来了？"顾青媛比她还早到，听见动静一抬眸，淡笑着招呼了她一声，随口朝服务员道，"上菜吧。"

服务员连忙应声退了出去。

林思琪一落座，顾青媛便笑着道："这里就主打的情侣套餐还不错，我做主点了两份，如何？"

"我都可以。"林思琪朝她一笑。

顾青媛心情复杂地看着她。

林思琪比她小几岁，又是小城市来的，除了一张脸还能看，到底凭什么吸引了宋望？

联姻的事她和宋望心知肚明，若非有意，宋望又怎么会应邀吃饭？

尤其是，那次吃饭地点还是她选的，而宋望，就在那里第一次遇见了林思琪，还对林思琪表现出一点兴趣！

这两人到底什么时候勾搭上的？

顾青媛越想越觉得烦躁，直接开口说："我和宋望的事想必楚滢多少和你说过一点，我也就不拐弯抹角了。"

林思琪一愣，点头道："楚滢提起过，说是她爷爷先前有意让你们联姻。"

宋望少年时父母双亡，楚老爷子做主将他从青城带到云京，又大力扶持他至今，在他的婚事上自然有一定的话语权。

这些事林思琪知道，顾青媛更一清二楚。可她没想到，林思琪一开口竟说出这样一句话。

先前有意？

难不成现在就无意了？

凭她一个小地方来的野丫头，难不成还存了嫁入豪门的念头？

简直是妄想！

楚家身为云京四大豪门之一，地位超然自不必说。当年宋望的母亲一意孤行远嫁青城虽然惹了老爷子不悦，可稍微有点门道的人都知道，他母亲嫁的可不是什么穷小子，而是青城首富宋清晖。

青城因地理环境等各方面条件一直算不上发达，可当地采矿业历史悠久，青城自古就有"金玉之城"的美誉，富庶可见一斑。

眼下宋清晖大妇已死，青城宋家也随着他们的死亡成为过去，可那万贯家财仍旧在宋望名下，有楚老爷子相护，无人敢觊觎。

云京名流权贵众多，宋望却称得上诸家千金想嫁的第一人。一来因为这万贯家产，二来因为楚老爷子这座靠山，三来因为他相貌、气质、名声各方面俱出挑拔尖，四来，和他成婚既不用烦恼婆媳关系，又没有那些糟心的兄弟姐妹争夺家产……种种诱惑叠加在一起，哪家姑娘能不心动？

几乎从她成年起，她母亲就挑明了看中宋望的心思，也因此，她私心里早就将他当成了未来老公。

可宋望竟然看上了林思琪！

他那样的人，合该由自己这样的名媛淑女来匹配，林思琪算什么东西！

顾青媛想不通，看见对面林思琪精致美艳的一张脸，便笃定地认为宋望是一时色迷心窍。

林思琪真的很漂亮。

从小生长在云京，顾青媛见惯了圈子里精致贵气的千金小姐，同样见惯了娱乐圈各种风格的明星美人儿，可她仍不得不承认，林思琪是那种令人第一眼就惊艳，并且越看越耐看的女生。

她五官立体深刻，浓眉大眼，嘴唇丰润却恰到好处，看上去本有些美艳的异域风情，却又因青涩腼腆的气质淡化了两分，显露出令人心动的温柔多情来，勾人得很。

与之相配的，她身高接近一米七，身材发育极好，前凸后翘，再加上肌肤莹白玉润，活脱脱一个上天的宠儿。

这样一个美女，若是再有点野心和手腕，那……

顾青媛胡思乱想着，越发不安，正想再说话，珠帘声动，两名服务员一起进来，为两人送餐。

"谢谢。"林思琪朝最开始领她进来的服务员笑了笑。

"不客气。"年轻的男服务员看着她，明显有些雀跃，碍于礼貌，有些遗憾地退了出去。

"你就是这样勾搭宋望的？"顾青媛突然笑着问。

"啊？"林思琪猝不及防，一脸诧异地看了过去，待反应过来她说了什么，脸色顿时僵了僵，开口道，"学姐这话未免过分了。"

"过分？"顾青媛轻蔑一笑，"明知道别人有联姻对象还上赶着扑过去，我说勾搭说错了？"

"联姻对象？"林思琪反问，"先前你和他已经在交往了吗？"

"你！"顾青媛恼羞成怒。

林思琪接着道："既然没有交往，那顾学姐似乎没有朝我发火的立场。毕竟，喜欢他的人应该很多吧，如果他和我要为每个人的一厢情愿负责的话，也太累了。"

顾青媛冷笑起来："你倒会为自己脸上贴金。"

林思琪拿起包朝她道："学姐请我吃饭的目的我也明白了，可我觉得这顿饭好像没什么必要，我吃不下去，抱歉。"

她说完就要起身，顾青媛愣神之后猛地拦住她，咬牙切齿："我说你可以走了吗？"

林思琪古怪地看了她一眼："腿长在我身上，去哪里是我的自由。"

顾青媛手指攥紧了她的袖子。

林思琪低头看了一眼，一时间也有些气闷。

她平时脾气不错，因为从小经历了许多，性子也比同龄人稳重成熟得多，惯常微笑待人，更别提冲动发火了。

可顾青媛莫名其妙的责难还是让她心生不悦，言辞都犀利起来。

千金小姐怎么了？

她们又不熟，她何必承受顾青媛咄咄逼人的怒火怨愤？

林思琪抬手去掰她的手腕，许是纠缠中力道大了一些，顾青媛突然怒火中烧，一巴掌就朝她扇了过来。

砰！

林思琪撞进了一个坚实的怀抱。

宋望抬手捧着她的脸蛋看了看，拧着眉头问："有没有事？"

"你怎么来了？"林思琪诧异地问了一句，又瞧见他目光深深，连忙道，"没，没事。"

顾青媛被宋望推了一把。

想到刚才那声响，林思琪连忙扭头看去，才发现顾青媛一只手扶着沙发，脸色惨白地站起来。

宋望赶到的时候她情绪太激动，又穿了高跟鞋，被突然推出去直接撞倒了雅间里的一个花架，还扭了脚，此刻又眼看着宋望护着林思琪一脸关切，她自然气愤交加。

"宋望！"顾青媛咬着牙唤了一声。

宋望冷着脸看了她一眼，挑眉问："你发什么疯？"

"我发疯？"顾青媛难以置信地看着他，一字一顿地问，"你为了她推我？她哪一点配得上你，你到底看上她什么了？"

"她配不上你配得上？"宋望讥诮一笑，不耐烦地道，"思琪现在是我的人，今天这样的事，我不希望发生第二次。"

他话里警告的意味太浓，顾青媛扶着沙发都觉得摇摇欲坠："欺负她？呵呵，到底是谁欺负谁？崴了脚被推倒的是我！"

宋望凉薄的目光下移，嗤笑："咎由自取。"

"你！"

顾青媛气急败坏的那些话尚未出口，宋望揽着林思琪直接扭头，一只手挑开珠帘，头也不回地离开了。

珠帘撞击发出一连串清脆的声响。

顾青嫒看着看着，泪水突然模糊了视线，她扭过头坐在沙发上，啊的一声尖叫，将桌上的东西全部推了下去。

宋望竟然这样对她？

他竟然为了林思琪这样推她？！

顾青嫒攥紧双手，只觉得难以置信，刚才那一幕反复地出现在她脑海中，让她又气又恨，简直要发疯了。

要说先前没看见宋望也就罢了，她尚能自欺欺人地安慰自己宋望不过是玩玩林思琪而已，当不得真。

可刚才那一幕着实刺痛她了。

这么些年，她认识宋望也好久了，何曾见过他为一个女人出头？

顾青嫒趴在桌上，嫉恨得快要发狂了。

时间一分一秒地过去，服务员来了一次被她骂了出去，整个雅间便彻底安静了下来。

顾青嫒不知道自己坐了多久，直到熟悉的手机铃声将她惊醒，她才从浑浑噩噩的状态中回过神来，接通了电话。

"哥！"一张口，顾青嫒便哇的一声大哭起来。

打电话的是她哥哥顾青伦，大她七岁，从小便非常宠爱她，听见她大哭还了得，疾声问："嫒嫒，你怎么了？说话，你怎么了？"

"宋望……宋望！"顾青嫒边哭边道，"他欺负我，他为了一个小贱人出手推我……"

"你现在在哪呢？"

"我们学校门口，2064主题餐厅，我们一起来过的。"

"那行，你就在那等着，我现在就过去。"顾青伦话音落地，想了想又嘱咐她，"记住了，就在原地等着。"

顾青嫒流着泪挂了电话。

不过三十多分钟，顾青伦便急急忙忙地赶到了。

雅间里的满地狼藉让他一愣，趴在桌上披头散发的顾青嫒更让他心头一痛，顾青伦抬步绕着走了过去。

"哥！"顾青媛听见响动抬起头来，一下子扑进他怀里。

顾青伦揉着她的头发安慰道："哥来了。别哭了，到底发生了什么事？"

顾青媛抽抽搭搭地说了一通，她越说，顾青伦眉头蹙得越紧，到最后，整张脸都阴沉了起来。

宋望因为一个小艺人推她，害她崴脚？

他母亲想尽办法让顾青媛入了楚老爷子的眼，到头来，就给她挑了这么一个对女人动手的浑蛋？

网上的事情他也不是不知道，虽然气愤，可根本未曾当真。

一来，宋望对联姻的事并未明确表态，这段时间自己工作有些忙，也暂时没时间找母亲问清情况，二来，一个唱歌的小艺人而已，没一点根基，哪来嫁入豪门的好运气！

可现在，宋望竟为了那么一个上不得台面的东西对他从小护到大的妹妹动手，未免欺人太甚！

顾青伦心思百转，抬手拍着顾青媛的脊背，安慰道："别哭了，哥替你做主，非得要他好看！"

"不！"顾青媛猛地抬头，咬着唇道，"你别对付宋望。"

顾青伦一愣："你还帮他说话？"

"是林思琪勾搭的他。"顾青媛咬牙切齿地道，"宋望眼下一颗心在她身上，都是因为她。哥，你帮我教训她，我不管，你想办法让她离开宋望。"

顾青伦黑着脸看她一眼："难不成你还想和他在一起？"

"我不知道。"顾青媛摇头，不依不饶地要求道，"反正你先别对付他，你先让林思琪离开他，最好让她永远离开云京，滚回青城去。"

"你这丫头……"

"哥！"顾青媛眼看着又要掉下泪来。

"好了好了。"顾青伦心疼得不得了，点点头道，"你说什么就是什么。放心吧，天塌下来有我呢，肯定给她一点颜色看看。"

"嗯，就知道你最好了。"顾青媛一只手抓着他的袖子，眼眸里闪过一丝痛快之色。

从小到大，哥哥最疼她，有他出手收拾林思琪，那贱人肯定会吃够苦头的，让她再嘚瑟，走着瞧好了。

04 | 一对璧人

星期六，晚上八点。

林思琪在宋望和楚滢的陪同下到了江北电视台。

《今夜星语》是直播访谈节目，事先没有彩排，基本上也不会准备题目或者答案给嘉宾。

林思琪在后台上了妆，便被工作人员领着上台。

直播厅里灯光骤然亮起，她迈步坐到了嘉宾应坐的沙发上，朝主持人露出一个客气的微笑。

"欢迎大家收看今晚的《今夜星语》，我是主持人叶子，"叶子穿着一件宝蓝色修身裙，抬手将林思琪介绍给观众，"今天受邀而来的嘉宾是这段时间非常引人关注的《天籁》热门选手，林思琪。"

观众席爆发出一阵掌声。

林思琪也笑了："现场和电视机前的观众朋友们大家好，我是林思琪。"

"参加《天籁》以后，思琪算得上一炮而红。大家都知道，她来自云中省青阳市，目前为华夏传媒大学大一在校生。"叶子笑着说完，朝向林思琪，"方便说一下你的家庭情况吗？"

"我母亲是舞蹈老师，继父是中学数学教师。"林思琪淡笑着说，"还有个弟弟上小学。"

"也就是说，家庭条件挺普通，是吗？"叶子问话直接，听起来好像很不客气，可因为一直笑着，也显得落落大方。

"是。"林思琪道。

观众席上静了一秒，响起一片议论声。

"算不上有钱啊。"

"那房子到底怎么来的，不会真是别人送的吧？"

"指不定买彩票中了奖呢。"

"噗！"楚滢听到这话忍不住喷笑，将目光落到那个说"中了奖"的一脸郁闷的女孩脸上，竖起了大拇指。

她事先知道真相，跟着来纯粹是为了凑热闹。

她边上，宋望却从一开始有人议论就忍不住蹙眉，明显不悦。

楚滢看了他一眼，将视线重新移到台上。

"那清平乐的小别墅是怎么回事呢？"叶子再次笑了笑，耸耸肩道，"要知道，按照网友的估价，清平乐的别墅一栋少说也在一千万元左右。"这话说完，叶子便好整以暇地端坐着看林思琪。

眼前的女孩很年轻，五官立体而深刻，非常漂亮，而且是那种非常引人注意并且让人过目难忘的漂亮。

出挑的外表，普通的家庭，住别墅，怎么可能不让人怀疑？

"买的时候，那房子差不多九百万元，"林思琪语调微微顿了一下，笑了，"那是我唯一一次买彩票，也没想到中奖金额那么大。妈妈也没什么主意，想着我要来云京上学，索性就用钱买了房。"

叶子："……"

林思琪笑着重复："没错，清平乐的别墅是用中彩票的钱买的。眼下除了这房子，我们家依然挺普通的。至于这件事的真假，稍后节目组证实后，应该会给大家一个答复。"

她话音落地，对面叶子的表情就相当精彩了，迟疑地问："所以，你是买彩票中了上千万元？运气这么好？"

"嗯，"林思琪开玩笑，"不过现在又是穷光蛋了。"

叶子："……"

彩票中奖的事情节目组当然可以核实，尤其是林思琪能在这个节目上说出来，也不可能作假。

她想好的犀利问题统统因此作废了！

看着对面神色坦然的小姑娘，叶子忍不住按了按眉心，再次发问道："既然如此，为何你一直在微博上闭口不言？"

林思琪无奈地笑笑，一脸镇定："我觉得在微博上说很多网友不会相信吧？即便我出示了图片做证，也会有网友认为是PS图吧？"

叶子再一次哑口无言。

作为一个媒体人，她不得不承认，林思琪的考虑非常周到。"键盘侠"本来就是相当恐怖的一个群体。叶子又笑了笑："的确，网友的言论很多时候会让人十分困扰，思琪对此有什么想说的吗？微博上好些网友质疑你整容呢，会不会因此而委屈？"

"令人困扰的评论我一般不去想，做好自己就行了。"林思琪边想边说，"关于我整容的质疑我有关注到，不过我觉得挺没道理的。若是长得好就一定整过容，那娱乐圈能有几人逃开这样的质疑？我的五官的确比一般人立体些，可能和遗传有关吧，我外婆是E国人。"

"哦？"叶子点头，"E国人大多深目挺鼻，思琪的外婆想必是个大美人。"

"我妈妈是这样说的。"

林思琪一本正经的回答惹来台下观众一阵善意的笑声，直播厅的气氛顿时融洽了许多。

叶子略一沉思，转变了采访基调。

毕竟，房子的事解释清楚了，林思琪身上再无明显黑料。她的节目虽然一向以犀利麻辣著称，但该调整的时候还是会调整。

叶子放松心情和林思琪聊了起来。

其间，林思琪在她的示意下做了好几个夸张的鬼脸，捏鼻子、扯嘴巴，倒也能从侧面澄清一下关于她整容的传闻。

节目进行到一半，叶子交叠双腿换了个极为舒适的坐姿，身体微微前倾，笑着道："聊聊唱歌的事情吧。"

林思琪以歌手身份出道，叶子这般温和的态度很明显是在帮她说话了，林思琪整个人终于放松下来，弯弯唇："嗯。"

"思琪看上去软绵绵的。"

"脸蛋白白的，好想上去捏一把。"

"感觉她好萌呀。"

林思琪今天穿了件薄款的浅米色套头镂空钩花针织衫，里面搭配了一件白色背心，马尾高高束起，露出优美的天鹅颈和漂亮的脸蛋，整个人显得青春洋溢又温柔亲和，坐在灯光下，美丽得不可思议。

宋望听着周围的窃窃私语，看着看着，眼里便只剩下她了。

台上，叶子距离林思琪极近，半场下来，既羡慕她年轻美丽的容颜，又欣赏她落落大方的态度，语气不自觉地亲切许多："因为《天籁》一炮而红，思琪眼下算得上五强选手里极有潜力的一位了，希望夺冠吗？"

林思琪莞尔一笑："不想当将军的士兵不是好士兵。"

"可据我所知，你在传媒大学学的是表演专业？相比较而言，唱歌和演戏，你更喜欢哪一个？"

"唱歌。"林思琪实话实说，"不过我对谱曲之类的却没什么兴趣，音乐方面顶多算个半吊子，既然学了表演，就会认真对待。"

"这意思，"叶子斟酌了一下，问她，"是不是可以理解成你更偏向于往影视圈发展？"

林思琪歪头笑了，话锋一转："其实我这人没有太强的事业心，眼下最重要的事，应该是好好地谈一场恋爱吧。对，谈恋爱。"

叶子："……"

观众席上蓦地爆发出一阵笑声，有人起哄道："思琪这是在向宋总表白吗？"

林思琪看着问话的观众抿唇一笑。

她事先了解了叶子的主持风格，回答问题自然谨慎些，鬼使神差地说了想先谈恋爱这样的话，又是在这样的场合，看到台下宋望明显被取悦的样子，突然就有点脸红了。

不过，她的表现却意外地博得了大多数观众的好感。

林思琪红得太快，第一次参加这样的访谈节目，表现得不好自然会适得其反，令人生厌。

可她从头到尾都谦逊诚恳，既没有新人的卑微紧张，又没有一炮而红的跋扈浮躁，尺度把握得刚刚好。

非要找出一点问题的话，便是太淡然了。

眼下，这从节目一开始就淡然大方的姑娘突然说想要先谈恋爱，话说完，脸上又浮现出明显的红晕，让人意外的同时，又倍觉可爱。

"反差萌啊！"

"嗯，思琪好可爱。"

"思琪脸红了！"

"宋总在看她！"

"一个男人眼睛长得这么漂亮，真是太没有天理了！"

"好般配。"

观众席上许多人忍俊不禁，看直播的很多粉丝则一边看节目一边刷微博，林思琪和宋望的微博评论区因此无比热闹。

节目到了尾声。

沙发上的叶子突然站起身来，神秘兮兮地道："节目进行到这里，可以请我们这一期的神秘嘉宾上台咯，让我们用掌声，请出思琪的父母。"

"哇！"

"思琪的爸妈？"

叶子话音落地，观众席上顿时吵嚷起来。

林思琪愣神之后站起身，很明显，意外极了。

不过，请神秘嘉宾上台也算得上《今夜星语》一个挺普通的互动环节，她眼看着程瑜和林凯越走越近，很快也调整好了情绪。

叶子邀请程瑜和林凯坐到了长沙发上。

程瑜紧挨着林思琪坐，她今天穿了一件灰色开衫毛衣，搭配一条黑色的修身长裤，长发绾在脑后，因为化了淡妆显得光彩照人，轮廓深刻，气质恬淡，看上去根本不像年近五十的人。

林凯坐在她边上，神色严肃，不苟言笑。

叶子很快打量了一下两人，笑道："听说思琪的妈妈是舞蹈老师，难怪气质这么好。"

程瑜露出一个淡淡的笑容。

她和林思琪挨着坐，对比过后，观众席上一下子就沸腾了。

林思琪和程瑜像极了，说林思琪整容，程瑜不可能也跟着整容吧？可见网上那些话都是恶意中伤而已。

粉丝们看着看着，下意识地就更仔细地对比起两个人的相貌。

林思琪的头发颜色、肤色都遗传自程瑜，头发是极为自然的褐色，肤色白皙，健康有光泽。此外，她挺翘的鼻子和略丰润的嘴唇也肖似程瑜，有一种吸引人的秾艳之感，让人看着就想一亲芳泽。

总归，林思琪脸上，唯有眉眼不像程瑜。

程瑜的眼睛不算大，目光像秋水一般，祥和淡然，林思琪却有一双大而黑亮的漂亮眼眸，若是盈盈含笑看着你，那里面便好像缀满了灿然亮光，若是倏然安静下来，又显露出几分无辜迷惘，惹人怜惜。

前排的观众近距离看着，不时发出"有其母必有其女"之类的感慨。

宋望坐在第一排，目光却一直落在林凯身上。

林凯自上台以后便面色严肃地坐着，抿着唇听叶子和程瑜说话，脸上没什么笑意，感觉好像在紧张。

宋望觉得有点不对劲。

好像有什么不可控的事情，即将在他眼皮子底下发生。

他漂亮的桃花眼眯了起来。

台上，叶子微笑着问："生活中的思琪是怎么样的呢？"

"很乖，也懂事，从小爱笑，"程瑜看着她，一脸满足，"是让我爱若至宝的小棉袄。"

"看出来了，阿姨和思琪感情很好呢。"叶子笑着点点头，询问的目光又落在林凯身上。

"思琪她……"

"等一下！"

观众席上突然传来一道男声，宋望在众人震惊的目光中上台。他不等叶子开口便坐到了林凯边上，微微笑着道："我也有话想说，先坐这，成吗？"

"当然，"叶子愣神后笑了，"宋总赏脸，求之不得。"

直播厅里响起一阵热烈的起哄声。

宋望勾唇笑了笑，微微侧头，薄唇却吐出一句冷厉至极的话："你要是对思琪不利，我下了台弄死你！"他声音很低，语速很快，这句话也就林凯一个人听见了，他端坐的身子倏然颤了一下，看向宋望。

宋望朝他勾唇笑："不信试试。"

他脸上带着令人如沐春风的笑，观众看到他似乎在说话，也只以为他在和林凯闲话家常。谁能想到，他带着这样的笑容在威胁人呢？

林凯垂在身侧的一只手紧握起来。

没错，他在上节目之前被人打点过，要求他当众爆出一些事，酬劳颇为丰厚，他纠结了一下就答应了。

林思琪要参加选秀节目他本就不同意，要学表演他也不同意，可偏偏，这继女就是喜欢和他对着干！

眼下，连程瑜也变了个人似的！

他是醉酒犯了些错事，可男人酒后哪有什么理智可言，他又不是存心的，她们母女俩犯得着揪着那件事不放？

他想强暴继女？

他是那种畜生吗？

她们母女俩却瞒着他处置了上千万元财产，像话吗？

是林思琪买的彩票又怎么样？她是叫他一声爸，可眼下看来，她根本没拿他这继父当回事！

有人找上他，他就想给她一个教训，让她知道，这个家到底谁做主！

可他话未出口，宋望竟然上来了！而且，宋望一上台就坐到他边上，说出这样饱含威胁的话，简直岂有此理！

偏偏他不得不考虑。

宋望在云京颇有权势，想对付他这样一个外地人，那不像捏死一只蚂蚁那么简单？先前被打那一次他就怀疑和宋望有关，眼下想来，指不定就是因为林思琪在他跟前告状，要求他为她出头！

林凯对上叶子的一张笑脸，思绪千回百转。

宋望看似优雅清贵，实则性子阴晴不定，相反，收买他的那个人却十分客气。大不了，他将那笔钱还回去就行了。

林凯定定神，笑着道："思琪挺好，从小就懂事，很招人喜欢。"

他的回答中规中矩，叶子笑着点点头，便看向宋望，饶有趣味地发问道："宋总刚才说自己有话说，是什么呢？"

宋望接过话筒："其实也没什么，借机表白而已……"

他笑着说了几句场面话，看向观众席，发问："俗话说男才女貌，我和思琪这样的，难道还不合适？"

"合适！"台下响起震耳欲聋的应答声。

宋望点点头："很好。"

"哈哈哈！"

"宋总也挺萌的嘛。"

"这年头思想龌龊的人太多了，自己龌龊就以为所有人都跟他一样呢，我们思琪要什么有什么，就是这么招人喜欢。"

"对啊，这颜值，和宋总太般配了！"

"盛世美颜！"

……

观众席上和电视机前的林思琪的粉丝都获得了极大的满足感，一时间，网上质疑两人关系的声音消减了很多。

晚上九点四十五分，节目圆满结束。

林思琪等人起身下台。

顾家，客厅。

顾青媛紧盯着电视里林思琪的笑脸，啪的一声将遥控器拍在茶几上，扭头问顾青伦："你让我看这个？让我看他们两人在节目里秀恩爱吗？"

"这……"顾青伦脸色难看极了。

他从小就宠着这个妹妹，若是有人欺负她，他必然第一时间出头，让对方付出惨痛的代价。

知晓林思琪要上节目澄清丑闻，他找人了解了他们家的大致情况，也很快决定从林凯下手，让她当着全国观众的面自打嘴巴。

原本，事情进展得很顺利。

想到刚才节目里宋望上台那一幕，顾青伦咬牙道："肯定是宋望察觉了什么，原本这是打击林思琪的绝佳机会。"

"现在说这些有用吗？"

林思琪非但没有受到打击，反而顺利澄清了丑闻，甚至，她还在电视上和宋望光明正大地秀恩爱！

顾青媛越想越气，眼眶很快红了。

顾青伦最看不得她这般委屈的样子，抬手将她揽进怀里，沉声安抚："别哭别哭。这次是哥哥大意了，你放心，我不会这么轻易饶了她。"

"不许骗我！"

"嗯，哥哥的话都不相信了？"顾青伦轻拍她的肩膀，眼睛微眯，流露出志在必得的目光。

林凯下了节目一直战战兢兢的。

先前一时贪婪拿了人家十几万元，眼下事情没办成，免不了后怕起来，做什么都不得劲。

这天下午，他正坐在家里的沙发上出神，电话突然响了。

"嗯，好的，我知道了。"

"马上过来。"

"行。"

接通电话后简短地说了几句，他起身朝程瑜道："我有点事出去一趟，晚饭不用等我了。"

"什么事啊？"

"问那么多做什么！"林凯不耐烦地看了她一眼，拿着大衣出门了。

电话里那男人约在一家茶庄见面，林凯打了车，很快到了地方，一路跟着服务员进了包厢。

替顾青伦出面的男人四十多岁，说起来比林凯还年轻些，看着他进门，微微抬眼，语调却倨傲得很："来了？"

"让您等我，真是不好意思。"林凯扯出个僵硬的笑容，一脸抱歉。

男人抽了一口烟："你这次可真不地道。"

"我知道我知道，"林凯尴尬极了，"真是对不起。当时那种情况，有些话我实在没法说。"话音落地，他将手里的一张支票小心地递了出去。

69

男人俯身将支票拿了过去。

林凯又赔笑："说起来都是宋望的缘故。您也知道,我并非云京本地人,压根惹不起他,实在抱歉了。"

男人嗤笑一声,看着他的目光里充满了不屑。

再怎么说,这林凯也是林思琪的继父,毫不犹豫地出卖女儿,遇到威胁又吓得惊恐不安,实在窝囊!

想到顾青伦的吩咐,男人并未在茶庄里多停留,拿了钱起身走了。

林凯吓得出了一身汗。

出了茶庄,他一边往回走,一边庆幸,还好出钱让他办事的人比较好说话,不像宋望那么难缠。

可走着走着,他又想到林思琪中彩票的事,那可是上千万元!

先前他不信,现在都上节目了,他自然又相信了。

就算买房花了不少,这母女俩也不至于一分不剩吧?拿出来给他一些,他在云京办个补习班不是轻松得很?

说起来真是可恶,那么多钱,程瑜母女俩竟然一直瞒着他!

继父怎么了?好歹也是一家之主!

林凯越想越气,脚下步子都加快了,丝毫没注意到身后不远处一辆黑色商务车一直跟着他。

刺啦!

刹车声在身后突然响起,林凯一回头,车里下来两个高大壮硕的男人,笑着拍了拍他的肩膀,直接将他架了上去。

"呜!"嘴上被封了胶带,林凯魂飞魄散,挣扎着要去车门边。

"老实点!"一个男人抬脚将他踹倒,"就这种没胆的货色,也值得我们三个亲自动手,大哥也太看得起他了!"

"可不是,反包一个。"另一个男人一把揪了林凯的后颈,将他朝另一边的车门甩过去。

林凯被撞得头晕眼花,狼狈地爬起来,看着三个人呜呜直喊。

"哈哈！瞧这尿样！"

他越是挣扎、着急，车厢里的三个人笑得越欢，一路上又打又骂，似乎从中得到了乐趣一般，肆无忌惮地捉弄他。

一个小时后，商务车驶出市区，到了郊外一座废弃的工厂外。

路上受了不少罪，林凯被扯出来时已经没什么力气，像一块破布一样，被甩进了大铁门内。

"啧啧，这样就不行了？"

"瞧这窝囊废的样子，我都懒得动手！"

"早知道他这么无能，随便来个人收拾一顿就行了！"

"这话你得到大哥跟前说去。"

三个男人围着林凯哈哈大笑，像踢皮球一样将他踢来踢去。

没一会儿，林凯便有些受不住了。

没想到，几个男人反而玩上瘾了，不但拳打脚踢，到后来直接扒了他的衣服，用皮带将他好一阵抽打，眼看他奄奄一息才扬长而去。

砰！铁门发出一声巨响，三个男人的邪笑声越来越远，呼呼的冷风吹了进来，林凯挣扎着爬了起来。浑身都是伤痕，他连叫骂的力气都没了，手抖着从扔在边上的衣服里掏出手机，给程瑜打了电话。

程瑜在家里等了好久不见人，打电话又无人接听，担心他出事，连林思琪和宋望都惊动了。

接通后她着急地发问："你这一下午去哪了？打电话也不接！"

"我……"林凯勉强说出一个字。

"说话啊！"程瑜脸色一变，"喂，林凯！你在哪呢？"

"西……西郊。"林凯勉强又吐出几个字，体力不支，砰的一声倒在了地上。

"喂？"程瑜听着电话那边再无应答，顿时六神无主，握着手机朝凑到跟前的宋望道，"西郊，说是在西郊，断断续续的，肯定出事了。"

71

"报警。"宋望微微低头，当机立断，"可能是被抢劫或者绑架了，我觉得立刻报警比较好！"林凯被收买要污蔑林思琪的事情程瑜和林思琪都不知道，他却已经知道得一清二楚。

出事？

眼下他出事，自然和顾青伦有关，自己正好将计就计，将这事闹得满城风雨，看看顾家兄妹怎么收场！

"抢劫、绑架？"程瑜听着就害怕，战战兢兢地问，"难不成是因为我们上了节目，说了中彩票的事，被盯上了？"

"妈您别多想！"林思琪连忙安慰，"哪有那么凑巧，也许是他运气不好。宋望说得对，找警察吧。"

"可是……"

"没什么可是的。"林思琪神色冷静，"他在电话里也没说清楚，西郊那么大，凭我们几个人一时也找不到，报警最好。"

程瑜看着她，无奈地点了点头。

她性子柔和，遇上事情多半六神无主，听了宋望和林思琪几句劝解，也觉得报警是最好的办法了。

得了她同意，林思琪第一时间打电话报警。

与此同时，宋望联系了赵青，将这消息透露给业界颇有影响力的几家媒体，情况说得还挺严重。

林思琪刚在节目上说了彩票中奖的事情，家人便被不法分子掳走，生死不明，媒体记者自然闻风而动，直奔西郊。

下午六点，奄奄一息的林凯出现在众人眼前。

锈迹斑斑的厚重大门被推开，走在最前面的警察看着眼前的画面狠狠愣了下，目瞪口呆。

林凯昏迷了，整个人一丝不挂地躺在地上，两边脸颊高高肿起，从肩膀到小腿，布满了一道道青紫的血痕，看上去分外恐怖。

"林凯？"程瑜被吓得不轻，大惊失色。

林凯灰头土脸地躺着，根本一点反应也没有，边上有记者忍不住小声道："不会是死了吧？"

这念头一起，记者们手里的摄像机越过临时警戒线，高高举起来，争先恐后地拍着。

宋望第一时间捂住了林思琪的眼睛，偏头朝向一侧。

老男人的裸体，太丑陋。

边上的媒体记者见他薄唇紧抿，脸色也严肃得不像话，只以为他难过，心里还颇觉喟叹。

蹲着检查的男警察说了句："还有呼吸。"

可，林凯毕竟昏迷着。

警察现场取证，救护车将林凯送去了最近的医院。

晚间新闻上，各大媒体记者报道了大致情况。

林父生命垂危，歹徒尚未落网，具体真相不明，等待警方侦破案件之后再做后续报道。

五天后，警方宣布案件侦破，雇凶者落网。

顾青伦被刑事拘留，等待判决后入狱。

可顾家在云京有些势力，事情的起因又牵扯到林思琪和宋望，为了消减舆论影响，警方并未将案件的前因后果在网上公示。

网友们猜测了几天，新闻热度逐渐消减，一出闹剧落下帷幕。

顾青伦被刑拘，林凯收了他的钱的事情自然瞒不过去。

因此，他受伤住院期间，林思琪很少探望，也就程瑜无可奈何，留在医院里照看他。

林思琪白天上学，课后回家照顾林思源。

转眼间，一周过去。

九月三十日，学校放假，宋望接了她又接了林思源，三个人一起在超市里买了食材回家做晚饭。

客厅里，赵晓琳一边嗑瓜子一边看电视，听见响动下意识地瞧了过去。

喊了声"表姐"，目光落到宋望身上，她又连忙整理了一下衣服，站起身道："宋哥哥。"

宋望蹙眉，没理她。

赵晓琳穿着卡通棉睡衣，眼见他面无表情地跟着林思琪进了厨房，颇为郁闷地嘟了嘟嘴，自己这便宜表姐在家里可一向挺闷的，哪有她活泼可爱！宋望是不是眼瞎啊！

赵晓琳笑嘻嘻地看向林思源："宋哥哥怎么来了？"

"和姐姐一块儿去接我放学呢，"林思源一脸兴奋，"还逛了超市，说是要回来吃姐姐做的面，好像晚上不回去了呢。"

林思源从小并不亲近林凯，上次被扔下的事情更让他伤了心，因而林凯住院的事情都没怎么影响到他的心情。反倒是新认识的宋哥哥，对姐姐好，还带他玩，让他很喜欢。

"晚上不回去？"赵晓琳诧异极了。

"是啊。"林思源想了想又道，"说是爸妈都不在，怕我们不安全，晚上住这，明天带我和姐姐去医院。"

赵晓琳顿时兴奋起来，哼着歌上楼了。

几分钟后，林思源看着她身上的丝质睡裙，嘴巴张成了O形："表姐你不冷啊？"

"怎么样？"赵晓琳在茶几边转了一圈，"性感吗？"

她的睡裙是纯黑色的，边角带着点诱人的蕾丝，两根细细的肩带绕到后颈去，将胸前包裹得非常饱满。

而且，她没穿内衣。

林思源别扭地偏过头："表姐你去换衣服吧，宋哥哥在家呢，这样被别人看到多不好。"

"为什么不好？"赵晓琳没好气地瞪他一眼，"就这样才好呢！男人不都喜欢这样吗？"

"可他是姐姐的……"

林思源话未说完，赵晓琳翻了个白眼，蝴蝶一样往厨房飘去。

林思琪在洗菜，薄毛衫上系着围裙，宋望站她边上，眉眼含笑地说着话，一脸温柔。

"表姐！"赵晓琳笑着唤了一声，亲亲热热地站在林思琪跟前，"我帮你吧，两个人做饭总会快一点。"

"不用。"林思琪对上她白花花光裸一片的肌肤，倏然失语。

赵晓琳伸手将披散的长发往后撩了撩："今天挺热的，表姐你不觉得吗？"

林思琪："……"

"是挺热，"宋望站在林思琪另一边，"不过你穿成这样，还不如光着呢。是准备卖肉？"

"表姐你看他！"赵晓琳挽着林思琪的胳膊撒娇。

厨房里诡异地静了一秒，宋望将手里的青菜啪的一声扔到水盆里："能滚出去吗？"

"表姐！"赵晓琳脸皮再厚，这会儿也差点哭了，"我就是想进来给你帮帮忙而已。"

"出去吧，"林思琪停下动作看了她一眼，"别琢磨那些有的没的了。"

她这话非常直接，赵晓琳脸上也实在有些挂不住，扁着嘴一扭头，转身跑出去了。

林思琪做了一锅鸡汁面。

小思源吃了两碗，宋望吃了两碗，林思琪吃了一碗，赵晓琳跑回房间哭去了，没吃，林思琪也没管她。

晚饭后收拾了厨房，林思琪回房间洗漱。

洗了澡，她躺在床上有点睡不着，玩了会儿手机，突然看到一条短信进来。

"睡了吗？"宋望问她。

"没呢。"林思琪抱着手机回复。

"怎么还没睡？"宋望又问。

"你呢？都晚上十一点多了，不会是认床吧？"

"有点。"

林思琪看着手机，一时间不知道该说什么好。

"过来。"

宋望紧跟着发来的消息让她心神不宁。

两天前，她过二十岁生日，宋望帮她庆祝的时候意味深长地说了一句："这都到法定结婚年龄了。"

那天下午他们两人差点发生关系。

她有点忐忑。

有些感觉，一旦上瘾便会沉沦其中无法自拔，她觉得宋望于她，就是如此。

"不会吃了你。"

她胡思乱想的工夫，短信又来了。

林思琪握着手机纠结了一小会儿，下床，轻手轻脚地朝他的房间走去。

客卧的房门开了一条缝。

林思琪没敲门，轻轻地推了一下，下一瞬，天旋地转，她被人扯着手腕推靠到了门后。

"怕什么？"宋望的呼吸吹进她的耳朵。

林思琪脸上一烫："没怕。"

宋望一只手撑在她头顶侧上方，一只手摸着她的脸，声音低低地说："那怎么这么晚才过来？"

林思琪心跳加快，不敢抬眼去看他，很紧张。

宋望温热的手指在她脸上游走，慢悠悠的，好像存心挑逗，林思琪忍不住抬起头，丰润柔软的唇突然被封住。

男人的气息长驱直入，带着点清凉的味道，好像是薄荷香。

她下意识地闭上眼睛，小心翼翼地回吻起来。

很快，她的大脑渐渐放空了。

她晕乎乎地靠在门上，似乎听见宋望含糊地问了一句："去床上，嗯？"

"宋望。"

"换个称呼。"男人嗓音喑哑。

林思琪愣了一下，就听到他低低地笑了起来："叫哥哥。"

"……"乍听他提起，林思琪羞窘得不得了。

宋望还在催她："听话。"

"哥哥。"林思琪话音落地，整个人突然被抱起来，往床边走。

宋望的意图昭然若揭，她顿时急了，结结巴巴地道："你刚才说不会……不会……"

"吃了你吗？"宋望贴着她的耳朵，坏笑。

林思琪被他放在床上，羞得脚指头都要蜷起来，又看见他俯身压下来，目光深邃，火苗蹿动。

"男人说这种话，能当真？"

"真不想？"

"要不教你用其他方法，嗯？"

"什么？"林思琪被他吻得神魂颠倒，强撑精神问。

"来。"

宋望握住她汗津津的一只手。

林思琪听见他骤然急促的呼吸声，羞得将脸扭向一边，不敢看他。

窗外，月明星稀。

夜深了。

翌日，上午九点半。

宋望带着林思琪姐弟去医院看林凯。

三个人刚到病房外，就听见林凯气急败坏的声音："水呢？吃完饭不喝水？你想渴死我是不是？"

　　"不是那会儿刚喝了？"紧接着，响起程瑜无奈的声音。

　　"噗！想烫死我啊？不能兑点凉水吗？"

　　"哪里烫了？你受伤了我不和你计较，可没有这样平白无故给人挑刺的！思琪的事你给我说清楚！我看你挨打就是活该！"

　　"我活该？！"林凯怒不可遏，厉声道，"还不是因为你女儿那个赔钱货！好端端地要跑到云京来念大学！要不是她非要过来，这一连串的事情会发生吗？我收了别人的钱又怎样，说她几句她又不会少块肉！你看她那个样子，指不定和你一样整出个未婚先孕来！"

　　啪！

　　砰！

　　一声响亮的耳光声之后，病房门被宋望一脚踹开。

　　林凯："……"

　　程瑜："……"

　　室内安静了几秒，程瑜笑着抹了抹眼睛："你们来了。"

　　"妈。"林思琪走到林凯边上，冷着脸，一字一顿道，"我警告你，别太过分了。觉得我妈好欺负是不是？你喜欢青城你趁早回去，等出院后我妈就会和你离婚。"

　　"琪琪。"程瑜唤了她一声，神色苦涩。

　　几年前就该离婚了。

　　她跟床上这男人原本就没有爱情，是因为她的宝贝女儿要上小学，为了给女儿一个完整的家，她才经人介绍嫁给了林凯，又生了小思源。

　　思琪长得漂亮，她一度担心思琪早恋。

　　可她没想到，思琪并没有发生早恋这样的事情，却差点在未成年的时候被这人给强暴。

　　偏偏思源当时太小，她选择了息事宁人。

　　现在再看，这男人能在遇到危险的时候扔下儿子就跑，能在金钱的诱惑下做出污蔑思琪的决定，事后，还次次不知悔改。

图什么呢?

这场婚姻，的确没什么走下去的必要了。

程瑜没再说话，默认了林思琪的意思。

病床上的林凯看着她，顿时觉得又慌又气。目光从周围几个人身上掠过，他看向抿着唇的林思源，招呼："阿源过来，到爸爸跟前来。"

林思源摇着头往后退。

林凯虽是生父，可一贯严苛古板，与他并不亲近。相反，他更喜欢性格柔和的妈妈和疼爱他的姐姐。

"过来!"林凯气急败坏。

林思源躲到宋望边上去，就是不说话。

这儿子从小就性格腼腆胆小，哪里有点男孩子的样子! 林凯气呼呼的，说不出话来。

程瑜看着他叹了口气，朝林思琪道："医院里有我呢，你带思源回去，没事的话就不用过来了。"

宋望突然开口："请个护工吧。"

林思琪点头："对，妈，要不然请个护工吧? 您一个人在医院里照看，怎么吃得消?"

"没事，也照顾不了几天。"程瑜笑着摇摇头。

林思琪眼下有了名气，林凯和她的关系又不好，程瑜觉得多一事不如少一事，请个外人还觉得不放心呢。

她坚持，林思琪和宋望自然也没辙，叮咛她几句，离开了医院。

05 | 她是他的小青梅，
韶华正好，不期而遇

十月，林思琪很忙。

九月里《天籁》有几场复活赛，她作为组队选拔阶段人气最高的选手没有参加，一直等着最后的总决赛。

总决赛在云京市六万人体育馆举行，打破常规，全程直播。

这天下午六点，林思琪到了节目组后台化妆间。

"思琪来啦？"

"感觉好些天没见了。"

门口正化妆的两个选手看见她打了招呼，目光落在她身后，又齐齐愣了一下，意外地喊道："宋总。"

宋望抬眸看去，矜持地点了点头。

他看上去并不高调，可他出现这件事本身就已经足够高调。偌大的化妆间原本就热闹，因为他这突然出现，简直沸腾了起来。

感受到来自四周的艳羡目光，林思琪觉得压力突如其来。

一开始，宋望给她的印象很好，翩翩公子，俊秀清雅，再后来相处多了，她觉得他骨子里有腹黑闷骚的一面，有时候突然蹦出来一句话能让她臊红脸说不出话来，而现在，她日渐体会到这人的独占欲。

可她不太会拒绝人，尤其这人还是她的心上人。

林思琪叹了口气，领了待会儿上台要穿的第一套衣服，拿去换衣间里面。

宋望等在外面，发现她很久没出来。

"琪琪？"他蹙着眉在外面唤了声。

"好了。"林思琪话音落地，出现在他眼前。

骂了句脏话，宋望推着她又进了试衣间，握着她的肩膀上下看起来。

林思琪咬紧了下唇。

她事先知道第一首大合唱的风格，也早已练习了好多遍，可她没想到，她分到的衣服这么……清凉。

黑白相间的一件抹胸超短裙，上面裹了饱满而弹性十足的胸，裸露着白皙如玉的脖颈和香肩，下面裙摆不到膝盖，露出修长而笔直的一双腿。

宋望眯着眼："怎么暴露成这样？"

林思琪有些害羞，呢喃："也还好吧？"这衣服平时穿可能暴露了一点，舞台上也就那样吧，很常见。

"还好？"宋望挑眉，意味深长的目光落在她胸前。

林思琪身材好，前凸后翘，抹胸裙挡不住身前的风光，挤出了一道挺壮观的沟壑。

她自然晓得宋望在意什么，觉得好笑，又有些甜滋滋的。林思琪突然起了逗弄他的心思，眼尾一挑，弯腰笑嘻嘻地道："事业线不就得露着吗？保管运势亨通！"

她仅有二十岁，年轻明媚，弯唇一笑，性感又可爱。

宋望眯着眼看看她，突然抓了她的手腕将她反手压向冰凉的墙壁，从后面咬着她的耳朵，声音低低的："再勾引一个试试？"

81

他强势起来让人心颤，林思琪咬唇："这什么地方，你敢吗？"

宋望身子欺上前，手指捻着她软软的耳垂："猜猜看，哥哥敢不敢在这儿办了你，嗯？"

话音刚落，他略显冰凉的指尖顺着她的大腿往上游走。

林思琪转身想说话，唇上突然一痛。

外面众人来来往往，忙乱异常，没人察觉到，他们两人在试衣间里待的时间似乎久了点。

晚上九点整，六万人体育馆座无虚席。

灯光耀眼，恍若白昼。

舞台上，主持人安宇西装笔挺，拿着话筒朝观众席挥了挥，底下便是一阵热烈的掌声和尖叫声。

"现场和电视机前的观众朋友们，晚上好……"安宇声音沉稳地说了一大段开场白后，音调猛地拔高，朝着舞台一侧伸手道，"接下来，让我们将舞台交给他们，有请《天籁》全国二十四强选手！"

舞台下掌声如潮，夹杂着各种欢呼声、尖叫声。

音乐起，舞台上灯光变幻几下，一个女孩踩着节奏热烈的舞步，旋转着跃上了升降台。

"去年秋天，我还是我，默默无闻。"林思琪的声音非常具有辨识度，刚刚响起，又将原本安静下来的体育馆倏然引向高潮。

"思琪思琪我爱你！"

"思琪思琪你最棒！"

观众席上有粉丝拿着小喇叭开始喊，等所有人看清林思琪竟然只穿了一件黑白两色搭配的超短裙，尖叫声差点掀翻顶棚。

"去年秋天，我还是我，爱做梦的女孩。"她漂亮地转身退到一边，弯腰做了个请的动作，后面一袭白裙的女孩被请了出来。两人对视一笑，拉手又分开，转身朝边上走过去，身后低沉的男声随之响起："去年秋天，我还是我，一把吉他一首歌，没事的时候唱给自己听。"

青年白衬衫外套着一件休闲款长马甲，略微紧身的黑色长裤显得身形越发修长，偶像范儿十足。

两个女孩绕着他转了一圈，三个人声音微微一顿，齐声唱道："一个舞台一个梦，不期而遇，如此美丽。"他们互相对视，握着话筒浅淡微笑，简单干净的白，配着沉郁寂静的黑，璀璨流转的灯光下，美成一幅画。

观众席上尖叫声四起，在他们安静的间隙，掌声如潮水一般爆发。

三个人朝着舞台下献上飞吻，干脆利落地转身走回。迎面而来六个女生皆穿着略微蓬松的短裙，彼此挽着手连成一线，边走边唱："梦想在今日，音乐在今日，掌声和鲜花，都是我最爱。"

"未来触手可及，想着明天，已经可以从睡梦中笑着醒过来。"身形高挑的两列男生从舞台两侧的升降台上蹦下来，笑着和舞台上所有人围聚在一起。

"我们的爱，我们的歌，点亮舞台，唱响明天。"

每个人都和边上的人牵手，每个人都对着舞台下乌压压的观众微笑，高亢的音乐终于放飞心情，二十四强随着音乐边蹦边跳，齐声唱道："我们用最动人的歌，憧憬最美的未来每一天。"

六月海选，所有人从全国各地奔赴而来，曾经的梦想触手可及，一抬脚，已经站稳在这又大又美的舞台上。

无关性别，无关种族，无关年龄……

音乐已是故事，歌声已有灵魂，但凡触动心灵，总能动人。

一曲终了，彼此对视。

泪光和笑容一起浮现，所有一路而来的艰辛、苦难、挫折、颓败，都在这一刻化为乌有。

林思琪觉得感动，握着话筒远远地朝前排的宋望看了过去。

宋望也正微笑着看她。

他看着她，张扬自信，在舞台上挥洒汗水和欢笑；他看着她，蹦跳高喊，轻易地就将气氛点燃；他看着她，动容落泪，用深情婉转的歌声，将周围每一个人征服，让他们同他一样，为她骄傲！

比赛进行到最后，林思琪穿了一条纯白色曳地长裙。

宋望看着她静静地立在舞台中央，拿着话筒的样子，只觉得，稍远处这姑娘美若仙子，不染尘埃。

她如此美丽夺目，注定要照亮舞台，拥有灿烂未来。

她是他的小青梅，韶华正好，不期而遇。

《天籁》总决赛圆满落幕。

林思琪夺冠，众望所归，按赛前的合约签到了实力雄厚的星际娱乐，以歌手身份正式出道。

很快，星际娱乐开始为她筹备第一张个人专辑。

林思琪课余大半时间都奉献了出去，整天忙着彩排录歌。

这天下午，她刚在排练室里跳完整套动作，走到放包的地方拿水喝，手机突然响了起来。

她拿起来一看，是赵晓琳的电话。

不知不觉，她来云京已经一月有余，专业课培训早已经结束，只等年后再过来考试。偏偏她玩得有点乐不思蜀，迟迟不肯回去。这几天知道了程瑜和林凯闹离婚的事情，她似乎还有意观望，一直住在清平乐，闭口不提回家。

林思琪蹙眉想着，走到排练室外面接电话。

"表姐，"赵晓琳的声音听起来非常着急，"你在哪呢？你快点回来，我好像过敏了，难受得很。"

"过敏？"林思琪一愣，"怎么回事？"

"可能是因为中午吃海鲜了，"赵晓琳声音懊恼，"身上出了红疹好难受，想去医院，可不知你房间的门这是怎么了，我弄了老半天都打不开。"

"我妈他们呢？"

"都不在。打电话也没人接，好像都出去了。"

84

林思琪抿唇想着，突然回过神来："你在我房间做什么？"

"那个，"赵晓琳吞吞吐吐起来，"我不是中午和几个朋友去吃饭嘛，我就……就穿了你那件苏菲儿的新款，也不是最贵的那一件，是那件砖红色的。"

林思琪拧着眉，没出声。

赵晓琳又道："我就喝了点酒，回来觉得困，脱了衣服在你床上歇了一会儿，可不知为什么你房间的门就坏了，我怎么也打不开。哎，你回来再骂我吧，我浑身都痒死了，先去医院要紧。"

"行了，我知道了，"林思琪道，"我马上回去。"

"你快点啊！"

林思琪叹了口气挂了电话，拿上包，和帮她彩排的舞蹈老师打了招呼，快步往外走。

下午四点，城市交通相对顺畅。

下了车有点冷，林思琪拢了拢长风衣，蹙着眉快步往家里走。

赵晓琳说家里没人，她拿了钥匙开门，在玄关处换了鞋，便拎着包往楼上的房间走。

远远地听见一阵让人脸红心跳的喘息声，林思琪神色一怔，停在了原地。

包里的手机突然又响了起来，她拿出来一看，一边往房间走，一边低声回："刚从公司回来，在家呢。"

"怎么排练完也不给我打电话？"宋望佯装不悦地问。

"我……"

"啊！"

房间里突然传出一声尖叫，林思琪吓得直接扔了电话，神色震惊地看着眼前的一幕。

"表姐！"赵晓琳大喊一声，胡乱地扯着床上的被子往自己身上裹，边哭边道，"哇……他……哇……"泪水流了满脸，赵晓琳抱着床

85

单往床下跑，惊慌地躲到了林思琪身后。

打完电话她身上有点痒，晕乎乎地在床上睡了过去。

迷迷糊糊间她梦到了宋望进来。

然后……

谁能告诉她眼下这是怎么回事？

赵晓琳抱着床单躲在林思琪身后，同她一起，难以置信地看着眼前衣衫不整的林凯。

林凯手忙脚乱地提好了裤子，看着两人，脸色狼狈又恐怖。

他慢慢回过神来。

程瑜非要和他离婚，又有宋望和林思琪支持，他出院以后这日子要多糟心有多糟心。

今天一早，程瑜带林思源出去玩，林思琪和赵晓琳各自有事，他一个人在家，连饭都没人给他做。心思烦闷之下，他出门喝了点酒。

回来后经过林思琪的房间，鬼使神差地，他不知道怎的就拧开了门。

床上趴着一个人，露出白嫩紧致的腰身，气血逆流的那个瞬间，他从后面压了上去。

竟然是晓琳？！

胡思乱想着，林凯的脸色渐渐变得扭曲起来。

林思琪看着他，脸色也难看到极致，半晌，她拧眉看了赵晓琳一眼，还没来得及说话，脖子突然被人猛地扼住。

"啊！"边上的赵晓琳吓得一声尖叫。

"喊什么！"林凯怒斥一声，"下去拿酒，我前天在超市买的那几瓶白的，快去。"

"你要做什么？"赵晓琳看着他骇人的脸色，踉跄着往后退了一步，"你要做什么？你不能杀她，杀人是犯法的！"

"谁说我要杀人了！"林凯瞪了她一眼，"去拿酒！"

"我我我，我们刚才，你你你……"赵晓琳一脸惊慌地看着他，语无伦次，一句完整的话都说不出来。

"我们什么也没发生！"林凯冷着脸瞪她，"不过很快就都要卷铺盖滚蛋了，你要想过好日子，就按我说的做！"

林思琪买彩票中了几千万元，眼下已经不是秘密。

赵晓琳联想着最近家里的事情，小心地道："离婚就离婚啊，没什么大不了的。你肯定能分到钱的，没必要对她动手啊。舅舅你喝醉了，赶紧撒手放了她吧。"

"你知道个屁！"林凯朝她喷出一口酒气。

有宋望从中作梗，他和程瑜要是离婚，他肯定得净身出户了。

凭什么！

让宋望狂，他今天就给宋望点教训！

林凯闪着火苗的混浊眸子重新落到林思琪脸上，又从她脸上慢慢下移，只觉得浑身血液都在叫嚣。

这小蹄子，美艳成这样，难怪一来云京就勾了宋望的魂，还有她露着大腿在台上跳舞那个样子，只想想都让人气血翻涌。

跟她那个看着端庄恬静，实则放浪形骸的母亲一样。

程瑜这些年在床上从来没主动过，偏偏当年未婚先孕生了林思琪，母女俩一个比一个寡廉鲜耻！

"舅舅？"赵晓琳看着他的脸色，整个人都变得怯弱胆小起来。

"让你下去拿酒，你聋了？"林凯颇不耐烦地看着她，拔高音调说，"等会儿灌醉了她拍个视频，你想要什么她都给你。你不是喜欢宋望吗，等她名声扫地了，宋望还能再要她？"

"可是……"

"没什么可是的，快点去。"

赵晓琳抿着唇看了林思琪一眼，神色复杂极了。

自己这表姐，从小就长得漂亮，学校里成群的男生追她，眼下到了云京，又轻而易举吸引了宋望那样的男人。

她运气怎么这么好，买个彩票都能中上千万元？！

给她拍个视频而已，没什么大不了。

一念起，赵晓琳转身跑下楼，很快去而复返，手里拿着林凯在超市买的两瓶白酒。

"给她灌！"林凯钳制着林思琪，冷声命令赵晓琳。

赵晓琳抠开瓶盖，一咬牙，无视林思琪的挣扎，捏着她的嘴巴将白酒往里灌。

两个人都有些丧心病狂了，浑然不知，这个房间里先前发生的一切在网上掀起了惊涛骇浪。

顾青伦是顾家唯一的儿子。

先前为了给顾青媛出气犯下错事被刑拘，素来方正的顾父急火攻心，对他置之不理的同时强行送了顾青媛出国学习。

心高气傲的顾母说服不了他，索性将这笔账算到了林思琪头上。

早在林凯住院时，林家这栋小别墅就被人二十四小时多方位监视了起来，可惜，一直没什么值得爆料的。

赵晓琳在林思琪的房间里待了半天，拉开了窗帘。

以至于这个房间今天的一切都被稍远处的摄像机拍了个正着，并且在顾青伦的母亲的授意下，选取片段第一时间放上了网络，被顶上热门。

一会儿工夫，"惊天丑闻，林思琪和母亲共侍一夫"这样一则劲爆消息在网上不胫而走。

林思琪先前的自拍照泄露了房间的部分摆设，这视频一出，网友们震惊的同时各路媒体闻风而动，火速赶到了清平乐。

宋望在电话里听到林思琪似乎出事了，第一时间赶到的时候，小区外已经被好事者和八卦记者围了个水泄不通。

"宋总是看了网上的视频专门赶来的吗？"

"您对林思琪和继父的事情怎么看？"

"宋总有没有想过，林思琪私底下有这样放浪的一面？"

"你说什么？！"宋望一把揪住了最后一个问话的记者，脸上的咬肌飞快地颤动两下，飞起一脚踢得记者啊的一声跪倒在地。

他咬牙切齿的样子将记者们吓了一跳，有人小声开口道："就是网上的视频啊。"

宋望冷厉的眼眸扫过去："什么视频？"

"林思琪和她继父，在房间里，那个……"说话的记者被他看得心里直发毛，缩着脖子往后退。

宋望神色愣了愣，一把将边上的几个人挥开，也没上车，大跨步往小区里面走。为了保护住户的隐私，拿着长枪短炮的记者自然不被允许进入，可宋望来过许多次，已经在保安跟前混了个脸熟，直接带着赵青进了门。

他冷着脸走到家门口，突然想到自己没钥匙，根本没办法进去。

宋望咬牙切齿，转身恼怒地朝赵青道："给她妈打电话！"

"是。"赵青也有点乱，连忙去摸手机，摸着了又突然想到自己没号码，握着手机看了宋望一眼。

宋望掏出自己的手机扔过去，四下打量，最终目光看着不远处另一栋小别墅，大声喊："赵青！"

赵青连忙走过去："阿姨正往回赶。"

"嗯，"宋望应了一声，磨着后槽牙，"让猴子他们都过来。那里面偷拍的，一个也别放过。我倒要看看，谁那么大胆！"

"是。"赵青应了一声，拿出手机又去打电话。

没几分钟，程瑜跌跌撞撞地出现在两人眼前。

身后跟了大批记者。

宋望蹙眉，低声朝赵青吩咐了一句，拿了钥匙打开门，将其余人关在外面，自己进去。

他刚上楼，就听见林思琪房间里传出一声尖叫。

宋望拧着眉飞快地过去，里面突然跑出来一个人撞进他怀里，赵晓琳抬眸对上他，愣了一下，神色怔怔的："宋……宋……"

宋望甩开她进门，随即脚步一顿，眼前一片血迹让他的心跳突然漏了一拍。

床上、地上一团乱，衣服、被子、枕头、撕成碎条的床单胡乱扔着，林凯半个身子染了血，正痛苦地蜷缩在地上哼哼，像一条濒临死亡的鱼。

"琪琪？"宋望看着背对着他的林思琪，轻声唤。

林思琪慢慢地转过身来，看见他，手里染着血的剪刀啪的一声，扎进了地毯里。

"杀人了，表姐杀人了！"

赵晓琳的尖叫声让宋望骤然回神，林思琪看着他，眼睛里滚出泪来，往地上倒。

"琪琪！"宋望大跨步过去，将她紧紧地抱在怀里，"没事了，没事了。我来了，别怕，我来了。"

林思琪仰头看了他一眼，哇的一声痛哭起来。

"乖，"宋望抱着她的一只胳膊紧了紧，伸手在她头发上摸了摸，低头亲了她一下，"没事了，这里交给我。"

宋望说着话，扶着林思琪坐在地毯上，掏出手机给赵青打电话，简短地吩咐："等会儿猴子来了，让他带个人进来。"

"知道了。"赵青应了一声。

宋望松了口气，收起手机。

等人的间隙，宋望将林思琪抱到了其他房间，让她休息。

眼看着她闭上眼睛，宋望出门找到赵晓琳，冷着脸直接发问："网上的视频是怎么回事？"

"什么视频？"

"和林凯乱伦的视频。"宋望面无表情。

赵晓琳愣了一下，哭着道："不是不是，我是被强迫的，我没有要和他发生关系！有人给我们拍了视频？！"

宋望看着她，还没来得及说话，快步上来的猴子喊道："大哥。"

宋望看着赵晓琳冷笑："林凯强暴了赵晓琳，赵晓琳悲愤之下自卫伤人，林凯失血过多。"他抬眸往房里看了一眼，"他应该伤不致死，先止血，将他的命给我保住了。"

"不，"赵晓琳拔高声音喊，"不是，你不能这样。我没有被强暴，要杀他的也不是我。"

"给你们十分钟，十分钟后我们出门。"宋望朝猴子道。

"哥你放心。"男人一本正经地点点头。

宋望返回林思琪休息的房间，拧了热毛巾帮她擦脸，一边擦一边柔声说："盖上被子好好歇一会儿。什么也别想，我先出去处理事情，一会儿进来陪你。"

"宋望。"林思琪声音哑哑地唤他。

宋望伸手摸了摸她的脸："有我在，什么也不用怕。"

林思琪握着他的手心，将自己的脸颊放上去，声音低低的："你真好。"

宋望笑了笑："我就是这么好，我会永远护着你，疼着你。所以，遇到什么事也不用怕。"

"我没有刺他的要害。"林思琪声音小小的。

"我知道，"宋望摸着她的脸，"所以什么也不用担心。这件事原本就和你没关系，你没在家。"

"嗯。"林思琪又低低地应了一声，握着他的手不松开，滚烫的脸颊蹭着他的手心，身子也往他这边靠。

宋望垂眸看着她，好看的眸子眯了起来。

"我难受，"林思琪这会儿放松下来，体内便好像有许多小蚂蚁在爬，晕乎乎地道，"不舒服。你亲亲我。"

她声音娇娇软软的，水一样，宋望没说话，身子却朝她紧挨过去，柔情款款地吻着她。

91

他吻得很温柔，好像怕碰碎了她似的，有一下没一下地挨上去，缠缠绵绵地亲，更像一种抚慰。

林思琪有些迷醉，神志不清。

宋望被她缠得有点喘不过气，但到底记着事，伸手在她肩膀上按了按，轻声说："好了好了，回来给你。外面一团乱，记者们还都堵着呢，得先打发了他们。"

林思琪窘迫地松了口，离开他的唇。

宋望笑了笑，手指在自己唇瓣上摸了摸，又伸手捏了捏她的脸，给她盖了被子，起身出了房间。

林思琪的卧室已经被收拾干净，床单、被罩、地毯统一压进了大号的垃圾袋，血迹顿时消失。

宋望脱了自己被染脏的大衣扔进垃圾袋，他身后两个人架着林凯，催着赵晓琳，几个人一道往楼下走。

屋门一开，原本吵吵嚷嚷的八卦记者登时安静下来，几秒后，七嘴八舌地再次开口。

"天哪，这人怎么伤成这样？看着就剩一口气了！"

"怎么没见林思琪呢？"

"宋总裁，到底是怎么回事？"

"林思琪呢？屋子里到底发生了什么事？"

记者们推推挤挤，许多个话筒送到宋望嘴边，宋望冷着脸看了众人一眼，拧眉开口："眼瞎吗？再提思琪，我告你们诽谤。"

记者们倏然静了下来，面面相觑。

宋望目光掠过人群："被偷拍的是林凯和他的外甥女赵晓琳。思琪自始至终和此事无关，再有造谣者，休怪我不客气。"

"既然事情和林思琪无关，她人呢？事情发生在她的卧室，这么长时间，也没看见她出现！"人群里突然有人高声问。

"事情发生在她的卧室，就和她有关？"宋望冷笑一声，吐字如冰，"如果有人在你的卧室杀了你妈，就和你有关？你想说的，是不是这么个道理？还是说，这就是你的逻辑？"

"哎，"问话的记者急了，"怎么说话呢这是？"

"就这么说话！"宋望冷眼扫视一圈，目光像利刃，"这么说话怎么了？作为媒体人，你们是怎么说话的？事情尚未搞清楚，你们又是怎么问话的？'林思琪行为放荡，你怎么看？'这就是你们问话的方式？嗯？己所不欲，勿施于人！你都不爽，难不成我还得笑容可掬地回复你？"

"这，我们也不知情啊。"那记者红着脸后退了一小步。

"不知情！"宋望声音拔高了些，"不知情就胡乱报道？不知情就口诛笔伐？一句不知情就完了？我也不知情，上面那些话我拿来问你，成吗？思琪活蹦乱跳一个大活人，大白天的，她想去哪就去哪，爱在哪就在哪！事情发生在她的卧室，她已经是受害人，我倒想问问你们，怎么不站在她的立场上想一想？跟风、猎奇，媒体人的素质就这么体现，嗯？"

"这，宋总您别生气。"有记者收了相机，语调讪讪的。

宋望冷哼一声，伸手将自己西装外套的衣领了立了立："这件事没完。我也绝不会就此罢休。偷拍也罢，撰文渲染也罢，但凡损伤思琪名誉的，就得做好承担后果的准备！"

媒体记者们面面相觑，一时间都有些心慌意乱，不过几秒，有人直接转身往小区门口走去。

宋望冷眼看着，朝着剩下的众人一字一顿道："还站着干吗？我耐心有限，别让我请保安轰你们走！"

媒体记者又退了大半，最后几个目光落在了赵晓琳身上，试探地道："发生这样的事情，赵小姐打算怎么办？"

"哇！"赵晓琳直接崩溃地哭了出来，"我不知道不知道。别问我，他是我舅舅，我怎么告他啊！哇！"话音落地，赵晓琳大哭着拉开门跑了回去。

视频里的人并不是林思琪，这件事的热度大打折扣，又有宋望强势介入出言警告，一众记者顿时丧失了八卦热情。

宋望目送一众人离开，脸上的表情不见松动。

"大哥，都在这，"边上急匆匆走来一队人，为首的一个高大健硕，直接将手里的东西给宋望看了看，"进去了几个人正围在客厅里打牌呢。也就一开始的视频被拍到，传上了网。"

"人呢？"宋望立在台阶上，垂眸看了一眼，淡淡地发问。

"都在屋里绑着呢。"男人道。

"撬开口，让他们将指使人说清楚，拍成视频，网上曝光，"宋望潋滟的桃花眼眯了眯，"不是喜欢闹上网吗？如他们的愿。"

"是。"男人应声，转身挥挥手，带着几个人重新过去。

宋望松了一口气，这才看见，台阶下程瑜和林思源都好像傻了一般，在低着头哭。

他下了台阶，免不了又是一通安慰，扶着程瑜进屋。

客厅里，宋望将事情大致给程瑜说了一遍，程瑜惊骇之余，下定决心和林凯离婚，自责得不得了。

宋望心情也颇为复杂，坐了没一会儿，上楼去看林思琪。

林思琪被灌了不少酒，迷迷糊糊地躺了一会儿，只觉得浑身燥热难当，无法忍受。

宋望进门的时候，她正将自己身上的毛衫往下扯。

毛衫是深青色的，料子柔软、鸡心领，脱下分明应当从头上往上拉，可这傻丫头一个劲地往下拉，一边使劲一边撇着嘴，露出大半个白嫩饱满的胸脯不说，嘴里还一个劲地哼哼唧唧，和自己较劲儿。

宋望原本高涨的怒气散了些，看到她气得腮帮子鼓鼓的，只觉得说不出地好笑。

宋望搓搓手指，抬步走过去，坐到了林思琪床边。

“嗯，”林思琪看见他就开始撒娇，揪着自己的毛衫告状，“这衣服好讨厌，脱不下来。”

宋望忍不住笑了笑：“是挺讨厌的，我帮你脱。”

“扔了它，以后再也不要了！”林思琪噘着嘴，伸手去拉宋望的衣角，抬起水灵灵的眸子，“好不好，我不想要它了。”

“嗯，”宋望说着话，伸手将她的毛衫往上拉，一边拉一边柔声道，“举手。”

林思琪将两条胳膊伸得直直的，宋望笑着将衣服扯下来搁到一边，往床里面挤了挤，将林思琪抱在怀里。

“不舒服！”林思琪脸蛋绯红，缩在他怀里哼哼唧唧，拧麻花一样拧着身子，被他捂了嘴，又小狗一样伸舌头舔着他的手心。她的舌尖软软的、湿湿的，却滚烫，宋望手心痒得不行，忍着笑好言好语地安抚她。

时间过去很久，林思琪晕乎乎地折腾了一通，沉沉睡下。

给她掖好被角，宋望转身出了房门，下楼来。

“思琪她怎么样了？”程瑜在厨房里做饭，闻声出来，一边在围裙上抹着手，一边出声问。

“睡着了，晚上可能会醒一次，”宋望略微想了想，“要不您晚上十点左右叫一下她，弄点粥让她喝？”

“好，”程瑜眼眶泛泪，“知道了。劳累你了。”

宋望淡笑：“您别这么客气。事已至此，别多想。思源也得您多注意着，有什么事打我电话。”

“好。”程瑜连连点头。

宋望又拿过她的手机，多存了两个号码进去：“赵青和李侯的号码我也给您存着，有事情找他们也行。”

“知道了。”程瑜勉强笑了笑，“你这就要回去？”

“嗯，后面有点事得处理，”宋望抬眸往楼上看了看，“剩下的事情有我呢，别担心。"

"行。"程瑜又一次点头。

宋望朝她一笑，抬眸看了一眼赵青："走吧。"

顾家也好，林凯也罢，触了他的底线，总得让他们为此事付出点代价。宋望冷脸想着，大跨步往外走。

寰宇集团旗下便有娱乐公司，他先前一贯低调，此次动怒却非同小可，半天而已，视频的事得以澄清，林思琪又因祸得福获得好些网友同情，收获了大批粉丝。

这之后，赵晓琳灰溜溜地回了青城。

林凯臭名昭著，伤好后自知理亏，和程瑜协议离婚，净身出户。

06 | 他可以为她保驾护航，不愿意阻碍她分毫

一转眼，秋去冬来，天气转冷。

星期一，清早。

林思琪和楚滢抱着书到了教室，趴在课桌上等着上课。

江教授的课，阶梯教室里人满为患，楚滢四下看了看，戳着林思琪的胳膊道："喂，你发现了没？咱们江教授是人才啊。"

林思琪："本来就是。"

三十出头的大学教授，还这么受欢迎，放眼全国应该都难得一见，尤其他还那么温和帅气。

"不是这个，你没发现吗？他一直都踩着上课铃声进教室啊，闹钟一样。"

丁零零的上课铃声打断了楚滢的话。

林思琪一抬头，讲台上江远目光扫视一圈："上课。"

"江教授好。"教室里响起一片应和声。

林思琪看着他，想着楚滢的话，觉得还真是这样。他们专业的江教

授和教授古代文学的李教授，完全是两个极端。李教授喜欢语重心长，长篇大论，江远讲课永远是能少一句是一句，能看片就不说教，舍不得唾沫似的。

不过，大多数学生还就喜欢他这样的。

身高腿长相貌好，年轻未婚，注册了微博偶尔发日常，日常的主角是一只家养的小黑猫，仔细一想，克制冷静的江教授有点反差萌。

林思琪忍不住笑了笑。

边上楚滢趴在课桌上，嘀咕："那啥，江远他也是我们学校表演专业毕业的。"

林思琪一愣："啊？"

"你说他一个学表演的，怎么就想起当老师了呢？"

"也许是因为工资比较稳定？"

"噗。"

"楚滢！"楚滢的喷笑声刚起，讲台上的江远突然点了她的名，抬眸问话，"这段短片，观后感，随便说几句我听听。"

"没有。"楚滢略微想了想，声音闷闷的。

"嗯？"江远微微挑眉，声音挺温和的，完全听不出情绪。

"江教授，"楚滢语调顿了顿，笑着说，"我没有恋爱经验，看这一段挺没有感觉的。"

"噗，哈哈！"教室里的学生愣了一秒，前仰后合，哄堂大笑起来。

江教授不像李教授，课堂上没什么规矩，却反而很招学生喜欢。他讲课的时候基本上没人胡闹，所有人都尊重他。同时，课堂气氛一向热烈，学生们也没什么忌惮。

楚滢这回答有点像挑衅，登时逗乐了不少人。

许多学生好整以暇，很明显，都在等着江远做出回应。毕竟，江教授一向不会让他们失望。

江远也微微愣了一下，低头自顾自笑了笑，抬眼朝她看去，开口道："该找个男朋友了。"

"哈哈。"学生们又发出一阵笑。

楚滢承受了整个教室的学生的注目礼，大大咧咧一个人，突然也有点脸红了。

"坐下吧。"江远手心向下，朝着她做了个手势。

楚滢依言坐下来，边上的林思琪忍不住笑了笑，手臂却突然被边上一个女生碰了碰。

折起的纸面上，清俊的七个字："麻烦给楚滢，谢谢。"

林思琪愣了愣，侧头看过去，同一排最边上一个男生朝她挥了挥手。

乌童？

国内著名主持人乌乐的独子，和她们并不是一个班，可因为在校学生会和篮球队都挺出名的，她自然知道。

林思琪朝他笑了笑，将手中的纸页推给了楚滢。

楚滢也明显愣了愣，直接将她递过去的一页纸打开，看见清俊工整的一行字："我可以做你的男朋友吗？"

咦？

这表白如此直接、及时，楚滢探头看了过去。

最边上的乌童咧嘴笑了笑，露出两颗白白的虎牙，朝着她挥挥手。

"乌童！"讲台上的江远突然又点名了。

乌童挠挠后脑勺，站起身来。

"上蹿下跳做什么？"江远看着他，一开口，满教室学生又忍不住哄堂大笑起来。

"没做什么。"乌童声音清朗，"我就是追楚滢。"

"哈哈。"

爆笑声差点掀翻屋顶。

江远俊朗的脸上染上一抹无奈："下课再追。"

"是。"乌童笑嘻嘻地坐下，咧开嘴看了楚滢一眼，没心没肺的样子。

课堂上放了两部电影短片，三堂课很快过去。

林思琪抱着书问楚滢："中午吃什么？"

"米线怎么样？"楚滢随便回了句，看着乌童蹦出了教室。

教室外，楼道里。

乌童追上江远："哎，小舅你慢点！我找你有事呢。"

"挺本事啊，"江远脚步没停，侧头看了他一眼，边走边道，"追女生追到我的课上了。"

"嘿嘿。"乌童挠挠头笑了两声，"我觉得那姑娘挺逗的。"

"逗？"江远看看他，"我觉得你也挺逗的。"

"哎，不是你想的那么回事！"乌童快步追着他，"我是真挺喜欢她的，琢磨她好久了，认真的。"

江远勾勾唇，依旧大跨步往前走。

"别啊！我就在你课堂上闹了一小下而已。我这不是琢磨着她肯定喜欢率性爽快的男生嘛。"

江远淡声问："什么事？说说看。"

乌童嘿嘿笑："就我宿舍一哥们儿，可喜欢蔓青姐了！"

乌童有点不好意思地搓搓手："那啥，我的意思是，他想要蔓青姐的签名，怎么样，赏一个吧？"

江远垂眸看了他一眼，又转过身，直接往前走。

"别啊，小舅，"乌童火急火燎地去拉他，"小舅你不是这么小气的人！不就一个签名嘛，又不是玉照。放心，他要照片的话我指定削他，那哥们儿就想要签名，签名就行。"

"没有。"江远微笑，"照片、签名，都没有。"

"哎呀。"乌童简直想跪倒在他的西装裤下，"不行啊，你行行好，可怜可怜你大外甥吧，我可是拍着胸脯给人家保证的。等蔓青姐回

100

来，你随便让她赏两个字，不费什么事。"

江远被他拉着袖子，叹了口气，停了步子："下不为例！"

"行，最后一次。"乌童登时笑起来，"不就是个签名，还宝贝呢？放心好了，要不是那哥们儿实在和我关系好，我才不给他呢。"

"行了，回去吧。"江远拿手里的课本在他肩膀上拍了一下，"在其他老师课堂上规矩些。"

"肯定的。"乌童咧嘴笑了笑，蹦着往回走。

江远目送他蹦远，夹了课本转身，伸手在眉心按了按，兜里的手机突然响起来。

"我回来了，在家里等你，谈谈好吗？"

是蔓青发来的。

江远蹙眉回复："民政局门口见吧。"

那边久久没有回复，他重新抬脚，面色淡淡地往停车场方向走。

他和蔓青是大学同学。

相识十一年。

大三时，蔓青追求他四个月，过了暑假，两个人顺理成章地在一起，毕业结婚。

蔓青懂事温柔，落落大方，颇得他父母的喜欢，宜室宜家。

恋爱、结婚，两人从未吵过架，感情一开始就十分稳定，彼此都不是冲动的人，上床时间都挺有规律。

结婚一年，蔓青二十三岁，因主演电影《旧城恋爱》一炮而红。

用她的话来说，事业进入至关重要的时期，结了婚的女人在娱乐圈很廉价，因此，两人隐婚至今。

这六年，蔓青全国各地飞，来去匆匆。

他从小生活作息就极为规律，受不了演员行业颠三倒四的作息，毕业后继续读研，直到留校任教。

六年时间，两人见面的次数屈指可数。蔓青很努力，所有的时间都奉献给了越来越受人瞩目的事业。他以为她宜室宜家，可她没时间做一个贴心的儿媳妇，没时间做一个温柔的妻子，甚至，没时间做母亲。

她没有要孩子的打算，意外怀孕一次，瞒着他直接流掉。

他尚未体会到做父亲的喜悦，已经被剥夺了做父亲的权利，那以后，两个人爆发了恋爱以来第一次争吵，无疾而终。

事到如今，这婚姻，让他觉得没有维持下去的必要。

江远收回思绪，开车离开学校。

教室门口，林思琪和楚滢抱着书本出来。

她们对面，乌童迎面跑来。

他穿一件浅灰色薄羽绒服，牛仔裤，板鞋，个子挺高，头发短短的，笑起来露出两颗可爱的虎牙，显得阳光爽朗。

"楚滢，楚滢。"他急匆匆地停在两人眼前。

"别急别急，有话慢慢说。"林思琪差点被撞到，飞快地闪了一下，惊魂未定地笑了起来。

"你考虑了吗？"乌童挠挠后脑勺，"我上课说的话，行吗？"

他一脸期待。

"什么话？"楚滢看着他，"想做我的男朋友吗？"

"嗯，行吗？"乌童有点脸红了，微微抿唇，"我也没谈过女朋友，没有恋爱经验，我们可以一起积累经验。"

"噗！"林思琪忍不住笑出声来。

楚滢看着他，也有点想笑，低头想了想，问："能请我们吃午饭吗？学校西门口那一家过桥米线店。"

"当然。"乌童嘿嘿笑，"吃什么都行，只要你高兴。"

"吃什么都行？"楚滢一边走一边看他，"想吃你的肉，给不给？"

"啊！"乌童瞪大眼睛看了她一眼，"还是别了吧，我刚跑过来，出了好些汗，你怎么下口？"

"恶心死了！"楚滢没好气地翻了个白眼。

乌童又嘿嘿笑："你笑起来有两个小酒窝，你发现没？挺好看的。"

"我知道我好看，你就因为这个要追我？"

"哪有！"乌童连连摆手，"我不是以貌取人的人。"

楚滢笑了笑："手机拿出来。"

"干吗？"

"存一下我的号码，从现在开始，你就是我的免费劳动力，二十四小时等候差遣。"

乌童咧嘴一笑："喳！"

林思琪看着两人一来一往互动，笑得有些收不住，莫名地觉得这两人哪儿哪儿都搭。

楚滢和乌童谈起了恋爱，原本的两人行变成了铁三角，林思琪成了超大号电灯泡，整天看着他们俩插科打诨，觉得时间过得飞快。

星期三早上，前三节，又是江教授的"中外电影史"。

楚滢和乌童趴在课桌上打闹，林思琪看着教室门口，下意识地抬起手腕看了好几次时间。

上课铃声响了两遍，江远还是没来。

她身后，已经有学生开始交头接耳地议论起来。

"怎么还没来？"

"节奏不对啊，怎么回事？"

"怎么办？他这迟到一分钟，都好想他！"

"不会是病了吧？"

"呸呸呸，乌鸦嘴，能不能别乱说！"

教室里慢慢炸开了锅，教室门口终于进来一个人，他们专业教《艺术赏析》的吴教授。

吴教授四十多岁，身形微胖，一张圆脸常年带笑，站上讲台开口道："迟到了几分钟，给大家道个歉。"

"江教授呢？"教室里静了一秒，学生们七嘴八舌地问。

"从今天开始，这门课程由我给大家暂代一段时间。"吴教授声音顿了一下，笑了笑道，"江教授辞职了，以后应该不会出现在讲台上。给大家五分钟，缓一缓这个消息。"

"辞职？"

"他为什么突然辞职？"

"就是！怎么说走就走？"

"主任都不拦着吗？星期一他还在呢！"

学生们有些无措地说着话，有些女生一开口声音里就带了哭腔，整间教室因为这消息混乱起来。

"知道江教授受欢迎。"吴教授有些无奈地耸了耸肩，"辞职是他个人原因。具体是什么原因呢，我也不清楚。总之，接下来这门课由我暂代，这也是没办法的事情。"

"他怎么这样啊！"前排一个女生说完，一时控制不住情绪，趴在课桌上呜呜哭起来。

江远是全校最受欢迎的男教授，每次上课，不只本学院的学生过来听课，其他学院慕名来听的人也不少。

他上课虽然话少，可生动有趣，又能引经据典，鞭辟入里。随意一部电影，他总能将里面的所有特点信手拈来，三五句话解析展示给他们看，怎么说不教就不教了呢？

学生们完全没心思上课，正混乱，也不知谁突然说了句："他要拍电影了吧，他是易宁啊！"

"什么？"

说话的男生揉揉头发："课前看他的微博了。江教授改名'易宁'了，还发微博说易宁工作室已经成立，请大家关注呢。"

"易宁？"混乱的教室突然一静。

"是啊！"那男生又道，"就是《旧城恋爱》的编剧嘛。还有

《九十九步》和《风烛残年》的编剧，都是他。简直吓人！"

"金麒麟奖和金凤凰奖的最佳编剧！"

"他写过好多专业影评！难怪我上次借鉴了一篇他瞟了一眼就发现了！"

"真是他！"林思琪前排一个女生迫不及待地掏出手机道，"真是他！我一直以为易宁是个小老头呢，他编写的剧本都好有深度！"

一片议论过后，学生们将目光投向讲台上的吴教授。

"江教授的确才华横溢。"吴教授笑了笑，摊开课本，"不过五分钟已经过了，这些事情课间再讨论。上课！"

教室里的窃窃私语声慢慢低了下去。

林思琪突然听见乌童声音低低地朝楚滢说："我小舅本来就有才华好不好？你知道他老婆是谁吗？蔓青！"

乌童是江远的外甥，林思琪这几天已经知道了。

不过，乌童这话又让她吃了一惊。

蔓青是国内超一线女演员，处女作《旧城恋爱》得奖后，那一年被媒体称为"蔓青年"。

弄了半天，江教授的处女作，成就了他老婆？

真浪漫！

林思琪正胡思乱想，突然被边上乌童啊的一声吓了一大跳。

"干吗啊？"楚滢踹了他一脚，"吓死我了。"

"离婚了。"乌童拿着手机，一脸震惊，"他们俩离婚了！"

与此同时，原本安静了一会儿的教室再一次炸开锅，许多学生都低头看着手机，交头接耳。

"江教授竟然结婚了！"

"江教授的老婆是蔓青老师吗？"

"哎呀，到底是怎么回事？"

"信息量太大！"

"心碎了！我的江教授竟然结婚了！"

"不是已经离婚了嘛，你还有机会！"

两个女生的对话引得一众人小声发笑。

林思琪下意识地伸手触上手机屏幕，易宁的最新一条微博，晒出的赫然是离婚证。

不过，事情有点超出她的意料，就在她看消息的这一会儿工夫，这一条微博的评论已经多达上百条，所有人都在指责他。

"不要脸！"

"我们蔓青姐才看不上你呢！"

"真恶心，这不是往人伤口上撒盐吗？"

"贱男，在蔓青姐伤口上捅刀子！"

侮辱性评论一条比一条过分，充斥着她的眼球。

"怎么这样呢？怎么就闹成这样！"边上，乌童抓耳挠腮，不知道怎么办才好。

教室里所有人都在刷微博。

林思琪好奇地搜索了一下，发现蔓青的微博比江远早发了半小时，配的图片也是离婚证。不过，她配着一条文字："忙于工作是我不对。感情走到今天只剩苦笑。无论如何我永远爱你！@易宁。"

蔓青@易宁之后，江教授用离婚证的内页回应了？

林思琪对他这种给自己招黑的行为无力吐槽，正叹气，许多熟悉的马甲突然蹦出来评论了。

下一个晴天："江教授，我永远爱你！"

我是小虾米："支持江教授！不解释！"

江燕我爱你："代表全班同学支持你！"

传媒表演2014："代表全年级同学支持你！"

长了脚的波萝："代表全校同学支持你！"

教授什么的最帅了："离吧离吧，哦耶，江教授我准备追你了！"

管我哪根葱："旧的不去新的不来！"

林思琪被这突如其来的情况逗笑了，一抬眸，得，所有同学都低着头看手机呢。

　　不过，蔓青的粉丝后援团一向强大，网上很快开始掐架了。

　　林思琪前面的女生突然转过头："思琪思琪，你上微博没？你人气那么旺，快来声援一下，我们扛不住了啊！气死了！"

　　另一个女生道："这什么啊，不就离婚吗？有必要人身攻击？脑残粉真恶心！江教授是我们的大众情人，什么茶壶配茶杯的，有病、丧心病狂！"

　　"揪着我们的玩笑话不放了！"

　　边上几个女生气急败坏，林思琪再上微博，发现情势越发难以遏制，许多熟悉的马甲被蔓青粉@着骂，用词粗鄙难以直视。

　　她略微想了想，登录了自己的微博账号，评论并@蔓青："蔓青老师既然还爱着江教授，约束一下自己的粉丝好吗？许多同学只是支持江教授而已，已经被指责得羞愤欲死了！"

　　《天籁》以后，她的微博粉丝超过五百万，这样一条评论消息发出去，几分钟内又引来各方关注。

　　蔓青粉愣神了，关注着微博事态的蔓青愣神了，骂战里节节败退的林思琪的同学愣神了，她自己的粉丝自然也狠狠地愣了一下。毕竟，她这话礼貌在理，同时又犀利讽刺，简直是将蔓青架在火上烤。

　　蔓青主演《旧城恋爱》一炮而红，江远作为编剧，功不可没。

　　蔓青在娱乐圈以敬业出名，堪称业界典范。可正因为如此，和她结婚的那一方自然委屈。她说"忙于工作"，足以说明他们婚姻破裂和她忽视家庭有着不可分割的关系。

　　她一年四季拍摄不断，所有粉丝才笃定她单身。这样一个她，哪来的时间经营婚姻呢？

　　江远就是易宁，才华横溢、低调沉稳，既能一手捧红她，很明显并不是大女人身后的小男人。

　　这样的婚姻走到终点，到底哪一个才是过错方？

她率先发微博，第一次当着公众坦承感情，她@易宁说永远爱他这样的话，她的粉丝，却在微博更新的第一时间炮轰她爱着的那个人。

她在做什么？

半个多小时，冷眼旁观吗？

她有着极为强大的团队，这种她发布离婚消息的关键时刻，她的团队怎么可能对这样的状况一无所知？

她说着无奈和告白的话，却让自己爱着的那个人处在她强大的粉丝团的围攻之下，当真是太让人心寒了！

网络上再次热闹起来，风向却明显变了。

教室里，原本气急败坏的学生们回头看着林思琪，很快，笑了起来。

"你真是我的偶像！"

"思琪，快收下我的膝盖！"

"代表江教授感谢你！"

林思琪耸耸肩笑了笑，收心听起课来，全然不知微博上又掀起了新一轮的风波。

她@蔓青十分钟之后，蔓青又发布了一条长微博道歉，称自己因为伤心过度去休息，经纪人顾及她最近拍戏太累，兼之过度维护她，对江远有些怨气，并未第一时间将微博上的混乱告知她，造成粉丝们对江远和传媒大学学生的围攻侮辱，非常抱歉，感谢林思琪出言提醒。

她这言论十分微妙。

一来，表明自己全不知情；二来，表明经纪人对她颇为维护，心疼她而迁怒江远合情合理；三来，表明林思琪这一条评论不客气，经纪人不敢擅自做主，而惊扰了因为过度伤心刚刚去休息的她。

她此言一出，粉丝们心疼极了。

可教训在前，粉丝们没有再去江远和林思琪的微博下面闹，而是统一在蔓青的微博下表示支持。

"不要和新人一般见识。"

"我们相信你，不要让新人影响你的心情。"

"蹭热度，不用理会。"

蔓青反将一军，打一手同情牌，不动声色地回击了林思琪。

与此同时，易宁工作室。

一个络腮胡的中年人看了眼电脑，将椅子转半圈朝向不远处立着的江远，开口道："啧，不愧是蔓青，这样也行。"

"在圈子里这些年不是白混的，她同情牌一向打得好。"复印机前站着一个瘦高女人，笑着说，"我倒还挺欣赏江远的这学生的，不怕事。"

"你刚从国外回来，估摸着没有看《天籁》，"另一个戴眼镜的斯文男人抿了口咖啡，"小姑娘唱歌很棒，前途无量！"

"可不是，微博粉丝五百万！"门口又进来一个男人，边走边道，"我觉得这姑娘还挺传奇的。买彩票中了上千万元，来云京念个书，不声不响地拿下了云京第一单身汉！"

办公桌前一个男人沉默半晌，笑着敲了敲桌子，朝着江远道："说真的！我对你的这个学生非常感兴趣。要不让她试试我下部戏的女主角？"

"开玩笑吧？"络腮胡男子笑了笑，"人家姑娘才大一，演电影估摸着悬，你的那些角色，没什么经历的女孩挑战不来。"

"那倒不见得。"沉默着听了良久，江远靠着吧台淡笑，"你们没见她本人，她和一般的学生还真不太一样。"

"怎么说？"一屋子人明显都来了兴趣。

"一种直觉。"江远语调微微一顿，"她天生适合这个圈子。不过你那些角色，估计她不会接。"

"嘿。"被打击的男人登时挑眉，"你这是拐弯抹角地讽刺我？"

"哈哈。"一屋子人都忍不住笑起来。

"是因为裸露的镜头多了些？"打印机边上的瘦高女人若有所思，

"不过，在其他人的电影里脱十件，也抵不上在卓航的电影里脱一件。别的电影脱衣服那是低俗，咱们卓导这里脱衣服可是艺术！"

"哎，你可真抬举我！"卓航一掌拍在桌面上，朝着江远话锋一转："你就说现在怎么办！要不我蹦出去说蔓青让你独守空闺好些年？"

"滚蛋！"江远笑骂他一句。

"这也不行那也不行。"卓航双手做投降状，"我的教授，那你说怎么办？人家围攻你一顿就完了？"

江远淡淡一笑，没说话。

"别笑，"络腮胡男子无语地道，"怎么总觉得你这人就是专门来凸显我们粗俗的？这西装革履看着太碍眼了，搞艺术的可不这样！"

"习惯了，其他衣服穿不了。"江远一脸无奈。

"做教授的都这样，看着像个正人君子。"有人笑着接话。

"不是看着，"江远看过去，"本来就是。"

"哈哈，谁说不是呢？"那人又笑着揶揄，"这七年婚姻，性生活有十次没？也就你能坚持到现在。"

"以前没觉得无聊。"江远笑了笑，"行了，能不纠结我的性生活吗？蔓青的事情你们不用多说，帮我两点就行。"

"说呗。"一屋子人好整以暇地看着他。

"给我发布离婚消息那条微博点个赞；关注一下林思琪的微博。"江远补充道，"别用小号。"

看着他的一众人愣了愣，回过神来时忍不住全体喷笑。

距离他不远的瘦高女人一脸无语："你还真是！坑起人来一如既往，毫不客气。"

江远扯动嘴角："总不能让自己的学生跟着吃亏。"

"得，听你的。"络腮胡男子转过身去敲电脑，"这算多大个事。"

事实上，这当然不算小事。

他转过身在键盘上敲了两下，围观骂战的网友们突然发现：《旧城恋爱》的导演王京，赞了易宁发布离婚消息的那条微博，不过一分钟，又关注了林思琪。

这还不算，在接下来的几分钟里，《旧城恋爱》的副导演、《九十九步》和《风烛残年》的导演、业界资深影评人、圈子里颇为有名的摄影师、国内挺出名的相声演员，甚至圈子里诸多明星竞相邀请的造型师，这些平素在圈子里颇有威望的人，竟然好像约好了似的，默不作声地给易宁那条微博点了赞，又紧跟着关注了林思琪。

整个娱乐圈都因此突然沸腾起来。

网友们不知道，江远当年在学校里颇受追捧，他从未用自己的作品作为资本夸夸其谈，志趣相投的许多人却对他的才华一清二楚。他创作了三部电影剧本，捧红了三个团队，算得上一众人的意见领袖。

网友们只知道，这些人都和蔓青相识，却在这样的关键时刻，毫不客气地齐齐为易宁站队。

蔓青她人缘竟然差成这样？

面对一个又一个颇有分量的专业人士，蔓青粉都有点底气不足，忍不住怀疑，自己一直追求的偶像，到底是不是真的有问题？要不然，为什么在这些导演、摄影师、造型师等跟前，就一点不被喜欢呢？

其实，并非蔓青有问题，而是这些人一向对江远的行事作风颇为推崇，又不必巴结讨好蔓青，站队的时候自然毫不迟疑。

江远比他们有的人还年轻些，可他沉稳冷静，从不追名逐利，此其一；江远一毕业就结婚，婚姻七年来从不曾拈花惹草，心性坚忍让人汗颜，此其二；江远出身电影世家，才华横溢，却从不自视甚高，此其三。

当然，蔓青当年流掉孩子，江远喝酒失态了一次，让人心疼愤慨，也算是他们毫不迟疑地声援他的一个原因。

这些人突然蹦出来齐齐给易宁的那条微博点赞，无疑是狠狠地扇了蔓青一巴掌。

易宁以及易宁工作室自此备受关注，他的真名江远以及先前在传媒大学任教的事情更因此不胫而走。

与此同时，林思琪又莫名其妙地火了一把。

有网友猜测，她有可能成为下一任"卓女郎""京女郎"，进军电影行业。谁让这些导演、编剧齐齐关注她，声援之后还未取消呢？

林思琪也有点哭笑不得。

星期五晚上回到家，她迎接了一个醋意大发的宋望。

清平乐的小别墅在网上被多次曝光，林凯回了青城之后，宋望不放心她和程瑜、林思源住在那边，考虑之后，索性和她秘密领了结婚证，并且将程瑜和林思源接到了昌宁路的别墅居住。

时至凌晨一点，宋望折腾了两次之后还不满意，搂着她的腰诱哄着要再亲热一次。

"我不行了。"林思琪无奈地去拉他的手，"真的。早知道江教授那么牛，我说什么也不会强出头的。"

"嗯？"宋望英俊的眉眼被汗水打湿，纤长浓黑的睫毛垂敛，吻着她的耳垂，低低的一声，尾音十分撩人。

林思琪只觉得自己的尾骨都酥麻了，又连忙保证："真的。也是因为蔓青那些脑残粉太过分了，好些同学都快被骂哭了。你真没必要介意这个。醋劲这么大，不累啊！"

宋望一只手顺着她滑嫩妖娆的曲线往下游走，沉默了一小会儿，抱紧她笑了笑："好了，放过你。"

"真是的。"林思琪伸手在他胸膛上刮了刮，"你不会是故意装吃醋吧？"

"哈哈。"宋望愉悦地笑了两声，低头将脸颊埋在她的颈窝里，声音闷闷的，"被你给发现了呀。"

"小孩子一样。"林思琪埋头在他胸前，娇嗔。

迷迷糊糊间，她想起不知道在哪里看到的一句话，大意是说：爱你的人会充当你生命中所有的角色，平时如父如兄，耍起脾气来，再成熟的男人也会有些孩子心性，需要包容疼爱。

她觉得，宋望就是这样一个男人。

翌日，上午。

林思琪吃过早饭，赶往星际娱乐。

作为新晋热门歌手，公司紧锣密鼓地为她筹备着第一张专辑，已经定好名字——《见面礼》，年后就能面世。

这之前，她的工作量很大，基本上占据了她所有的课余时间。

九点，林思琪到了公司排练室。

舞蹈老师正和《天籁》的亚军选手苏晋说话，林思琪快走两步，不好意思地笑着道："抱歉老师，我来晚了。"

"不晚。"舞蹈老师看着表笑了一下，"是我们早到了一会儿。你们交流一下，将上次的舞蹈动作再练习一遍，我看看。"

"那好。"林思琪点点头笑了笑，"我先换衣服。"

《见面礼》有两首为她量身制作的主打歌，均要拍摄MV，其中一首，苏晋和她一起搭档炒热度。两人搭档的那首歌节奏奔放欢快，MV里有舞蹈动作，难度还相当大，部分动作需要借助钢丝绳才能完成。

林思琪穿着合身的舞蹈服，想着动作，出了换衣间。

舞蹈服是宝蓝色的，上下两件，背心配短裤。她一头蓬松柔软的长发扎成高高的马尾束在脑后，紧身背心包裹着高耸玲珑的曲线，短裤下则露出修长而笔直的两条腿，白皙匀净，漂亮得让人窒息。

不是第一次见，可每次见，苏晋都觉得难以移开视线。

林思琪太漂亮，相貌完美到无可挑剔，尤其是大而灵动的一双眼眸，惯常温柔含笑，抚慰人心。她年仅二十岁，朝气蓬勃，身上总有一股劲，极具感染力，非常让人心动。

她聪慧、柔和、坦率，很容易和周围的所有人打成一片，不骄不躁、宠辱不惊。

苏晋有点失态，直到耳边传来舞蹈老师说话的声音。

"我放音乐，思琪先跟着节奏来一遍，整体跳下来，一会儿有什么问题我们再商讨。还有苏晋，到了你的部分直接跟上，我一会儿就不再提醒了。"

她话音落地，节奏响起，林思琪表情认真地起跳。她跳起舞来动作干净利落，甩头、转身、走步，一气呵成，分外漂亮，很动感，眉眼飞扬、活力四射的样子，很容易让人不自觉地跟着摇摆。

她弯腰便露出凝脂一般玉洁的背，再起身，跟着节奏扭动两下，舞蹈老师都忍不住惊叹："真棒！"

几乎从一开始指导两人的舞步，她就发现，林思琪的身子柔软得不可思议。她以为是天赋，后来知道程母是舞蹈老师才恍然大悟，林思琪大抵从小就跟着学，歌舞功底很不错。

舞蹈老师数着节拍，朝苏晋递了一个眼色。

苏晋跟上林思琪的脚步，两个人背靠着背，再猛地转身，他伸手去揽她下坠的腰身，动作一到位，又抓着她的手腕猛拽了一把，林思琪倾身靠向他，还没到跟前，突然被甩了出去，轻呼一声。

她跳到最后出了汗，触手滑腻，苏晋一恍惚没抓紧她的手腕。

"怎么了？"舞蹈老师语调着急，抬眸看向苏晋，"你想什么呢？"

"手滑了。"苏晋也着急，蹲下去查看，声音歉疚地道，"怎么样？是不是扭到了，疼吗？"

"还好。"林思琪朝他笑了笑，一只脚蹦着到了边上，扶着墙，"也就扭了一下。"

舞蹈老师看着她的样子，有些无奈："今天状态还挺好的，原本再练习几遍应该就没问题了。"

"对不起。"林思琪看着她，有些愧疚。

"该说抱歉的是我。"苏晋看着她，难掩愧色，"对不起。"

"没事。"林思琪笑了笑。

苏晋看着她："我开了车，要不我送你回去？"

"不用。"林思琪略微想了想，笑道，"我让宋望来接我。你不用管我，你不是还有歌要录吗？去忙你的吧。"

"真不用？"

"嗯，没事。"

她语气稀松平常，苏晋看着她，迟疑地道："要不你给宋总打个电话？他应该挺忙的，他要是没时间我可以送你，录歌不着急这一会儿。"他觉得宋望那样的身份，指定没时间过来接林思琪。

林思琪却想到江远的事，觉得自己要是让苏晋送回家了，按宋望那占有欲，指不定又怎么生气呢。

她想了想，拿出手机，试着给宋望打电话。

宋望正在开会，西装笔挺地端坐在靠椅上，神色淡漠凉薄，年纪轻轻就显露出不怒自威的气势来。

这老总不常出现，每每出现，过分英俊的长相总比较惹人。

会议室里非常安静，一个高管看着手中的文件夹正说着话，桌面上的手机突然振动起来。

西装革履的男人汇报工作的声音倏然止住。

宋望往椅子上靠了靠，手指不轻不重地敲着桌面，挑眉道："不知道调成静音吗？"他说话的语调不高，挑眉的样子风流俊雅，神色间那一丝不耐烦却显露出情绪。

他非常讨厌开会过程中突然被人打断。

"是。"男人低头关机。

会议室内越发安静，关了机的男人正要继续汇报工作，耳边突然又传来一阵嗡嗡嗡的振动声。

宋望手边的手机在响。

"噗。"有人忍不住低头笑出声。

宋望抬眸瞥了他一眼，视线扫过手机，直接接起了电话。

"宝贝怎么了？"他问话语调低柔，肆无忌惮。

底下一众人意外地看着他温柔的神色。

他又深深拧眉："扭了脚？那就待在那，我过去接你。"话音刚落，他又补充道，"听话些。"

会议室里的众人瞠目结舌。

宋望挂了电话，抬眸看向先前汇报的男人："说到哪里了？"

"说到……"

"先到这，星期一继续。我有急事要处理。"宋望一抬手直接打断他。

急事？

宝贝扭了脚？

宋望开门大跨步出去，会议室里一众人面面相觑。

他们集团这年轻有为的老总，先前看着分明是个不近女色的，眼下交了小女朋友，性子转得噌噌快！

宋总疼女朋友的程度，简直刷新了这些精英的认知！

星际娱乐，休息室。

苏晋听林思琪打完电话，试探着问："要过来？"

"嗯。"林思琪笑了笑，"真没事。你去录歌吧，我等着他就行。"

"那行。"苏晋也笑，"宋总还挺疼你的。"

"他很好。"

林思琪没有多说，只是温柔的眉眼弯成了漂亮的月牙儿，却能让人感觉到被宠爱的甜蜜。

苏晋没待多久就离开了，林思琪便无所事事地等着。

扭了脚，不是很严重，但也有点疼。她扶着桌子去隔间拿了衣服和包，蹙眉想了想，懒得再将衣服换回来。

身上有汗难受，回去得先洗个澡。

116

宋望到了地方，推开门，林思琪抬眸朝他笑了一下。

宋望瞬间蹙眉，脱了外套将她整个人包起来抱在怀里，让赵青拿了衣服和包，往外走去。

他的外套纵然大，也只裹到她的大腿，看着她两条白嫩嫩的腿从他的臂弯垂落，一晃一晃的，宋望抬眸瞪了一眼紧跟着的赵青。

赵青默默地退了两步，便听见他醋意泛滥的声音："你怎么穿这种衣服跳舞？"

"拍MV要穿的背心比这个还短呢！"林思琪不假思索地回答。

宋望一张脸更黑了，只觉得浑身都不对劲，想将这世界上所有男人的眼珠子都抠下来。

偏偏，林思琪的事业他不能横加干涉。

他的小姑娘，他希望她走得更高更远，他可以为她保驾护航，不愿阻碍她分毫。

07 | 《篮球宝贝》

几十天时间一晃而过。

期末考试后，林思琪接拍了人生中第一部电视剧。

《篮球宝贝》是校园青春偶像剧，由环亚传媒和橙光娱乐两方出资，业内著名导演赵克鑫执导，总共二十集，拍摄预期三个月，寒假开机，抢占明年暑期档，一开始导演组就定下了全部起用新人的大胆决定。

校园偶像剧受众广，市场条件一直不错，《篮球宝贝》背景设定在高中校园，致使演员选拔颇受局限。

几经考虑后，赵克鑫将目光锁在了林思琪身上。

她的个人条件和剧中的女主角契合度颇高。

《篮球宝贝》的女主角是相貌美艳、活力四射的校花，同时是校篮球队啦啦队队长，她活泼外向、年轻稚嫩、漂亮自信、身段玲珑，是校园里最受瞩目的那一类优秀女孩儿。

林思琪完美契合了这些特点外，爆红带来的人气和话题热度也会让剧组宣传省心许多，更何况，她还有着橙光最高层大老板的小女朋友这样一个引人关注的身份。

花了一天时间，赵克鑫看完了林思琪参加《天籁》的所有视频，连面试都免了，直接将剧本给了她的经纪人，很快确定由她出演女主角江小宝。

主演、主要配角全部到位后，赵克鑫为一只猫犯了难。

《篮球宝贝》里，主角们经常活动的操场上有一只流浪猫，它是男女主角的定情猫，在剧中发挥着不可或缺的作用。

偏偏，小孩和动物向来是拍摄里最令人头疼的两种角色。

抑郁了好几天，赵克鑫突然想到了江远。

江远有一只小黑猫，是圈子里众所周知的事情，可想到以往他牵扯到猫儿就比较龟毛的性子，赵克鑫又有些头疼了，纠结抑郁了多半天，他试着给江远拨了电话过去。

正值下午，江远刚取了车发动，听到电话响。

赵克鑫？

他一愣，接了电话。

"江远？"中年男人的声音沉稳浑厚。

"嗯。"江远发动车子，笑道，"好久没见你打电话，有事？"

"可不是！"赵克鑫笑声里带着点讨好、试探，开口道，"的确有事请你帮忙，很小一件事，能答应吧？"

"说事。"江远一只手握着方向盘，没好气地回了句。

"的确是针尖大一点事。"赵克鑫继续笑，"就是猫，你家那只小黑猫，借我用一下。"

"嘟嘟？"江远语调微扬，反问一句。

"对，就是嘟嘟。我记得你家那只猫性情特别温驯，长得漂亮又听话，招人喜欢得不得了。我这拍电视剧需要一只，找了几只没一只听话的，伤脑筋得很。怎么样？就你家嘟嘟，借给我，半个月就行。"赵克鑫喋喋不休，一边夸一边笑。

"想得美。"江远言简意赅地拒绝他。

"别价啊。"赵克鑫哭笑不得，"我这部电视剧肯定爆红，你家嘟嘟就借我用几天。放心，我天天给它洗澡，好吃好喝地伺候着！怎么样？电视剧一拍指定是明星猫啊！你放心，我付钱，哎呀，不会让你家嘟嘟白干的，你说你也不是小气的人，这找个合适的演员不容易你应当深有体会，找只合适的猫可就更难了，要不是真没办法，我也不会找上你家嘟嘟呀。"

"不可能。"江远的声音依旧斩钉截铁，"这事你别想，我不会同意的。"

赵克鑫苦口婆心："它就趴女主角肩上睡觉就行了。"

"趴哪睡觉也不成。"江远扣好安全带，直接开口，"行了我挂了，开车呢。这事不可能，你另请高明。"

"别价啊，你知道那女主角是谁吗？"赵克鑫疾声喊道，"林思琪，就是那个在微博上帮你说话的林思琪。人家姑娘挺过你，好歹师生一场！"

"林思琪？"江远愣了一下，反问。

"哎，就是她！我这部电视剧的女主角。那姑娘人不错，肯定会好好照顾你家嘟嘟的。"赵克鑫说得十分卖力。

"她？"江远语调微微顿了一下，"那也不行。"话音落地，他当真挂了电话。

赵克鑫吹胡子瞪眼："这养只猫跟供个祖宗似的。"

"导演，"边上的工作人员忍不住笑了笑，"您没养当然不知道。这有些人疼着猫儿、狗儿的，可不就跟供个祖宗一样嘛，比亲生儿子金贵多了。"

"真是的。"赵克鑫没好气地吐了一口气。

"那怎么办？就这三只了，您看看用哪一只？"工作人员指着脚边三只趴着打盹的大猫问了一句。

赵克鑫低头瞧了一眼。

颜色都是黑色，都没有江远那一只漂亮干净，毛发都挺长，却还是没有人家那一只毛发长。

江远的小黑猫赵克鑫见过一两次，圆嘟嘟、胖乎乎的，毛发细长乌黑，一双眼圆溜溜的，有时候清醒有时候迷糊，性子特别温驯，走路超级优雅高贵，的的确确是一只纯种的波斯猫，浑身上下那气度，那公主范儿。

也就那样的猫，才配得上林思琪啊！

赵克鑫抓狂不已。

工作人员瞅了他一眼，继续道："这三只也大几千元了，您就看着选一只吧。猫嘛，相处久了也有感情，就听话了。"

"行了。"赵克鑫伸手随便指了一只，"就它吧。明天和人家姑娘开始培养感情，弄下去再好好洗洗，弄得干净漂亮点。"

"好嘞。"工作人员应了一声，笑着去逮猫。

这一日，清晨。

林思琪睡眠浅，醒来很早。

宋望还没醒，紧紧地抱着她的腰，人前倨傲冷淡的大男人，现在看上去跟个孩子似的。

林思琪忍不住笑了起来，抬手戳了戳他的额头。

"宝贝儿。"宋望迷糊着嘀咕。

"在这呢。"林思琪笑着去抱他，两条长腿藤蔓一样缠了上去，很快扰了他的清梦。

胡闹一通后，两人在被子里四目相对。

"起床吧。"林思琪笑着亲了亲他，"我今天要拍戏，在体院，离这还挺远，不能迟到了。"

"是。"宋望笑着应了一声，掀了被子下床，"你上次说你接了部电视剧，就是这部吧？叫什么名字来着？"

"《篮球宝贝》。"

"青春偶像剧？演主角？"

"嗯，女主角，一个校篮球队啦啦队队长。"

宋望系扣子的动作停了下来："啦啦队？"

"是啊。"林思琪笑着说。

宋望动作无比缓慢地系着扣子，蹙着眉，若有所思地道："啦啦队一般都穿得挺暴露。"

"背心、短裤呀。"林思琪不假思索地道。

宋望胡乱地想了想，状若随意地笑了笑，道："体院是挺远，我送你过去。"

"你送我？"林思琪看着他笑，"好啊，谢谢。"

体院，篮球场。

导演赵克鑫远远地看见两人，神色微微一愣，站在原地等了一会儿，笑着打招呼："宋总。"

"嗯。"宋望点点头，"我过来送一下琪琪，没事儿，不用招呼我。"

赵克鑫笑了笑，朝着林思琪道："化妆师已经到了。还有猫，那只黑猫在休息室睡觉呢。你和它熟悉熟悉，今天可能有镜头。"

"知道了。"林思琪笑着点了点头，先往操场边上的一座教学楼走去。

剧组拍戏大约两个月，一应事情自然事先和学校协商过，休息室就在距离操场最近的三号教学楼一层，挺大挺宽敞一个办公室。

两人一路过去，进了门，惊动了早已经到了的一群人。

三男两女。

宋望将目光落在挺拔俊俏的两个大男生身上。

两个男生都是新人，被他不动声色的目光看着，都觉得有些头皮发麻，先后问好："宋总好。"

"嗯。"宋望声音淡淡的，颇有高高在上的感觉。

林思琪脸颊微红地笑了笑，开口说："我给你介绍一下。姚蕾、贝南、祁汉，和我一起搭戏的。还有后面的是小忆姐和小乐哥，剧组的化妆师。"

宋望耐心听完，露出个淡淡的微笑："你们好，思琪年龄小，麻烦平日里多多照顾她。"

"宋总言重了。"几个人受宠若惊，连声答话。

宋望点点头，随意拉了张椅子坐下，看着林思琪上妆。

林思琪和化妆师寒暄了两句，端端正正地坐在椅子上，面朝镜子、目不斜视，一副配合的样子。

她相貌好，面部轮廓立体而深刻，非常适合浓妆。

休息室每个人都在忙碌，很安静，只有粉刷在脸上刷动的轻微声响回荡着，宋望靠在椅背上休息，一只猫蹿到了他的腿面上。

"赵导刚刚说的小黑猫就是它。"林思琪笑了笑，"要和我搭戏呢。"

"嗯。"宋望抬手将小黑猫拨了下去，手背在腿面上拂了拂，"让一只猫来演戏，它会听你的话吗？"

"感情都是培养出来的呀。"林思琪笑着问他，"你今天没事吗？一会儿要留下来看我拍戏？"

"我看看就走。"宋望一脸宠溺。

他们俩说着话，边上几个人从头到尾都没出声。

毕竟，身为橙光的大老板，宋望在他们眼中还是有些高高在上的，只是没想到，他会这样宠着林思琪。

几个人眼神交流着，唏嘘不已。

半个小时后，几个人上好妆，一起到了篮球场。

体院的操场非常大，放假也有些学生没有回家，站在不远处的台阶上饶有兴趣地看拍戏。

第一幕，课间，林思琪看祁汉练球。

"Action！"

赵克鑫一声令下，高大帅气的祁汉带着篮球进入画面。

他穿一身白色篮球服，宽大的背心和差不多到膝盖的短裤，领口和袖口有深蓝色绲边，和林思琪的衣服看上去很搭配。

冷风袭来，看着就有些冷。

他裸着膀子，好像全然不被现实环境所影响，微微弓着腰，脚步变换着拍着球往前跑，篮球每一下砸在地面的声音都十足响亮，节奏激越，很容易将人的目光吸引过去。

祁汉脚步变换，节奏加快，一只手带球，整个人一跃而起，手腕下扣，篮球准确地穿过篮筐，砰的一声响在众人耳边。

他一只手吊在篮筐上，得意扬扬地朝着不远处挥了挥手。

林思琪看着他笑，微微踮着脚将手中的运动饮料朝着他挥了挥，脑后的马尾在空中甩了一下，眉目俏丽，青春飞扬，让人十分心动。

"cut。"导演干脆利落地喊了一声，问摄影师，"饮料的瓶身拍清楚了吧？能看清牌子吗？"

"很清晰。"摄影师直起身。

赵克鑫松了一口气："挺好，进下一条。"

电视剧对演技的要求没有电影严格，青春偶像剧贴近生活，挺好驾驭，对他们这个年纪来说，也算本色出演。

林思琪举着饮料朝宋望笑了笑，后者勉强地给她竖了个大拇指。

看着她和其他男生眉目传情，宋望感觉有些吃醋。

他蹙着眉，继续看。

紧接着这一条是林思琪和黑猫的戏份。

剧本里，林思琪路过操场，不经意间听到一声猫叫，转身，意外地发现瞪着圆溜溜的眼珠、神色警惕地看着她的小黑猫。

女孩子对小动物总有一种天生的喜爱，她小心翼翼地靠近它。

124

小猫比一般的流浪猫都乖，她到了它近前，摸了摸它的头，小猫喵了一声，求疼爱……

"让它出声可能性不大，声音后期添加，你按着剧本靠近它就行。这猫儿还挺厉害，先试着拍一次，看看效果。"赵克鑫指挥着道具师将小黑猫放到了位置上，神色温和地对林思琪说。

林思琪笑着点了点头："知道了，导演。"

"Action！"

画面里，正走路的林思琪突然一愣，眼眸里闪过一抹奇异的亮光，带着好奇和惊喜转头看过去。

小黑猫蹲在满是爬山虎枯藤的矮墙上。

林思琪看着它，眼睛里漾出笑意，略微想了想，脚步轻轻地走近，神色温柔地看着胖乎乎的猫儿。

小黑猫睁着圆溜溜的眼睛打量她。

"不错！"赵克鑫松了一口气。

林思琪停了步子，笑眯眯地伸手过去，带着喜爱和心疼，似乎怕惊着它一般，小心翼翼地摸了上去。

"喵！"一声尖叫骤起。

众人愣神间，小黑猫突然一跃而起，怪叫着朝林思琪扑了过去，尖利的爪子直接落在她光裸的脖颈上。

林思琪有点蒙，再回神，脖颈上火辣辣一阵疼。

她一转身，只见落地的小黑猫嗷一声被宋望踹飞，他大跨步走到她面前，低下头着急地查看起来。

玉白修长的脖颈上三道一指多长的血痕往外渗着血，林思琪额头冒汗，龇牙咧嘴。

宋望急怒攻心。

小黑猫不知跑到哪里去了，赵克鑫带着几个工作人员急匆匆跑过来，疾声道："怎么样怎么样，有事没？"

"你说有没有事！"宋望难掩怒气，朝着赵克鑫发火，"拍什么不好拍一只猫！抓伤的不是你不知道疼吗？！"

"……"赵克鑫一噎。

"和导演没关系。"林思琪急忙拉了他一把，"你别胡乱发火。"

宋望重重地哼了一声，眼见她疼得蹙眉，沉声道："不发火，好，不发火！"

林思琪咬了咬唇，有些不知所措。

她抬手捂住了脖子，宋望重重地叹了口气，拦腰将她抱起，快步朝着停车的方向走去。

呃……被扔下的众人面面相觑。

林思琪伤了脖子又不是伤了脚，这人直接抱着就走了，看样子，有些急糊涂了？

林思琪也窘，抬眸看了宋望一眼，不敢吭声。

宋望冷着脸将她放在副驾驶座上，俯身扣好安全带，绕到另一边，很快发动车子，绝尘而去。

"东西都没拿呢。"林思琪看着他冷峻的侧脸，声音小小的。

"坐好了。"宋望看她一眼，"先去医院。"

"不用吧。"林思琪捂着脖子笑，"小猫挠一下，过几天应该就好了。"

"什么不用？！"宋望一只手紧握着方向盘，"流血了！感染了怎么办？留疤了怎么办？你想气死我！"

林思琪一阵语塞，看着他，明智地闭嘴。

"我带你去医院。"宋望看着她，语调缓了缓，"我太着急了，说话重了点，你别往心里去。"

林思琪看着他摇摇头："没，我知道你着急。"

"知道就好。"宋望一边开车，一边伸手在她脸上重重捏了一把，"你真是要心疼死我了。"

剧组，众人急得团团转。

林思琪的伤口看上去触目惊心，尤其是宋望明显动怒了，说话连一点情面也不留。

围观的学生也急，美女被猫挠了一爪子，简直就像自己的脖子被挠了一爪子一样，心疼。

"林思琪拍戏被猫抓伤，宋总裁当众发怒"的消息被传上了网。

林思琪微博的评论区乱成一团。

我女儿叫林小妞："听说琪琪被猫抓伤了！"

挚爱思琪："琪琪被猫抓伤脖子了，心疼死我了，呜呜呜！"

旗开得胜："不知道严不严重，真急，要哭了！"

冷暖玉棋子："不知道是什么猫啊，猫、狗抓伤有可能感染狂犬病的，打针好疼，呜呜。"

一面小彩旗："呸，楼上不要乌鸦嘴，呜呜。"

易宁工作室。

卓航无聊地浏览着网页，突然点着鼠标的动作顿了一下，头也不回地喊道："江远！"

"嗯？"江远敲着键盘，头也没抬。

"你那个学生，"卓航语调一顿，拍着桌子喊，"林思琪，被猫抓伤了。"

江远敲键盘的动作停了下来，扭头："猫？"

"好像是在体院拍什么电视剧，被一只黑猫给抓了脖子，"卓航蹙着眉啧啧了两声，"真够倒霉的。不过她那个超级英俊的总裁男朋友在场，震怒，抱着她直接走了，哈哈。"

"还挺疼她。"江远淡笑。

"是哎。"卓航啧啧两声，看着他又想起些什么，继续道，"对了，这被猫抓伤到底严重不？说是抓了脖子，我看网上有人说可能得什么狂犬病之类的。你不是养着嘟嘟吗？被抓过没？"

"有过。"江远简单地应了一声，想了想，推了椅子起身道，"我出去打个电话。"

体院，篮球场。

赵克鑫看着来电叹了口气，接通后，没好气地说："喂！"

"抓伤林思琪的那只猫还在吗？"江远开门见山地问了一句。

"在呢。被宋总踹了一脚，找地儿趴着不动了。"

"嗯，先别送走，养几天看看它有没有事。"江远说着话，略微想了想，道，"林思琪的伤口严重吗？"

"严重，怎么不严重！"赵克鑫怒气冲冲，"一指多长的三道口子，血肉都往外翻着，宋总差点吃了我！"

"能好好说话吗？"江远伸手在眉心按了按。

"我又不养猫。"赵克鑫道，"看上去挺骇人的。流血了，那姑娘皮肤也好，看上去触目惊心。估计宋总还得发怒，我这也是倒霉。你说你把你那只小黑猫借给我哪来这么多事！真的的！"

"说完了吗？"江远打断他，"我改天把嘟嘟给你送过去。"

"唉。"赵克鑫叹了一口气。

"行了，我先挂了。"江远正准备挂电话，略微想了想，又道，"你有林思琪的手机号吧，发给我。"

江远挂了电话，有些抑郁。

其实这不关他什么事，可赵克鑫那天打电话要过嘟嘟，事情倒一时间有点不一样了，让他心里有些过意不去。

江远蹙眉想着，看了赵克鑫发的电话号码，给林思琪拨了过去。

没人接。

他发了条短信："先不急着打针，挺疼的。处理一下伤口，观察那只猫十天，没事就不需要打针了。"

医院外，林思琪和宋望上了车。

医生给林思琪处理了伤口，建议观察几天再确定要不要打疫苗。

"回剧组吧。"林思琪想了想，看着宋望开口，"衣服和包都在剧组呢，总得取一下。"

"不拍那个了，行吗？"宋望侧头看了她一眼，商量道，"要拍的话可以拍其他电视剧。"

林思琪咬咬唇，看着他没说话。

其实她也有点后怕，刚才那只黑猫蹿上她的脖颈挠了一爪子，她差点以为自己的脖子被划断了，想起来有点阴影。

"先取东西吧。"林思琪笑着说，"这样好像不太好。"

"那今天先不拍了。"宋望握着方向盘的手指紧了紧，"取了东西先回家。你看你那会儿吓出多少汗，先好好休息一下。"

"嗯。"林思琪乖乖答应。

两个人回了体院，宋望没有让林思琪下车，自己到休息室帮她取了东西，和赵克鑫打了招呼，顺便逮走了那只小黑猫。

眼见他远远走来，开门将小黑猫扔到后排，林思琪揉揉额头不敢说话，拿过自己的包。

手机里有陌生来电和短信，她看着愣了愣，回复："谢谢。您是？"

"江远。"隔了一会儿，那头回复了两个字。

林思琪这才反应过来他养着猫，估计知道了消息，打电话提醒她，低头略微想了想，又回复："谢谢您。我没什么事。"

"嗯。"江远回复了一个字。

林思琪将手机扔回包里，一扭头，看到后面的黑猫抓着座位往上爬，看上去狂躁又吃力。想起宋望先前那一脚，她免不了担心，忧心忡忡地问："你不会把它踢坏了吧？"

宋望冷哼了一声。

"和一只猫计较什么？"林思琪无语地看了他一眼，"它才多大，你那一脚指不定将它踢伤了。"

"我看它好得很。"

"指不定内伤了。"林思琪转过身去逮小黑猫。

"你做什么？"宋望不悦地瞪了她一眼。

"我就看看它。"林思琪一只手平着伸出去握住小黑猫的前爪，一只手扶着它的脖子，将它抱到了自己怀里。

宋望冷着脸看她，双目圆瞪，正要说话，林思琪连忙将小黑猫抱起来在自己下巴上蹭了蹭，两双圆溜溜的眼珠一起朝宋望看过去，卖萌。

"喵。"小黑猫可怜兮兮的，缩回到林思琪怀里。

"你看它都害怕你了，凶神恶煞的。"林思琪忍不住笑了起来，一只手摸了摸小黑猫柔软的毛发，安抚着。

"我凶神恶煞？"宋望一只手握着方向盘，一只手伸过来，手指点着林思琪光洁的额头，一边点一边道，"要不是因为你，我和一只猫一般见识？没心肝的东西！"

林思琪笑着躲了躲，宋望手指追着戳她，没完没了。

她索性一扭头咬住他的手指，含在嘴里，舌尖轻舔了两下，含混地道："别生气了哦，老公。"

宋望被她撩得心尖发颤，僵着脸拔出手指，斥道："懒得说你。"

"喵喵它肯定不是故意的。"林思琪抿唇笑了笑，看向腿面上趴着的小黑猫，眨眼道，"是吧，喵喵？"

"喵。"小黑猫委屈地应了一声。

"它还听得懂我说话，"林思琪忍不住笑道，"那就带回家养着吧，就叫喵喵好了。"

"休想。"宋望冷不丁来了句。

"老公——"林思琪拖着长长的尾音娇媚地喊他。

宋望冷着脸不说话。

"哥哥——"林思琪嘟着嘴又唤。

宋望看她一眼，还是不说话。

"老公——老公——老公——"林思琪连续不断地唤，等宋望不耐烦地转过头，她连忙可怜兮兮地道，"求你了求你了。可怜可怜喵喵吧。"

"行了行了。"宋望没好气地瞪了她一眼，又伸手在她腮帮子上狠狠捏了一把，"以前怎么没发现你这么烦人？"

"嘿嘿。"

"还傻笑？"宋望伸手揉了揉她蓬松的头发，指尖轻轻碰了下她的脖子，声音蓦地低柔下来，"还疼吗？"

"一点点。"

宋望看了一眼小黑猫，还有点余怒难消。

"行了。"林思琪握住他的手指，"你刚才说了收留它，不能反悔的。它抓了我，你不也踹了它吗？扯平了。"

宋望又哼了一声，沉默下去。

林思琪松了口气，嘴角扯出一个微笑，小心翼翼地逗猫玩。

拍戏出了这么一桩意外，宋望越发不放心。

林思琪在家里休息了几天继续拍摄，他想了想，又一次跟着去了体院，全程旁观。

云京的冬天并不冷，气温不会低于零摄氏度，也从不下雪。

宋望站在拍摄场地外，看着林思琪身上青春亮眼的夏装还是觉得颇为心疼，低下头抽了一根烟放到嘴里。

他身后稍远处，江远停了车，取下安全带，一侧身，将副驾驶座上蹲着的小黑猫给抱到了怀里。

"喵。"小黑猫嘟嘟有些晕车，看着他，一副委屈的样子。

"乖，下车了。"江远笑了笑，伸手在它脑袋上摸了摸，稍作安抚，抱着它下了车。

嘟嘟很乖，性子有点懒，趴在他胳膊上蜷成黑乎乎的一团儿，好像没有骨头似的，睁着碧亮的眼珠儿打量这陌生的地方。

江远一只手摸着它的脑袋揉了两下，往剧组拍摄的地方走。

林思琪正在拍戏。

剧组拍摄地点被曝光了，四下围了不少人看她。

剧情需要，她穿着清凉，运动休闲风。

圆领短袖是青春亮眼的红色，像一团火，黑色短裤裹着她窈窕圆翘的曲线，露出修长笔直的两条腿，很白，十分耐看。

当然，她整个人都挺耐看的。

传媒大学表演专业，漂亮女孩如过江之鲫，这几年江远看多了，早已有点审美疲劳，一张张或清纯或妩媚的面容时常在眼前晃，也根本没什么感觉。

林思琪很让人惊艳，立体深刻的五官十分动人，让人过目难忘，是这一届他在班上认识的第一个学生。

她最先让人注意的当然是长相，可稍稍留意几次，就会发现，她身上有一种十分温柔和婉的气质，很迷人。

从她出现在学院迎新晚会上开始，从她出现在《天籁》舞台上开始，学校里所有学生和老师都热衷于讨论她。

江远若有所思，视线里，一个男生正指导林思琪投篮。

赵克鑫是话痨，电话里又一次要猫的时候洋洋洒洒说了一大堆，江远事先已经知道，林思琪饰演的女主角是啦啦队队长。

此刻她微微躬身，一只手带球往前跑，整个人看上去颇有蓄势待发的劲儿，马尾随着动作左右晃动，在空中甩过流畅的弧线，她再起身，一只手托起篮球，嘴角紧抿，看上去挺紧张。

边上指导她的男生也紧张，一脸汗水，也不知道是因为指导她打球，还是因为上镜，目光紧紧地盯着她的手。

四周很安静，所有的工作人员也专注地看着。

画面里，林思琪一跃而起，砰的一声，篮球砸在篮筐的边缘，没进，弹到了篮板上，又落下，绕着篮筐晃悠悠转了一圈多，进了。

"哈，真棒啊！"

"进了进了，终于过了！"

耳边一阵欢呼声，想也知道，这一条应该拍了好几遍。

江远忍不住笑起来，眼看着林思琪和一起上镜的男生相视一笑，兴奋地击了一下掌，很明显，如释重负。

"有火吗？"边上突然传来一道男声。

江远一回头，只见宋望伸手取下嘴角含着的那根烟看着他，神色间有点漫不经心。

尽人皆知的寰宇总裁，林思琪的男朋友，江远自然知道。

生活中倒是第一次遇见。

的确如卓航所说，这男人相貌英俊得过分了些，眉眼绮丽仿若画笔描绘，鼻梁高且挺直，薄唇色泽浅白，一张脸几近完美。

宋望在口袋里摸了半天也没找到打火机，心里想着事，眼见他回头，神色也愣了一下，笑道："江教授。"

"宋总。"江远拿了打火机给他。

宋望点了火，指间夹着烟朝林思琪看去，一只手却把玩着他的打火机，笑着说："你这打火机看上去挺不错。"

"你想要吗？"江远摸着嘟嘟，随口问。

"谢了。"宋望笑了一声，毫不客气地将打火机揣进了口袋里。

江远看他一眼，笑了笑没说话。

林思琪朝着两人跑过来，看到江远明显愣了一下，笑着打招呼道："江教授好，这是嘟嘟吧？好萌。"

"是挺萌的。"江远淡笑，"也懒。"

"喵。"怀里的小黑猫看了他一眼，又看向林思琪，四只爪子攀着他的胳膊，弓起身子抖了抖，精神抖擞。

林思琪被它逗得笑了笑，边上的宋望已经掐了烟，不知在哪又顺了一包纸巾，拉过林思琪的胳膊帮她擦汗。

"我自己来吧。"林思琪有些羞窘。

江远神色自若地转过头去，和走到跟前的赵克鑫说话。宋望便趁机握了林思琪的手，眉眼温柔："我帮你擦。"话音落地，浑然不去管远远近近落在两人身上的目光，又低头在她光洁的额头上亲了一下，秀恩爱。

他怡然自得，赵克鑫却苦不堪言，声音小小地道："还是第一次见这样疼老婆的，拍个戏我都如芒在背。"

"理解。"江远笑了笑。

"屁。"赵克鑫白了他一眼，"你纯粹是站着说话不腰疼。我现在看见宋总都肝儿颤，实在太有压力了。他看我那眼神，总让人觉得不怀好意。"

"他应该对你没兴趣。"江远淡淡地说了句。

"哎我说，你这人怎么还这么损？"赵克鑫无语地道，"算了算了，看看你这小黑猫。"

"是嘟嘟。"江远纠正道。

"行行，是嘟嘟，我看看你这嘟嘟小心肝。"赵克鑫说着话，转头朝边上喊道，"贝南，过来。"

他挥了挥手，一个挺拔帅气的男生跑了过来。

"等会儿你和它搭戏，先联络联络感情。这小公主可金贵着呢，不过听话，比那只走了的省心多了。"

赵克鑫说着话，江远便将怀里的嘟嘟朝贝南递了过去，若有所思地问："先前那一只，眼下在哪呢？"

赵克鑫朝着宋望的方向努努嘴："被揪着脖子拎走了，还不知是死是活呢。你没见当天那架势，简直要一把掐死那小猫了。"赵克鑫心有余悸。

江远余光里看见林思琪温柔笑着的眉眼，忍不住笑了笑："别担心，应该活着呢。"

"唉！"赵克鑫重重地叹了口气。

嘟嘟两只爪子挠着贝南的胳膊往江远怀里扑，喵喵喵叫得好不可

134

怜，委屈极了。

"哎你这猫，"赵克鑫有些受不了，"怎么这叫声啊？心都酥了。"

"你以为呢。"江远一步到了贝南跟前，伸手在嘟嘟脑袋上揉了两下，安抚道，"就一会儿，我在边上看着你呢。"

"喵……"嘟嘟可怜巴巴地看着他。

"乖，回去蒸鱼给你吃。"江远低着头和它说话，一只手给它顺着毛，耐心十足，眉眼温柔。

看见他这模样，林思琪目瞪口呆："还是第一次见江教授这么温柔耐心的样子呢，真是太意外了。"

"估摸着是只小母猫吧。"宋望一只手摸着她的下巴，若有所思。

"噗。"林思琪喷笑，看着他戏谑道，"喵喵也是母猫，怎么没见你这么温柔？别给自己没爱心找借口啊。"

"那不一样。"宋望抱着她的手臂紧了紧，"你们江教授没女人，要是有了你这样一个女人，估摸着也就没时间爱它们了。"

"肉麻死了！"林思琪面红耳赤，忍不住推了推他。

宋望在她耳边笑了笑，声音十分愉悦，半晌一本正经地站直身子，陪着她看了会儿贝南和嘟嘟拍戏。

兜里的电话响了起来，他拿出手机到一边去接电话。

接完电话回来，他揉着林思琪的头发说："我有点事先走一步，下午让人过来接你。"

林思琪看他一眼："我自己可以回家。"

"下午让人过来接你。"宋望语调不容置喙，"就这么说好了。"

林思琪无奈地点点头。

宋望笑了笑，低头亲了亲她的嘴角，转身朝停车的地方走去。

林思琪看着他的车子绝尘而去，笑着收回视线。

边上，一起拍戏的姚蕾笑着凑过来："思琪，问你个事？"

"怎么了？"林思琪笑了笑。

姚蕾比她大两岁，刚从他们学校毕业，鹅蛋脸双眼皮，气质温婉，性子和气，算是这一年圈内人气不错的新人之一。

"江教授和蔓青老师离婚后，有女朋友吗？"

林思琪一愣："没有吧？其实我也不是特别清楚。"

"不知道吗？"姚蕾笑了笑，"感觉你和他挺熟的哎，微博上偶尔还有互动呢。"

林思琪看着她，一时了然。

姚蕾被她看得有点不好意思，支吾道："我挺喜欢江教授的，在学校的时候就喜欢他。你能帮我问问吗？"

"什么？"

"问问他有没有女朋友，要不，问问他喜欢哪一类女生也行。"姚蕾一脸期待地看着她。

林思琪无奈地说："不太好吧？我和他没熟到那种地步。"

"就随口问问嘛。"姚蕾又道，"反正你有男朋友啊，这话很容易问出口，他也不会误会。拜托了！"

"……"林思琪欲言又止。

姚蕾明显有些着急了："我两年没和他说过话了，没办法开口。反正他离婚了嘛，好歹师生一场，你怎么能看着老师这么单下去，对不对？"

"求求你了。"姚蕾晃着林思琪的胳膊，"求求你，就问这么一个问题就行，以后绝对不麻烦你。"

"好吧。"林思琪无奈地笑着说，"你要把我摇散架了。说好了，只此一次，下不为例。"

"下不为例。"姚蕾主动和她击掌。

贝南和赵克鑫带着嘟嘟去拍戏。

江远远地站着看，林思琪走到他跟前，笑着唤了声："江教授。"

江远扭头看见她，笑着说："有个事正准备拜托你呢。"

"哎？"

"我有事要出去几天，嘟嘟得麻烦你照看一下。"江远解释，"以前出门都是放我姐家里，它这几天要来剧组，只好打扰你了。"

"是我麻烦您才对。"

江远看着她："先前那只小黑猫是在你家吧？"

"嘿嘿。"林思琪笑了笑，有些窘。

江远看着她有些脸红的样子，淡淡一笑，抬眸又往嘟嘟的方向扫了一眼。

"江教授，您喜欢什么样的女孩呀？"边上，林思琪突然问。

"哦？"江远挑眉看看她，"你还挺八卦的。"

林思琪："……"

江远这话实在让她有些不好意思，林思琪抬眸远远地朝拍戏的那一块看过去，姚蕾正看着她的方向。

"我不知道。"江远若有所思地回答。

"哎？"林思琪抱着嘟嘟，侧头看他一眼。

江远微笑："生命中那个人，遇到了才知道。有时候符合想象，有时候却会推翻你之前的所有想象。就比如你喜欢宋望吧，他是什么样，你就喜欢什么样。遇到了，所以有模板。"

江远声音顿了顿，目光落到一旁："挺遗憾的，我这个模板应当是还没有出现。所以这问题还挺难。"

林思琪一时疑惑："蔓青老师，不算吗？"

"应当没有到爱情那一步。"江远笑了笑，"你受人所托，想问问我要再找怎样的女人？"

心思被他洞悉，林思琪反而轻松了："嗯，一个学姐，也在这拍戏呢。您魅力还挺大的。"

江远笑了笑，没再说话。

137

没一会儿，林思琪回到剧组。

姚蕾满目期待地看着她："怎么样？说什么了？"

"说是暂时还没碰到喜欢的女孩，"林思琪笑了笑，"所以他也不知道自己到底会选择怎样的女孩在一起。"

"怎么跟绕口令似的？"姚蕾撇撇嘴看着她，又好气又好笑。

"其实我觉得江教授这话挺有道理。"林思琪若有所思，"喜欢的人总得遇到了才知道，不可能按着心里想的去找一个嘛，挺奇怪的。"

"蔓青老师是事业型女人。"姚蕾也若有所思，"他应该不怎么喜欢事业型女人了。其实我觉得江教授还挺大男子主义的，可能喜欢小鸟依人类型的。"

"小鸟依人？"林思琪挑挑眉。

"是啊，就是依赖他，在家里相夫教子类型的吧。"

林思琪想了想："也许。"

"唉。"姚蕾看她一眼，觉得她这样似乎也帮不上自己什么忙，耸耸肩看剧本去了。

下午七点半，宋望回到昌宁路的别墅。

他拿着外套进了门，听到客厅里传来林思琪温柔的声音："嘟嘟来，吃饭了嘟嘟。"

嘟嘟？

江远那只小黑猫？

宋望再走几步，就看到白天见到的那只小黑猫在沙发上蜷成一团，林思琪拿着一个小碗，笑眯眯地坐在边上哄着。

"你怎么把这小祖宗带回来了？"

"江教授有事，托我帮他照顾几天。"林思琪苦恼地直起身，"可到家就不行了，它认生得很，不吃不喝。你看，多委屈。"

"惯出来的毛病。"宋望垂眸看了她一眼，话未说完，茶几上林思琪的手机就响了起来。

林思琪接通，喊了声："江教授。"

"嘟嘟还好吧？"江远声音微扬，问了一句。

林思琪挺苦恼的，还有点不好意思，抿唇道："不知道是不是认生，不吃不喝也不叫，正委屈呢。"

"你开免提。"江远直接说了句。

林思琪开了免提，那边江远喊了声"嘟嘟"，和他的心肝猫说起话来。

"喵喵喵，喵喵喵……"嘟嘟不起身，依旧蜷在沙发上，委屈极了，对着手机连续不断地撒起娇来。

宋望有点受不住它软绵绵的声音，将外套甩在肩上，开口道："我先上去洗澡。"

林思琪看了他一眼："好。"

宋望上楼去了，她便拿着电话一直坐在嘟嘟边上，伺候猫祖宗打电话。

江远温柔耐心地安抚了好几分钟，等它总算活泼了一些，松了口气，对林思琪说："让你见笑了。"

林思琪哭笑不得："还好啦。"

"嗯。"江远笑着说，"我最多两三天回去，麻烦你了。"

"不麻烦不麻烦。"林思琪连忙说。

寒暄了几句，挂掉电话，她总算松了口气，拿手指拨了拨小黑猫，打趣道："江教授对你可真好。"

"喵。"嘟嘟柔柔地叫唤了一声，乖得很。

08 | 小丫头，羞吗?

两天时间一晃而过。

这一晚，林思琪和宋望参加了一个商业宴会。

回到家时已十点多。

林思琪穿着露背曳地晚礼服、高跟鞋，行动不便，宋望用自己的西装裹了她，抱下车，直接往家里走。宴会上两个人都喝了一点酒，短短一截距离就停下来亲吻好几次，如胶似漆。

"你今晚真美。"宋望呢喃一句，抱着林思琪上了台阶，尚未敲门，屋门从里面被人拉开。

"妈、江教授!"林思琪一扭头顿时清醒了许多，结结巴巴地问候完，一只手揪着宋望的衣服，就要从他怀里跳下去。

"别动。"宋望抱着她的手臂紧了紧，朝向程瑜，一本正经地开口道，"带她参加了一个宴会，不小心崴了脚。"

这人，随口扯谎从来不打草稿!

林思琪顿时没法下去了。

程瑜和江远愣了愣，目光同时落到她脚上。

林思琪穿着一双银白色高跟鞋，鞋面镶碎钻，亮闪闪的，越发衬得她一双脚白嫩柔美如玉，十根脚趾可爱地蜷在一起，并排紧靠着，染着正红色指甲油，很漂亮，也十分诱人。

此刻，一只鞋不知怎的被蹭了下来，挂在她脚上，要掉不掉的。

总之，看不出来到底是崴了，还是没崴。

江远的目光从她脚上收回来，怀里的嘟嘟弓起身，朝着宋望和林思琪喵喵喵叫了几声，声音软软的，就像撒娇。

江远一只手给它顺着毛，笑着说："这几天麻烦你们了。"

"不麻烦。"林思琪在宋望怀里，脸色涨红。

江远点点头告别，下了台阶，走到自己的车子跟前，开了门上去。

卓航坐在副驾驶座上等他，眼见他进来，啧啧两声，道："真腻歪啊！我还真是第一次见到这么腻歪的一对人。"

"年轻人，正常。"江远将手里的嘟嘟递给他。

"你是没看见刚才下车时那缠绵的样子。"卓航喋喋不休，"你这学生还真是挺有福气，宋望这身份，把她当心肝一样宠着，那个温柔劲，啧啧！"

"自古英雄难过美人关。"江远一只手握着方向盘，发动车子。

卓航笑着说："我想拍古装片呢，你觉得她做女主角怎么样？红颜祸水，各路诸侯竞相争夺那种，带劲不？以前就觉得她漂亮，刚才一看，真是惊艳哪，太美了。她身上有种特温柔特蛊惑的气质，简直跟水一样。"

江远看他一眼，笑了笑，没再接话。

林思琪身上的确有一种青涩惹人的风情，难得一见。

他神色淡淡地开着车，边上的手机突然响了起来。

"喏，有短信。"卓航看他一眼。

江远随手拿起手机，粗粗瞥了一眼，又将手机重新放回去，神色间带着点若有所思。

"难不成蔓青还在找你？"边上，卓航问。

"不是。"江远淡笑，又将手机拿起来，想了想，编写了一条短信回复："抱歉，我暂时没有交女朋友的打算。"

短信很快又来了："那我以后能发信息和您聊天吗？"

"我很忙。"他回复了最后一条，放下手机。

"嘿。"卓航拿起他的手机看了一眼，一脸戏谑地问，"谁呀，这是对你有意思？我说你这回复也太无情了吧，一点也不怜香惜玉。"

江远笑："可能是以前的一个学生。"

"你连人家是谁都不知道？"

江远看了他一眼，并不回答，脑海里回想起林思琪带着些羞窘的样子："江教授，您喜欢什么样的女孩呀？"

收回思绪，他漫不经心地答："我对师生恋没兴趣。"

卓航轻嗤。

车子转了个弯，融入繁华璀璨的城市夜景中。

假期一晃而过。

天气回温，微风和暖。

四月初，《篮球宝贝》顺利杀青，剧组官方微博上爆出了第一组宣传照，噱头是"林思琪荧屏初吻"。

画面里，林思琪穿着亮黄色小背心和运动短裤，马尾高高扎起，青春靓丽、眉眼飞扬。一场篮球比赛刚过，她手里拿着矿泉水瓶被一群男生女生围在中间，帅气挺拔的男主角贝南微微低头，在她的脸蛋上印下了一个吻。

阳光下一群人，流泪、流汗，眼眸里闪着灼灼亮光，养眼得很。

《天籁》比赛结束后，林思琪一直在筹备个人专辑，除了偶尔发发微博，几乎没参加任何娱乐活动，粉丝们等待得十分着急，剧组官博这组宣传照一经发布，很快在网上引发了议论热潮。

同时，剧组官博、宋望的微博、林思琪的微博以及《篮球宝贝》男主角的微博下，粉丝们的各种评论暴涨。

挚爱林思琪："我琪琪盛世美颜啊，好美好美！"

我是一颗小棋子："舔屏！"

拉拉："超级期待《篮球宝贝》！新人怎么了，没演技看脸我就很满足了，哈哈哈。"

159★★★★★★33："楼上真相了，哈哈，俊男靓女好养眼！"

傲气的我："呸呸呸，校园偶像剧，我琪琪本色出演就够了！"

我女儿叫林小妞："琪琪的初吻，哈哈，宋总裁要哭晕在厕所了吧？"

看热闹不嫌事大："宋总呢？此处需要宋总！"

12345："求更多剧照，迫不及待！"

路人甲："感觉贝南没有宋总帅啊，要是宋总能和琪琪演电视剧就好了，天天舔屏！"

西瓜熟了："求宋总看见剧照的心理阴影面积，哈哈。"

……

传媒大学，课堂上。

林思琪正低头写笔记，突然听到周围传来一阵窃窃私语声。

"哎呀。"

"秀恩爱！"

"网上有人叫宋总炫妻狂魔，哈哈。"

"他们同居了吗？"

"好像是，都是床照嘛。"

随着议论声越来越大，林思琪敏感地察觉到，许多目光有意无意地落在她身上，奇怪得很。

林思琪咬着唇抬眸看了看，对上前排女生一脸艳羡的神色。

楚滢和乌童这学期出勤率骤减，林思琪事情又多，也经常不在学校，无形中就和周围的同学拉开了距离，疏远许多。

143

胡思乱想着，她在心里叹了口气，重新低下头。

"喂，宋总发微博了。"边上蓦地传来一道嬉笑的女声。

林思琪愣了一下："宋望？"

先前为了挺她宋望注册了微博，可他日理万机，十天半个月也不见发一条，话少得很。

定了定神，林思琪迟疑地问："和我有关？"

"可不是嘛！"前排女生这下忍不住了，转头朝她笑，"你快上去看看，哈哈，你家宋总估计是吃醋了，谁让你的荧屏初吻照火起来了呢？"

"……"林思琪心里生出不怎么好的预感。

宋望这人有些不按常理出牌，表面上冷淡矜持，私底下，不正经的时候也很多。

林思琪拿出手机上了微博。

宋望在半小时前发布了一条九宫格拼图微博。

微博的文字很简单："宝贝。"

重点在九张图上，九张图各不相同，可无一例外都是他们的床照。

她披散着头发蜷在被子里睡觉，头顶蜷着一只小黑猫；她侧着身子在床上睡觉，睫毛又长又密；她鼓着腮帮子嘟着嘴睡觉，嘴唇微肿；她脸颊蹭着他的手心睡觉，看上去不怎么自在；她翘着嘴角睡觉，脖子下枕着宋望的一条手臂；她缩进被子里睡觉，边上有一只手捏着她的鼻子……

林思琪："……"

这人是疯了不成？！

她咬着唇看了一眼评论，只觉得……崩溃。

冷暖玉棋子："文字好苍白！"

一面小彩旗："握手！"

我女儿叫林小妞："思琪好可爱呀。"

旗开得胜："我们琪琪绝对是三百六十度无死角素颜女神！"

144

姚蕾V："灯光挺暗，宋总晚上不睡觉吗？专拍思琪？"

12345："跪求宋总手机里的所有照片！炫妻狂魔，我相信你肯定还有很多！"

甲壳虫："晒得一手好幸福！"

黎卿V："赞！"

许哲V："赞+1！"

贝南V："真幸福！"

橙光娱乐V："老板一出手，就知有没有！狂赞！"

环亚传媒V："好像看见一个假宋总。"

路人甲："所以，同居了？"

黑白："哎呀，这都什么年代了，同居很正常好吧？秀恩爱达人请继续！"

……

不到半个小时，他最新微博下的评论狂飙到上千条，林思琪一路往下看，心情无法言表。

剧照的事她事先知道，宣传炒作嘛，无可厚非。

而且，贝南就轻轻地碰了碰她的脸颊而已。

幼稚鬼！

林思琪在心里吐槽了一下，正想发短信给他，突然发现宋望又更新了一条微博。

"七岁那年，妈妈带我离家出走。邻居家有个两岁的小丫头，软绵绵白嫩嫩的，天真娇憨。一日，我奉妈妈的命敲门送花。好一会儿，听见里面传来一道脆生生的欢呼：'我把小内裤脱掉了，哥哥你可以进来啦！'门开，某人一丝不挂，年幼的我猝不及防，丢下花落荒而逃。后来，现在的岳母告诉我，她前一天叮咛某人，不能穿着小内裤和小朋友玩，羞羞。小丫头，羞吗？@林思琪V。"

微博配图：结婚证内页。

"噗！"

"哈哈哈！"

"哎呀，好幸福啊！"

"青梅竹马！"

"竟然已经结婚了！"

"微博第一炫妻狂魔啊！"

"呜呜，突然觉得宋总好暖好萌！"

"虐死了！"

前后左右突然响起许多毫不避讳的惊叹、哀号，林思琪饱受众人的注目礼，脸蛋红红的，尴尬得不好意思抬头。

宋望这两条微博太突然，她毫无心理准备。

偏偏，一股难言的情绪慢慢地在胸腔化开，越来越甜，让她低下头，笑意从眼角眉梢晕开。

微博事件后，宋望多了个新标签——"炫妻狂魔"。

林思琪小时候这件糗事闹得尽人皆知，宋望最后那一句"小丫头，羞吗"甚至成了网络流行词汇，火了好一阵。同时，他和林思琪的婚姻也总算没有网友再嘲讽、怀疑，两人收获了无数艳羡祝福。

这阵风慢慢吹过去后，半个月时间又流逝而过。

个人专辑发售在即，经纪人斟酌再三，又给林思琪接了一部青春都市偶像剧《闪婚》。

江宁是国内较出名的电视剧编剧，性子爽快，编写的故事一贯侧重于探讨当代人在婚姻家庭和爱情事业等方面的态度，口碑不错。

《闪婚》历经两年构思，主角是三姐弟。

女主角宁小余二十三岁，是一名大学生，长相十分漂亮，是所在学校公认的校花。她出身一般，父母重男轻女，对两个女儿并不喜爱，大姐宁秋因为是第一胎还得到些照顾，到了她，原本商量着送人，因为外婆阻拦，作罢。

宁小余两岁时，宁母超生生下了弟弟宁得宝。

自此，宁小余被送到外婆家抚养长大，从小善良懂事，成绩优异。

高考时，宁小余的外婆重病，宁小余发挥失常，上了父母所在城市的一所普通本科学校，没能拿到她期待的全额奖学金。

姐姐刚上班，弟弟读重点高中，家里花销大，父母只同意负担宁小余的学费，其他生活费则需要她自己打工赚取。

宁小余在西餐厅打工的时候，认识了一起打工的男二号。

男二号家境一般，相貌俊朗、性格温和、品学兼优。

朝夕相处，他们恋爱了。

他们一起打工、相互鼓励、志趣相投，假期一起回家陪伴宁小余的外婆，度过了颇长一段时间的快乐时光。

谁料，宁小余的工作照被用餐的顾客曝光到网上，她因为太漂亮一炮而红，获封"史上最美服务员"。

自此，她的生活开始不平静。

花花公子蒋靖南和朋友打赌三天内把她追到手，进入了她的人生。

蒋靖南喜欢上了宁小余。

两个月的纠缠不休之后，宁小余为了给外婆筹备高昂的手术费，不得已，嫁入豪门。

宁小余闪婚了。

她并没有喜欢上自己的丈夫蒋靖南，蒋靖南爱而不得，婚内强暴，开始折磨她。

宁小余成了他的女人。

豪门少奶奶的生活过得并不如意，蒋靖南对她又爱又恨，忽冷忽热，家里众人自然也是。

就连用人，也不怎么喜爱看似爱慕虚荣又矫情的宁小余。

时间一晃而过。

一年后，宁小余凭借善良懂事的性格慢慢获得蒋家众人的喜爱。男二号和朋友一起开发了一款游戏软件暴富。蒋靖南慢慢展现出温柔，和宁小余的感情有了点变化。

不久后，宁小余生日。

蒋靖南回家途中遇车祸，残了一条腿，性情大变，颓废许久，几度赶宁小余离开。

宁小余没走，收了心温柔照顾他，洗脚、捏腿这些事都亲力亲为。

宁小余的外婆过世了，蒋家所有人都认可了她少奶奶的地位，蒋靖南的心也一天天软化，努力复健，获得健康。

全剧终。

故事主线是宁小余和两个男人的纠葛，副线则是宁小余的姐姐和弟弟的故事，展现了另外两种爱情状态。宁秋在不知情的状况下"被小三"。宁得宝和大学女友发生了关系，导致女方未婚先孕。

父母重男轻女、家庭赡养老人、婚外情、校园恋、灰姑娘嫁豪门等，《闪婚》融入了许多社会热点现象，颇具看头。

考虑到林思琪正上学，开机时间定在了七月。

寰宇集团，总裁办公室。

宋望粗略浏览了一下《闪婚》剧本，抬手在眉心按了按，给自己点燃了一根烟。

边上，赵青笑着说："江宁在圈子里还挺出名的，这剧本里狗血剧情够多，挺有市场。"

宋望含着烟，凉凉地看了他一眼。

女主角被丈夫婚内强暴，那丈夫车祸瘸了腿，她还得给人家洗脚、捏腿，天天按摩……

经纪人给林思琪找这么一剧本，想死吗？

宋望衔着烟，推开转椅，转身走到了落地窗前，若有所思。

强暴？洗脚？捏腿？按摩？

男主角还没出来，他已经想捏死她了。

赵青看着他抑郁的神色，突然联想到先前"林思琪荧屏初吻"那一

148

出，恍然大悟，正闷笑，听见他突然开口："我要演那个残废。"

"啊！"赵青一脸诧异。

宋望若有所思地抿着唇，眉眼倏然间愉悦起来："没错，我演那个残废。"

赵青哭笑不得："大哥，这不合适吧？"

他从中学起就跟着宋望，对私底下宋望是个什么性子再清楚不过了。可明面上，宋望可是正儿八经的寰宇总裁！

"有什么不合适的？"宋望睨了他一眼，走两步坐到沙发上，双腿优雅交叠，"有谁一出生就是演员？再说了，琪琪不也刚开始拍戏，能有多少经验？我这么聪明，那些都不是事。"

赵青："……"

转念一想，他还是无话可说。

大哥就算没演技，颜值却绝对没的说！

纵观娱乐圈，单说长相，同年龄的男明星里面，恐怕也就素有"国民男神"之称的上官烨能稍微与宋望一比。

不过，大集团总裁跑去演旗下娱乐公司的电视剧，真的好吗？

赵青默默地思量着，宋望绮丽如画的眉梢微微挑起，愉悦地笑道："就这么定了，残废的角色归我。"

赵青无语地应了一声，按着眉头退出了办公室。

六月初，林思琪首张个人专辑《见面礼》全面发售，成绩斐然，一快一慢两首主打歌均顺利挤进各大音乐榜单前列。

她跟着经纪人跑了几场宣传，迎来了《闪婚》开机新闻发布会。

发布会地点在寰宇旗下一家五星级酒店。

赵青将车子开到酒店门口，林思琪拿了包朝宋望说："我自己进去就行了，你还得上班呢。"

"今天我陪你。"宋望勾唇坏笑。

林思琪："……"

她一贯拗不过宋望，最终，两人一起前往酒店一楼宴会厅。

天气热，宋望穿得比平时随意，黑色衬衫配着笔挺的西裤，越发显得高挑颀长，衬衫最上面两颗扣子敞着，又流露出几分散漫。

林思琪穿碎花雪纺长裙，越发显得窈窕婀娜，身姿优美。

两个人走到门口，保镖躬身问候："宋总好，夫人好。"

"嗯。"宋望淡淡地应了一声，没有松开林思琪，搂着她一路往里走。

眼看着要进宴会厅，林思琪又道："你不用陪我进里面了，发布会就要开始了。"

"没事。"宋望看着她，笑眯眯地说了一句。

不等林思琪再说什么，他揽着她进了宴会厅。

宴会厅里，记者们正低声交流着，眼见宋望送林思琪进来，诧异之余，连忙拿着相机开拍。

宋望和林思琪一起坐到了面对他们的位子上。

什么情况？

宋望坐在了男主角的位置上！

宴会厅里所有人的目光齐齐地落在了宋望身上。

林思琪看着他，有些窘迫地道："你干什么呀？"

"演戏呀。"宋望笑眯眯的，不假思索地道。

他说话没有刻意压低声音，众人目瞪口呆地看了他半天，整个宴会厅顿时沸腾起来。

"宋总要出演男主角？"

"宋总会演戏？"

"开玩笑的吧？"

"可是男主角的确一直没有公布人选！"

众记者议论纷纷，宋望双手环抱靠在椅背上，嘴角轻勾，露出一个迷死人不偿命的风流笑容。

江宁轻咳两声，笑了笑道："宋总的形象和蒋靖南很接近。"

150

花花大少吗？

宋望倏然蹙眉，侧头看了江宁一眼。

江宁又笑："这部剧的男主角蒋靖南是我多年来所有剧本里颜值最高的一位，宋总非常适合。再者，蒋公子对宁小余爱入骨髓，我觉得宋总本色出演就好，完全没有难度。"

林思琪边上，楚滢声音小小地朝着乌童道："嗯，你妈妈好潮呀，说话还挺前卫的。"

"编剧嘛。"乌童捏了捏她的手，笑了笑。

江宁的《闪婚》围绕三姐弟展开，其中三弟宁得宝和他女朋友是大学校园情侣，由乌童和楚滢分别饰演。

江宁正是江远的亲姐姐，乌童的妈妈。身为资深编剧，她给自己学表演的儿子争取到这一角色，并非什么难事。

乌童和楚滢，林思琪和宋望，此外饰演男二号的贝南，饰演大姐宁秋的姚蕾以及另一个主要男演员，剧中七大主演悉数出席了发布会。可，风头都被宋望一人抢了。

"宋总为什么会想要出演《闪婚》男主角呢？"

"宋总要出演《闪婚》男主角的事，思琪事先知道吗？"

"《闪婚》男主角在感情上一开始好像是一个花花大少，宋总觉得挑战这个角色有难度吗？"

"宋总怎么看待自己在剧中的形象？"

记者们你一言我一语，七嘴八舌地发问，宋望微微坐直了身子，手指在桌面上轻轻敲了两下，开口道："你们说慢点，我一个一个回答。"

众记者："……"

"为什么想出演男主角？"宋望抬眸看向第一个问话的女记者，笑了笑，挑眉道，"他在剧中和琪琪的亲密戏份实在太多了。"

亲密戏份太多了？

所以，这人是因为吃醋，要亲自上阵？

媒体记者们面面相觑。

宋望又继续说："我要出演男主角的事情，思琪先前不知道，你们都没发现她刚才的表现多可爱吗？"

嗯，的确挺可爱的……

"第一次演戏，有没有难度我得试了才知道，不过相信有江编和李导在，我不至于让大家太失望。"

"最后，"宋望总结发言，"蒋靖南是个人渣！"

"噗！"

"哈哈。"

记者们看着他，有人忍不住笑出声来。

这个总裁有点萌呀。

他回答了记者们最想知道的四个问题，有些记者心满意足，将视线落到了其他人身上。

"思琪，对宋总裁要出演蒋公子这件事，你怎么看？"

林思琪有点蒙，抬眼对上问话的记者的视线，脱口而出："挺好的。"

记者笑了，再问："贝南在剧中出演宁小余的初恋男友，和思琪、宋总都有不少对手戏哦，会不会觉得有压力？"

当然会，早知道宋望要演男主角，打死他他也不想演男二号啊！

贝南礼貌地笑了一下："还好。"

"乌童和楚滢第一次出演情侣档呢，楚滢在剧中是一个未婚先孕的角色吧？挑战这样的角色有没有压力呢？"

"没有。"楚滢脱口道，"演戏嘛，反正是假的。"

她这回答逗得几个记者哈哈大笑。

时间一分一秒流逝，一个多小时后，开机新闻发布会结束。

紧接着，橙光娱乐官博发布了《闪婚》的主演名单。

领衔主演：宋望（蒋靖南）

领衔主演：林思琪（宁小余）

领衔主演：贝南（顾晨）

主演：姚蕾（宁秋）

主演：乌童（宁得宝）

主演：楚滢（沈七七）

……

此消息一出，娱乐圈又沸腾了起来。

七月十八日，《闪婚》正式开机。

开机仪式的当天下午，剧组到了拍摄取景的一家西餐厅。

宁小余在学校附近的一家西餐厅打工，每天下午六点半到晚上十点半，工作四小时。彼时，她已经和同为服务员的男二号，也就是贝南饰演的顾晨，开始谈恋爱。

剧组包下了西餐厅二楼。

林思琪和贝南换好衣服，所有的群众演员已经就位，二楼里流泻着轻缓低柔的音乐，阳光从落地窗映进来，岁月静好。

"Action！"导演一声令下。

林思琪进入画面。

她穿着服务员白色短袖衬衫，下面配着一件暗红色短裙，肉色丝袜包裹着修长白皙的腿，踩着黑色的圆头小皮鞋，一只手托着盘，嘴角带着得体礼貌的微笑，出现在众人的视线里。

年轻漂亮，脊背挺直，神色恬静，很明显，她享受着这份工作。

林思琪停了步子给顾客上冰激凌。

一抬眸，几步开外，贝南也一手托盘，正要走过她身边。

两个人的目光在空中短暂交会，林思琪嘴角的笑意愈深，贝南也是，他们彼此注视着，某一刻，眼睛里只有彼此，爱意融融。

视线交会之后，两个人擦肩而过，各自忙碌。

"cut！"导演李晶看着两人笑了起来，"很好，过了。"

临时化妆间。

被宋望点名的男性化妆师正给他上妆。

橙光投资《闪婚》，宋望算是剧组唯一的金主，包括导演在内，所有人看见他难免诚惶诚恐。

化妆师到了近前，对上他过分英俊的一张脸，有点无从下手。

宋望在男人里算白的，眉眼绮丽，鼻梁挺直，一张脸清俊如画，尤其是一双标准的桃花眼，安静的时候通透潋滟，稍微有点情绪便活色生香。

他相貌清俊出挑，已经赛过圈内任何一位男明星，有着可与女人比拟的秀丽容色，可偏偏，他冷淡的气质能将相貌带来的亲和感尽数压制，让与之接触的陌生人感觉到压力。

紧张，是化妆师对上他的第一感觉。

"愣着干吗？"宋望挑眉道。

他一句话将化妆师从游离的思绪中拉了回来，化妆师哦了一声，连忙给宋望上起妆来。

宋望端坐在沙发上，有点不耐烦。

边上准备给他讲戏的李晶干咳了两声，笑着道："一会儿是蒋靖南第一次见到宁小余的一幕戏，剧本您看了吗？"

"看了。"

李晶干笑："那我就不多说了，一会儿您先根据自己的感觉来。"

"成。"宋望点点头。

李晶欲哭无泪，默默地叹了一声，决定还是给和他配戏的两个男演员多交代一下比较好。

二十分钟后，宋望上好妆。

剧本里蒋靖南二十五岁，一开始是骚包型花花公子，相貌自不必说，有"京市第一美男"之称。

蒋公子第一次出场，自然是有备而来。

骚包、拉风、惊艳！

宋望穿着亮橙色手工西装出现在众人的视线中，林思琪蓦地想到一个词：蓬荜生辉。

他相貌俊美，平素里绮丽的眉眼总是无意中流露出倨傲之感，显得高高在上，散漫风流。亮橙色西装，将他张扬倨傲的帅气发挥到极致。

林思琪看着他，有点神魂颠倒。

"这相貌，演技就算烂成一坨屎，也得火。"边上，李晶瞬间抛却顾虑，啧啧称叹。

"Action！"

演员进入画面。

宋望和圈子里的两个偶像小生一起上楼。

所有人都发现，两个人气、演技尚可的偶像小生一左一右跟着他，完全沦落成路人……

宋望颜值太高，上了妆之后，颜值尤其高！

"蒋公子。"蒋靖南名气太大，餐厅经理急匆匆跟上来，挥退了带路的服务员，亲自引领。

经理："蒋公子能来，真是让我们餐厅蓬荜生辉。"

宋望不说话。

他不说台词，眉眼倨傲地往里走，饰演经理的跟组演员愣了一下，眼看着导演也不喊停，只得头皮发麻地继续说自己的台词。

经理："蒋公子想用点什么？我们餐厅的招牌特色菜是……"

他说了颇长一串台词，宋望依旧不吭声。

还不念台词？！

跟组演员脸色纠结，亦步亦趋地跟着他，继续道："三楼是贵宾区，环境最优，我带您上去。"

宋望脚步顿了一下，微微垂眸看着他："不用！"

终于说话了！

跟组演员险些喜极而泣。

宋望的视线从他脸上移开，看向了过道里走动的林思琪，玩味地勾了勾嘴角，眯着眼睛道："我就坐二楼。"语调笃定，声音却低沉温雅，十分耐人寻味。

他的目光追随着林思琪，就好像猎人在看自己的猎物一般，侵占、直接、志在必得。

"这表现，简直神了！"边上，摄影师忍不住赞叹。

"可不。"李晶也忍不住喟叹。

剧本里，经理每次问话之后，宋望都是有台词的，可是他不说，显得骄傲肆意，又带着点挺迷人的慵懒张扬。

李晶觉得浑然天成，跟组演员的表情变化也恰到好处，就一直没喊停。

眼下，宋望再看向林思琪，那感觉简直难以形容，整个二楼的气氛都因为他这样的注视倏然一变，当真是，太暧昧了。

李晶心满意足地看向镜头里的林思琪，神色一愣。

林思琪同手同脚了！

"cut！"他连忙比着手势喊了起来。

林思琪一脸尴尬地看着他。

李晶有些哭笑不得："你别紧张啊。你和宋总本来就是夫妻关系，怎么演这样的戏份还紧张成这样？"

林思琪一张脸通红："我会注意的。"

"你别给她压力。"宋望补刀，"她这不还是新人吗？"

这话说得好像他自己是影帝！

边上众人齐齐喷笑，眼看着林思琪脸色通红，李晶也忍不住笑起来，道："这一幕先过去，后面补一个你的近景，下一幕吧。"

"嗯。"林思琪声音低低地应道。

156

下一幕：林思琪给宋望送餐。

画面里，宋望连带着两个悲催地沦为路人的偶像小生坐在雅间里，靠着沙发，神色散漫。他手指有节奏地敲着桌面，边上一个公子哥儿促狭地笑道："啧，来了来了。"

宋望抬眼看了过去。

林思琪到了三人近前，给宋望上餐。

宋望的目光流连在她的手指上、小臂上、肩膀上，又在她挺翘浑圆的胸前绕了一圈，肆无忌惮地打量着她的脸。

林思琪没看他，一张脸却不受控制地倏然变得通红。

她想逃。

林思琪伸出一只手，声音谦卑："祝您用餐愉快。"

宋望玩味一笑，突然握住她的手腕，将她的一只手扣在了餐桌上，指尖触上去，轻轻地摩挲着她的手心。

蒋靖南初遇宁小余，用餐时光明正大地调戏。

按着剧情，宁小余脸色微变，厌恶不已，冷冷地抽回了手，看也不看他，直接转身离去，并且不再照看他们这一桌。

可实际上，林思琪下意识地抬眼看向了宋望，宋望眼尾上挑，嘴角含笑，用眼神挑逗她，明目张胆，恶趣味十足。

她触电一般羞红了脸，神色痴迷。

其他人："……"

"噗！"

"哈哈哈！"

餐厅里倏然一阵爆笑。

"喀喀。"李晶到了两人边上，神色古怪地干咳着，边上坐着的两个配角便低头咻咻笑起来。

宋望倏然回神。

157

林思琪看向李晶，半晌，开口道："李导，真巧。"

"噗！"

餐厅二楼里笑声骤然变大，夹杂着各种打趣声。

李晶神色怜悯，看着林思琪苦笑："是啊，好巧，你们也来吃饭？"

瞧瞧这可怜孩子，被迷成了什么样！

忘了自己在拍戏吗？！

"我……"林思琪看着他，突然反应过来，恨不得找个地缝钻进去。

她怎么能以为宋望不会拍戏呢，他就算不会拍戏，在调戏、掌控她这件事上却根本就是无师自通，天赋极高。

倒是她，怎么就蠢成这个样子？

"好了好了，"导演拍了拍她的肩膀，安慰道，"宋总发挥超常，你走神也在情理之中，别有压力，咱们慢慢来就好。"

"嗯。"林思琪看着他，声音闷闷的。

之后，这一幕拍了整整八遍。

林思琪有些崩溃。

李晶意识到事情不太对，林思琪对上宋望，压根狠不下心。

她一看到他，即便假装，那眼眸里的痴缠爱意也忍不住流露出来，哪里有宁小余的冷淡厌恶，看起来倒更像是欲说还休。

宋望简直像她的魔咒。

"要不今天你们的戏份先到这？"李晶试探道，"先尽着其他人的戏份拍。你这情绪不对，得好好调整，你对宋总，得非常厌恶才行。"

"嗯？"宋望抬眸看了他一眼。

"对蒋靖南。"李晶连忙笑着改口，"宁小余对蒋靖南十分厌恶排斥，一丝一毫的感情都不要有，怎么冷淡怎么来，你回去好好琢磨琢磨。"

"嗯。"林思琪闷闷地应了一声，点头。

宋望从沙发上站起身，揽着她的肩膀，眉眼愉悦："那我们就先回了。"

"您慢走。"李晶笑着摆摆手。

宋望揽着林思琪，朝边上几个工作人员笑了笑，下楼离去。

"好帅哦！"

"难怪思琪被迷成那样，这男人真是'人形春药'！"

"大火的节奏啊，我已经看到了《闪婚》光辉灿烂的未来！"

"是啊是啊！"

"哎，我觉得《闪婚》一播出，烨男神的地位就很危险了，宋总的颜值真是太高了！"

剧组几个年轻女孩围绕着宋望会不会威胁到上官烨的"国民男神"地位展开了讨论，忧心忡忡。

宋望和林思琪上了车，一个愉悦，一个懊丧。

宋望将林思琪揽在怀里，玩着她纤细的一只手，半晌，若有所思地闷声笑了笑："宝贝，你今天太给我长脸了。"

"是啊。"林思琪接口道，"我今天太让自己没脸了。"

"哈哈。"宋望忍不住笑起来，身子舒展。

林思琪仰头看着他，略微想了想，试探道："要不你还是别演了吧？公司事情那么忙。"

"不可能。我现在发现，演戏真是件有意思的事情。"

"你要转行吗？"林思琪看着他，一本正经地道，"那要不你当演员吧，我去公司上班好了。"

"那怎么成？"宋望垂眸瞥她，"我就和你演起来挺有意思的。"

林思琪忧心忡忡地看着他："你要承包以后我主演的电视剧、电影的所有男主角吗？”

　　然后，很有意思地一次又一次碾压她？

　　林思琪瞪大眼睛，欲哭无泪。

　　“我有那么闲？”宋望拍了拍她的手背，“放心。”

　　他只是看上了蒋靖南这个角色的戏份而已，话说，林思琪给他洗脚、按摩的戏份，到底什么时候才来？！

　　他很着急！

这一日，天气晴好。

下午四点，《闪婚》剧组所在的西餐厅。

阳光透过整扇落地窗倾泻而入，将二楼照耀得十分明亮，空气里弥漫着绿植的清香。

林思琪去换衣服，李晶握着剧本给宋望讲戏。

"一会儿是蒋公子和宁小余第一次亲密接触，在整部电视剧里挺重要，"李晶小心地看着宋望，笑道，"吻我就不多说了，您主要表现出愤怒和挫败就行，强势霸道一些。"

"嗯。"宋望看了他一眼，简单地应了一声。

边上众人看着他，饶有兴趣，眼睛都睁成了铜铃，十分期待。

按着剧情发展，一会儿是蒋公子强吻宁小余。

时间：某一天，宁小余下班后。

地点：西餐厅，洗手间外的过道上。

原因：蒋公子追求了三天，宁小余不为所动，反而更加厌恶他，蒋公子深受打击，恼羞成怒，逮住她强吻。

套路跟所有言情小说里，霸道总裁爱上灰姑娘差不多。

让人期待的是，那是宋望和林思琪的吻戏！

借位吗？当然不。

宋望眼下有了"国民好老公"的美称，微博上天天花式晒幸福虐着"单身狗"，可饶是如此，也没有人亲眼见过他和林思琪亲密。

林思琪换好衣服出来。

宁小余家境清贫，服装自然需要和人设高度契合。

林思琪扎着马尾，上面穿着简单的白色休闲短袖，配着牛仔裤，脚上是四十元一双的黑色帆布鞋，活脱脱一个学生妹。

她穿着简单，一张脸薄施粉黛，却漂亮得让人移不开视线。

天生丽质难自弃，大抵也就是这个意思了。

林思琪自然知道接下来拍什么，走到众人眼前，还有些紧张，这紧张，在她看到宋望嘴角的笑容时，达到了顶峰。

宋望眉梢轻挑着，怎么看都有些不怀好意，就好像被剧本里狂妄的蒋靖南给附身了似的。

李晶眼见她发愣，连忙叮咛道："一会儿可千万别弄错情绪了，宁小余对蒋靖南的厌恶要在这一幕戏里达到一个临界点！你怎么冷淡怎么来，就将宋总想象成一个花花大少。"

林思琪看了他一眼，抿抿唇，声音小小地道："能借位吗？"

"啊？"李晶诧异地看了她一眼，忍不住笑起来，"不用吧，你和宋总，这不本来就是夫妻嘛。"

李晶说着话，忍不住侧头看了宋望一眼。

宋望凉凉地看着林思琪，目光刀子似的射向她。

得，人家夫妻之间的事情……

李晶暗想着，招呼工作人员退到一边，朝两人比了个手势，点了点头，声音利落："Action！"

镜头里，宋望高挑颀长，靠墙而立。

他穿着亮眼的宝蓝色手工西装，一眼便知价值不菲。这蓝色穿在别人身上也许十分扎眼，穿在他身上，却浑然天成。

当然，如果忽视掉他脸上那一抹烦躁。

他追求宁小余，原本是和哥们儿的一个赌约，为期三天，眼下已经是最后一天，他收获的却只有满满的厌恶。

女人真麻烦！

一贯嚣张的蒋公子有些挫败郁闷，更多的，是不服。

宋望散漫地倚着墙，里面衬衫浅白，开着最上面两颗扣子，透出一股迷人的性感，宝蓝色西装随意地套在身上，带着点痞气。

"这气质，简直绝了！"边上有人嘀咕道。

镜头里，林思琪从洗手间出来。

抬眸看见靠墙站着的男人，她神色愣了一下，漂亮的眉微微蹙起，厌恶毫不掩饰，脸蛋冰冷。

宋望侧头睨了她一眼，对上她的视线。

林思琪这次很投入，宋望看着她冷若冰霜的一张脸，却有点出神了，心里有微微的不适感。

林思琪低着头，从他眼前走过。

宋望一只脚抬起挡了她的去路，等林思琪再抬头，他直接握上她的手腕，推着她后退两步，将人按在墙壁上。

公众场合，来来往往都是人。

宁小余一向洁身自好，也注意名声，此刻林思琪紧紧地拧着眉，压低声音斥道："放手！"

"不放！"宋望一只手扣着她的脸颊，目光锐利逼人，邪笑道，"你要装到什么时候？"

"神经病。"林思琪紧紧地抿着唇，挣脱他的手。

"三十万元。"宋望一只手压着她的肩膀，俯身凑近，"三十万元买你一夜？"

"无耻。"林思琪低下头不看他。

宋望两指捏着她的下巴，逼迫道："六十万元。"

林思琪抬脚踹他。

"一百万元。"宋望加着价，修长有力的一条腿伸过去压着她的膝盖，继续道，"还要再加吗？"

"你！"林思琪猛地扬眉，眼眸如火，是怒火。

她俏脸气得惨白，越发显得一双眼睛大而黑亮，里面充斥着毫不掩饰的浓浓厌恶。

宋望怔怔地看了一眼，俯身咬上她的唇。

林思琪呜了一声，他灵活的舌尖长驱直入，攻击她、掠夺她、逼迫她，妄图使她臣服。

林思琪没忘记推开他，力道非常大。

宋望手肘抵着她的肩膀，更强势地压迫着她，急切而凶猛地吻了上去。

看着你来我往的两个人，剧组众人目瞪口呆。

太激烈了！

实在是太激烈了！

宋望气势汹汹，吻得十分带劲，林思琪也投入，挣扎着推他，宋望不离开，更凶狠地吻她。

几分钟过去，导演觉得这两人是不是吻的时间太久了？

就是做做样子啊！林思琪推几次，就顺势一跟跄，放开人家，让人家跑啊，这你来我往一直吻着，什么时候是个头？！

边上，全体工作人员看得目不转睛，连呼吸都忘了。

半响，一个年轻女孩捂起嘴："受不了了，好man啊！"

话音落地，她捂着嘴啊啊啊叫着，实在受不了这两人之间噼里啪啦四溅的火花，转头飞快地跑开了。

紧跟着，又有个年轻小妹崩溃地跑开了。

不能看啊，看多了还怎么找男朋友！

宋望还在吻，他入戏太深，只想着让林思琪屈服，到最后慢慢地用上了技巧，逮着她的唇挑逗吮吸、追逐攻击，怎么也不放开。

林思琪被他吻得窒息，慢慢地忘了反抗，一只手揪着他的外套，气喘吁吁地回吻他。

哎哟喂！这什么情况！

导演简直要哭了，连忙喊了一声："cut！"

宋望意犹未尽，在林思琪的唇上响亮地亲了一口，才放开她。

不忍直视啊！

林思琪回过神来，神色愣愣地看着一众工作人员，俏脸通红，恨不得找个地缝钻进去。

她被宋望带出戏，已经不知道是第几次了。

李晶看着宋望，半晌才道："宋总，你们调整调整，再来一次吧。"

林思琪无语凝噎。

宋望垂眸看向林思琪，她的唇沾染着一抹殷红。

他竟不觉得心疼，只觉得畅快。

征服她，是多么值得骄傲的一件事，这和一般恩爱的感觉可完全不一样，简直太有趣了。

太有趣的后果是，他上瘾了。

两人的第一次吻戏状况百出，拍了十三遍。

到最后，林思琪被吻得嘴唇都肿了，宋望才放过她，圆满收工。

回家的车上，林思琪不理他了。

开车的赵青憋着笑。

后排，宋望低声下气地哄道："宝贝，这真的怪不到我头上，我这不刚开始拍戏吗，哪里有什么经验？以后拍多了就行了。"

林思琪低头看着自己的膝盖，不说话。

他拍一个强吻的戏码拍了十三遍，后面还有婚内强暴的戏码呢，要几遍？三十一遍吗？

还给他洗脚、按摩，舒服死他吧！

林思琪咬牙切齿地想着，觉得自己必须给宋望吃点苦头了。

吻戏拍了十三遍的消息，被剧组一个八卦的群众演员曝光到网上，林思琪和宋望又上了一次头条。

林思琪觉得丢脸，《篮球宝贝》收视率破二带来的好心情都没了。

"我不是故意的。"宋望朝她撒娇。

"你就是故意的！"林思琪瞪他一眼，咬牙切齿。

宋望愣了愣，呆了一秒，若有所思地道："没错，我好像就是故意的。"

他说得理所当然，林思琪气得头顶冒烟，恨恨地咬着唇，也不避闪，怒气冲冲地看着他。

她甚少生气，基本上没这样生气过。

宋望看着她气呼呼的样子，突然觉得好玩，忍不住笑了笑，抬起手用一根手指戳了戳林思琪鼓鼓的腮帮子。

林思琪简直要气哭了。

"别气了别气了。"宋望将她整个人抱坐到自己大腿上，说着话习惯性凑过去亲她的唇。

"你还亲！"林思琪眼睛瞪得老大，一把捂住了他的嘴。

宋望掰下她的手腕："这不是习惯了吗？不亲了，别生气了。"

"分手五分钟！"林思琪深深地吸了一口气，白他一眼。

宋望正要说话，林思琪继续开口道："不许说话，再说话你晚上睡客卧。"

"客卧？！"宋望又挑眉。

他的话音刚落，林思琪狠狠地瞪了他一眼，斩钉截铁地道："我认真的！"

"好吧。"宋望终于安静下来，抱着她不敢说话了，下巴抵在她的肩膀上，漂亮的桃花眼微微耷拉着，看上去就像某种大型犬类。

开车的赵青默默地憋着笑，觉得世界终于安静了。

转眼间，半个多月一晃而过。

林思琪和宋望大半时间都在剧组待着拍戏，闹出许多让人啼笑皆非的事，时常上头条。

难得有个休息日，林思琪陪楚滢去乌童家里玩。

楚滢和乌童关系稳定，两个人凑一起总有说不完的话，咋咋呼呼甜甜蜜蜜，她陪两人在房间里待了一会儿，觉得自己像个超大号电灯泡，索性去客厅里给江宁帮忙。

江宁在客厅里搞卫生，眼见她拿抹布，连忙笑着阻止："哪能让你干活，和他们聊天去。"

林思琪莞尔："我这电灯泡有点太亮了。"

江宁无奈，指了指沙发："那你去坐着休息。最近一直忙着拍戏，挺累的吧？"

"还好。"林思琪笑了笑说。

"不累过来厨房，给我帮忙。"一道男声突然打断了两人的交谈。

林思琪一愣，问江宁："江教授过来了？"

"是啊，他难得过来一趟，晚餐要露一手呢。"江宁笑着往厨房看了两眼，"要不你进去看看？你们江教授厨艺还不错。"

"哦。"林思琪点了点头，迈步去了厨房。

乌童家的厨房装修是浅色系，现代简约风的米白色橱柜，流理台是米灰色的，大理石细纹台面，整洁干净，坚硬清凉，地面是光亮的米色大理石瓷砖，墙壁是白色，显得一尘不染。

林思琪四下打量了一眼，江远将几个水果扔到水龙头下的篮子里，

167

指挥道：“先洗水果。一起切了，做几份水果沙拉。”

"会不会太多了？"林思琪看着里面几个苹果、香瓜、梨子，又瞅了一眼他摆在手边的香蕉和奶油草莓，好笑地问了一句。

江远擦擦手，将衣袖往上卷两圈："人多，不碍事。"话音刚落，又拿了一个围裙扔给她，"穿这个，别把衣服弄脏了。"

许是因为当惯了老师，他说起话来一本正经，给围裙就像给作业本，林思琪乖乖接住。

围裙是浅绿色的，她穿上有两分贤妻良母的样子。

楚滢让她来，原本是觉得自己一个人太尴尬，提前约好了一起走，林思琪看这架势，觉得大抵得吃了晚饭才能走。

洗了水果，她趁着间隙给宋望发了条短信。

江远在做餐前准备工作，非常安静，她不经意地瞟了一眼，发现江远正对着手机上的菜谱拿东西。

林思琪忍着笑，一本正经地问："江教授，您会做饭吗？"

"怎么，怀疑我？"

"没，就是感觉您像个生手。"

江远看了她一眼："太久没做了而已。"

"哦。"林思琪若有所思地点点头，主动问，"还要我做什么？"

"喏，那边那几根山药，处理一下，切成块。"

林思琪拿了刀和山药，蹲在垃圾桶边削皮。她厨艺不精，平时在家里多半是洗碗那一个，山药细细长长的有些不称手，她刚胡思乱想了一下，锋利的刀刃就上了手。

"切到手了？"江远听见她一声轻呼，忙转过头，神色一怔，抬脚走到她跟前，抬起她的手腕看了一下，无奈地道，"这么不小心。"

林思琪窘迫不已，索性闭嘴不说话了。

"别弄了，过来清理一下。"江远看了她一眼，说话间迈出了厨房。

林思琪跟着他往客厅去。

168

江宁应该是去打扫房间了，客厅里没人，江远在电视柜下拿了医药箱，翻找出了棉签、碘酒和创可贴。

"坐这儿。"看到林思琪有些局促地呆站着，他朝着边上的沙发看了一眼，示意林思琪坐过去。

"贴个创可贴就行了。"林思琪看着他，连忙说了一句。

"得清理一下。"江远言简意赅地说了一句，用脚尖钩了茶几边一张软凳坐上去，拿着棉签道，"把手伸过来。"

棉签已经浸湿，林思琪也不好再扭捏，将手伸到他眼前。

触感冰凉，林思琪下意识地缩了一下，江远抬眸问："疼？"

"不是，"林思琪抿唇，"有点凉。"

江远没有再说话，低下头，用棉签滚着将她伤口上的血迹清理干净。

"麻烦您了。"林思琪看着他的动作，抱歉地说了句。

江远没抬头："切得还挺深。"

"过几天就好了。"林思琪蹙着眉，也不知道该说什么好。

"嗯。"江远站起身来，将棉签扔进边上的垃圾桶，又撕开一个创可贴递给她，"贴上吧。"

林思琪接了创可贴小心地贴上，江远找了遥控器递给她："无聊的话看一会儿电视。"

"手指不要紧。"林思琪尴尬不已。

"行了，坐着吧。"江远说着话，安抚地笑了笑，"原本我一个人也行，刚才是怕你第一次过来，一个人局促。"

林思琪有些不好意思地笑了笑，看着他又进了厨房。

她在沙发上坐了一会儿，江远也将东西准备得差不多了，江宁搞完卫生后，亲自下厨。

江远没什么用武之地了，出了厨房。

林思琪在看自然科学频道，电视里正解说蝴蝶交配。

江远意外地挑了挑眉："你喜欢这些节目？"

"其他台都在转播新闻，没什么能看的。"林思琪道。

她的话音刚落地，乌童和楚滢出了房间，笑着问："可以开饭了吧？我闻到排骨汤的香味了。"

"马上。"江远坐在一边的单人沙发上，无所事事地跟着看电视。

电视里正解说着蝴蝶交配过程，林思琪余光扫了扫，觉得几个人看这节目还挺尴尬的，默默地换了台。换了半天，就一个挺冷僻的频道在播放一部老电影，她刚准备停下，电影进展到激情戏，女人销魂的声音传来。

林思琪整张脸都红了，拿着遥控器，默默地又换了台，换到了一档地方法制节目。

主持人展示的照片让她坐立不安。

电视里正解说着一起贩毒案，藏毒的手段实在污秽，利用女人的身体藏毒，耳听着一个个生理器官名称从主持人嘴里蹦出来，林思琪怎么也淡定不了，遥控器拿在手中，像烫手山芋……

"还是看新闻吧。"江远的声音适时将她解救出来，"你这换半天也没什么好节目，看新闻。"他声音清淡温润，和平素讲课一样没什么情绪。

林思琪松了一口气，将电视调到了新闻频道，放下遥控器。

她俏脸通红地缩回沙发上，江远在心里无声地笑了一下，随口问："你当初怎么选了表演专业？"

林思琪有些抑郁，硬着头皮道："文化课分数低，上不了名校。"

"哈哈，和我一样。"楚滢闻言顿时乐了。

"喜欢演戏吗？"江远看着两个人，挺正经地问了一句。

"还好。"林思琪道。

乌童笑着看看江远："小舅你指定不喜欢演戏，好好的表演系校草转行考编导做老师，真是可惜了。"

"没什么可惜的。"江远不以为意地笑了笑，"作息太混乱我受不

170

了，还是一切尽在掌握比较好。一支笔决定所有人的喜怒哀乐，每个人的命运都由你操控，编剧也挺有意思的。"

"怎么听您这么说挺恐怖呢。"林思琪嘀咕。

"脑补太多了吧。"江远忍不住笑起来，"演戏其实也挺有趣，扮演一个角色，赋予人物灵魂，投入进去，如痴如醉。"

"嗯。"林思琪若有所思。

江远看她一眼，继续道："卓航的新电影你听说了吗？"

"《青蛇》？"

"嗯。"

"听说了。"林思琪莞尔一笑，"姚蕾在里面争取了一个宫妃的角色呢。我知道。"

江远看着她，慢条斯理地开口："卓航这片子女主角的形象灵感从你这里来，可剧本一完成，他担心你挑不起这个角色，一直犹豫着。到现在，女主角还悬而未定。"

"我？"林思琪意外地看了他一眼。

"嗯。"江远手指敲着腿，"故事背景架空，主角是一只幻化成人形的青蛇，演起来挺有难度。"

"哦。"林思琪神色愣怔，"卓导准备让谁出演？"

"眼下看上了刘子琼和叶雪。"

"刘子琼？"林思琪在脑海里搜寻了一通，"这个名字好像是第一次听说，卓导看上的新人？"

"你连刘子琼都不知道？"楚滢忍不住插话道，"就是最近刚红起来那个模特嘛。"

林思琪抬眼看向她。

"刚走红网络，拍了一套龙袍写真，又拍了一套人体彩绘写真，被网友称为'华夏性感女神'呢。"

"有点印象。"林思琪回想了一下，突然有些郁闷。

她在《天籁》舞台上一炮而红，《篮球宝贝》和《闪婚》都是找上门来的剧本，连试镜都直接跳过。

电视剧对演技要求一般，她的超高人气原本就难得，和这个圈子里许多新人不一样，她起点太高，注定这条路会走得非常顺利。

可眼下江远突然说了这些话，好像一盆冷水朝她泼下来。

卓航是国内挺有实力又特立独行的导演，她也一直挺敬重，江远这话，好像站在卓航的立场上否定了她。

形象灵感由她而来，却担心她驾驭不了。

这意思是……说她是一个花瓶？

演艺圈美女如云，可每一个脱颖而出走上巅峰的都必须凭借过硬的演技，"花瓶"这样的标签，没几个明星喜欢。很多人为了摆脱"花瓶"这样的称谓，努力地挑战突破，以求被圈内专业人士认可。

作为一个演员，她自然也不例外。

纵然她没有非常大的野心，可被人这样想，尤其还是被她挺敬重喜爱的前辈这样想，也让她有点难以忍受。

尤其是，即将取代她的两个人都不怎么样。

刘子琼凭着两套特立独行的写真赚眼球博关注，在网络上刚积累了一些人气。叶雪是三流艳星出身，圈子里声名狼藉的"小三专业户"。

这样两个人，获得了卓航团队的青睐，要出演他们新片的女主角？

林思琪微微抿唇，看了一眼江远："卓导的新片，女主角定位比较性感？"

她这话问得委婉，江远却第一时间听明白了，忍不住笑了笑道："和他以往的许多影片不太一样，挺正经一部片子，没什么大尺度镜头。"

"哦。"林思琪笑了笑，不说话了。

"刘子琼和叶雪是他看上的两个，"江远继续道，"风评挺差的，团队里其他人不是很乐意，唐韵、橙光的田慧和环亚的董真真也都不错，在待选名单里。过几天，我们工作室会公开征选女主角。"

"公开征选？"林思琪挑眉看了他一眼。

江远肯定地点点头，浅笑道："竞争还挺激烈，有没有兴趣试试？"

林思琪微怔："您觉得我行吗？我没演过电影。"

江远也笑，正想说话，边上的乌童嘴快地道："有什么不行的？你忘了蔓菁姐吗？她演了《旧城恋爱》一炮而红，不就是小舅他们捧出来的嘛！"

"……"林思琪顿时尴尬了。

乌童很快反应过来，干笑两声："吃饭吧吃饭吧，我饿死了。"话音刚落，他起身往餐厅去。

江远拿起遥控器关了电视："行不行，努力争取过才知道。"

"嗯。"林思琪微微抿唇，笑了，"什么时候试镜？"

"下周六。"江远边走边道，"我明天中午到工作室后，将女主角的戏份介绍发给你。"他脚步微顿，问她，"发哪里？"

"邮箱吧。"林思琪看他一眼，"您应该有我的邮箱吧，先前在学校发过影评作业呢。"

"行。"江远点点头。

几人先后到了餐厅，其乐融融地吃晚饭。

翌日，晚上。

林思琪洗漱完到了书房，开电脑查看江远发给她的邮件。

将文档下载到桌面，她习惯性地拖动鼠标走马观花地看了一遍，意外地发现，文档最后附了一个网址。

她端着瓷杯喝了一口水，顺手打开网页，复制网址进入。

半分钟广告过后，视频开始播放，她神色愣了一下，啊的一声扔了杯子，从椅子上跳起来，不敢再看电脑。

她惊魂未定，桌上的手机响了起来。

林思琪握着手机接通，唤了声："江教授。"

她声音里带着点颤音，那边的江远愣了一下，迟疑地道："在看视频？"

"嗯，您吓死我了。"林思琪快哭了。

"哈。"江远听到她的声音带着点罕见的娇憨，忍不住笑了一声，道，"抱歉，一时忘了女生都挺怕蛇的。"

他发给林思琪的是一段讲述蟒蛇生活习性的视频，一开头，花白大蟒蛇缠着一棵树跃起，张开血盆大口。

林思琪猝不及防，自然被吓了一跳。

此刻听着江远说话，她仍旧冷汗直冒。

"真吓到了？"隔着电话都能听见她呼吸不匀，江远略微想了想，遗憾地道，"我这突然想起来，正准备打电话提醒你。"

"这视频也是剧本的一部分啊？"林思琪欲哭无泪。

"没，"江远淡声道，"我专门找给你看的，有利于拍戏。"

原来还不是谁都有这待遇，林思琪闷闷地想了一下，无语地道："那您应该在视频后面标注一下的。不看行吗？太难受了。"

"要不克服一下？"江远语调里带着浅淡的笑，耐心地道，"《青蛇》的女主角是一条修行六百年的青蛇，了解一下蛇的生活习性当然有必要，最起码在仪态、作息方面能有些感悟发现。"

"这样啊，可是我害怕。"

她的声音轻轻入耳，江远握着手机，一时间忘了说话。

"要不我先看剧本吧。"林思琪一只手抚着胸口平缓心情，"我先看剧本，完了在网页文库里了解一下蛇的生活习性什么的，怎么样？不一定非要看视频吧，那个太生动了，心慌。"

"实在受不了视频你先看百科。不过最好还是看一下视频，要演它的话，这个坎儿还是克服一下的好。"

"哦。"林思琪闷闷地应声道，"知道了，我尽量。"

"嗯。"江远挂了电话。

不远处，卓航出声问他："你刚才在和林思琪打电话？"

"嗯。"江远到饮水机前接了一杯水，往座位走，"昨天在我姐家里遇上，我已经将剧本发给她了。"

"看样子你还给人家姑娘发了其他东西。"卓航笑了笑道。

"就发了一段讲述蟒蛇生活习性的视频，"江远握着杯子喝了一口，坐下，忍不住笑了笑道，"忘了提前说，吓到她了。"

"女孩子没几个不怕蛇的吧。"卓航无语，"不过我原本准备今天微博上找她的，这下也省事了。"

江远手指摩挲着水杯，慢条斯理地道："《青蛇》的女主角试镜，定在周六吧，京郊影视城。"

"试镜？"卓航看着他，愣了一下，"谁说女主角要试镜的，让她看了剧本我们直接签约开拍啊！"

"怎么你们这人选还没定？"边上走过来一个瘦高女人，"卓航不老早就嚷着找你那学生吗？这会儿又准备试镜了？"

"对啊，你还不知道我？"卓航看着瘦高女人，"我什么时候还试镜征选主角，都是看上人直接拍板！"

"她不行。"江远握着水杯缓慢地转了一下，"她出道到现在走得太顺了，直接挑大梁当主演，容易出事。"

"嗯？"卓航挑眉看他一眼，"你是觉得，有可能被说成'花瓶'？"

江远目光清浅地看着他，没说话。

瘦高女人若有所思："那姑娘的《篮球宝贝》收视率破二，角色青春靓丽很容易吸粉，据说《闪婚》的女主角也是校花。"

"不错。"江远淡淡地道，"无论是观众还是导演，看重她的相貌、人气重于演技。"

卓航摸着下巴："你觉得直接让她担任女主角，她可能骄傲？"

"她毕竟还小。"江远道，"第一部电影，总该慎重些，一味将关注度落在她的相貌外表上，让观众形成惯性思维，不太好。"

175

"长得太漂亮就有这烦恼。"卓航无奈地摊手，"那按你的意思，你准备邀请谁试镜？"

"刘子琼、叶雪，"江远略微想了想，"董真真、田慧、唐韵。"

瘦高女人诧异地看了他一眼："'小三专业户'都邀请，你真重口味！"

"唐韵、田慧、董真真？"旁边一个斯文眼睛男停了动作，转过身看着他们三个人，"这三个可都是出了名的演技实力派，要是气场全开，指不定将你那学生秒成渣，太狠了吧？"

"去你的！你对未来的'卓女郎'这么没信心？"卓航朝他翻了个白眼。

斯文男人扶了扶眼镜："你那未来'卓女郎'毕竟是小新人，要怨就怨阿远，这狠劲！其他两个先不说，唐韵可是圈子里出了名的气场女王，抢戏那劲头，无人能出其右。"

"宝剑锋从磨砺出。"江远端着水杯又喝了一口，"若是其他人表现比她好，就说明这角色并非非她不可。"

"那不一定。"卓航反驳道，"唐韵的确是气场女王，可她在年龄上不占优势，女主角也不是女王范儿，她挑战起来其实才有难度。田慧和董真真也一样，都比林思琪大五岁以上，妩媚有余，清纯不足。"

"按你这个说法，刘子琼倒是占全了。"瘦高女人若有所思。

"嗯，她二十四岁了吧，"卓航想了想道，"龙袍写真高贵清冷，彩绘写真妩媚妖娆，的确挺有潜力。"

"先看试镜结果吧。"江远放下水杯，一锤定音，"她要是成功拿下女主角，就安排刘子琼出演玉容，说服唐韵出演赵华阳。"

"你！"卓航看他一眼，"林思琪昨天得罪你了？这么磨她！"

江远挑眉睨了他一眼，没说话。

"哈。"瘦高女人抱着胳膊笑了笑，"我倒觉得这老师当得挺负责。"

"行了。"江远朝着她挥了挥手，"赶紧干活去，剧本好好润色，别到时候跟着卓航一起抓狂才好。"

"哈哈。"瘦高女人笑了笑往回走。

江远看着她的背影，摇摇头收回视线，目光落到电脑屏幕上，略微想了想，又一次点开剧本。

宋家，书房。

林思琪定下心来，开始看剧本。

江远、沈小小联合编剧，《青蛇》故事背景架空，类别属于古装片，题材是观众百看不厌的江山权谋。

特殊的是，故事的女主角是一条蛇。

这条蛇性别女，名青萝，天生元种，人间修行六百年，堕入红尘，幻化成人形，意外卷入江山之争，成为惑世红颜，只两年，亡。

剧本沿袭卓航团队的一贯风格，是个彻头彻尾的悲剧故事。

青丘乱世，陈、卫、宁、邓、姜，五国争霸。

英雄俊杰辈出。

姜国巫灵王是其中最杰出的一位乱世公子，有"青丘第一公子"之美称。

巫灵王乃姜国国君最宠爱的幼弟，三岁能文，七岁能武，容貌极佳，举止风流。他生在帝王家，生性自由，好游历，十三岁离开姜国，遍访秀水明山，结交奇人异士，仗剑周游列国。

十七岁，巫灵王到了卫国边境一山清水秀之地。

故事从此展开。

巫灵王泛舟湖上，遍览美景，突发奇想，遂暂时停驻湖边，挥毫泼墨，画了一幅美人泛舟图。

巫灵王想象中的女子自是极美，盘踞在古树枝丫上的青蛇觉得有趣，尾巴一挑，勾了画像，端详两眼，咯咯笑着幻化成人形。

巫灵王正找画像，听见声音，循声而去，美人儿便近在眼前。

177

她一袭青衣罗裙，亭亭立于湖畔，青丝垂坠，美如仙娥。

"你叫什么名字？"

"嗯，名字是什么？"

这便是青蛇和巫灵王的第一次对话。

之后，调皮的青蛇并着双脚离地，飞身缠上树干，伸舌头眨巴眼睛好奇地道："可以吃吗？"

青蛇伸出蛇芯子在巫灵王脸颊上撩了一下，若是一般人，早被吓得魂飞魄散。

可巫灵王自小聪慧秀敏，胆识异于常人，不但不害怕，反而惊喜不已，摸着青蛇的头发叹道："原来是一条调皮贪嘴的蛇，没有名字吧？"

"名字可以吃吗？"青蛇又问，双脚倒钩着树梢，左摇右晃。

巫灵王忍不住笑起来，哄她道："名字不能吃，你下来，我给你东西吃。"

青蛇滑下树，巫灵王以糕点喂她，用玉簪帮她盘起青丝，摸着她的脸蛋，给她起名"青萝"。

青萝天真调皮，不沾荤腥，餐风饮露修行六百年，遇上巫灵王之后，口味被养刁，成了一条极贪吃好动的蛇。

巫灵王带着她游历一年，置身山野中，他时而骑马，时而徒步，青萝便化成蛇形，从树林、水波间游走而过，肆意畅快。置身闹市中，他便是那举止翩然的俊俏公子，青萝好动时化作美人，蒙轻纱陪伴，懒惰时便缩小原身，化成一条小青蛇，隔着他的中衣蜷在他怀抱里。

从相貌到名字，乃至见闻、常识，青萝的一切皆来自于巫灵王。

巫灵王告诉她：天下美食尽在王宫。

于是，两人相处第二年的某一日，青萝正蜷在巫灵王怀里休息，听到边上策马而过的官兵提及"王宫"二字，心念一动，蹿上官兵宽大的帽檐，往王宫而去。

巫灵王猝不及防，一回身发现青萝已不知所终。

蛇冷血，最是无情，十八岁的巫灵王突然明白了这一点，却早已情根深种。

青萝到了卫国王宫，变换了宫女穿着，将王宫的美食尝了个遍。

一眨眼，三个月时间一晃而过。

青萝被途经御花园的卫国宰相凤梧遇见，年轻的宰相惊为天人，暗自留意，次日奏请卫君，进献绝色美人给姜国，以求联合。

彼时，卫国国力比姜国稍逊，为青丘第三。

宁国为第一。

卫国紧邻姜国、宁国，卫国国君意欲联合姜国，攻打宁国，待灭宁之后，给姜国意外一击，称霸青丘，图谋天下。联合之计，便是宰相凤梧所献。青萝，便成了这讨好姜国国君，消磨其英雄斗志的绝妙棋子。

卫王听从了凤梧的建议，凤梧便着手培养美人。

连带青萝在内，凤梧从卫国王宫中挑选了六名相貌极佳的美人，请舞姬、乐师教习歌舞，请年老宫女教习步态规矩，以求早有所成。

奈何，青萝是蛇，本性天真自由、活泼好动，无人能束缚。

年轻的宰相观察再三，觉得有趣，以身为饵，诱惑之。

凤梧是青萝在人间认识的第二个人，却不同于心地赤诚的巫灵王，他始终记着自己的使命，半年多的相处中虽然发自内心地疼爱着青萝，却始终灌输给她"帮助我"这样的信念。

青萝天真，对凤梧产生了懵懂的男女之爱，又意外得知姜国有着不同于卫国的各类美食，遂从之，跟着其余五名美人一起，被进献给姜国国君。

她离开卫国时，凤梧对她说："去吧，我等你。"

青萝到了姜国，一曲《凌波仙》惊艳全场，姜国国君对她喜爱异常，赐封"青萝夫人"。

自此，青萝被冠以"红颜祸水"之称号。

姜国国君的相貌和巫灵王有八分相似，英武俊美，青萝宠冠六宫尚不自知，初尝情事，日日和国君纠缠厮磨。

慢慢地，冷血无情的一条蛇，交付了身心。

姜王宠爱她，知道她怕冷，在宫殿四周精心设计了火龙，寝宫地面皆以暖玉铺就，以保证冬季每个角落不至于寒凉；知道她贪嘴，自民间征召大厨逾百人，日日变着花样做糕点，简直恨不得将天下捧到她面前。

姜国后宫怨声载道，姜王好色之名传遍五国。

再后来，十九岁的巫灵王回国，遇青萝，震惊不已，求而不得之后，经历了颇长一段苦闷折磨，再次离开姜国。

故事进展到后半部分，真相慢慢浮出水面。

姜王对青萝的宠爱不过是图谋天下的障眼法，表面怠于政务的过程中，早已经遣出上百名细作潜伏于卫国、宁国的宫廷之中。

姜王真正看重的女人，是十多岁封后的赵华阳。

赵华阳心知国君宠幸青萝不过是一种假象，但依旧无法忍受，自挖双目送到姜王的龙床前，附书信："妾赠双目为江山。"她爱他，不能看见他宠爱旁人，却又不愿阻拦他的宏图伟志，便用这种偏激的手段让他愧疚。

姜王颁布罪己诏，请来道士捉妖，捆缚青萝。

实际上，他一直知道她是一条蛇。

青萝被烈火焚烧而亡，姜王趁着民心激越之际攻打卫国，大胜，成为青丘第一大国，却暂时停了前进的步伐，一病不起。他知道青萝是一条蛇，也知道自己一直宠着一条蛇，却从来不知，不知何时，他也泥足深陷，爱上了她。

远在陈国的巫灵王赶回国，一怒之下，杀兄夺位。

青萝的死让一向翩然如玉的青丘第一公子成了魔，巫灵王点兵带将，身先士卒，率姜国大军踏平其他三国，一统天下。

他说："孤以天下祭青萝。"

巫灵王改国号为"初"，在位十三年，励精图治，六宫无妃。

他死后，传位于旁族收养的太子。

青丘是男人的战场，女人的坟墓，饶是一条蛇，因为美，也未能幸免于难，成了乱世征战的牺牲品。

青萝入红尘四年，遇到三个男人，巫灵王、宰相凤梧、姜王炎。

巫灵王爱她，她那时尚不懂爱，凤梧利用她，她方动情，姜王宠她爱她占有她，冷血如她，也有了女人的特质，泥足深陷，无辜赴死。

《青蛇》中和她的人生有交集的两个女人，玉容被姜王赏给臣下，抑郁而终，王后赵华阳被嫉恨蒙了心智，毁己伤人。

女人大多是可悲的，处于乱世，飘零若浮萍。

林思琪觉得，《青蛇》好似一首女人的挽歌，剧本从头到尾，展示在眼前的女人，也就感情烈如火的姜国王后赵华阳有一点自我意识觉醒，但很可惜，她的倔强热烈，也是因为太爱一个男人。

女主角青萝是彻头彻尾的悲剧，乱世美人的代表。

她所有的一切皆因男人，可怜的是，因为她是一条蛇，甚至连自我意识都没有，从生到死，唯有依附。

比如——

巫灵王带她初入集市，青萝不肯好好走路。巫灵王教导她，她便懒洋洋地开口道："人家没有脚嘛。"

凤梧让她前往姜国，她天真活泼地摇头晃脑："好呀。"

姜王抱着她缠绵，云雨初歇之际，把玩着她的头发若有所思："孤好像从未见过你哭。"

她道："青萝不会流泪。"

蛇天性冷血不流泪，却在最终被焚烧之际哀泣不止。

她有修为，却没反抗，任由大火将自己活活烧死。

可怜可悲。

和青萝相对的，剧本中巫灵王的角色却好像乱世里的一泓清泉，他善良、仁慈、开明、文成武就、气质卓绝。

不同于代表着男权至上的凤梧和姜王炎，他尊重女性，始终将青萝放在和他平起平坐的地位上，引导她、教育她，促使她开化。

最终，他因青萝挫败，也因青萝蜕变，站在了权力的顶峰，独享孤独。

依旧是悲剧。

江远给她的剧本并不复杂，只给了人物的命运轨迹和几个具有代表性的场景，想到卓航团队的一贯作风，林思琪甚至觉得，也许他们的分镜头剧本根本还在润色中，尚未完成呢。

作为电影导演里最特立独行的一个，卓航喜欢改戏也是出了名的，有时候拍到中间不满意，还会推倒重来。

看重商业效益的投资人不愿意捧他，忒烧钱，圈中许多明星却争着抢着上他的戏，毕竟，他的每部片子都荣获奖项无数。

卓航，原本就是一块金字招牌。

青萝集天真调皮、美艳妖娆、娇憨纯洁、无知无畏、温柔动人等诸多特质于一身，她最无情，动了情却最多情。

很多台词看着简单，寓意却深，想要诠释好并不容易。

尤其是，她其实还是一条蛇。

林思琪有点明白江远发视频给她看的原因了。

一开始，青萝走路、说话、吃饭、睡觉，都带着点天生的忸怩之态。可这忸怩是她的本性，便要表现得极为天真自然，让人喜欢。

毋庸置疑，这很难。

再后面，她被悉心调教，能歌善舞，话音婉转，自然少了先前的忸怩，撩人的功夫却更加炉火纯青，不刻意勾引人，一颦一笑却自有风情。

这，也很难。

林思琪抱着平板电脑回了主卧。

宋望洗完澡上床，瞧见她紧张兮兮地靠在床头。

"看什么呢？"他探头过去。

"江……"

林思琪的话还未说完，宋望啊的一声从床上蹦起来，站在枕头上，紧紧蹙着眉："大晚上你看什么呢，不害怕啊？"

林思琪将视频暂停，看向他，迟疑地道："你怕蛇？"

"谁怕了？"宋望飞快地道，"就是觉得恶心，太恶心了！赶紧关掉！大晚上看这个干吗，破坏气氛。"

林思琪忍不住笑了一声："不怕你站那么远？"

"不说了恶心吗？"宋望明显也感觉到自己反应过度，一屈腿直接坐回床上，耳尖都有些泛红，催促道，"快关掉。"

"不要。"林思琪抿唇笑了笑，"星期六要试镜的，我得看着它好好琢磨琢磨，有用的。"

"你接新戏了？"宋望捕捉到了重点。

"没，"林思琪头也不抬，"就是一个试镜机会，卓航导演的新片，江教授让我去试一试。"

"什么片子？"

"《青蛇》，女主角是修炼了六百年的青蛇哦，不对，是蟒蛇，很好玩的。"

"蛇……蟒蛇！"宋望一只手将被角攥得紧紧的，腿伸进去，嘀咕道，"怎么试镜这么一角色？"

"故事还挺好的。"林思琪道，"江教授写的。"

她一只手抱着平板电脑往他怀里靠。

宋望连忙伸手按住她的肩膀："等一下，你等等，关掉视频！"

"我得看啊！"林思琪哭笑不得，"不是说了星期六试镜吗？"

"不能不看啊？"宋望绮丽的眉拧得紧紧的。

"江教授说还是看一下比较好，利于掌握人物形象。"林思琪一本正经地道，不管不顾，举着平板电脑就躺在他胸膛上，选了个极舒服的姿势。

"一句一个'江教授'。"宋望伸手拧了拧她的脸，"他给你灌什么迷魂汤了？"

林思琪愣了一下，笑眯眯地道："你又吃醋啊？"

"怎么可能？"宋望呵呵笑了两声，"他那么老，有什么好吃醋的。"

"也就三十二岁。"林思琪靠在他怀里，抱着平板电脑没放下，没注意到她靠着的宋望脸都青了。

"三十二岁。"宋望一只手搓着林思琪光裸的肩膀，"比哥哥我大六岁，比你大十一岁，还不老吗？"

"好吧。"林思琪妥协了，认真看画面。

宋望伸手关掉视频，将平板电脑甩手扔到了地毯上，两只手掐着林思琪的腰，一本正经地道："看那个能学到什么，还不如跟我学呢。"

"跟你学什么？"林思琪探身看了眼平板电脑，无奈地应付。

"我问你，那个啥的特点都有什么？"

"哪个啥？"林思琪看着他装傻。

"滚蛋，"宋望伸手在她屁股上拍了一把，"好好说话。"

"嗯。"林思琪翻了个白眼，在他怀里乖乖蜷下，若有所思地道，"冷血是一个吧，身子冰冷，得冬眠，会蜕皮，喜欢潮湿环境。"

"这些都不是重点。"宋望掐着她的胳肢窝，将她往上提。

"哎？"

"傻蛋。"宋望捏她的鼻子，坏笑，"软啊，它最大的特点是软，然后是缠人，还喜欢扭！对了，吐芯子，来，先吐个芯子给我看。"

林思琪："……"

"怎么？"宋望挑眉瞪她，"我说得不对？不吐芯子也成，练习其他两个特点吧，扭一个给我看看。"

林思琪："……"

"你这态度不对！"宋望教育她，"演戏是件严肃的事情，不认真

184

刻苦怎么行？你就当我是一棵树好了，想一下，自己发挥。"

"你真无聊。"林思琪半晌才说出话来，闷声道，"还是睡觉吧。"

宋望翻身压上她，咬她的耳朵："先别睡。我说的是认真的，免费当道具给你练习你还不乐意。"

说着话，他将林思琪放在他身上，朝她的耳朵吹气："宝贝，放开点。"

林思琪脸一红，滚烫的脸蛋埋进他的胸膛。

宋望放肆地笑了起来。

10 | 恭喜你，女主角

这一日，《闪婚》剧组。

下一幕是蒋靖南婚内强暴的一出戏。

工作人员准备就位，林思琪到了二楼主卧拍摄间。

房间是欧式贵族装修风格，卧室地面以仿古木纹砖铺就，浅棕色木纹砖纹理自然细密，非常逼真。正方形大床下铺了一块花纹繁复的长方形地毯，床尾摆放着一张复古软皮小桌。褐色木盘里，倒置着两个高脚杯，边上一瓶红酒刚开封，酒气醉人。

墙壁被花纹繁复的米黄色壁纸尽数包裹，高桌上置放着两盏装饰性复古台灯，上方墙壁上悬挂了一幅裱起的油画，色彩艳丽，光线生动。

整个房间被顶端正中央水晶灯耀眼的光芒笼罩着，贵气扑面而来。

林思琪四下扫了一眼，宋望从房间一角的衣帽间走了出来。

林思琪："……"

灯光太亮，她觉得，他耀眼尊贵，恍若帝王。

宋望单穿着一件纯黑色手工衬衫，一只衣袖规整严谨，暗金袖扣泛着光，另一只袖口往上卷了两圈，带着些随意散漫。没打领结，他将衬衫最上面的纽扣解开了两颗，衬着眉目精致的一张脸，气势迫人。

看着他慢慢走近，林思琪突然悸动难言、无法呼吸。

"发什么呆？"宋望到了眼前，手指在她额头上敲了两下，附耳坏笑，"是不是被老公帅晕了？乖，回去再给你。"

一说话原形毕露。

林思琪伸手在他胸膛上推了一把，还来不及说话，边上的李晶开口了："化妆师，先给思琪上妆。"

洗手间里有人应了一声，快步走出一个工作人员："先换衣服吧。"

在家里睡觉，自然是穿睡衣。

剧本里眼下是秋天，宁小余的睡衣非常保守。

纯棉质地，上下两件长衣长裤，浅灰色条纹图案，是属于那种男人看着不会有任何欲望的睡衣。

用蒋靖南的话来概括，很简单的四个字："土得掉渣！"

可奈何宁小余虽然从小生活苦了些，身材却发育得极好，玲珑饱满，纵然穿着土得掉渣的睡衣，依旧曲线动人。

林思琪上好妆，披散着长发，踩着拖鞋到了床边。

"OK！"李晶上下打量了她一眼，直接讲戏，"蒋靖南喝了点酒，情绪和动作都比较激烈，他失控，你就表现出安静的一面和他映衬，陪着喝酒也不需要什么表情，被压上床可以适当反抗，不用太激烈，明白吗？"

"好。"林思琪有点窘，低应了一声。

李晶转头看向宋望，略微想了想，觉得没什么可说的，索性闭嘴，直接清场，利落地说了句："Action！"

灯光暗下来，画面里，林思琪一只手掀开被子要上床。

她一只脚仍在鞋里，一条腿抵着床，拖鞋落地，刚露出玉白的脚丫，房门动了一下，宋望拧着眉进了门。

他一只手扶着门把手，看见正要上床的小人儿，眼睛微微眯起，将臂弯里挂着的西装甩到一边的单人沙发上。

气氛骤然一变。

林思琪神色怔怔的，紧紧抿着唇，直接爬上床，掀开被子就要躺进去，面无表情，鸵鸟一样。

"过来！"宋望走两步，立在床边，蹙着眉命令道。

林思琪攥着被角看了他一眼。

宋望冷笑："娶你回来是当摆设的吗？过来，帮我倒杯水。"

林思琪没说话，一张脸在昏暗的灯光下平静无波，下床，穿着拖鞋出画面，去给他倒水。

她再回来，宋望正坐在床尾喝酒。

他修长白皙的手骨节分明，捏着高脚杯，姿势优雅散漫，将里面清澈的液体轻轻摇晃，醉人的香气便渐渐弥漫在空气里。

"杯子放下。"他对着林思琪又发话，"陪我喝一杯。"

"我不会喝酒。"林思琪毫不犹豫地拒绝。

"呵。"慵懒散漫的男人低头笑了一声，声音里带着一抹蛊惑人的性感迷醉，侧头挑眉看她，"蒋靖南的女人不会喝酒？"

"开什么玩笑！"他说。

话音落地，他探身握紧她的一只手，猛地一拽，一步开外的女人稳稳地落在他怀里，抗拒地推着他的肩。

"别动。"男人一只大掌滑进她的上衣，紧扣着她的腰，"再动我现在就办了你。"

林思琪眼睛里带着些屈辱的水光。

男人心满意足，目光深深地看着她，将酒杯递到她嘴边，手腕微抬，一杯酒慢慢往下灌。

酒气太重，女人不堪忍受，胡乱地挣扎着。

宋望眯着眼睛看她，喉结耸动，猛地咬上她的脖颈。

188

"你是我老婆。"宋望看着她磨磨牙，直接转身，将她整个人扔上床，强势地压过去。

林思琪在他身下挣扎，他恼怒，一只手按着她，一条腿跪在她身侧，动作激烈地撕扯着她的衣服。

他看上去凶猛强势，却没忘记将林思琪整个人护在身下。

镜头里——

林思琪胡乱挥动着一只手，一件内衣被宋望反手扔出，刺啦一声响之后，纯黑色衬衫随之丢出。

男人背部线条流畅完美，俯下身去。

看着镜头，摄影师情不自禁地吞咽了一下口水。

宋望一只手紧扣着林思琪胡乱蹬着的一条腿，林思琪的哀泣声刚刚飘出，便化作嘤咛。

吻上了……

男人将女人压在身下，亲吻的声响带着撩人的低喘，像凶兽。

"cut。"李晶回过神来，连忙喊道。

角落里两个摄影师也松了一口气，正"施暴"的宋望放开了钳制着的小女人，站起身来。

他转身看向李晶，随即低头，神色自若地将自己的裤子正了正。

李晶捡起他的衬衫递过去，一抬眸，老脸涨红："宋总，我们先出去，您先整理整理。"

几个工作人员齐齐退了出去。

房间里灯光昏暗。

宋望一只手挑着衬衫穿上，抬眸，微笑着看向林思琪。

林思琪回过神来，面红耳赤。

宋望微笑着坐到床边，伸手碰了碰她绯红的脸颊，柔声道："怎么，吓到了？"

"你！"林思琪嗫嚅道，"内衣，你把我的内衣给扯了。"

"情节需要。"宋望扑哧笑出声，俯下身，两根手指挑了内衣在空

189

中荡了一下，捏在手中摩挲，"真香。"

香你个鬼……

林思琪嘀咕一声，羞愤欲死，探身去拿。

宋望躲了一下，她便直接扑到他怀里，双手紧紧地抱住他。

"给我啊。"林思琪欲哭无泪。

"求我。"宋望将内衣藏在身后，眉梢轻挑，笑眯眯地说了一句。

"求你了，大爷！"

宋望整个人都愉悦起来，一边脸朝她侧过去，戏谑道："亲亲。"

林思琪耐着性子亲了他，想起刚才那一幕，穿衣服的时候还心不在焉，尴尬里，又有点小刺激。

和宋望拍戏的感觉呀……挺好。

星期六，京郊影视城。

下午两点，林思琪到了《青蛇》剧组女主角的试镜地点——环亚旗下昌辉大酒店一楼宴会厅。

林思琪对影视城还算熟，下了车和经纪人荣晴一起，直接前往昌辉大酒店。

等在门口的剧组工作人员指引着两人到了宴会厅外面，接到面试邀请的几个人差不多都到了。

除了唐韵……

唐韵素有"气场女王"之称，又有工作室，晚一些很正常。

林思琪坐在椅子上等待。

先到的几个人看见她，面面相觑，气氛一时间微妙起来。

林思琪身份特殊是一个原因，第二个原因却是江远，微博上闹过几次，她和江远关系好尽人皆知。

她是江远的学生。江远离婚的时候，她帮着江远说过话，之后江远的诸多好友微博上关注了她力挺，这里面有卓航……

几个人原本不熟，不动声色地互相打量着，没有人说话，非常安静，优雅的仪态和良好的素质体现得淋漓尽致。

酒店里，一楼洗手间。

"气场女王"唐韵下巴微仰，对着镜子抹口红。

她边上，年轻的助理多看了两眼，忧心忡忡地道："刚才好像听说林思琪也要来试镜。"

"呵。"唐韵看也没看她，"就一'花瓶'，也用担心？"

"可她和卓导他们关系好。"助理讪笑道，"说到演技她算哪根葱，当然不是唐姐您的对手。但保不齐走后门。"

"走后门？"唐韵收起口红，挑眉看着她，"就算走后门，也得有点本钱吧。别说我，就是董真真和田慧也不是吃素的，等到试镜结果一出，她PK掉我们三个，你当网友都是傻子啊？"

"可卓导他们一向挺低调的。"助理小声道。

唐韵不耐烦地看了她一眼："白痴。"话音刚落，她踩着高跟鞋走远。

洗手间里安静下来，隔间里响起了冲水的声音，一个瘦高女人蹙眉走出来，洗了手，若有所思地回了宴会厅。

摄影师在调镜头，卓航等人坐在椅子上休息。

瘦高女人略微想了想，笑道："刚才在洗手间碰上唐韵了。"

"哟。"卓航挑眉笑了一声，"她来这么早，真给我面子。"

"能正经点吗？"瘦高女人翻了个白眼，看着边上的江远开口道，"她和助理说起林思琪了，担心我们走后门。"

"啧，想太多。"卓航打了个响指，趴桌上撇嘴说了一句，看着江远，明显老大不高兴。

"小吴。"江远侧身朝门口唤道。

工作人员小跑到跟前，江远开口道："把试镜演员都叫进来，一会儿有人试镜，其他人就旁观，不用在外面等了。"

小吴愣了一下，点头道："是。"

他转身快步往外走，朝外面的几个人开口道："打扰了。导演说请大家移步，宴会厅里面等。"

"什么意思？"坐在最边上的叶雪道。

"每个人表演的时候，其他人可以旁观。"工作人员礼貌地笑了笑，"里面有椅子，坐着等就好，助理和经纪人不必跟进去。"

他说完，回了宴会厅。

宴会厅非常宽敞，为了试镜方便，正中间留了颇大一块场地，场地一侧和两个角落里都架着摄像机。

宴会厅一侧留了些椅子，眼看着前面几个人都坐在了侧边，林思琪也抬步走过去，选了个位子坐下。

六人就位，卓航清了清嗓子道："《青蛇》女主角试镜一共分为两轮，每一轮大家的表演题目都一样。提前准备十分钟，按照座位顺序，从左到右，依次表演，随时淘汰，谁有问题也可以随时提出来。"

他话音落地，刚才紧跟着唐韵第二个进来的刘子琼笑着问："卓导，您说从左到右，是从唐韵姐开始的意思吧？"

六个人，唐韵最先，林思琪最后。

卓航坐在她们侧边，这话自然会引起疑义。

他偏向林思琪，任谁也知道。表演上有个先入为主的印象，六个人表演同一个场景，越往后，越吃亏。毕竟后面的要胜过前面的，必须超越，而前面表现过的，后面继续，就没什么新意。他说从左到右，原本是想让林思琪先表现。

可此刻，刘子琼问出这么一句话，他再说从林思琪开始，就明显有所偏向了，还真是不好办。

卓航笑了笑："当然，按照先后顺序，从唐韵开始。"

他话音落地，有些遗憾地看了眼林思琪，坐着等候的几个人却明显松了一口气。

唐韵是演技派，先表演、后表演都无所谓。

林思琪不一样，她是新人，和卓航等人关系又好，第一个表演虽说准备时间短一些，可发挥空间大。

很微妙的是，几个人都希望将她淘汰。

评委席上，瘦高女人喟叹道："好些日子没见识到这些，还有些不习惯。"

"这个圈子一直这样。"江远笑了笑。

"但愿你这学生不会让人失望。"瘦高女人声音低低地说了一句。

"她没有那么差。"江远抬眸瞥了林思琪一眼，眼看她已经拿到了题目，便收回视线。

林思琪看着手中字条上的一句话："人家没有脚嘛。"

很明显，一会儿众人要表演的第一个场景，是巫灵王带着青萝第一次上集市，两人的对话。

彼时，青萝应该是怎么样的？

天真调皮，活泼好动，还有点贪吃……

林思琪咬紧唇思考。

耳边传来高跟鞋的声音，唐韵到了场地中间，笑了笑道："卓导好，王导好，江编好，沈编好。"

剧组来了四个评委，除了卓航之外，络腮胡子的王京是《旧城恋爱》导演，跟着纯属凑热闹，江远和沈小小都是《青蛇》的编剧，唐韵全认识，自然一一问好。

她比这四人小不了多少，姿态谦和已经算非常难得。

"开始吗？"沈小小个子高，一只手托腮，笑着问了一句。

"嗯。"唐韵略微笑了一下，请求道，"能请江编帮大家搭一下戏吗？据我所知，江编好像是传媒大学表演专业科班出身。"

她语调温和，话音落地，宴会厅里的众人俱是一愣。

等着面试的几个人都不禁感激她，毕竟，有个人搭戏可发挥的余地明显大一些，前面坐着的卓航也登时兴味盎然起来。

除了江远……

江远抬眸看着她，婉拒："我从来没拍过戏。"

"您站着不动都行。"唐韵淡笑。

"去吧去吧。"卓航笑着推了推江远，"你就当自己是一根木桩，当个道具能怎么样？"

江远侧头睨了他一眼。

卓航一本正经地道："我们三个男人就你是表演专业出身啊！"

他催促了两句，江远没法推托，被赶鸭子上架了。

这一出意外让宴会厅里紧张的气氛淡去一些，林思琪都觉得意外，饶有兴趣地抬眸看了过去。

江远穿着黑色定制西装，站着不动，的确挺像一根木桩。

不过，即便是木桩，也是一根俊朗笔直的木桩。

可他当然不可能做木桩，他站在原地略微想了想，朝唐韵道："按剧本情境，正常演吧。"

唐韵求之不得，抿唇点了点头，神色倨傲。

她在圈内颇有资历，自然有把握请动江远，自信，也是战术的一种。

表演之前，让其他几人意识到她的实力，从而增添一些紧张情绪，同时又打心眼里对她心存感谢，意识到和她之间的差距。

出道十年有余，她习惯了随时随地、不动声色、以各种手段让竞争对手和搭戏的女演员感觉到压力。

江远在左侧，她紧随其后，置身于江远右首边。

卓航象征性地喊了一声："Action。"

两个人抬步往前走，江远眼眸含笑，不时回头看她一眼，唐韵则微微扭腰，姿态妖娆。

坐在不远处看着的林思琪狠狠愣了一下。

她看到了一个和以往全然不同的江远，印象里的江教授，严谨工整、清俊端正、内敛沉稳、从容不迫。

而眼前和唐韵搭戏的这个江远，依旧是往常那样笔挺的西装，可整个人的感觉都因为走路的步态和不经意间表现出的表情而发生变化。

他步伐没有平时沉稳，走两步就微微停下瞅一眼身侧的人儿，带着点不易察觉的紧张，可侧身转头每个动作都有翩然舒缓之态。

看上去很年轻，像俊俏的少年郎……

"他怎么不演戏啊，真可惜。"边上橙光的一线演员田慧目光落在江远身上，疑惑、叹息。

"说是觉得做演员作息不稳定。"林思琪鬼使神差地回答了一句。

"唉。"田慧看了她一眼，突然打开了话匣子，神色遗憾，"说起来江编高我三届，当时我刚进学校那会儿，每个老师上课都习惯性地说起他，他可是传媒大学好几届学生眼里的男神学长。"

"后来是男神教授。"林思琪忍俊不禁，"现在我们班上还有许多女生对他念念不忘呢。"

"蔓青真是走了狗屎运。"田慧突然说了一句。

林思琪看着她，一脸愕然。

田慧似乎也自知失言，耸肩笑了一下，转过身去。

唐韵穿着高跟鞋，许是为了表演"蛇"这样一个形态，她穿了一件银白色的紧身包臀裙，走起路来姿态婀娜，肩膀始终微微往后侧着，显得有气无力，就好像忍受不住直射的阳光。

林思琪突然想到，剧本里，巫灵王第一次带青萝上集市，正是初夏。

青萝久居森林，自然受不住太阳。

唐韵抬手擦了一下汗水。

她抬手的姿态有气无力，将蛇柔弱的体态表现得淋漓尽致。

"好热。"她看着江远，给自己添了一句台词。

"前面有好吃的糕点。"江远眉眼弯弯。

唐韵登时扭起来，眼眸发亮，S形一路往前。

"好好走路。"江远看着她，微微抿着嘴角，流露出一个无奈的笑容，语调带着轻微的斥责，眼睛里却满是阳光。

"人家没有脚嘛。"唐韵停了步子，有气无力地靠着他，仰头说了一句，天真娇憨的风情尽显。

"cut。"卓航眼看着江远微微蹙眉，连忙笑着叫停。

江远松了一口气，要回座位。

他身后，刘子琼连忙开口道："还有我呢。"

江远微微停步看过去，刘子琼似乎这才察觉到自己喊得突兀了一些，笑道："刚才唐韵姐说，您给我们所有人搭一下戏的。"

江远愣了一下，站在原地。

唐韵重新回到了椅子上。

她将身子软、姿态妖娆、神态娇憨这几个特点都表演得很到位，尤其是结合剧本考虑到天气因素，也在江远的提点下表示出对食物的喜爱，连她自己都觉得挺满意。

其他人就算同样表现出这几点，也有点落了下风。

唐韵心满意足，看着刘子琼，嘴角轻扬。

凭着两套写真刚崭露头角的小新人，哪里有什么演技，和她竞争一个角色，根本是不自量力。

唐韵甚至懒得看她，闭目养神。

她有倨傲的资本，又一贯眼高于顶，表演完休息一下也正常，其他人却目不转睛地看着刘子琼。

刘子琼也穿着高跟鞋，扭着纤腰跟着江远，仪态上没有唐韵那般妖娆，但胜在身材比唐韵好一些，前凸后翘，非常妩媚。

她先前一套妖娆的彩绘写真在网上爆红，龙袍写真也霸气冷艳，可眼下当真表演起来，走路的姿态却远远比不上演技不错的唐韵。

卓航朝边上的王京感叹："还没有写真上有味道。"

"写真是可以骗人的，有后期嘛。"王京忍不住笑了笑道，"那个最不能当作标准了。"

"也对。"卓航认可地点点头，直接道，"很抱歉，你被淘汰了。"

刘子琼微微愣了一下："其他角色的试镜我还可以争取吗？"

"后面还有一次配角试镜。"沈小小笑着宽慰。

"谢谢沈编。"刘子琼微微欠身，拿了包，直接从后门离开。

她被直接淘汰，紧跟在她后面表演的叶雪自然有些紧张，上台的时候还差点扭到脚。

不过，她原本是三流艳星出身，扭着腰站稳，动作妖娆至极。

林思琪忍不住扑哧笑起来。

"笑什么？"田慧侧身看着她问了一句。

"就她刚才站稳那个动作，"林思琪忍着笑道，"我突然想起早上伸展枝叶的牵牛花了。"

"你还挺能联想。"

"观察过。"林思琪声音小小的。

镜头下，叶雪像花藤一样缠着江远的手臂，柔若无骨的一只手还勾着他的脖子，吐舌头。

江远忍无可忍，握着她的手腕将她推开："抱歉，你被淘汰了。"

"人家没有脚嘛。"叶雪眨着眼睛无辜地说了一句。

"噗！"沈小小忍不住笑起来，"有点意思。"

"沈老师，你也觉得我的表现没问题，是不是？"叶雪一脸期待地看着沈小小，"我没有脚啊，不缠着他我怎么走路？"

"你看剧本了吗？"卓航忍着笑发问。

"看了些，主角是条蛇嘛，肯定缠人。"

卓航连连点头，一本正经地道："可是你这场合不对，公共场合哈，还是得收敛一些。"

"那我的表演？"叶雪迟疑地道。

"不太过关。"卓航边上的沈小小正色说了一句。

"那好吧。"叶雪也提了包，慢吞吞地从后门离开。

接下来是第四位，董真真。

她比唐韵多表现出一个点，蛇芯子。

被引领着逛集市的时候，她做出了好几个闻到香味忍不住吐舌头的欢快表情，将青萝天真调皮的一面表现得非常到位。

董真真没有被淘汰。

第五位，田慧搭戏之前脱掉了高跟鞋，表演起来没有走路的声音，将青蛇的懒惰娇憨表演得十分到位，融合了先前唐韵和董真真的优秀表现。

田慧也成功过关。

只剩林思琪。

所有人的目光都落在她身上，她起身微微一笑，朝着江远走过去。

她走动的过程中，原本对她不屑一顾的唐韵神色微怔。

为了表现出蛇的性感妖娆，前面五个人都穿着紧身包臀的裙子，颜色也都是条纹、豹纹、银白、土黄这一类接近蛇纹的颜色。

除了田慧脱掉了高跟鞋，其他人都是细跟高跟鞋。

高跟鞋最能展现出女人的婀娜体态。

林思琪也穿着一条裙子，却根本和性感不沾边，她穿了一条湖绿色雪纺长裙。来的时候她上面套着一件薄牛仔外套，众人并没有第一时间仔细观察她的穿着打扮。

她没有穿高跟鞋，长裙下面配着一双极为轻便的蛋卷鞋。

唐韵看着她，很快察觉出问题，林思琪这样的打扮，和剧本里青萝的装扮挺相近。

青萝是青衣罗裙，绣花鞋，衣衫轻柔宽大，鞋子轻巧方便，简化之下，可不就相当于此刻林思琪的穿着打扮？

雪纺飘逸垂坠、含而不露，走动间却能显出婀娜。

她们都第一时间想到性感妖娆，用神态、语言去表现娇憨天真，林思琪却从打扮开始，将美艳和性感收一分，添进去一些女儿家的天真清纯。

最开始的青萝不正该如此？她性感妖娆，可那性感妖娆是藏在青衣罗裙里，含而不露的。

眼看着林思琪朝江远走过去，后者微微弯着嘴角笑看着她，唐韵忍不住握紧身侧的一只手，希望自己想多了。

可很快她就发现，她并没有想多。

卓航示意一声："Action。"

江远在左，林思琪在右，两个人往前走。

林思琪走得非常慢，柔若无骨，走两步就朝边上倒过去。

时而软绵绵地走在江远左边，似乎是靠着什么东西休息，休息的时候还转着眼珠左顾右盼，时而又软绵绵地倒在江远后方右侧，也靠着什么，转着眼珠左顾右盼，一脸好奇。

天知道她转着眼珠左顾右盼这模样有多可爱，卓航眼睛都看直了。

毕竟林思琪眼睛大，眼珠又黑又亮，非常动人。

六个人里面她年龄最小，皮肤水嫩，不化妆也能凭着俏皮的表情活色生香，惹人喜爱。

其他人因为顾及江远的步伐，走得慢，却绝对没有人像她这样慢。

她完全没有将江远的快慢放在心上，累了就随意歇一歇，不想走就不动，挪脚都不愿意。

众人看着她，只觉得这个才应该是青萝，她初入人间，无欲无求，好奇得像个小孩。她看见什么都想瞅两眼，可是她懒呀，远远地跟着巫灵王，东倒西歪，简直像没有骨头似的。

她不用刻意扭着腰表现妖娆妩媚，可是她左边那么一靠，右边那么一停，肩膀先过去，腰身才紧跟着过去。

雪纺裹着她又怎么样，只想想，都能感觉到她衣衫里一副身躯，柔软滑嫩到不可思议。

她天真娇憨，姿容绝艳妩媚，可偏偏，不自知。

懒散任性、爱走不走那个才是她。

她和巫灵王的关系里，一贯是巫灵王停下来迁就她，哪有她害怕巫灵王走远，急急跟上去的道理。

只此一点，就将前面几人甩了十万八千里远。

唐韵看着她，难以置信，董真真和田慧看着她，神色尴尬，好像自惭形秽，沈小小和王京看着她，又惊又喜，至于卓航，只能用狂喜来形容。

就好像一个采矿者，看到最有价值的那块宝。

江远无奈地停了步子，目光落在身后的小人儿身上，宠溺、怜爱、好笑、无奈，种种情绪尽数流露。

他眼角眉梢都染着笑，似乎不知道将身后这一把懒骨头怎么办才好。

他后退两步，到了林思琪近前，哄道："快一点好不好，到了前面买糕点给你吃。"

原本懒散的小人儿眼眸放光地看着他，就在所有人以为她要继续动起来的时候，她顽皮地伸出舌头吸溜一下，舌尖卷着缩回去。

可爱又调皮。

卓航没忍住，握着拳在桌面上敲了一下。

江远微愣，伸手摸摸她的头，笑了笑道："走吧。"

"嗯！"懒骨头直起身来。

这一下非常快，就好像一条蛇，突然仰着头，直挺挺站起来。

"真是绝了啊！"卓航忍不住嘀咕一声。

他边上，王京和沈小小齐齐点头，赞叹喜爱溢于言表。

林思琪跟着江远继续走，这下乖巧了。

她没有左边倒一下，右边靠一下，却依旧晃着肩膀，好像脚下根本立不起来似的，软绵绵一点力道也没有。

她一双眼睛直直地盯着前面，好像时刻牵挂着糕点。

江远走两步，回头看见她耷拉着的脸色，忍不住微微俯身，声音低低地哄道："好好走路。"

"嗯。"林思琪眼睛眨巴两下，委屈地看着他，不等他直起身来，突然将下巴送过去，抵上他的肩头，一脸无辜，"人家没有脚嘛。"

人家没有脚嘛，竟然让人家走这么长一截路。

看着她说话，卓航一时间都觉得这男人简直不近人情！

林思琪下巴抵着他的肩头，两个人近在咫尺，江远能感觉到她说话间薄而清甜的呼吸。

微热、绵甜、撩人。

江远看着她的眼睛，忍不住伸出一只手去扶她，好像她就是一条没骨头的蛇，软绵绵，随时都要倒。

看着他的动作，其余几人突然反应过来。

林思琪从表演一开始到现在，完全没有用手，像唐韵那样举手擦汗，简直弱爆了！

一条蛇，有头有身子，没有脚，也没有手！

卓航激动极了，只觉得林思琪眼下这表现，完全可以拍板一条过。

新人，毫无经验，"花瓶"？

这担心简直多余。

江远目不转睛地看着林思琪，林思琪离开江远的肩头，站直了身子，看着他微笑，轻声道："谢谢您，教授。"

一语双关。

其他人以为她是感谢江远搭戏，可他们两人心知肚明，她是感谢他让她从一条蛇的习性去琢磨角色。

"不客气。"江远点头笑了笑，回到座位上。

给六个人搭戏，他也累，拧开边上的水瓶喝了一口，喝完了放回去，没几秒钟，又拧开喝了一口。

"紧张了？"边上的沈小小声音轻轻的。

"什么？"江远看了她一眼。

"你一紧张就喝水。"沈小小耸耸肩，笑道。

"是吗？"江远拧上盖子。

"可能你自己没发现。"沈小小若有所思地又说了一句。

她这话说得十分笃定，江远握着水瓶的一只手微微顿住，拇指轻轻地摩挲着瓶身，一时间没有再说话。

紧张吗？

其实他不知道，从小到大，他不觉得自己紧张过。

"第一次。"江远回头朝她笑了笑，"不太适应。"

"是不适应给她们搭戏，还是不适应给林思琪搭戏？"沈小小伸手握着自己桌角的水瓶，低声发问。

她一贯随性闲适，这样问话难免有点古怪，好像咄咄逼人。

江远微微蹙眉，半晌，低声道："你想太多了。"

沈小小侧头看着他，眼见他拿着水瓶又喝了一口，低笑道："好吧。我就是太好奇了。"

他们是传媒大学同一届的校友，彼此相识已有十年时间，实际上，她非常了解他，更甚于了解自己。

沈小小心中微苦，握着水瓶的手指紧了紧，抬眼看向林思琪。

上大学至今，她来京城已十一年，接触到这样的圈子，也足足十一年，见过的俊男美女如过江之鲫。

她没见过林思琪这样的女孩。

林思琪太漂亮，漂亮的女孩一般高傲，可她妩媚大方，有一种超乎年龄的温柔包容，非常容易吸引男人。

如果只这样也就罢了，她顶多是有韵味而已。

可偏偏她更多的时候青春靓丽，谦和礼貌，也有调皮娇憨的一面，眨巴眼睛的时候就像个赤诚孩童。

宜嗔宜喜，宜室宜家，一颦一笑，活色生香。

很美，却让人难以排斥。就连她，也发自内心地欣赏这样的姑娘，会因为她产生创作激情，更何况爱才之心甚于她的几个男人。

沈小小微笑着没有再说话，她边上的江远也放下了水瓶没有说话。

卓航却再也忍不住，一只手握成拳，敲着桌子惊喜道："表现得很棒，超乎想象！"

"谢谢卓导夸奖！"林思琪莞尔一笑。

"接下来还有一个镜头。"卓航抬眸朝边上一个工作人员看过去。

工作人员会意，将手中第二轮的考题送到四个人手中。

林思琪将手中的字条摊开："青萝不会流泪。"

她们四个人要表现剧本中青萝和姜王炎的一幕戏，两个人巫山云雨之后，姜王揽着青萝在龙床上，把玩着她的头发和她说话的场景。

姜王道："孤好像从未见过你哭。"

青萝答："青萝不会流泪。"

和先前众人表现的第一幕场景一样，这一幕也是剧本里极为重要的一幕戏，相当于点睛之笔。

电影尚未开拍，她们虽然都拿到了女主角的剧本，也了解了主要场景的具体陈设、对白等，可看到这样的题目，还是觉得很难把控。

主要是因为林思琪先前的表现太具有震撼力，她演活了青萝，生动逼真的感觉深入人心，此刻其他三人脑海里还回放着她刚才的一颦一笑。分明没有刻意忸怩，可她举手投足都非常勾人，浑然天成。

一个新人，却有这样的表现，无疑在三人脸上狠狠地扇了一巴掌，尤其是唐韵，她捏着字条，根本不能集中注意力。

怎么办?

唐韵罕见地紧张起来。

"卓导。"耳边一道女声突然拉回她的思绪。

唐韵抬眸看过去，只见橙光的田慧站起身："抱歉，我觉得我可能不太适合这个角色，接下来的一轮试镜我不参加了，可以吗?"

"哦?"卓航意外地挑了挑眉，"第一轮面试你们四人都通过了，接下来这一轮等同重新开始。"

"不了。"田慧坦荡地看了他一眼，"这会儿挺乱的，我觉得自己接下来没办法投入表演。"

"好吧。"卓航笑着点点头，"有机会再合作。"

田慧微笑了一下，转身从后门离开，离开前伸手在林思琪的肩膀上拍了一下，由衷地道："加油。"

林思琪看着她，抿唇微笑着点了点头。

田慧走了，唐韵和董真真挺难堪。

她们三人都在圈子里有些地位，可她们两人又和田慧不同，田慧是橙光旗下签约艺人，和林思琪较劲原本就是挺有风险的一件事。

毕竟林思琪的身份摆在那，她与其竞争，不如急流勇退。

宴会厅里一片寂静，唐韵的目光不经意地扫过林思琪恬静的侧脸，略微想了想，起身唤了声："卓导。"

"嗯？"卓航抬眸看她。

"表演顺序能换一下吗？"唐韵慢条斯理地道，"刚才从我这里开始，我已经占了优势。眼下到了第二轮，不如让思琪先开始好了，公平些。"

"啊？"卓航哭笑不得。

刚才六个人表演，前面的占优势，因为表现空间大。眼下就剩下三个人，这优势就不那么明显了。

唐韵这说法，看似退让一步帮着林思琪争取利益，实际上是因为先前林思琪的表演打了她的脸，她需要一个缓冲权衡的时间。

卓航不愿意被她牵着鼻子走，抬眼看向林思琪："思琪有意见吗？"

董真真怎么说都是第二个表演，他直接问林思琪无可厚非。

"我没意见。"林思琪笑了笑道。

"那行。"卓航无奈地点点头，朝着她开口道，"那就你先开始吧，还有五分钟的时间可以准备。"

"能准备一张垫子吗？"林思琪抬眼看着场地正中间，笑着提醒，"这一幕戏地点在床上。"

"哈。"卓航忍不住笑了笑道，"都忘了。"

话音落地，他朝边上的工作人员打了一个响指，让去拿软垫来。

五分钟很快过去。

林思琪朝着场地正中央的软垫走去。

健身软垫是浅灰色的，看上去非常柔软，她立在边上略微想了想，解了头发，脱了鞋子，光脚上软垫。

"需要江远给你搭戏吗？"卓航看着她，脱口问了一句。

林思琪笑了笑道："不用麻烦了。一会儿您按着情境帮我们念一下姜王的台词就好。"

她直接说"我们"，等于也斩断了江远给剩下两人搭戏的可能性。

林思琪目光里带着点不易察觉的狡黠。

江远却看得通透，心里无声地笑了一下，也觉得如释重负，声音低缓温和，浅浅开口："好。"

"Action！"王京道。

林思琪眉眼低垂，右手伸出去做了个环抱的姿势。

她左手置于空中，手指微蜷，十分轻柔，好像揪着某人的衣襟；脸颊和左手齐平，看似依偎；身子慵懒倾斜，双腿微收，湖绿色雪纺纱裙顺着身体曲线，服帖地裹在小腿上，越发衬得她的一双脚玉润精巧。

她脚型非常好看，弧度纤柔，肤色细白，线条流畅得好似雕刻家一刀刀勾勒，姣美粉嫩，诱人得像一件艺术品。

确切地说，此刻她整个人，都像一件优美动人的艺术品。

"行家啊。"她这动作摆出来，王京先叹一声。

林思琪做了个倚靠旁人的动作，她所有的重量都在上半身，上半身却倾斜着，双手扶空，放在一般人非得立马倒下。

这个相当专业的舞蹈动作，并非朝夕可成，功力可见一斑。

难怪第几个表演都不怕呢，她简直是青萝化身。

身娇体软、娇憨可爱，又生就极其漂亮娇嫩的一张脸蛋，可以想象，若是此刻置身于布置好的场景中，该有多活色生香，让人心动。

她妩媚，可她脸上带着信赖满足的浅笑，这妩媚便毫无浮夸媚俗之感，反而让人发自内心地愿意去呵护怜爱她。她冷血，可她接受了精心调教，眼下又全心全意地爱上了一个男人，便成了这世间再寻常不过的

205

小女人，千娇百媚地倚在心爱的男人身边。

宴会厅里寂静得落针可闻，所有人都看着她，好像在欣赏一件艺术品，又似乎怕一开口，吓到这看似柔若无骨的美人儿。

这场景只有两句对白，唯一的动作是：姜王把玩着青萝的长发。

此刻她长发垂坠在身前，海藻一样散落在玉白的肩头上，只可惜，因为没有人去抚弄，徒留遗憾。

江远觉得可以了，正想说出姜王那一句台词来。

林思琪突然动了，她脸颊往边上做了个蹭一蹭的动作，伴随着一声极其细微的嘤咛。那嘤咛薄而浅，绵长轻颤，在人耳边绕一下，酥麻撩人，简直能从人耳中钻进去，窜入四肢百骸，将人紧紧捆缚。

慵懒娇媚，这一刻的她，活生生红颜祸水的典范。

可是，她恬静乖巧的一张脸，清澈如水的一双眼，让看见她的任何一个人没办法去责怪她。

毕竟，她只是和心爱的男人行快乐事。

而刚才，不过是因为男人把玩她的头发时，手指触碰到她的脸颊，她无意识地哼唧了一声而已。

江远微微握起手，适时开口："孤好像从未见过你哭。"

林思琪没有看他的方向，她倚靠的动作微微动了一下，抬眸看上去，抿唇，轻声道："青萝不会流泪。"

像陈述，又像解释，语调轻柔至极。

音落，她却微微低头，眉眼低垂，睫毛轻颤两下归于寂静，好似一只小蝴蝶在那里短暂停留。

浅淡的落寞悄然蔓延。

也许，她突然想到自己是一条蛇，也许，她心里其实也希望自己是一个正常人，也许，她隐隐觉得这种无忧无虑的日子没有多久了……

可能性实在太多，谁知道呢？

此刻这样的她，能让每一个爱着她的男人为之心碎，也能让每一个嫉恨她的女人忍不住冲上去撕碎她的美丽。

"cut。"卓航一声喊。

众人如大梦初醒，恍惚回神。

林思琪双腿拳了一下，从垫子上站起身来，朝着众人微笑。

"真棒，"卓航一只手紧紧握拳，在桌面上敲了一下，"简直太棒了！我就知道自己没看错人！"

"喀喀。"边上，江远不动声色地咳了两声。

"谢谢。"林思琪微笑，抬手将头发绑起来，穿上鞋子回去座位上。

宴会厅里倏然一静。

按照顺序，接下来轮到环亚的董真真。

董真真大脑一片空白，看着垫子，第一次有了退却之心，她觉得青萝这个角色好像是专门为林思琪而设。

董真真还是第一次见到这样的女孩，她才二十岁，年龄这么小，却能展现出一种远远超越年龄的柔媚，身段柔软妖娆，脸蛋却干净清纯，气质又谦和坦荡，让人下意识地喜欢她。

难怪宋望喜欢她。

那样气质清华的男人，都为她神魂颠倒。

她看过林思琪以往的节目，可从来没发现林思琪有这样的一面，当真好像天生的祸水。

董真真走到垫子前，完全失去了表演欲望。

她无法超越林思琪，何苦自取其辱？

董真真看着卓航和江远，微微欠身，坦率地笑了起来："思琪的表现很好，我应该无法超越，就不耽误几位老师的时间了。"

这意思是，也不演了？

卓航笑意憋不住，点头道："以后有机会再合作。"

"好。"董真真松了一口气，直接离开。

唐韵也生了退却之心，不愿意再演，这感觉，从看见林思琪的一双

207

脚开始出现，而后越发强烈。

剧本里青萝六百岁，幻化成人形，从十五岁到十九岁。

林思琪二十一岁，她三十一岁。

十年差距，对女人来说意味着什么，没有人比她更清楚，单是一双脚，她就比不过。

她是圈子里出了名的"劳模"，纵然闲下来费尽心思保养，可很多地方，根本没办法和二十岁的小姑娘相提并论。

她甚至觉得，自己专程当了一次磨刀石。

唐韵抑郁不已，站起身来笑着开口道："思琪表现很棒，我甘拜下风。卓导，剧本里赵华阳那个角色还在吧？"

"在，过几天集体试镜。"卓航看着她，礼貌地说了一句。

"赵华阳的角色比较适合我，青萝年龄小了些，还是让小姑娘去演比较好。"

"希望能合作。"卓航一本正经地道。

唐韵点点头，转身踩着高跟鞋面无表情地出门离去。

"噗！"

"哈哈哈！"

她的身影消失在门口后，王京和卓航对视一眼，大笑起来。

江远和沈小小站起身，远远地看着林思琪。

林思琪也看着他们，半晌，觉得自己似乎应该走过去，带着点晕乎乎的感觉走了过去。

江远朝她伸手道："恭喜你，女主角。"

林思琪伸手和他握了一下："谢谢您，教授。"

"嗯。"江远浅笑着收回手。

沈小小也朝着林思琪伸手道："祝贺你，力挫影视圈三大实力女星。"

"您过奖了。"林思琪越发窘迫。

"没过奖没过奖，"卓航一屁股挤开江远，凑到她近前，"欢迎

208

加入卓导团队，预祝你包揽国内外电影节各大奖项，成为新一代'卓女郎'。"

"要点脸吧你！"

林思琪还没握上他的手，沈小小猛推了他一下，哈哈大笑起来。

卓航扶着王京的胳膊站稳："其实称为'卓女郎'也不对，应该称为'江女郎'才好，你们江教授这一次当真是用心良苦。"

"啊？"林思琪不解。

卓航正要再说话，江远把他推到边上去，朝着林思琪正色道："这人不怎么正经，以后你少和他接触为好。"

"哦。"林思琪闷闷地应了一声，忍不住笑起来。

她眉眼愉悦，桌边站着的四个人互相对视一眼，也忍不住笑起来，甚为欣慰，有一种吾家有女初长成的骄傲。

林思琪不明白这些人对她的良苦用心，寄予厚望。

可看着她敬重喜爱的一群人近在眼前，他们每个人都自信骄傲，神采飞扬，她觉得，这是非常美丽的一种遇见。

她期待着和他们合作，也十分愿意有一天，自己打上"×女郎"的标签，江远也好，卓航也罢。

只要是他们，就行……

林思琪站在原地，忍不住扬起嘴角，微笑起来。

11 | 爱上她注定悲剧

成功当选卓航新戏的女主角，林思琪心情很好。

她度过了颇为愉悦的一段时间。

直到九月初，她的好心情突然被网友的一条爆料微博破坏。

微博内容如下："卓航导演的新片《青蛇》女主角确定了林思琪，快来告诉我这不是真的！真是不敢相信哦，林思琪PK掉唐韵、董真真、田慧、叶雪、刘子琼，拿到了这个角色！天！不否认林思琪年轻漂亮，可演电影不是年轻漂亮就行了吧！呵呵！我和我的小伙伴都惊呆了好吗！"

林思琪正上课，边上的同学将手机放到她眼前，激动地问道："真的假的？你真的要出演江教授的新电影吗？"

"还是女主角！"前面一个学生也探过头来，"卓航的每一部片子都会获奖哎，又有江教授！唉，真的好想他啊！"

"是啊！"另一个女生也转过头来，"想念江教授，现在无论上谁的课都好没劲。"

"我也是。"先前问话的女生叹了一声，问林思琪，"你真要出演《青蛇》女主角吗？"

众人期待又激动地看着她。

林思琪有些无奈地点了点头。

"哇！"女生们轻呼，"你真PK掉了她们五个？"

"怎么可能，肯定是网友胡说的，唐韵她们都是演技派！"一个女生朝林思琪道，"没有说你不好的意思，但毕竟她们都出道好些年了。"

林思琪："的确是和她们几个一起参加试镜的。"

"啊！"几个女生互相看一眼，讪笑起来。

"你运气真好。"半晌，一个女生做了总结发言，连带着其他几个女生一起，神色古怪地转过身去。

眼见她们这反应，林思琪无奈地笑一声，全无办法。

朝夕相处的同学都不觉得她有资本将其他几人淘汰掉，更何况一贯喜欢跟风凑热闹的网友呢？

不用上微博，她也知道网上至少又得闹几天。

如她所想，那条微博爆料没一会儿就引起许多网友的注意，参与话题讨论："林思琪到底有没有演技？"

网上的风向一贯难把控。

她目前只有《篮球宝贝》一部作品，还是青春偶像剧，会遇到怎样的质疑可想而知。

林思琪胡乱想了一会儿，觉得这种时候不适合由她说话，连手机也没掏，继续听课。

她淡定自若，其他许多人却淡定不了。

那条微博爆料一出，宋望怒火中烧，直接用自己的微博账号发言。

在他眼中，和林思琪一起试镜的其他几人连个屁都算不上。这样想，他也直接这样说。紧接着，林思琪的粉丝跟风狂点赞，其他五人的粉丝则空前团结在一起，围攻林思琪的粉丝。

追星族大都年轻，为了捍卫自己偶像的名声，骂起人来毫不客气。

微博上乱成一片，不到两个小时，骂战达到白热化，被人戏谑地称为"近十年互联网第一骂战"。

思琪粉们以一敌五，还一直处于上风。

原因很多。

最重要的一点是，橙光旗下的明星实在太多了。

大老板的老婆被人围攻了，哪个敢充耳不闻？许多人发微博表示支持并@林思琪V，连带着各家粉丝都紧跟着自己的偶像加入混战，到最后，完全乱成了一锅粥。

这其中也出现了插曲。

田慧发微博表示林思琪演技棒，自己甘拜下风。

可没有引起正面效果，反而被许多一贯喜欢她的粉丝怒斥"软骨头，拍马屁，简直太失望了"。

田慧无比受伤，围观骂战的许多人也啼笑皆非。

易宁工作室。

卓航一只手握着鼠标，哭笑不得："这都哪儿跟哪儿，歪楼要不要这么厉害，简直逗死我了。"

"行了啊。"江远也看着微博，没好气地睨了他一眼。

卓航将椅子转过来看他，摸着下巴道："你说那丫头知不知道眼下微博上这一遭，怎么连一点反应都没有？"

"她一贯不怎么在乎这些。"江远随口说了句。

"可这样闹下去也不是回事。"沈小小站起身到了江远近前，"其实我们可以将试镜视频公开，绝对啪啪啪打脸。"

"不行。"江远看了她一眼，不容置喙。

"没错。"卓航也看了她一眼，"那两个镜头多重要，公布了还有什么好拍的，得保密。"

"那就任由事态发展？"沈小小无奈地道。

"可以上微博挺她。"江远语调随意地道，"就算是我们的一个态度和立场，网上这些闹不了多久，其实也不用理会，橙光那边应该会处理。"

"也是，把她男人都忘了。"沈小小哈哈笑着。

话音落地，她回到位子上。没一会儿，她啊的一声激动地跳起来，将正敲键盘的江远吓了一跳。

"怎么了你？"江远抬眸随意地问了句。

"林思琪的这男人，太好玩了，逗死我了！"沈小小捂着肚子笑，指着他的电脑道，"你关注他没有？去看看他的微博！我简直没办法形容了，鼻血直流！"

看着自己电脑的卓航一摔鼠标："我真受不了他。"

江远点进宋望的微博页面。

最新微博：《闪婚》剧照，@林思琪V。

第一张，男人的裸背照。

他一条腿跪在床上，一只手甩在半空中，床下，躺着一件式样精巧的浅紫色蕾丝内衣。

他身下，笔直修长的两条腿伸出来，伸得直直的。

林思琪的侧脸隐约可见。

剧照里，他在施暴？

禽兽啊。

江远看着第一张图愣了好几秒，继续拖到下一张。

每一张都非常火爆。

他掐着林思琪的下巴吻，揽着林思琪的腰身吻，推到墙上吻，挤到角落里吻，甚至在洗手间盥洗台上，还在吻……

江远懒得看评论，直接退出了他的微博页面。

半晌，他面无表情地将所有网页关掉，看着绿色的护眼图案，拿着杯子起身，到身后不远处接了一杯水，慢慢地喝。

上完最后一节课，林思琪抱着书回宿舍。

路上，她遇到的所有女生都用一种无比艳羡的目光看着她，而所有男生，目光也若有似无地停在她身上，好似要将她看穿。

林思琪快步走回宿舍，关了门，深深地吸了一口气。

"怎么啦？"楚滢眼见她进门，挤眉弄眼地道，"是不是光荣地接受了一路的注目礼？感觉怎么样？"

林思琪看着她，半晌，绝望地道："宋望他又做什么了？"

"也没做什么，就是发了几张《闪婚》的剧照。"

"剧照？"林思琪愣了愣，对上她促狭的目光实在不好意思继续问，索性直接到了自己桌边，打开电脑上微博。

她第一眼就看见好些评论。

挚爱思琪："跪求思琪的内衣品牌款式！"

一面小彩旗："一件顶得上我一个月工资了！"

冷暖玉棋子："楼上的你好有钱，是我一个半月工资！"

旗开得胜："目测思琪D罩杯，最少C，宋总裁艳福好深！"

天马行空2009："晚上抱着宋总的美背睡觉！"

187★★★37626："思琪穿紫色耶，我也最爱紫色，哈哈！"

我就打个酱油："宋总的美背啊！持续舔屏！"

一条条浏览下去，所有评论都在围绕她的内衣、她的罩杯、宋望的背这三个焦点讨论。

林思琪将目光移上去，果不其然，看到完全代表《闪婚》尺度的一组劲爆图片。

她想打死宋望。

林思琪面红耳赤，将自己扔在了床上。

没几分钟，她的手机响了起来。

"喂。"林思琪接通，将手机放在耳边，声音闷闷地唤。

"宝贝。"宋望语调里带着笑，"干吗呢？"

"想你，想打死你！"

"嗯？"宋望尾音轻扬，"心情不好？"

"心情能好吗？"林思琪握着手机翻了个身，"你要不做个直播节目好了。"

"你看了微博？"宋望试探着问了一句。

"回宿舍的路上，全校同学都看我。"林思琪想着一路回到宿舍那如芒在背的感觉，简直要哭了。

"他们那是羡慕你。"宋望略微想了想，肯定地说了一句。

林思琪觉得没办法和他讲道理，好言好语地哄道："你下次想干什么，提前和我商量一下好吗？你这样早晚有一天得吓死我。"

"真委屈啊？那些剧照早晚也是要发布的，没什么哈，乖！"

他说到早晚要发布，林思琪突然愣了一下，才反应过来他发的每一张都是电视剧里的画面。可主角是他们两人，她总容易产生一种错乱感，就好像所有的隐私尽数暴露，嗯，还有他的背。

一定有很多女生默默地收藏了照片，每天将他光裸的背看好多遍。

林思琪胡思乱想着，电话那头的宋望声音低低地继续试探道："别生气了哈。我发了剧照以后，你们《青蛇》的事情就没几个人关注了。"

"是啊，大家一窝蜂地去舔你的背了。"林思琪闷闷地道。

"吃醋啦？"宋望被她逗笑，声音愉悦地问了句，话锋一转继续道，"对了，《青蛇》的男主角是谁？"

林思琪略微想了想，老实地道："我也不知道呢。"

"你不知道？"宋望诧异，"那行，我就是没事随便问问，先下班，晚上再打电话给你。"

"嗯。"林思琪应了一声，挂断电话。

寰宇集团，总裁办公室。

宋望挂了电话，伸手在眉心揉了揉，朝边上的赵青道："留意一下

215

《青蛇》男主角的人选。"

"已经知道了。"赵青憋着笑回了一句。

"哦?"宋望挑眉看他一眼,似笑非笑,"你效率还挺高。"

"呵呵。"

宋望没好气地看着他:"谁呀?"

"徐尧。"赵青言简意赅,"《汉宫》男主角,最近挺红的。"

宋望:"环亚的?"

"是,环亚有意捧他,"赵青略微想了想,提醒道,"《青蛇》由环亚投资,男主角应该指定徐尧了。"

宋望蹙眉听着,一时间没有说话。

"大哥,你不会又想陪小大嫂演戏吧?"赵青憋着笑试探。

"怎么可能?"宋望睨了他一眼,薄唇紧抿,半晌,神色抑郁地蹦出几个字。

环亚出品,说白了不就是邵正泽投资的吗?

他和邵正泽从中学开始就不对付,他可能上赶着当演员去帮邵正泽卖命吗?

美死他!

宋望胡乱想了想,挥挥手将赵青赶了出去。

他没想到,剧照引起的轰动才刚开始。

这之后第二天,网上掀起了一波史无前例的"露背"高潮,娱乐圈许多小鲜肉"不经意"被"偷拍"到露美背照,博关注,涨人气。

网络上,《闪婚》的九张剧照出现了独家珍藏手绘版,坐地起价。

第三天,购物网上,林思琪同款内衣卖到脱销。

第四天,林思琪同款睡衣卖到脱销。

第五天,剧照里同款床上六件套卖到脱销。

第六天,林思琪同款T恤、同款衬衫、同款牛仔裤、同款背包,基本上只要是九张剧照里出现在林思琪身上的东西,统统脱销了。

这风暴来得猝不及防，但凡购物网店铺上打出"林思琪同款"的字样，都能博得不少关注。

卖家的广告语五花八门，创意达到了一个前所未有的高度。

譬如——

想拥有让总裁们喷血的D罩杯吗？穿××内衣！

总裁们最喜欢的弹力修身小脚牛仔裤，你值得拥有！

一款神奇的手工吊坠，召唤总裁老公！

林思琪同款球鞋已脱销，亲可以选择同款帆布鞋！

选择林思琪同款，总裁最爱！

我们家，只卖林思琪同款！

短短十多天，"林思琪同款"五个字成了网店卖家吸引年轻女孩的不二法宝，据说，它有一种神奇的召唤总裁的魔力。

这带来的连锁反应是：许多广告邀约雪片一般落到了荣晴的办公室，林思琪一连接了好几个大牌广告，成为颇受时尚界青睐的新宠儿。

当然，这些都是后话。

一眨眼，好多天过去。

《闪婚》剧照引起的一系列连锁反应让剧组连宣传都省了。

《闪婚》的拍摄进入尾声。

蒋靖南在持续的复健中一条腿慢慢恢复知觉，能缓慢走路了，可是他一直不曾告诉宁小余，而是给了她一个意外之喜。

江宁设计的这最后一幕戏有点让人啼笑皆非。

故事进展到后半部分，蒋靖南的腿虽然没有完全好，可是因为他和宁小余的相处渐渐融洽，两个人有了夫妻生活。

为了照顾蒋公子的颜面，每一次，都是宁小余主动缠着他。

蒋公子享受这种日子，因而即便慢慢恢复了健康，也没有将这件事告诉宁小余，每每看着她主动偎依，羞涩又柔顺地讨好自己。

217

说起来还挺腹黑。

这一幕戏正是在某一次两人恩爱之后，宁小余缩在蒋靖南怀里和他说着话，她疲困无力，蒋靖南侧身吻她，突然说："渴不渴，我倒点水给你喝？"

话音刚落，不等宁小余反应，他掀开被子下了床。

他倒水回来，对上目瞪口呆的宁小余。

宁小余看了他半天，咬牙切齿："蒋靖南！"

腹黑的蒋公子弯弯嘴角："叫老公。"

宁小余恼羞成怒，扯了床上一个抱枕朝着他扔过去，蒋靖南一把抱在怀里，一只手端着水杯，温柔含笑看着她。

他一直笑，坐在床上的宁小余却忍不住红了眼眶。

两个人安静对视。

全剧终。

苦尽甘来的一个温暖结局，却挺考验演技。

"Action！"

画面里，床头灯蓦地亮起。

林思琪露出半张脸，无比娇柔地倚在宋望身侧，一头长发披散在她莹白光裸的肩膀上，美得惊人。

非礼勿视。

"渴不渴，我倒点水给你喝？"宋望嗓音沙哑性感。

林思琪诧异地看了他一眼，正要说话，宋望掀了被子下床，身后的女人一脸难以置信地看着他。

如剧本所要求，两人这最后一幕拍得非常顺利。

四目相对。

宋望眉眼温柔，林思琪笑中带泪。

前尘往事尽可抛，只余彼此。

李晶发现，《闪婚》进展到后面，林思琪的表现出奇优秀，每一个

218

细节的处理都完美到无可挑剔，令人赞叹。

"cut。"他飞快地说了一句，眼看着宋望和林思琪也松了一口气，笑了笑道，"大结局，完美。"

历经四个月，他在《闪婚》中见证了大老板的爱情，这感觉，当真是一言难尽哪。

李晶回头看了一眼摄像头，爽朗地笑起来。

元月初五，《青蛇》剧组在影视城低调地举行了开机发布会。

隔日，剧组奔赴青城取景拍摄。

《青蛇》里，巫灵王初遇青萝，取景地点在云中省云岫湖。云岫湖距离青阳市区不远，乘车两小时可抵达。剧组众人下午五点半的飞机到青阳市，休整一晚，第二天前往云岫湖。

傍晚，剧组众人在青阳大酒店用晚饭。

三楼餐厅。

林思琪抬眸看了眼气定神闲的宋望，无声地叹了一口气。

宋望这一次没有要求拍戏，可一听说是在青城取景，提出了陪同拍摄的想法，顺带着，两个人故地重游。

可整个剧组就她一个人带着伴，实在尴尬。

林思琪抬眸看了一眼围着圆桌坐下的众人，眼见其他人都露出理解的微笑，一时间又有些不好意思了。

宋望喜欢"秀恩爱"这特点，算是彻底出名了。

"看什么呢？"宋望伸手捏了捏她的脸蛋，"是不是饿了？"

林思琪脸颊微红："这里的飘香鱼片挺出名的，你刚才要了吗？"

"要了。"卓航笑着道，"你们江教授第一个就点了它。"

沈小小拿了菜单递到林思琪面前，笑了笑道："我不喝酒，再要瓶饮料吧。你想喝什么？"

唐韵和刘子琼还没下来，这一桌就坐了她们两个女性，沈小小自然是问林思琪。

"她能喝点酒。"宋望替林思琪回答道，"你看着要吧，想喝什么要什么，她不挑。"

"嗯。"林思琪乖巧地点点头。

"这么听话？"沈小小看着她和往日不太一样，坐在宋望边上，分外小鸟依人，忍不住笑了笑道，"夫管严哎。"

林思琪脸色绯红，咬咬唇，没说话。

宋望眉眼愉悦地笑了笑。

服务员上菜速度很快，不一会儿摆了满满一桌子，香气弥漫。

"看着不错。"男主角徐尧性格沉默内敛，难得开口。

卓航拿起筷子："开动，不等了，后面的来了再说。"

林思琪喝了一口水，宋望夹了鱼块放到她的小碗里，又用勺子舀了一点汤，叮咛道："小心烫。"

"我自己可以。"林思琪抬脚在桌子下面踢他。

"我没说你不可以，踢我干吗！"宋望放下勺子，一本正经地道。

"噗！"一桌人齐齐喷笑。

卓航被一根鱼刺卡了嗓子眼，登时脸色涨红说不出话来，连忙拽着江远的胳膊摇了摇。

"服务员，"江远转身淡定地唤道，"拿杯醋过来。"

林思琪被宋望闹得没办法好好吃饭，急了些，又被辣椒油呛到，苦着脸拿起边上的杯子灌了一口，半杯酒下肚。

她以为是水，一下子被呛了个正着，连忙侧身扭头哈起气来。

宋望给她顺着背，又抬眸看向正喝醋的卓航，若有所思地道："又没人和你们抢，要不让服务员再做一份端上来？"

"不用了，吃完再说吧。"慢条斯理挑鱼刺的徐尧道。

沈小小抬眼扫视了一圈，第一次发现这一圈人都是活宝。

嗯，江远除外。

他一直很淡定，淡定地喝着茶。

茶？

等于水……

想到这，沈小小若有所思。

吃完晚饭，临近七点。

众人懒洋洋地坐着，宋望抬眸看了眼心满意足的林思琪，笑着道："出去转转吧。"

"好饱，走不动了。"林思琪这会儿太放松，软语撒娇。

"那回房休息！"宋望当机立断。

"不要！"林思琪立刻改口，飞快起身，一只手圈上他的胳膊，笑眯眯地道，"出去转转吧，顺带还可以消化消化！"

宋望慢悠悠地看她一眼，勾唇道："走吧。"

两个人话音落地，离开了位子。

目送他们的背影出了餐厅，沈小小扑哧笑起来："这一对简直太逗了！刚才那几句对话很有深意啊！乐死我了！"

"想什么呢？"卓航无语地看她一眼。

沈小小一本正经地道："思琪说走不动了，那宋总眉梢一挑说要回房休息，明显是想亲热啊。你再瞧思琪那反应，立马跳起来，哈哈，她是有多怕，指定平时被欺负惨了，宁愿轧马路也不愿意回房。没瞧见她男人那意味深长的一眼吗？指定想坏事呢。哈哈！"

"你能再编一部电影了。"江远放下茶杯，看了她一眼。

"嘿，别说，我的确灵感迸发！"沈小小总结道。

宋望和林思琪出了酒店。

凉风习习。

青城四季如春，冬天夜里温度都在十摄氏度以上。

林思琪扎着马尾，浅米色套头圆领毛衣配紧身牛仔裤，清新柔和，站在宋望边上，娇俏青嫩，十分惹人。

宋望肤色白皙，眉眼如画，走在青城街道灯光流转的夜色中，非常醒目。

一对璧人，吸引了许多人频频注视。

宋望怕麻烦，两个人没走多久，便在路边的夜市上买了两个色彩斑斓的面具。宋望的是暗金色国王面具，林思琪的则是银白色狐狸面具，面具顶端有几根彩色羽毛，看上去俏皮伶俐。

戴上面具的两个人牵手往前走，却越发显得惊艳。

不过，没有了怕被认出的担忧。

两个人如同最普通的年轻情侣一样，牵着手慢慢走，不一会儿到了一个休闲广场。

广场呈长方形，高大的景观灯柱将广场映照得亮如白昼。

露天舞台上有年轻女孩在肆意高歌；踩着滑板的小孩在人群中穿梭；上了年纪的老人拿着自家种植的鲜花售卖；年轻学生摆着地摊售卖各种玩具……

青城，一如既往地温暖喧嚣。

林思琪笑弯了眼睛。

宋望揽着她，仰头看着头顶的天空，空中慢慢升起了几盏孔明灯，越升越高，点亮黑夜。

“十元三盏。”卖孔明灯的小贩在边上喊，“放几盏孔明灯祈愿吧，便宜又浪漫。”

“十元三盏？”宋望微微蹙眉，“你这卖法不好，幸福得成双成对。”

“哈。”小贩忍不住笑起来，“那四盏好了。两位是来青城旅游的吗？算便宜点。”

“两盏吧。”宋望笑了笑，“给我们一双。”

“帅哥真会说话。”小贩笑逐颜开地夸赞了一声，给他取灯。

夜晚有点风，两个人蹲下去摆弄孔明灯，不一会儿，眼看着两盏灯慢慢地上了天。

"许愿。"宋望在林思琪头顶拍了一下。

林思琪双手合十闭着眼，微微仰头，眉眼娴静。

宋望低声问："许的什么？"

"不告诉你。"林思琪声音俏皮。

"嘿！"宋望伸手挠她的腰，"说不说说不说？小东西欠收拾！交换怎么样？你先说我后说。"

"可是我不想知道你许了什么愿。"

宋望："……"

"好啦好啦，说出来就不灵了。"林思琪抱着他的腰，哄小孩一样。

"好吧。"宋望妥协。

孔明灯越升越高，两个人继续往前走。

边上一个卖花的老婆婆突然招呼道："小伙子长得真俊，给女朋友买束花吧。"

宋望止住步子，语调温柔："她是我老婆。"

"那就更得买花了，这一生花好月圆甜甜蜜蜜。"

"得，就冲您这句话，全买了。"宋望爽快地说了一句，一只手搂着林思琪，直接掏钱。

老婆婆将花递给他："这是自家后院种的白山茶哦，我们家姑娘说花语是真爱，老婆子祝你们俩恩爱到老。"

"谢谢您。"宋望将一束花塞进林思琪怀里。

林思琪低头，馥郁的花香扑鼻，每朵花都有碗口大，怒放到极致，在灯光下洁白如雪。

"真美。"宋望笑起来，"鲜花配美人。"

"晚上回去找个花瓶插起来。"

"要买花瓶吗？"宋望抬眼四下看了看，朝着不远处一个卖手工艺品的路边摊走过去。

他微微俯身，垂眸看着各式瓶子。

广场舞台上，男主持人拿着话筒朗笑道："还有哪位美女、帅哥要唱歌给大家听吗？踊跃些，别辜负这么好的夜色哦！"

"你觉得这个怎么样？"宋望拿着一个敞口玻璃瓶朝着林思琪问了一句。

林思琪一笑，将手里的白山茶塞进他怀里，大声道："我唱歌给你听吧，一会儿再买瓶子。"

她说完话，快步朝正中央的舞台走过去。

宋望一手抱着花，将瓶子放下，朝着她的方向追了过去。

林思琪跳上舞台。

"哦！"舞台下响起一阵尖叫声。

年轻人看见美女本就激动，林思琪戴着面具，个子高身材好，露在外面的一双眼睛比天上的星星还要璀璨。

"美女！"

"要伴唱吗？"

"噢噢噢！"

观众们沸腾不已，尖叫声一浪高过一浪，主持人做了好几个手势，众人才慢慢平静下来。

男主持将一个话筒递给林思琪，笑着说："狐狸姑娘想唱什么歌？戴着面具似乎不太方便。"

"摘掉！"

"摘掉！"

现场气氛倏然火爆，林思琪拿着话筒低笑，轻声道："没关系，戴着面具影响不大，唱一首《最浪漫的事》献给我老公。"她说着话，抬眼朝人群最外围看去。

众人的视线跟随而去，看见戴着暗金色国王面具的男人。

他穿着一身笔挺的黑色西装，高挑颀长、贵气雅致，怀里抱着硕大一捧洁白的山茶花，正眼眸含笑地和林思琪遥遥对视。

"好帅啊！"

"她老公好帅！"

"个子好高！"

"眼睛真漂亮！"

"真想摘了那帅哥的面具！"

人群倏然沸腾起来，被众人注视的宋望却气定神闲，只是笑着立在那里，没有任何表示。

林思琪柔和轻缓的嗓音慢慢响起来。

> 背靠着背坐在地毯上
>
> 听听音乐聊聊愿望
>
> 你希望我越来越温柔
>
> 我希望你放我在心上
>
> 你说想送我个浪漫的梦想
>
> 谢谢我带你找到天堂
>
> 哪怕用一辈子才能完成
>
> 只要我讲你就记住不忘
>
> 我能想到最浪漫的事
>
> 就是和你一起慢慢变老
>
> 一路上收藏点点滴滴的欢笑
>
> 留到以后坐着摇椅慢慢聊
>
> ……

她一开口，柔和清甜的气息便瞬间笼罩了整个舞台，感染着边上每一个人，人们暂时忘记了去探究两人的长相，安静下来。

她戴着面具，声音从面具下缓缓传出，的确受了点影响，却丝毫不影响她带给每个人的直观感觉。她的歌声有抚慰人心的力量，温柔轻缓，河水般洗涤人心。

225

广场一侧，江远和卓航远远地听了一会儿，卓航笑着说："他们俩玩得挺溜啊。"

他话音刚落地，耳边突然有人道："怎么感觉是林思琪呢？"

那女生突然揪住了边上伙伴的胳膊，语无伦次："是琪琪吧！天哪！我觉得一定是琪琪！我去过她的专辑发布会，就是这个感觉，她唱《三百六十五天的想念》就是这个感觉！"

"个子、身材都好像，头发长度也差不多！"

"天哪，宋总！那个是宋总吗？她老公是宋总裁！"

"活生生的宋总！"

议论声越来越多，基本上所有人都反应过来了，兴奋地猜测着，有人远远地尖叫道："思琪，思琪！"

正唱歌的林思琪愣了，不知什么时候挤到她跟前的宋望飞快地拽了她的手腕，一把挥开人群，跑了。

他们这一跑，人群登时沸腾了，拔腿就追。

宋望和林思琪都是青城人，可以说是青城人的骄傲。

有的粉丝见过林思琪，可基本上没人见过活生生的宋望呀，他好些年没回青城了。年轻男女跑起来虎虎生风，宋望和林思琪自然不敢懈怠，速度简直像闪电。

两个人出来没有带保镖，被这么多人追上无比麻烦，宋望越跑越快，也不看路，拉着林思琪横冲直撞，一直往僻静窄小的街道巷子里钻，半个小时后，身后的喧嚣声渐渐远去。

林思琪体力不及他，扶着墙壁，气喘吁吁。

"累死哥了。"宋望也扶着墙，一低头，发现怀里的山茶花花瓣不知什么时候都掉完了。

"怎么办？能回酒店吗，会不会被堵？"林思琪忧心忡忡。

"时间还早。"宋望抬手看了看表，朝着深深的巷子看过去，笑着朝她道，"走吧，带你去一个地方。"

"哪儿？"林思琪诧异地抬眸。

"我家。"宋望笑了笑，似乎有些怀念，"喜欢荡秋千吗？我们家院子里有好些秋千。"

林思琪看着他，迟疑地道："你带着钥匙吗？"

宋望略微想了想："带着倒是带着，可惜在行李箱里，原本没准备一定回去，就是突然发现这里距离我家挺近。"

"没带钥匙我们怎么进去？"

"翻墙。"宋望笑了笑道，"走吧。"

"腿疼。"林思琪无奈地看了他一眼，"跑得太快了，感觉两条腿都不是我自己的了。"

"那怎么办？"宋望蹙眉看她一眼，"叫老公，老公背你。"

"你不累吗？"林思琪一向佩服他的体力，声音小小地问了一句。

"要把全世界背身上，怎么可能不累？"宋望话锋一转，"所以才要叫老公，叫一声老公我就不累了，快点！"

"老公。"林思琪扑哧一笑，攀着他的肩膀爬上去，扔了面具，一只手搂着宋望的脖子，两条腿紧紧地缠着他的腰，趴在他背上。

"啧，夹死我了。"宋望边走边道，"别夹那么紧，哥哥这腰都要被你夹断了！"

林思琪连忙松了点力道："别乱摸啊。"

"有感觉？"

"我在你屁股上摸来摸去，你有感觉没？"

"嘿。"宋望头也不回，"求之不得，快来。"

"不理你了。"林思琪将下巴抵在他肩头上，不动了。

宋家老宅，墙外。

宋望将林思琪放了下来。

"你确定翻墙进去？"林思琪走了几步观察了一下大门外的围墙，看着那些琉璃瓦，觉得他们家墙并不好翻。

宋望仰头观察了一会儿："总有破败的地方，找找缺口。"

227

他说着话，拉着林思琪顺着一侧围墙走，走了几步发现，往后一截墙壁没有琉璃瓦内外做成的顶。

宋望后退了一段距离，三两步蹬墙上去，手臂撑着一跃，整个人稳稳地到了墙上。

林思琪郁闷地道："我不行的。"

"试试？"

"像你这样肯定不行！"林思琪为难地道。

"找根藤条。"宋望抬眼往四下看了看，"粗点的树枝也可以，我将你拉上来，没什么难度。"

林思琪看了他一眼，无奈地点头。

宋家老宅在巷子深处，门前栽花种树，郁郁葱葱。

林思琪弄了条挺粗的树枝递上去，宋望小心翼翼地拉了她一下，一只手扣着她的肩头，将她提了上去。

一只手扶着墙，宋望纵身一跃，稳稳落地。

宋宅里一片寂静。花草茂盛，空气里都飘荡着草木花朵馥郁的香气，微微呛人。他母亲楚香兰喜欢花，时间久了，当年种下的许多花繁盛异常，枝条和花朵在夜色里招摇生姿，美得很。

宋望走得很慢，扯了几根细嫩的花藤，给林思琪编了个花环。

她眉眼如画，好像月下仙。

他看着她，突然一把将她抱起来转圈。

林思琪尖叫着笑了几声，笑声飘荡在寂静的夜里，银铃一样。

"哈哈，放我下来。"林思琪被他转得气喘吁吁，连声求饶，"放我下来放我下来，被你转晕了。"

宋望将她放下来，一只手捧着她微凉的脸颊，林思琪一条手臂勾着他的脖颈仰头看他，不等他低头，她突然跳上去，两条长腿紧紧地缠着他的腰，摸着他清俊如画的一张脸，吻了上去。

两个人轻喘着亲吻，空气里染上缱绻情意。

"宋望。"

"嗯。"

"老公。"

"嗯。"

"哥哥。"

"乖。"

宋望抱着她走，过了石桥，立在花香馥郁的院子之中。

林思琪从他怀里跳下去："这个是夜来香吗？"

"应该是。"宋望淡淡地笑着，从口袋里掏出一条手帕，擦拭了下晃悠悠的秋千，朝她道，"过来坐。"

林思琪看着他，笑眯眯地坐了上去，还没准备好，宋望突然将她推得老高。

"啊！"林思琪尖叫，"你吓死我了。"

"感觉怎么样？"宋望道。

"要飞起来了。"林思琪上气不接下气，又笑又叫，"心脏从嗓子眼跳出来了，慢点，你慢点宋望。"

"不是老公吗？"

"老公你慢点。"林思琪连忙投降，"我害怕，真不行了。"

宋望一把拽住她，欺身逼近："这还没干吗呢。"

正说着话，林思琪脸蛋上突然晃过一道光。

不是月光。

"谁？"宋望登时警觉起来。

"谁在屋里？"他牵着林思琪的手腕往里走，拔高声音问。

四下安静极了，林思琪突然紧张了："我害怕，我们回去吧。"

"自己家有什么好怕的。"宋望看她一眼，声音低低地安抚，"别怕。"他说着话，依旧往里走。

林思琪正想再说话，宋望推开房门。月光流泻，门边伏着的三个男人齐齐直起身来。

"啊！"林思琪尖叫一声。

宋望将她搂紧，盯着三个中年男人，容色冷峻："你们是什么人？"

"你们又是什么人？"一个男人飞快地问道。

"主人。"宋望淡淡地道。

"哈，哈哈哈！"三个男人对视一眼，齐齐笑起来，促狭的目光从两人身上滑过。

"野鸳鸯吧。"

"找错偷情的地方了，这家里死过人，不吉利！"

宋望不动声色地抬眸扫了一圈，发现房间里空无一物，视线最远处的一排柜子很厚重，似乎被移动过。

"贼？"他语调微扬，声音却笃定。

"年轻人少管闲事。"一个男人大笑道，"咱们井水不犯河水，你们干你们的，我们弄我们的，两不相……"

宋望飞起一脚将他踹倒："找死！"

"喀！"男人猝不及防跌倒，捂着心口剧烈地咳嗽起来。

剩下两人对看一眼，咬牙切齿："你找死！"

话音落地，两个人一左一右挥拳朝他攻去，宋望身子侧开，抬脚踢倒一个，转身又踹另一个。他身高腿长，体力一贯好，一脚过去基本上没几个人受得住，解决掉眼前这三个男人不费吹灰之力。

林思琪松了一口气，再抬眼，视线里一根长棍直直地拍下来。

她瞳仁一瞬间紧缩，砰的一声闷响荡开在房间里，宋望眼睛晃了晃，抱着她直直地扑向地面。他一只手揽着她的腰，一只手护着她的后脑勺，晕乎乎地看着她的眼睛，整张脸压向她的颈窝。

"宋望！"林思琪大惊失色，尖叫起来。

握着棍子的男人扔了棍子，看着鲜血从宋望乌黑的发间流出来，淌到脖颈里，登时吓呆了，喃喃道："杀人了死人了。"

他们原本只是趁着宋宅没人搬一点家具，并非惯犯。

"快走快走！"地上两个男人挣扎着起身，架着喃喃自语那一个，屁滚尿流地跑出门。

门啪的一声闭合，又吹开，吱呀晃荡。

"宋望？"林思琪被他压在身下，一只手颤抖地摸上他的后脑。

豆大的泪珠从她眼角滚落。

江远和卓航赶到的时候，她抱着宋望傻乎乎地坐着，泪水涟涟的一张脸，惨白无比。

卓航倒吸了一口气。

江远就势半跪下去，揽着宋望的肩膀往外抬。

"别动他！"林思琪突然尖叫起来，将宋望紧紧地抱进怀里，"别动他，不要，不要，他是我的。"

"得放平他。"江远看着她慢慢地道，"你别紧张，没事的，他不会有事。你认得我是谁吗？"

"江教授？"林思琪傻乎乎地看他一眼。

"对，交给我。"江远伸手捏着她的颈窝，安抚了两下，声音低低地道，"别怕，还有我们。"

"江教授，"林思琪喃喃道，"江教授……"

江远看着她，用一种尽量轻缓平和的语调道："别怕，他不会有事的。"

林思琪嘴唇颤动，江远小心翼翼地将宋望移了出来，让他平趴在地面上，他看着宋望脑后那些血，心尖一颤。

他目光再落到林思琪身上，她的毛衣上、裤子上、手心手背上，都是血，被月色映着，触目惊心。

林思琪跪坐在宋望边上看着他，江远扭头问卓航："怎么样了？"

"有钥匙，"卓航声音急促，"赵青和救护车都在赶过来。"

"嗯，先不要声张。"江远略微想了想，又忍不住回头看林思琪，她失魂落魄地跪坐在地面上看着宋望，雕塑一样。

很快，救护车呼啸而至。

医生飞快下车，将宋望抬上了移动病床，赵青和林思琪跟着上了救护车，江远和卓航开车跟着。

夜色已深，街道上一片寂静。

急诊室，脑外科主任检查后，面色凝重地道："颅内大出血，得立刻准备手术，风险很大，家属要做好心理准备，没什么问题的话即刻签字。"

"很严重？"赵青迟疑地看了他一眼，目光落在林思琪染血的衣服上，倏然沉默。

"做什么心理准备？"林思琪语调生硬，"我不要做心理准备，您一定要救活他。他不会有事的，您不能这样说。"

医生问赵青："谁签字？"

"您有几成把握？"

"这不好说。"医生蹙眉，"拖过今晚，任谁也没把握动这个手术了。"

"能请专家紧急会诊吗？多请几个专家！"

医生忍不住蹙眉，正想说话，神色突然激动起来："会诊来不及了！不过我突然想起个脑外科权威来，前天有幸在师母家里遇上，就是不知道这人还在不在青阳。"

"脑外科权威？"

"对，我现在就去联系，你们商量一下，赶紧签字。"医生话音落地飞快地离开。

赵青抬眼看向林思琪。

林思琪垂在身侧的一只手紧握成拳，看着手术室的方向，将拳头塞到嘴巴里，紧紧咬住，殷红的血迹从她手指间流了出来。

"你做什么？"江远一把握住她的手腕，"松口！"

他说着话，林思琪却没什么反应，边上几个人顿时紧张起来。

232

时间一分一秒流逝。

赵青心乱如麻，耳边突然传来了几道脚步声。

他循声看了过去。

主任医师不知什么时候迎出去接人了。他边上的男人非常高，和他并排而行很醒目，眉眼沉敛精致，浑身上下透着优雅贵气。他已经换上了白大褂，侧头礼貌地听着边上的医生说话，神色间全无焦躁。

掌控全局的气场，稳定人心的力量。

是他？

云京市天伦医院的脑外科一把手，晏少卿……

赵青回过神来，激动得不像话，快步上前，看着晏少卿一脸庆幸地道："原来是您，真是太好了！"

"里面的，"晏少卿止住步子，"宋望？"

"是。"赵青急急忙忙地说起情况来。

晏少卿伸手拍了拍他的肩，力道不大，却让赵青一瞬间心安。

定了定神，赵青朝林思琪介绍说："这是云京天伦医院的晏教授，医学博士后，国内脑外科权威，由他主刀，手术成功的概率肯定大，不要太担心了。"

"晏教授？"林思琪抿唇看他一眼，"求求您了。"她突然弯下腰去，深深鞠躬。

"签字去吧。"晏少卿拍了拍她的肩膀，分明没什么多余的话，却让林思琪重重地点了一下头。

她身后，江远和卓航长长地松了一口气。

晏少卿和主任医师一起进了手术室。

灯亮起……

走廊外夜色愈深，慢慢地天边泛起了鱼肚白，医院花园里早起的园丁和清洁工开始了新一天的工作。

早上七点，灯灭。

手术进行了整整六个小时，门外众人站了一夜。

林思琪看着手术室的门被人从里面打开，脚下一挪动，砰的一声跪倒在地。

"小心点。"赵青连忙扶了她一把。

林思琪双眼通红地看向晏少卿。

"手术很顺利，"晏少卿后面跟出来医院的主任医师，看向当先的林思琪和赵青，开口道，"接下来会转到ICU观察四十八小时，一会儿上班了办一下住院手续。"

"谢谢医生。"

"他什么时候醒？"

"什么时候醒来很难说。这两天非常关键，陪护的时候有任何异常及时和医生沟通。"晏少卿略微想了想，又道，"我会在青城逗留几天，有什么事也可以随时打电话给我。"

"谢谢。"林思琪和赵青异口同声地道。

"应该的。"

主任医师摆摆手，送晏少卿出去。

林思琪和赵青留下陪着，江远和卓航先回酒店。

走廊里一片寂静。

紧张、疲惫之后，江远眼眸里都有了红血丝，卓航则一直唉声叹气。

清晨的凉风扑到两人的脸颊上，将院子里清新的花草香也送了一些到鼻端，卓航突然声音低沉地问："你爱上她了吗？"

他没有侧头，目光落在不远处的楼梯台阶上。

江远停了步子："没有。"

卓航嘴角勾起一道弧度，转头朝他看去："那就好，爱上她注定悲

234

剧。"话音刚落，他抬步往楼梯口走去。

江远回头看了一眼，视线尽头已经没有人。

宋望出了手术室，林思琪自然跟到了病房里，朝夕相伴、寸步不离地守着他。

是悲剧吗？

江远觉得，有些事，仁者见仁智者见智。

你好，小青梅 ［下册］

浮光锦 著

青岛出版社
QINGDAO PUBLISHING HOUSE

12 ｜ 早安，我的爱

江远和卓航回了酒店，《青蛇》如期开拍，林思琪的戏份暂留，等后面慢慢补。

第二天下午，宋望受伤住院的事情不知怎的被曝光到网上，娱乐圈一片哗然，林思琪没有丝毫回应。

时间一日一日过去，到了第五天，已经没有人追问到底是怎么回事，橙光官博也没有对宋望受伤的事情做出任何说明。

寰宇股价经历了一次小幅度的波动，几天后恢复正常。

一切看似风平浪静。

可所有人都意识到事情并不正常，粉丝们忧心忡忡，在评论区一遍一遍留言道："祝宋总早日康复。"

好像除了这样一句话，也无话可说。

没有了宋望，林思琪好像行尸走肉，哪怕她凭借第一张专辑《见面礼》荣获了2015华夏音乐风云榜年度最佳新人奖和2015华语音乐最受欢迎女歌手奖，也没能对她的情绪产生任何影响。

两场年度音乐盛典她都没有参加，奖项由经纪人荣晴代领。

这一切，似乎都昭示着：宋望受伤很严重，林思琪万念俱灰。

她的沉默，让所有粉丝窒息。

直到元月二十三日，林思琪更新了微博："他转出ICU，我活了过来。谢谢祝福，抱歉让你们久等了，我相信他会醒。"

算算时间，宋望在ICU住了差不多十六天。

粉丝们蒙了，看着林思琪的微博，再想想这难熬的十几天，对她的痛感同身受，鼓励的话将林思琪淹没。

娱乐圈大大小小的年度盛典举办了几十场，宋望未醒。

二月初，除夕、春节过去，宋望未醒。

二月十四日，西方情人节过去，宋望未醒。

二月二十七日，传媒大学开学了，宋望依旧未醒。

楚老爷子提议给宋望转院，林思琪拒绝，程瑜提醒她办理请假手续，林思琪漠然，许多人来来去去，她都好像看不见一样。她按时吃饭睡觉，每天陪宋望说话，寸步不离地守着他，作息规律好得像机器人。

冬去春来，转眼间到了三月中旬，她守了宋望整整六十三天。

两个多月，宋望没有醒……

林思琪消失在视线里，很多人撑不下去，有粉丝暗暗祈求她尽快走出这一段人生阴影。

林思琪没办法思考，她守着宋望，不去想除了他以外的任何事。

医院，病房里。

林思琪握着剃须刀，动作娴熟、神色专注。

她照顾他，像照顾一个小孩。

纤细的手指从他的额头到眉梢，从眉梢到眼尾，再滑过他挺直的鼻子，落到他的薄唇上，一下一下，温柔摩挲。

他唇形弧度漂亮，嘴角抿着，安静乖巧得像个玉人。

林思琪慢慢俯身凑过去，嘴角贴上他的嘴角，呢喃："老公别睡了，起来好不好？”

宋望面无表情，不说话，不睁眼。

"你是不是不喜欢我了？"林思琪趴在他身上，将脸颊埋进他的颈窝里，轻轻地问，"不喜欢我了，一点反应都没有。"她声音低低的，趴在他身上语调软软地抱怨着。

可是，那只应该立刻去揽她的手臂迟迟没有动作。

"姐姐。"林思源怯怯地唤道。

林思琪抬眸看过去，揉了揉他的头发，笑了笑道："放学了？"

因为她和宋望，程瑜和林思源又暂时搬回了青城住，每天过来陪他们说话。

"嗯。"林思源咬着唇。

边上，赵青抬眸看了一眼依旧躺在床上的宋望，朝着林思琪开口道："我下去买晚饭，你今天想吃什么？"

"随便吧。"林思琪淡淡地笑了一下，摸着林思源的头发，"在这里看着，姐姐去找一趟医生。"

"嗯。"林思源乖乖地点头。

赵青和林思琪一起离去，病房里又安静了下来。

林思源轻手轻脚地到了床边，伸手摸了摸宋望的脸颊，声音小小地道："哥哥，求求你快点醒过来吧，你睡了好久。"

宋望依稀间闻到了消毒水的味道，慢慢地睁开眼睛。

林思源傻了一样盯着他，一双眼眸闪着惊喜的光，结结巴巴地道："哥……哥……"

宋望躺了两个月，脸色虚弱苍白，声音微哑："叫姐夫。"

"姐……姐夫。"林思源太惊喜，激动得不知道该怎么办才好，身子僵硬地看着他，话语好像是从唇齿间蹦出来的。

"再叫一声。"宋望一动不动，继续要求。

"姐夫！"小思源声音突然拔高，看着他激动地喊出来，一扭头，飞快地跑了出去。

室内倏然间安静了下来。

宋望躺着没动，看着病房门口，发呆。

外面响起了凌乱的脚步声，林思琪站在那里，难以置信地看着他。

"傻啦？"宋望牵动嘴角，微笑了一下。

林思琪慢慢地说："你醒了？"

宋望没说话，静静地看着她，好像怎么都看不够似的，神色专注，面目温柔，嘴角的笑容慢慢变大，显得愉悦至极。

林思琪猛扑过去抱紧了他。

"醒了。"宋望抬起一只手，慢慢地搂住了她，低声说，"想死你了。"

林思琪哇的一声哭了出来。

边上，林思源有些手足无措。

赵青立在门口，手里的饭盒啪的一声落在地上，待回过神来，他拉着林思源出去，轻轻地关了门。

林思琪和宋望抱了许久，恋恋不舍地放开，柔声开口："我先去找医生过来吧。"

"嗯。"宋望在她脸上摸了摸，笑着放开她。

林思琪看他一眼，转身出门。

赵青等了好久，眼见门扇终于响动，连忙快走几步到了病房里，看见宋望唤了声："大哥。"

"这些天辛苦了。"宋望看了他一眼，目光温和。

赵青笑着回话："我没事，辛苦的是小大嫂，每天守着你，擦洗复健都不假手于人，看上去都瘦了一圈。"

是瘦了。

宋望蹙眉，想着刚才的林思琪，腰更细了，好像一捏就断，胸脯似乎也小了些，不过依旧很……

240

他胡乱想着，又忍不住在心里鄙视自己，想什么呢？

收回思绪，他淡笑："我知道。"

脑海里想的事情很多，他伸手在眉心按了按，开口道："打伤我那个人，你查了没？宋家是不是已经被人给搬空了？"

"三个都送进去了。家里还好，留下的都是大件，偷也不好偷，他们先后偷偷摸摸搬了七八次，也没能搬走多少东西。"

"那就行。"宋望懒得再追究。

两个人又随意说了几句，赵青重新下去买饭。

林思琪请值班医生过来，给宋望做检查。

他住院十六天转出ICU，一个多月的时候脑子便慢慢复原，身上其他地方没有伤，按理说早该醒了。

可他一直没有醒，就和睡觉一样，医生不敢随意断言。

林思琪每天帮他擦洗、按摩拍打，做许多遍起身、侧卧等复健练习，因而除了没有苏醒之外，他身体各方面和以往没太大区别。

林思琪站在边上看着他。

他真好看，躺了一段时间，整个人更白了，慵懒随意地靠在床头，绮丽的眉眼如画，鼻梁挺直，薄唇抿着浅浅的弧度……

医生取下听诊器："应该没什么问题了，明天再做个全身检查。下床试试，能走路不？"

宋望依言下床，来回走了几步。

"都是宋夫人的功劳。"医生笑了笑，"那就行了，好好休息，觉得饿可以先吃点东西，刚醒来，营养清淡为好。"

"谢谢您。"林思琪将医生送了出去。

不一会儿，赵青重新买饭回来。

皮蛋瘦肉粥和八宝粥，并着两样清淡小菜和一个中草药秘方熬成的骨头汤，骨头汤需得小火慢熬十几个小时，属于青城特色。

林思琪嗜辣，喝了粥再没什么胃口，挑拣着小菜里剥了皮清炒的核桃仁喂给宋望吃。

许久，宋望微微蹙眉："行了，不吃这个了。"

"不行呀，"林思琪看着他，"吃什么补什么，你还是多吃点核桃，补脑子呢。"

宋望好笑地挑了挑眉："到底是谁应该补脑子？"

林思琪咬咬唇，不和他计较。

宋望醒了，林思琪一直以来紧绷的情绪骤然放松，身心俱疲，吃完饭没一会儿，挤在他的病床上睡着了。

宋望刚醒，只觉得怎么也睡不着。

病房里有些暗，但离得近，他可以看清她的脸，轮廓立体、眉眼恬淡，微微抿着的嘴角流露出浅浅的笑意。

宋望一直看着她，用目光爱抚。

时间一分一秒过去，夜色愈浓，林思琪在他怀里睡得很熟。

宋望探身在床头拿了手机，看了眼时间。

2016年三月十二日凌晨零点十二分。

不知不觉中，又是新的一天了。

他握着手机想了很久，登录了自己的微博账号。和他想象中一样，底下有很多评论留言，大多是她的粉丝，说着各种祝福鼓励的话。

宋望更新微博："早安，我的爱。@林思琪V。"

他更新微博后，再没有退出去，握着手机，很快看到第一个评论："宋总，是您吗？"

二十多岁的姑娘趴在宿舍的床上，编写这几个字时手指都在颤抖，握着手机，哪里还有睡意，精神紧绷着。

她爱思琪，从她第一次站上《天籁》的舞台就爱她。她也爱宋望，爱他，是因为他爱林思琪。

她是思琪粉里很活跃的一个，这些日子崩溃了很多次。

等待，很难挨。

抱着手机的姑娘手指发颤，看见了一条回复的动态："是的，我醒了。谢谢关心。"她的眼泪一瞬间流出来，哽咽了两声，趴在床上大哭起来，吵到了宿舍里刚准备睡觉的其他人。

和她关系最好的姑娘吓了一大跳，连忙发问。

她没有抬头，声音发抖："醒了，宋总裁他醒了。我好难过，他还回复了我的评论，好难过，怎么这么难过……"

她颠三倒四地说着话，其他人齐齐一愣，顾不上安慰她，都第一时间拿出了自己的手机。

第二条粉丝评论是："思琪，是你吗？早点休息。"

宋望V回复："不是她，她睡着了。谢谢关心。"

评论区因为他这两句话沸腾了。他的粉丝太多，好几千万，很多人这会儿还没睡，也习惯性地看他的微博，因为他第一句话发愣，因为他第二句话流泪，因为他第三句话破涕为笑。

终于睡着了……

他们喜欢的那姑娘，应该在她心爱的男人怀里，睡了一个安稳觉。

夜晚的网络突然沸腾起来，许多人@他、回复他，说着祝福恭喜之类的话，更多人说起林思琪，无比心疼。

宋望一一回复，回复了整整半个小时，觉得有点累，在正回复的那条留言后面多写了"晚安"两个字。

放下手机，他又垂眸看向怀里的林思琪。

她睡着了还不太安分，一只胳膊搂着他的腰，一只脚蹭着他的小腿，宋望笑了笑，抬腿将她的两条腿都夹住，扣在怀里。

她的脸颊抵着他的胸膛，慢慢安分了。

他其实还是没什么睡意，抱着她，手指抚摸过她身体的每一寸，辗转流连，来来回回，安静痴迷。

他在凌晨三点多的时候抱着林思琪睡了过去。

上午九点，赵青和程瑜迫不及待地到了医院。

243

宋望将林思琪放平在病床上，给她盖了被子，让程瑜守着她，自己和赵青去做各项检查。

林思琪这一觉睡得很长。

半睡半醒间听到边上有人小声说话，她突然觉得再没有比这更幸福的事了，一只手揪着被子往上拉了拉，整个被子上都是宋望的气息。

林思琪贪婪地吸了一口气。

"醒了？"程瑜很快发现，笑着问。

"我睡过头了。"林思琪有些不好意思地说了一句，掀开被子起身，左右看了两眼，道，"他人呢？"

"做检查去了。"程瑜道，"看上去好像没什么问题了。"

"白了些，"林思琪道，"也瘦了，得好好补补。"

"是。"程瑜认真地点点头。

林思琪洗漱完，拿着手机登录微博。

评论区被祝福和恭喜所淹没。

她神色愣了愣，看到了宋望@她的那一条："早安，我的爱。"

阳光倾泻在走廊上，照耀着她，暖暖的，林思琪靠在长椅上，微微眩晕，鼻尖是清新的草木香气。

她忍不住起身转头看了一眼，阳光明媚，绿树招摇。

手机屏幕在阳光下有点暗，她眼睛微微眯起，回复道："午安。谢谢所有关心我们的人。爱你们，此后每一天，平安喜乐。"

她回复完，再抬眸，宋望从走廊边的一个房间里出来。

他还穿着病号服，躺了太久，整个人显得越发高瘦，站在阳光里，一张脸很白，看见她便微笑着朝她走过来。

林思琪定定地看着他。

宋望走到近前，揉了揉她的头发，抿唇道："醒了？"

"检查完了吗？"林思琪问。

"没什么问题，"宋望揽着她往里走，"医生建议观察两天再出院。"

244

"那就多住几天。"林思琪认真地道。

宋望在医院里又住了三天。

青城当地媒体以及驻守青城的各路媒体全部出动，守在医院门口等着在他出院时报道抢头条。

总归不可能躲过去，宋望在第二天下午接受了媒体代表们的采访。

通过媒体发声，正式向公众报平安，同时宣布了一个让所有人激动不已的好消息。

他和林思琪的婚礼定在五月二十七日于青城举行。

这消息让娱乐圈沸腾不已。

宋望在第三天傍晚低调出院。

四月初，京郊影视城。

早上八点，宋望开车送林思琪到了《青蛇》剧组。

宋望停好车，揽着林思琪走了没两步，遇上了往里走的卓航和江远。

卓航笑着打招呼："宋总早，思琪早。"

"卓导早。"林思琪连忙推了宋望一下，正色笑了笑，看向一步开外的江远，又笑笑，"江教授早。"

"嗯。"江远应了一声，云淡风轻。

宋望也笑，松开林思琪，客气地道："这丫头呆傻，麻烦两位多担待了。"

林思琪："……"

"不会，"卓航笑了，"思琪很聪明。"

"那就好。"宋望松开林思琪，拧她一边脸颊，俯身在另一边脸颊亲了亲，柔声道："好好表现，别累着。"

林思琪面色瞬间变得绯红，目送他离开，晕乎乎的。

卓航轻咳了两声，她倏然回神，低头往剧组走，看上去还有些魂不守舍。

"这丫头，"卓航好笑地看着她的背影，"结婚一年多了吧，被她男人迷得神魂颠倒，还真是少见。"

"谁说不是。"江远声音淡淡的。

"问世间情为何物，不过是一物降一物。"卓航感叹道，"你说要是有一天，她男人出轨了，会怎么样？"

"可能吗？"江远道。

"哎？"

"你觉得她男人可能出轨吗？"江远淡淡地看了他一眼，脚步加快，进了剧组，指挥工作人员布置场景。

云中省的戏份尚未拍完，因为林思琪，延迟了。

眼下也是考虑到她平时需要上课，戏份调整，先在影视城取景拍摄。

江远和卓航觉得影响不大。

卓航一向比其他电影导演随意许多，拍戏进度慢，有时候一个镜头可以拖上好几天，他是特别让人抓狂的那一种细节控。环亚那边将所有权力给了导演组，他们两人全权决定一切拍摄事宜。

宋望意外出事，林思琪的问题大多数人自然能理解包容。

当然，也有人因此抑郁不满，抱怨许久。

剧组，休息室。

唐韵端坐在镜子前上妆，看见林思琪进门，脸色瞬间沉下来。

因为一个人将电影进度拖累到这一步，她当真是第一次见，原本就因为试镜的事情讨厌林思琪，现在看见她更是哪儿哪儿都不顺眼。

只可惜，林思琪有宋望一味护短，又有江远、卓航、沈小小那些人喜爱偏帮，她再生气，也不能明着起冲突。

唐韵看着镜子里自己艳丽端庄的容颜，抑郁不已。

林思琪进了试衣间换衣服。

上午只拍一幕戏：卫国向姜国进献美人。

卫国宰相凤梧亲自前往姜国王宫，送了六位训练有素的曼妙美人给姜王炎，其中最出挑的是青萝，其次是玉容。

电影里玉容和青萝一样，一举获得姜王的赏识，被册封为美人。

进宫后，姜王独宠青萝，没多久，玉容郁郁寡欢生了病，被王后赵华阳利用对付青萝，未成功，失宠后，被姜王随意赐给了一位中年武将。其命运可悲，如同货物。

饰演玉容的是先前凭着两组写真走红网络的刘子琼。

唐韵看不上林思琪，自然也看不上她。抑郁地想着，她从镜子里看见了林思琪的衣裙。

林思琪坐在她边上等上妆。

她的广袖长裙是湖水一样的蓝色，清澈美丽，非常适合年轻女孩，外面罩着柔软的轻纱，如梦似幻。

反观自己，大红色华服，尊贵有余，清纯不足。

唐韵神色淡淡地收回视线，耳边传来林思琪的化妆师的问询声："这创可贴能撕掉吗？看上去挺奇怪的。"

"……"林思琪愣了半晌，小声问，"能用粉底遮掩吗？"

"噗。"化妆师忍不住笑起来，"就说你怎么贴着创可贴呢，敢情是宋总的错。哎哟，总是这么甜蜜，'单身狗'还要不要活呀？"

"能遮掩吗？"林思琪声音更窘迫。

"我试试吧。"化妆师忍着笑说了一句。

吻痕？

真够不要脸的！

唐韵坐不下去了，甩了甩袖子起身，面无表情地往休息室外面去，身后两个小助理连忙跟上。

《青蛇》剧组总共四个休息室，导演组一个，诸多配角统共两个，几个主要演员也没有谁搞特殊化，共用一个。拍戏时间暂时还没到，唐

247

韵出了休息室，便没有清净的地方休息。

她看上去很烦躁……

一个助理追上去："唐姐，别和那种人一般见识。不就是年轻漂亮靠男人吗？看她能得意几天！"

"就是，那种'花瓶'有什么演技！"另一个助理愤愤不平。

"闭嘴！"唐韵猛地回过头去，"不说话没人拿你们当哑巴，叽叽歪歪做什么！整天就知道嚼舌根，能有点正经事不？"

"唐姐，我……"

"我们……"

两个助理马屁没拍好，结结巴巴一句话尚未出口，唐韵猛地转身，气急败坏地又走了起来。

砰的一声，她撞到了一个人怀里。

江远捂着下巴倒退了两步，这才抬眼，看着她愣了一下。

唐韵也愣了，半晌，连忙笑道："撞到您了吧？不好意思，我走得太着急了，没怎么注意路。"

"没事，我也没注意。"江远微微蹙眉，揉了揉下巴，指尖触到一点温热的血。

唐韵已经梳妆打扮好，头上坚硬的发簪饰物不少，这样突然碰在一起，不知怎的就将他的下巴给扎破了。

她自然也没想到，连忙道："真是对不起，都流血了，要不让医生看看，抹点药？"

"哪里至于，"江远笑起来，"一会儿我找他要个创可贴，没事。"

"对不起。"唐韵和他不是很熟，只能道歉，眼看他英俊的下巴上出现了一道血口子却不在意，一时间又松了一口气。

江远摆摆手："说了没事，你忙着吧，有什么事先去。"

话音落地，他朝着休息室的方向走去。

"哎……"唐韵看着他的背影，脚步停在了原地，抿抿唇，心里突然有了一抹异样的感觉。

她第一次琢磨起江远这人来。

年轻英俊、严谨自律，电影圈里出了名的天才编剧，诸多专业人士颇为推崇的资深影评人，据说出自电影世家，传媒大学表演专业科班出身，几届老师、学生都赞不绝口的校园风云人物。

蔓青和他离婚，真傻……

江远的团队成就她一个"蔓青年"，这在娱乐圈已经算至高无上的荣耀，没有几个女星能轻易红成那样。江远在圈子里的地位，周围那些得天独厚的人脉资源，能让任何一个亲近的演员朋友享用不尽。

他才三十二岁，大她一岁。

如果能在一起呢？

卓航、沈小小这些人，江宁、王京那些人，除了导演、编剧，还有那些业内颇为出名的摄影师、化妆师、造型师……

她可没忘，当初林思琪和蔓青对上的时候，那些跳出来支持她的，都是业界声名鹊起的人物。

林思琪有什么？

她能一举获得这些人赏识，不就是因为他吗？

唐韵随意想想，只觉得心动不已，无论是人品性格、家世背景、相貌气质，这人简直都无可挑剔。

结过婚又怎样？

总归已经离婚了，况且他的过去也是颇具话题性的蔓青。

若是两人在一起，那些媒体记者纵然有心渲染，蔓青也是过去式，自己才是未来式，想起来就让人颇为期待。

"陈医生在哪？"唐韵朝边上的助理问。

《青蛇》剧中打打杀杀的场面不少，牵扯到的演员众多，陈医生是环亚专门配备的跟组医生。

"还不到上午九点，不知道来了没。"一个助理小心翼翼地道。

"要你们有什么用？"唐韵冷哼一声，抬步朝拍戏的地方走去，工作人员正在布置现场，那里人最多，可以问问。

　　江远到了休息区，还没进去，看见了迎面而来的林思琪。

　　她穿着一袭质地轻柔飘逸的湖蓝色广袖长裙，很有仙气，高挑婀娜，清丽动人，漂亮的脸蛋化了妆无比精致，却也自然好看，额头上贴着粉色花钿，衬托得肌肤白皙清透。

　　青萝是进献的美人，又要跳舞，她的造型和唐韵比起来轻便许多。

　　发绾于顶，两侧结高鬟，是飞仙髻。

　　底端以金钗固定，中间镶宝石，底座镀金泛光，海水蓝色椭圆宝石和衣裙相得益彰。

　　她侧身和经纪人说着话，此刻抬眸看过来。

　　一笑倾城……

　　江远站在原地，朝着她点头笑起来。

　　林思琪却诧异起来，蹙眉问："江教授，您的下巴怎么了？"

　　"哦。"江远不自觉地抬手碰了碰，"不小心磕了一下。"

　　"口子还挺深的。"林思琪目光落在他的下巴上，仔细端详了一下，声音闷闷地说了一句。

　　"是挺疼。"江远笑了笑。

　　"我有创可贴，"林思琪道，"您等一下，我进去拿个创可贴给您，好歹可以止血。"

　　"嗯。"江远没推辞。

　　林思琪转身跑回了休息室，没多久又跑出来，将手里的创可贴撕开递给他，笑着说："肉色的，看着不会很突兀。"

　　她抿唇笑着，秀丽的眉眼越发动人，身侧的江远目光换了方向，直接开口道："走吧。"

　　"您不进去了？"林思琪指了指边上的休息室。

　　"本来是想处理一下这伤口。"江远淡笑着说了一句，其实他突然忘了自己最开始到休息室是想干什么。

三个人一起往拍戏的地方而去，还没到，又遇上匆匆而来的唐韵，打了个照面。

唐韵手里拿着棉签、碘酒和创可贴，眼看江远的下巴上贴了个创可贴，神色一愣，古怪地笑了笑："您已经处理过了？"

"嗯。"江远笑道，"思琪给了个创可贴。"

唐韵不动声色地看了林思琪一眼，脸上依旧带着笑："撞了您真是过意不去，改天请您吃饭，权当赔罪。"

"不用客气。"江远连忙推拒。

"应该的。"唐韵和他打太极，"您别客气才是，再推辞我都不知道怎么表达歉意好了。"

江远："……"

林思琪和荣晴打量着两人，走了一会儿，荣晴声音小小地道："唐韵好像是看上你们江教授了。"

"啊？"林思琪愣了愣，"不会吧？"

"怎么不会？"荣晴笑了一下，"你看她那个殷勤劲，不就撞了一道小口子吗？又是找医生又是请吃饭的，夸张了。"

林思琪踌躇地道："按着她的身价，找个富豪问题不大。"

"傻，"荣晴戳了一下她的额头，"按着她演戏那拼命劲，江远在圈子里的地位、人脉才是真正的无价之宝。再说了，你以为江远穷？易宁工作室就是生财福地，拍什么火什么，捧谁红谁，怕没钱吗？"

林思琪："……"

她从来不曾往这方面想过，在她心里，江远是文化人，文化人清高，自然和钱财不怎么沾边。

不过，荣晴这话，似乎说得很有道理。

她下意识地抬眸朝江远看过去。

江远走到了卓航、沈小小边上，两人看他一眼，卓航扑哧笑出声："你这是怎么了？出去一趟回来就带伤了。"

"磕了一下。"江远道。

"是唐韵？"沈小小挑眉，语调笃定。

"你怎么知道？"江远看她一眼，"别说什么女人神秘的第六感。"

"哈。"沈小小解释，"看见她找陈医生要碘酒、棉签和创可贴了。我还纳闷呢，谁这么大魅力劳烦她亲自照顾。"

"呵呵。"江远没说话。

沈小小努努嘴："被女王亲自慰问的感觉如何？"

"这？"江远修长的手指在创可贴上碰了碰，眼睛微弯笑起来，"这个是思琪给的。"他说着话，眼眸里不自觉地溢出一抹温柔。

他自己都不清楚，边上的两人却都了解他至深，看得明明白白。

他每每说起林思琪，喜爱看重溢于言表。因为她，和他刚离婚的前妻唱对台戏，暴露了雄厚人脉；因为她，将嘟嘟送到剧组，跟着拍戏；因为她，有了《青蛇》，有了卓航史无前例的女主角试镜……

娱乐圈哪个女星能有这待遇？他身边也从来没有哪个人能有这待遇，无论男女。

他为她费尽心思，却觉得理所当然。

是爱吗？

沈小小目光带着审视。

卓航微微叹息。他想起那一次，宋望出事，江远接电话安慰林思琪，声音微颤。医院里，他们早上离开，他问话，江远给出的回答是没有，说他没有爱上她。

她是谁呢？

卓航根本没有提到林思琪的名字。

江远不愿意承认，骄傲固执，却泥足深陷……

卓航无声地叹了一口气，去指挥两个助手检查道具摆设。

二十分钟后，一切准备就绪，演员全部到位。

这场戏人物繁多，主角牵扯到姜王炎（徐尧）、姜国王后赵华阳（唐韵）、青萝（林思琪）、玉容（刘子琼）、卫国宰相凤梧

（贝南）。

卫国宰相凤梧亲自送六位美人到达姜国王宫，宴会上，六位美人献舞《凌波仙》，惊艳全场。领舞的青萝被赐封青萝夫人，姿容、舞姿出挑的玉容被赐封美人，其余四位被赐给了几个重臣。

这幕戏时间长，牵扯广，发展分为面见国君、高潮献舞、赐封奖赏三部分，中间献舞最重要。

卓航亲自检查了各处布景，先给徐尧讲戏。

舞蹈老师给林思琪讲解注意事项："思琪你最后一个出场，记得要和姜王眼神互动，不过得自然俏皮一些。你对感情尚不懂，看向他得懵懵懂懂好奇、大胆率性，明白吗？"

"知道了。"林思琪点了点头笑着说。

"嗯，"舞蹈老师朝边上的人继续道，"你们四个捧着花瓶的注意拿稳了，瓶子拿在手中不要抖，也不要顾忌太多，主要还是舞蹈到位，思琪噙着花最后出现，弯腰再抬头看见姜王，花就可以拿下来，不用一直噙着。"

"我知道。"林思琪又笑着点了点头。

舞蹈里，伴舞演员手持白瓷长颈瓶上场，瓶子里插着蓝色花枝，而她则会噙着一枝白海棠上场，在开场之后松开，转身舞蹈。

"演员就位。"边上传来副导演一声喊。

"Action！"

姜国，宏伟大殿。

君王携王后上座，两侧众臣把酒言欢，其乐融融。

饰演宰相凤梧的贝南酒气微醺，将手里的酒樽搁下，微微眯着眼睛朝大殿门口方向抬手，啪、啪、啪，缓慢有力地击掌三下，四个长裙翩跹的美人儿漫步而入。

姜王炎勾唇看着，眯起了眼睛。

姜国国风开放，女子多豪爽英气，如此这般娇柔温婉的女儿家，的确让人眼前一亮。

　　四个人手持鲜花，时而聚集靠拢，笑脸精巧白皙，时而散开舒展，裙裾飘散，纤腰轻转……

　　大殿里寂静无声，所有人都看得饶有趣味。

　　四个人再次散开，穿着蓝色长裙的玉容漫步而入。

　　没有持花瓶，她拖着广袖，好像仙子一般飞快地穿过四人留出的位置到了前面，看着几米之外的姜王，眼尾轻勾，似嗔含笑，欲拒还迎，转身，融入四个舞姬之中。

　　五人齐齐后退，姿势若邀请。

　　宰相凤梧脸色微变，没有看向殿外，低头，慢慢饮酒。

　　青萝翩跹而入。

　　和前面几位妩媚的舞姬不一样，她笑容天真娇憨，莲步轻移，每每回眸，都让人惊艳。

　　她旁若无人地旋转到姜王面前，其他五人瞬间沦为陪衬。

　　弯腰行礼，她修长白皙的脖颈泛着玉一样的光泽，纤细的腰肢动起来柔若无骨，再抬头，倾国倾城的一张脸，衬着娇嫩红艳的两瓣唇，唇微抿，嘴角的花瓣洁白如雪。

　　她没说话，弯起眼睛笑，大胆率真，眼眸黑亮，好像满天繁星尽数坠落在清泉里，让人微微眩晕。

　　她的美带着自然泼辣的魔力，十分吸引人。

　　姜王狭长的凤眼微微眯起，身子前倾，指腹轻轻摩挲着下巴，嘴角轻勾，兴趣和侵占欲倏然间显露无遗。

　　青萝旋转远去，洁白的花瓣飘散在殿中，她银铃般的笑声融入轻快的乐声中，整个大殿好像她肆意游乐的场所，她跳舞，兴之所至，和男人无关。她每每回眸，娇憨的风情自眼角眉梢流露，诱人至极。

　　林思琪舞蹈功底深厚，这支舞对她来说不算难，游刃有余，只是为了突出青萝身体的柔软，旋转的舞步比较多。想着接下来的变化，她侧身从一个伴舞身边飘过，边上突然有人啊的一声轻呼，长裙撕扯的细微声响传来，两个伴舞脚下不稳朝着她倾斜过来。

六个人都穿着曳地长裙，也不知谁踩了谁，林思琪被人挤了一下，晕乎乎地朝地面摔过去，脸朝下，正对着一地碎瓷片。

四面八方传来尖叫声、轻呼声、椅子被踢倒的声音。

有人喊她，声音急促。

林思琪蓦地回神，似乎才从旋转的眩晕感中清醒，一只手连忙撑地，一个让人目瞪口呆的侧空翻，整个人翻了一百八十度，撑在地面，愣了一秒，站起身来。

对上不远处目瞪口呆的五个人。

好惊险……

林思琪深深地吸了一口气，看着一地碎片，惊魂未定。

刚才要是直接摔下去，一张脸就毁了。

还好，《篮球宝贝》拍了那么长时间，啦啦队队员的一些基本动作她烂熟于心，下意识地空翻，行动比思维还快。

手有些疼，她低头一看，手心一道口子，流着血。

伤口看上去挺深，是刚才手心撑地时不小心划到了，但已是万幸。

林思琪长长地舒了一口气。

近处、远处的人看着她，也从刚才那一瞬间的窒息感中回过神来，惊叹、意外、庆幸，各种目光都有。

刚才的状况太突然，她朝地面扑过去那一瞬，所有人都以为她会摔倒无疑，可她能在那样的旋转舞步之后，下意识地一百八十度侧空翻避开碎片，这反应速度，简直让人难以想象。

尤其是，她刚才那个动作相当标准，让人叫好惊叹。

《篮球宝贝》收视率破二的好成绩让圈子里许多明星眼红嫉妒，私底下，不少人将这归功于林思琪长相漂亮。

看脸的社会，哪一群俊男靓女演电视剧，都得大火。

可眼下，剧组许多演员看着她，唏嘘不已。

江远抬步走过去，握着她的手腕看了一眼，没说话，一颗心重新落了回去。

荣晴将她的手腕抢过去，倒吸一口气，探头找医生，疾声道："得赶紧处理，别让碎片扎进肉里去。疼不疼？"

"稍微有点疼。"林思琪吸了一口气。

目瞪口呆的五个伴舞演员连忙围了过来，七嘴八舌地道："思琪你感觉怎么样？"

"不知道是不是我踩了你的裙子，刚才太乱了。"

"我也被踩了一脚，裙子太长了。"

"瓶子没拿稳就掉了。"

几个人你一言我一语地说着话，个个焦急懊恼，舞蹈老师唉声叹气。

卓航转身大声道："陈医生。"

"在这呢。"跟组医生拿着药箱急忙跑过来，"大家别围着了，让思琪出来，我给她处理一下。"

"都散了都散了。"卓航继续道，"暂时休息二十分钟。场务，把地面打扫一下！造型师呢？看看她们几个的衣服、道具。看一下瓶子和花还有没，尽快准备，一会儿还得用。"

"知道了。"四下响起几道应答声。

荣晴扶着林思琪的一只手，陈医生给她处理伤口。

林思琪蹙眉看着，额头上渗出一点汗。

"很疼吗？"江远俯身看着她，笑了笑道，"别看伤口，视线往其他方向看，转移一下注意力。"

"要不和我说话？"徐尧将两只手背后，一本正经地道，"你觉得我这打扮怎么样，帅不帅？"

"真帅。"林思琪扑哧一声笑起来，"就是有点老气横秋。"

"夸我呢还是损我呢？"徐尧佯装不悦。

江远笑着说："夸你呢，这说明你扮相好。"

医生用棉签蘸了碘酒给伤口消毒，林思琪低头看了一眼，若有所思地道："别用纱布了，用创可贴吧，一会儿还得拍戏呢。"

"创可贴小了些。"医生扯纱布的动作一顿。

"可一会儿得拍戏，"林思琪看了眼江远，"这场地一上午不少钱吧？尤其是场面这么大，好不容易到位，总不好就这么耽误。"

"嗯，"江远垂眸看向医生，"暂时用创可贴，这场拍完了你再给她包扎一下。"

"那行，"医生收了纱布，在药箱里翻找出两个创可贴来，撕开交叉贴在她的伤口上，道，"这样应该差不多，影响跳舞吗？"

"不影响。"林思琪点点头，"谢谢您。"

"那就行。"医生收拾着药箱，"这场戏完了再包扎。"

围着林思琪的几个人松了一口气。

卓航到了摄影师边上："刚才思琪摔倒那个画面，拍到了吗？"

"拍着呢。这姑娘动作真惊险，快把我吓尿了。"

卓航哈哈笑了两声，拍了拍他的肩膀："别删，后面能派上用场。"

"明白。"摄影师应了一声，点点头。

不远处，唐韵收回视线，垂在身侧的一只手忍不住握拳。

刚才她也在画面里，因为座位的位置，没看到林思琪摔倒那一幕，却看到江远紧绷着一张脸大跨步朝林思琪走过去。

那神色太紧张太专注，简直……

唐韵胡乱想着，又忍不住摇摇头，将猜测抛诸脑后。

怎么可能？

先前是师生，江远比林思琪大了一轮，怎么可能对她生出什么心思？

而且，林思琪已经结婚了。

唐韵默默地想着，心口有些堵。毕竟，她已经将江远看成接下来的

257

目标之一，成功与否，只在早晚。

她定了定神，舒出一口气，耳边传来几个人的窃窃私语声。

"刚才是你在我左边吧，感觉有谁挤了我一下，是不是你没站稳？"一个伴舞演员问刘子琼。

"也不知道被谁踩了一下，"刘子琼看着林思琪的方向，"差点摔倒，也没记清是不是蹭到你了。"

"是不是我踩了？"另一个演员不好意思地道，"裙子太长了。"

"可不是，主要是裙子的问题，"又一个演员也看着林思琪的方向，若有所思地道，"其实思琪的裙子最长，但感觉她跳起来很轻松，游刃有余。"

"思琪的妈妈以前是舞蹈老师呢。"

"要不是她反应快，刚才指定毁容了，真是万幸，"最先说话的演员叹了一声，捂着心口庆幸，"还好她没事，不然真怕宋总削我们。"

"要是我还演什么戏呢，二十四小时缠着宋总，他的背还在我的U盘里存着呢，线条太美了！"

"哈哈，要点脸行不？"

"你不想啊，化妆时还说人家是'人形春药'呢，心里偷着想吧？"

"去你的！"

两个伴舞演员你一言我一语，追逐打闹起来。

林思琪清理好伤口，看着手心里的创可贴，只觉得头大。

边上，经纪人荣晴若有所思地问："刚才究竟是怎么回事？"

"好像谁挤了我一下，"林思琪蹙眉想着，无奈地道，"不过我也不知道是谁，太乱了，裙子又长。"

"你的意思是意外？"荣晴道。

"应该是吧，"林思琪笑了笑，"难不成你觉得有人故意害我？不太可能，都没什么恩怨。"

"娱乐圈的事情谁能说清楚，"荣晴叮咛道，"害人之心不可有，防人之心不可无。刚才要是真摔了，你这张脸就毁了，能不能继续拍戏是次要，白白受苦才最冤枉。总归要留个心眼，后面注意些。"

林思琪点点头："你也别太担心了，这么多人看着呢。"

"也是，可能是我杞人忧天了。"

"嗯，别担心。"林思琪笑着安慰了一句。

很快，所有演员二次就位，按着刚才的步骤重新上场，继续拍摄。

林思琪跳舞时分外小心，倒也没出什么事。

三遍后，上午十一点左右，第一幕戏结束。

接下来拍摄青萝、玉容被册封的戏份。

卓航："Action！"

青萝和玉容伏地请安，身姿纤柔，我见犹怜。

她们身后第二排，四个穿着浅青色衣裙的配戏演员恭敬地伏地，有人肩膀微颤，在紧张。

姜王炎身子往前倾，微微眯着眼，饶有兴味地盯着青萝的脸，上下打量，审视着，观察着。

"抬起头来。"他低低出声，嗓音微哑。

青萝在他的目光中慢慢抬头，她身侧的玉容也慢慢抬头，紧张地咬着唇，看着他，目光中不自觉地流露出期待。

素来心思阴沉的姜王炎先看向她，微微挑眉，示意她开口。

"民女玉容，见过姜王。"

男人勾唇看向边上面色端庄的王后赵华阳，略微想了想，尾音轻扬："封玉美人。"

"左右不过一件礼物，您喜欢就好。"王后笑容浅浅。

玉容脸色变了变，低下头，不敢说话了，胆怯拘谨，认可自己屈辱的身份。

姜王垂眸看着她，似乎觉得索然无味，重新看向她边上的青萝。

娇憨灵动的女孩也正看着他，眼睛弯弯而笑，微微偏着头，抿唇似乎在思考什么。

"你想做美人吗？"姜王探身问她。

"不要。"青萝答话非常干脆，甚至引得边上的玉容微微侧目，身后四个女孩肩头颤动，王后赵华阳冷眼而视。

"哦？"姜王饶有趣味地笑起来。

"已经有美人了。"青萝侧头看了一眼玉容，扁嘴道。

"你想做什么？"姜王被她天真懊恼的样子逗笑，一只手放松地搭在膝盖上，耐心地发问。

"和别人都不一样的。"青萝眉眼俏皮，朝着姜王眨眼睛。

"放肆！"姜国的一位重臣拍桌而起，声色俱厉。

那大臣边上，宰相凤梧的脸色变了变，无奈，又微微紧张，他怎么忘了这丫头向来语出惊人，也不知是福是祸。

青萝边上，同来的五个女孩吓得瑟瑟发抖。

要知道，独一无二是王后。

这句话，等同于大逆不道。

王后挑眉冷笑着看青萝，气场全开，一身正红色衣袍，越发衬得一张脸傲气十足，高高在上。

他国贱民而已，远道而来，简直是不知死活。

她等着姜王发落她。

唐韵气势太足，不说话也力压众人，边上好几个群众演员都颇感压力，战战兢兢的。

"难怪人人都说她霸道。"看着摄像机，沈小小挑眉，"气势太足了，画面里都是她那一张脸。"

"要不怎么叫气场女王呢？"卓航看着林思琪，略微忧心。

唐韵这种人，在画面里总能力压全场，吸引人不由自主地看她的同时，其他人也沦为陪衬。

导演都没办法。

"哎——"姜王散漫地笑了笑，抬手示意起身的大臣落座。

他身子侧了侧，微妙地调整了一个角度，狭长妖娆的凤眼微眯，好似会蛊惑人，唐韵带给画面的压迫感便突然淡了。

好像不动声色的较量。

尤其是他这一个字拖着长音，非常吸引人注意。

他笑着看向台阶下笔直跪着的女子。她跪着，却不显谦卑，嬉笑着看他，坦荡率性。

姜王的目光不动声色地扫过跪着的其他五名女子。一个眼神，足以让所有人察觉出他内心的轻视。

"挺帅的，"沈小小看着画面啧啧叹道，"看《汉宫》的时候就觉得这人古装扮相无可挑剔，简直是天生的戏骨，眉毛眼睛都会说话。"

"许卿都对他赞不绝口。"卓航笑了笑道，"金凤凰电影节快到了，指不定能得一个'影帝'。"

"可能性不大。"边上的江远淡声道，"别忘了上官烨。"

"也是。"沈小小应了一声，重新看镜头。

姜王炎懒散地笑起来："孤的王后只有一位。"

王后看向青萝，淡笑起来。

"哦？"青萝俏皮清脆的声音响起，画面里气氛倏然轻松，她歪头道，"我说要做和她们两人都不一样的。"

"封你做夫人可好？"姜王有意试探。

青萝想了想，歪头问："夫人可以吃许多美味的东西吗？"

教养礼仪规矩之时，凤梧有意保留她的烂漫性情，诸多繁文缛节并未仔细告知她。因而，青萝当真不知道，夫人，是怎样一个地位。

后宫王后一人之下，千万人之上。

姜王审视着她，半晌，倏然笑出声："天下美食享用不尽。"

"那真是太好啦！"青萝欢快地笑起来，"我可以站起来了吗？"

来之前，凤梧一再叮咛她，姜国国君威严沉稳，回话时得跪着，可这一直跪着膝盖真的好痛，人家本来就没有膝盖嘛。

"放肆！"一直充当布景的赵华阳当真忍不住了，呵斥道。

青萝纠结地看了她一眼，撇嘴道："膝盖好痛！"

鸡同鸭讲……

王后气得脸色惨白，纤纤玉指指着她，半天说不出话来。

"你叫什么？"姜王朝着青萝继续发问。

"青萝，"青萝言笑晏晏，歪头说完，又连忙追问，"能站起来说话吗？"

"哈哈。"姜王笑起来，朝她伸手，"来，到孤王身边来。"

满堂皆惊！

不等众人有所反应，跪着的人儿飞快起身，两步上了台阶，蜷在了姜王的臂弯里，目光发亮地看着他眼前的果盘。

"大……大……大胆！"台阶下一个老臣气得结巴起来。

姜王看着他，目光掠过看不出情绪的宰相凤梧，漫不经心地笑了笑，伸手拿了一颗荔枝在指间把玩。

卫国没有荔枝，青萝的眼珠子跟着他的手指滴溜溜转起来。

荔枝到了她眼前，她舌尖一勾，将整颗荔枝含进嘴里，还带着壳。

咬一口，啊，好苦！

她连忙吐出来。

荔枝在眼前的几案上滚了一下，顺着台阶继续滚，滚到了大殿上，落到了她刚才跪着的地方。

大庭广众之下，成何体统！

姜国众大臣气得吹胡子瞪眼。

王座上，姜王圈着她娇软无骨的身子，非常惬意，伸手点了一下她的鼻尖，斥道："这般贪吃？"

"苦。"小人儿眼巴巴地看着他。

一国之君圈着她，愉悦地笑起来，众目睽睽之下，亲手剥荔枝。

无限荣宠，自此开始。

看着画面，一众工作人员目瞪口呆，简直不敢相信，林思琪和徐尧

262

第一次搭戏自然成这样，一个浑然天成，一个活灵活现，让人移不开视线。

卓航看着监控画面，安静极了。

边上，工作人员看着看着，忍不住低声议论起来。

"思琪真的好可爱哦，平时看不出来。"

"软萌软萌的，好想扑倒她。"

"好奇哎，她平时和宋总是这样吗？难怪宋总那么爱她，搁谁谁不爱呀，简直爱死了。"

"可不是将宋总迷得神魂颠倒吗？"看了半天的造型师嘻嘻笑起来，压低声音道，"化妆的时候，脖子上还带着'小草莓'呢，粉底抹了厚厚一层。"

"真的呀？"几个年轻女孩顿时兴奋起来。

看着画面，沈小小忍不住笑起来："这宋总和思琪真是一对妙人，天生绝配，想起来就可乐。"

"谁说不是。"卓航应了一声，看着画面，大声道，"cut。"

边上的工作人员兴奋地低呼起来。

一幕戏一条过，这在卓航的片场，简直算奇迹！

众演员也长长地松了一口气，林思琪站起身来，对着紧随着起身的徐尧，调皮地吐了吐舌头。

边上，唐韵咬牙看着她，心情五味杂陈。

她没想到，林思琪在戏里戏外都有这样的本事，气得她胃疼。

唐韵到了林思琪边上，勾唇笑："演得真不错！"

林思琪也笑："谢谢夸奖，唐姐也很棒。"

唐韵往台阶下走，边走边说："从来没想到有人能将蛇妖的角色扮演得这么好，其实挺有难度的，毕竟她不是人。"

这话听起来古里古怪，前面走着的徐尧忍不住放慢了步子。

林思琪愣了一下，一脸笑意："我也从来没见过谁能将妒妇这角色演得这么逼真，您真是让我大开眼界，毕竟您还没结婚嘛。"

唐韵咬牙："不习惯靠男人，我这人事业心重。"

林思琪看着她，正想继续说话，荣晴快步走过来："宋总的电话。"

林思琪笑意更柔："不好意思，我先接电话。"

她没有走开，声音轻轻地喂了一声，很快又笑了："你别过来，我们休息时间不多。"

她语气寻常，唐韵听着，却觉得句句刺耳。

徐尧忍不住笑起来，只觉得身后这小丫头蔫儿坏。这不是当面打脸，奚落人家没男人吗?

如此腹黑，偏偏并不让人讨厌。

唐韵甩了甩广袖，冷着脸离开。

林思琪和宋望又说了几句，推却不过，同意他下午过来接她，无奈地挂了电话。

徐尧看她一眼："你嘴皮子还挺利落。"

"没办法。"林思琪看着他笑了笑，"她就那样，忍让也没什么用，不如不忍，反正我也没欠着她。"

"话没错，"徐尧点点头，"不过她是圈子里出了名的抢戏女王，你这对上了，指不定人家以后针对你，悠着点。"

"不是还有你吗?"林思琪看着他眨眨眼，"我和她搭戏少不了你吧? 你这意思，难不成要置身事外? 我可听说她抢戏不分男女的，你想站着看好戏不作为，啧啧，不可能吧?"

"就你能说。"徐尧无语地翻了个白眼，"别贫着贫着连伤口也忘了处理，快去找陈医生包扎一下。"

"记着呢。"林思琪朝他挥挥手，"你先去吃饭吧。"

"不等你了?"

"别等了。"林思琪笑了笑，"我一会儿和晴姐一起过去。"

"那行。"徐尧话音落地，先行离开。

林思琪找医生处理了伤口，和经纪人荣晴一起去吃饭，到了地方才反应过来，伤在右手上。

怎么办？

她欲哭无泪，荣晴也有点郁闷，无奈地说："都没注意是右手，这下吃饭都不方便了。"

"左手握着勺子吃吧。"先到的徐尧淡声建议。

午餐是盒饭，外面围聚的剧组人员着实不少，徐尧一开口，其他人也跟着笑起来："对啊，用左手将就几天。"

林思琪抿唇叹了口气："好像也只能这样了。"

话音刚落，她顺势坐到徐尧边上的位子上，掀了盒盖，左手握着勺子挖米饭往嘴里送。

动作不方便，几粒米蹦出去。

徐尧一脸郁闷地看着她："小心点，别伤及无辜啊。"

林思琪："……"

她无奈地重新低下头吃饭。

边上，目睹了这一切的好些女孩艳羡不已。

徐尧走红时间不长，却凭借《汉宫》男主角一跃成为娱乐圈仅次于上官烨的当红男神。据说，他一向沉默话少。

可眼下，和林思琪搭戏几天而已，他如此宽容随和？

一众人羡慕嫉妒恨地看着林思琪，正郁闷，一道高挑的背影突然挡了她们的视线。

宋望突然出现……

他穿着一身笔挺的西装，宽肩窄腰大长腿，辨识度极高。

眼下，他垂眸看着低头吃饭的林思琪，紧紧地蹙着眉，发问道："你这右爪子怎么了？"

"喀喀！"几个人被米饭呛了一下。

林思琪一抬眼，和俯身看她的宋望四目相对，她顿时结巴起来：

"你……你怎么来了？"

"想你就来了。"宋望淡淡地说。

想你？

能再肉麻一些吗？

这才几个小时没见，听说昨晚还种了"小草莓"呢！

真是的！

围着吃饭的一众人心情颇为复杂。

林思琪脸红了。

她边上，荣晴连忙起身，让位道："宋总吃饭了吗？您坐这。要不我去拿饭给您？"

"吃过了。"宋望没客气，坐了她的位置。

他们这圆桌比较小，也就围坐了四五个人。宋望坐到了林思琪边上，握着她的右手腕看了一眼，追问："问你话呢，怎么回事？"

山雨欲来……

荣晴端着盒饭，果断地转身走了。

林思琪抿唇笑了笑："没什么，拍戏的时候摔了一跤。"

"嗯？"宋望深深拧眉，"和手有什么关系？"

摔了一跤摔伤手心？

逗他呢？

"被瓷片划伤了。"徐尧听这两人说话觉得麻烦，直接道，"她们跳舞的时候捧着花瓶，摔瓷片上了。"

宋望倏然一愣，打量着林思琪，神色紧张。

"没事，就是划了手。"林思琪无语地看了一眼徐尧，连忙解释，"你别紧张，其他地方都没事。"

"嗯，就是划了手，"宋望淡淡地道，"你是觉得伤得不够，想心疼死我？"

林思琪："……"

徐尧："……"

其他人："……"

宋望神色自若，抽了张纸巾，擦她的嘴角："吃个饭米粒都能粘脸上，你几岁了？"

"不是故意的。"林思琪窘迫地躲着他的手。

"我来吧。"宋望拿开她的勺子放在一边，拆开一双筷子，夹起一筷米饭送到她嘴边，"张嘴。"

林思琪连忙张嘴，傻乎乎地被喂了一口饭。

"吃点青菜。"宋望又夹了一根青菜递过去。

"吃块鸡肉。"

眼看着，喂上瘾了……

近处、远处剧组许多人都看见了，目瞪口呆。

这人肯定是专门跑来秀恩爱的吧！

想过其他人的感受吗？

最跟前几个女配角看不下去了，抱着饭盒抑郁地去了休息室，一边走，一边议论。

"宋总秀恩爱技能爆棚啊，他怎么那么多花样？！"

"思琪太有福气了。"

"唉，真羡慕，我要是思琪，一分钟都不舍得离开他。"

"好想扑倒他哎。"

"我觉得他肯定精力特别旺盛。"

"荡漾了啊。"

"你不想？哈哈！"

几个人嘀嘀咕咕地说着话，进了休息室，也不避讳，声音清晰到里面每个人都听得见。

唐韵自恃身份，原本就在休息室里用餐。

她听了几句刚拧眉，边上另一个配戏演员却嘴快地开口道："你们说什么呢，这么激动？"

"宋总来了，在外面给思琪喂饭呢！"

"秀恩爱啊，我们就躲进来了。"

"难怪网友说他是'二十四孝好老公'呢，实至名归啊。"

"第一次见真人，真帅，比剧照上还好看。"

几个人叽叽喳喳说着话，原本闭目养神的唐韵突然睁开眼睛道："吵什么呢？还让不让人休息了？"

几个配角这才看见她，连忙道："唐姐不好意思，没看到您在。"

唐韵收回视线，不说话了。

坐了一会儿，她又觉得气闷，叹了口气，抬步出了休息室。

林思琪吃完饭坐着喝水，脸蛋红红的，羞窘无比。

宋望坐在她边上，眼见她喝完水，修长白皙的手指捏上她的下巴，弯着眼睛笑起来："这扮相还能看。"

"就能看？"林思琪看着他，抿抿唇。

"嘿，"宋望将她的嘴唇递到自己跟前，重重地吻了一下，"美若天仙。"

林思琪猝不及防，差点从椅子上摔下去，宋望手疾眼快揽了她的腰，将她扯到自己怀里。

林思琪坐立不安，耳朵、脖子都红了。

边上，徐尧站起身来，无语地说："我什么也没看见。"话音落地，去边上溜达消食。

林思琪看了宋望一眼，闷声道："你这么下去，我没朋友了。"

"有我还不够吗？"宋望将下巴抵在她的颈窝蹭了蹭，声音低沉地问，看上去暧昧无比。

卓航几人远远地看见这一幕，面面相觑后，卓航笑骂："哎，这不是招人恨吗？！"

沈小小扑哧笑了一声："是没见过这么爱秀的，哈哈。"

江远神色如常，云淡风轻。

林思琪一抬眼看见他们，连忙从宋望怀里挣脱，红着脸问好。

卓航点点头朝宋望道："宋总身子好些了吗？"

"没事了。"宋望笑了笑，清雅随和。

他起身后显得非常正经，谦谦君子一样，和刚才调戏林思琪的模样大相径庭，变脸之快，让人叹为观止。

沈小小忍不住惊叹："这才是天生的演员苗子。"

"人家不是演戏了吗？"江远看她一眼，笑了笑道，"听说《闪婚》马上要在江北电视台晚间剧场播出了。"

沈小小登时兴奋起来："听说剧情非常火爆，哈哈。"

几个人在前面边走边说。林思琪看着边上的宋望，无比纠结，抑郁地道："你下午没事吗？"

"陪你啊。"

"得一下午呢。"林思琪支支吾吾地道，"你都不觉得烦？"

"你觉得我烦？"宋望挑眉。

"没有。"林思琪闷声道。

"那就好，"宋望笑了笑，"我也不觉得你烦。"

他这样说，林思琪自然不能再说什么，干笑两声，无可奈何地带着他一路到了下午拍戏的地方。

整整一下午，剧组众人压力颇大。

徐尧觉得，宋望虽然只是看着没说话，实际上已经用目光杀死他无数次了。他相当庆幸自己环亚艺人这个身份。

唐韵一连受了几次刺激，看见宋望和林思琪就不怎么舒服，一下午NG无数次，比徐尧还惨。

其他女演员不经意间就被宋望吸引过去，发挥得一塌糊涂。

也就林思琪稍微正常点，可她很快发现了其他人的不正常，又惭愧又无奈，没一会儿，她也跟着NG起来。

卓航觉得，宋望简直是剧组杀手。

最后收工的时候，他无比抑郁，将林思琪拉到一边，小声建议道："思琪呀，你回去给宋总好好说说，让他以后千万别来探班了，好吗？"

林思琪尴尬不已，红着脸应了。

林思琪和宋望一起出了剧组，回家。

晚风醉人，她看了眼边上的宋望，想到卓航的话哭笑不得，嘀咕道："卓导说你是他的魔咒。"

"什么？"宋望开着车，头也没回地问了一句。

"你都没发现吗？下午你来了之后，徐尧、唐韵他们演戏一直NG。"林思琪无奈地笑了笑，"你气场太强了，影响得他们都没办法发挥。"

"嘿，"宋望侧头，"演技不过关怪我？我一声都没吭。"

宋望看着她："你下午和那谁，你们拍拥抱戏的时候我说什么了？什么都没说！给了你全部的尊重和自由，你还想怎么样？"

"你是一声没吭，可你用目光杀人了……"林思琪嘀咕了一句。

"念叨什么呢？"宋望又看她一眼，"我觉得这是他们自己的问题。我不也和你演戏了？边上多少人看着，我完全不受影响。"

"你不要脸嘛。"林思琪随口说了一句，然后差点从位子上蹦起来。

宋望拧着她的脸蛋，挑眉道："你说什么？"

"没……没什么……"林思琪拍着他的手，"疼，疼死了。你松手，疼死我了。"她眼泪差点流出来，捂着脸直叫。

宋望松了手，勾唇笑着拍了拍方向盘："我觉得你们这电影挺有意思的，我以后有时间就过来看你。"

"不要！"林思琪揉了揉自己的脸蛋。

宋望用余光瞥到，问道："疼了？"

"你说呢？"林思琪闷声道，"你自己手劲多大你不知道啊，肉都要被你拧掉了，疼死我了。"

"主要是你欠收拾。"宋望若有所思。

"去你的。"林思琪瞪他，"不理你了。"

"嘿，"宋望低头闷笑一声，"有你求着我的时候。"

他说话笃定，语调玩味，林思琪看了他一眼，半晌，红着脸将视线投向窗外，看晚霞遍染。

13 | 一、二、三，笑

　　四月中旬，《闪婚》在所有粉丝的翘首期待中开播，一时大火，收视率堪称奇迹……

　　自第一集开播，雄踞全国收视率榜首不说，更创造了江北电视台开年至今最高份额值，力压晚间黄金档所有电视剧，收视率开播破三，一路稳步上升的数据令人瞠目结舌。

　　除此之外，网络上的播放数据也一路飙升。

　　首播破两亿，一跃成为近些年单日播放量最高的电视剧。

　　此外，搜索热度居高不下，微博上花式霸榜。

　　全网播放量一举突破百亿大关，震惊业界。

　　与此同时——

　　林思琪微博的粉丝突破七千万，和许依依不相上下，成为国内第二位"微博女王"。宋望微博的粉丝突破七千万，超越了"国民男神"上官烨，成为国内微博人气最高的男人。

　　宋家、橙光娱乐、寰宇集团，甚至林思琪拍摄《青蛇》的剧组外，国内各家媒体日日蹲守，等着采访林思琪和宋望。除了林思琪、宋望外，剧组其他演员也沾光火了不少。

林思琪和宋望剧中的所有穿着用品统统走俏，带动诸多"林思琪同款""蒋公子同款"产品的销量。林思琪和宋望的照片满天飞，《闪婚》的各种剧照满天飞，两人的粗略版、精修版、可爱搞笑版等各种版本的手绘照片乃至Q版人物图片满天飞……

网友调侃说："出去不谈《闪婚》，你都不好意思说你活在地球上；没看《闪婚》，你都不好意思说自己家里有电视。"

也有网友这样形容自己一天的生活：晚上去找女朋友恩爱，女朋友不理。为什么？抱着电脑看了一晚上《闪婚》。第二天早上去公司快要迟到，坐了出租车，开车的司机大叔全程哼着《闪婚》片尾曲，受了一早上荼毒。到了公司，门口一女同事摔倒，原因是一边走路一边抱着手机看《闪婚》呢。上班，去给部门经理汇报工作，四十多岁的女经理电脑桌面是《闪婚》剧照（注：宋总的美背）。中午下班，和朋友去公司外的西餐厅吃饭，西餐厅放着《闪婚》里的插曲，旁边沙发上的两位美女一边吃牛排，一边说着《闪婚》。下午回家，公交车上，学生妹兴致勃勃地讨论着《闪婚》。路过菜市场，买菜的两个大妈在唾沫横飞地说《闪婚》。再到家，哎呀妈呀，老妈和妹妹坐在沙发上回放《闪婚》，两人都重温整整三遍了。最后，睡觉前和女朋友打电话，她竟然还在看《闪婚》。半夜被电话吵醒，女朋友在那边说，分手吧！睡意全无，一问，妈呀，女朋友说自己爱上蒋靖南了！

醒醒吧，那哥们儿真的就是电视剧里一人物。

什么，有原型？

人家宋总早结婚了好吗！

《闪婚》这么害人，广电总局知道吗？

为什么还不禁了它！

网友发微博@林思琪@宋望表达了自己深深的愤怒，可很快，就被各路网友更精彩的留言压了下去。

273

毕竟，@宋望和林思琪的人真是太多了，他们俩的助理都处理不过来了好吗!

都市家庭伦理剧在国内火到这种程度实在不多见。

《闪婚》在江北电视台晚间剧场正连播的时候，又紧急上了江北电视台午间频道，从第一集重新播出，午间剧场还没播放完，又上了早间剧场再重播。

得，早、中、晚占满了。

江北电视台各个剧场收视率又蹿了好几个台阶，电视台台长做梦都得笑醒好吗!

这之后，电视剧版权又卖出天价，同时登陆国内四个颇有名气的电视台，五家一起播。

业界众人瞠目结舌……

电视剧导演、编剧都坐不住了，一时间家庭伦理剧像雨后春笋一样冒出来，天天都有新剧举行开机发布会。可很快，那些消息又淹没在《闪婚》的浪潮里。

圈内明星坐不住了，拍戏先挑都市剧。但很可惜，那些消息在《闪婚》的浪潮里连个花都没翻起来。

业界电视剧评论家坐不住了，将这逆天现象称为"《闪婚》现象"，上节目做访谈也时常谈起。

一时间，《闪婚》为何大火，成为娱乐圈众人翻来覆去探讨总结的火热话题。

有人说："宋氏夫妇倾情出演，男女主角人选是第一亮点。"

网友无语："这不很明显吗? 还用说!"

有人说："宋氏夫妇颜值爆棚，每天审美三分钟，可以延年益寿。"

网友更无语："这个更明显好吗!"

有人说："剧情比较狗血，霸道总裁遇上灰姑娘，贫民女嫁豪门，

274

又出车祸又断腿，最后还奇迹般复原了！再加上未婚先孕、职场隐婚、'小三'插足，又有各种名牌（主要是蒋靖南的衣服和豪车比较骚包）见缝插针，不红都难，因为现在的观众就喜欢看洒狗血。"

网友反驳："你才爱看洒狗血，人家《闪婚》多励志多有爱啊！"

有人一针见血："亲密戏尺度大，激情爆棚，这两人表演起来太有爱，看得人热血沸腾，百看不厌！"

网友依旧反驳："亲密戏尺度大吗？真的大吗？尺度大的话为什么没有被禁播？哼哼，还嫌尺度不够呢！"

业界众评论家欲哭无泪，终于有人正儿八经地做学问了。

某评论家称："宋望和林思琪演技不错，电视剧画面感无可挑剔，用心做的东西总能获得相应的回报。"

许多二流评论家笑了："拍电视剧需要演技吗？"

发言的评论家慢条斯理："剧中蒋靖南一出现，一个花花公子活了。宋望的演技从一开始到最后，稳定出挑。林思琪一开始只能算稳定，到最后却完全可以用惊艳来形容。洗脚那一幕，她转身落泪，千万种情绪蕴藉其中，据说那一幕看哭了所有女性。在最后，她坐在床上，宋望端着水杯和她相视而笑那一幕，两个人的眼神像经历了万水千山，是千帆过尽终于释怀包容的笑，娱乐圈诸多影后发挥最好也不怎么可能超越，堪称经典！"

网友们若有所思："好像是这样，挺有道理。"

广告商和媒体们才不管这些，总归火了就对了，红了就行了。

围追堵截的记者让林思琪和宋望无奈地住了好几次酒店，没办法回家，家门口守着的记者实在太多了。各种广告邀约代言雪片一样飞到橙光，再三恳求："只要宋总和思琪能一起代言，价位随便开啊！"

橙光的管理层深深觉得，其实宋氏夫妇才是橙光的一哥、一姐！要那么多艺人干什么？只要他们两人好好拍戏，养活一个橙光完全没压力！

宋望和林思琪很有压力，连带着，宋家其他人也很有压力。

不能愉快地看电视剧了好吗！无论换哪个台，林思琪和宋望总会冷不丁地蹦出来。

不能愉快地上学、逛街、买菜、玩游戏了好吗！粉丝太疯狂，完全扰乱了他们的正常生活节奏……

这热度持续许久，等网友们终于消停下来，又惊觉五月临近，距离林思琪和宋望的婚期不远了。

五月二十七日，宋氏夫妇的婚礼在青城举办。

五、二、七，谐音，我爱妻。

瞧瞧，多好的日子！

网上热闹无比，宋望等人也忙得团团转。

婚期在青城宋家老宅举行，赵青提前一个月赶赴青城，监督修整宋家大宅，布置婚礼现场。

楚家众人忙着做婚前琐事准备。

宋望和林思琪时间最紧张，忙里偷闲开始拍婚纱照。

林思琪既要上学又要工作，宋望权衡再三，将婚纱照的拍摄地全部选在了云京市周边，包括以满园樱花名扬省内的华夏人民大学、京郊影视城拍摄基地、郊区基督教堂等十多处人文自然风景胜地。

他母亲信奉基督教，他想给林思琪原汁原味的青城传统婚礼。

主婚纱照服饰是高级定制传统礼服，纯手工刺绣花纹，两套衣服由国内六十个顶级绣娘加班加点赶工完成。

许是因为穿起来比较麻烦，林思琪和两个导购员在试衣间里待了差不多二十分钟。

宋望抬起手腕看了眼时间，再抬头，试衣间的门打开了。

两个导购员先出来，林思琪紧随其后。

宋望慢慢地从沙发上站起身，看着她，一时间着迷了。

林思琪身上的华服是正红色，颜色艳丽端庄，像火、像血、像怒放的玫瑰，更像天边最美的烟霞。金丝银线绘成图案，金色像阳光，热烈刺眼，银色像月光，内敛皎洁。

她站在几步开外，整个人高贵美丽，让人微微眩晕。

宋望久久没有说话。

林思琪大而明亮的一双眼睛微微弯起弧度，到了他边上，摇了摇他的胳膊："你怎么还站着，怎么不换衣服去？"

宋望回过神来，摸着她的脸蛋笑了："你真美。"

"当然咯，也不看看是谁的老婆。"林思琪笑眯眯地看着他，眉眼轻扬，无比骄傲。

宋望狠狠揉了两下她的脸蛋，进了试衣间，不多会儿，换了衣服出来，朝林思琪道："过来。"

林思琪乖乖地走过去。

宋望张开手臂看着她："帮我把扣子系上，太难弄了。"

几个导购员站在边上看着宋望，眼珠子都不舍得转一下，他实在太好看了。

个子高，穿衣服显瘦，非常挺拔清俊。皮肤略白，眉眼绮丽精致。气质高冷清贵，看上去很禁欲。可偏偏，他看向林思琪的眼神非常荡漾甜腻，波光潋滟的桃花眼温柔得要溢出水来。

眼下，两个人皆是一身大红色礼服，站在一起，顿时让人想到"蓬荜生辉"四个字。

男才女貌，天生一对……

几个导购员胡乱想着，很快凑上去，又帮着两人试穿其他礼服。

第二组是婚纱。

林思琪的婚纱是抹胸样式，胸前点缀着细细密密的碎钻，将她原本就完美的胸型衬托得非常漂亮，垂坠的裙摆洁白如雪，裹着一层镂空钩花的细纱，裙摆底部缝制着一些飞扬的花瓣，非常飘逸。

婚纱配了十厘米的高跟鞋，越发显得她宛若圣洁的女神。

宋望又一次看呆了。

经理从保险柜里拿出一个盒子，里面是婚纱、礼服配备的整套钻石首饰，皇冠、项链和耳环。

皇冠上镶嵌的钻石有一百多克拉，全世界独一无二。

有了些年纪的女经理艳羡无比。

边上，林思琪突然开口说："下面的就不试了吧，穿来脱去好麻烦呀，原本也是根据我们的身材定做的。"

"你不想试就算了。"宋望笑着道，一脸纵容。

"算了，那还是试试吧。"林思琪看着宋望的脸色，叹了口气，再一次进了试衣间。

翌日，两个人开始拍婚纱照。

第一套是学生制服照，外景，拍摄地点在华夏人民大学。

华夏人民大学是国内历史悠久的名牌高校之一，校园内广植樱花树，每年四五月是花期，吸引了许多游客前往拍照。

宋望和林思琪是公众人物，拍摄婚纱照当然会引起轰动。

两方协商后，华夏人民大学出动了校警，此外，学生会和社团选了六十多名学生组成了临时队伍，专门维持秩序，以免游客和学生过分激动，发生拥挤踩踏事件。

橙光娱乐出动了三十多个保镖专程护送两人。

清早八点多，林思琪和宋望等人到了华夏人民大学校门口。

恰逢第一节课下课，许多学生等在校门口，眼见两人下车，顿时欢呼、尖叫起来。

"思琪思琪！"

"宋望，思琪！"

"思琪，宋总！"

"思琪我爱你！"

"爱你们！"

林思琪一抬眼，只见学生们举着不少应援牌，每一个上面都写着"思琪""宋望"，名字中间还设计了一颗爱心，非常可爱。

人非常多，她有点被吓到的感觉。

宋望比较淡定，揽着她的肩膀，朝着两侧的学生点头笑了笑，从保镖开辟的道路中往学校里走。

为了避免麻烦，两个人提前换好了衣服上了妆。

近处、远处的学生看到他露出笑容，忍不住又欣喜若狂地尖叫起来。

"宋总看上去好年轻啊！"

"他穿学生制服！"

"男神学长！"

"腿好长！天，这腿形太好看了！"

"呜呜，思琪美哭了！"

"可算见到真人了！"

"好般配，背影都这么般配！"

宋望和林思琪一路走着，叽叽喳喳的议论声传到耳中，他都忍不住低下头看了看自己的腿。

保镖护着两人也非常辛苦，到了樱花园，上课铃声响过两遍之后，校园广播紧急响了起来。

第一遍是校广播站值班老师喊话："请有课的所有同学速回教室上课，请有课的所有同学速回教室上课，请有课的所有同学速回教室上课！紧急通知，早上五节课，所有代课老师都会进行课堂点名，结果计入平时分！请注意，点名结果全部计入期末平时分！"

广播站老师的声音越来越急，许多学生无奈地往教室跑。

可人还是很多。

过了十分钟，广播又响了："依旧逗留在樱花园的同学请注意，我是本校思琪后援会粉丝团团长。大家爱护思琪的心情可以理解，可思琪拍照时间有限，仅有上午四小时，爱她就请体谅支持她，有课的学生尽快回教室，没课的学生尽快远离樱花园。最起码，不要拥挤推搡，影响拍摄。谢谢大家支持配合，请不要影响拍摄，婚纱照不能好好拍，我们宋总都要哭了好吗！"

女生俏皮急切的声音响了三遍，不多会儿，逗留在樱花园的人慢慢少了，终于留出了足够多的地方让摄影师取景。

众人长长地松了一口气，一看时间，上午九点整。

樱花园满地粉红，春日的阳光从花树间投射映照下来，光线斑驳温暖，站在树下的两个人脸上都笼着淡淡的金光。林思琪和宋望都穿着白衬衫套马甲，林思琪搭配花格子褶裙和连脚袜，宋望则穿着笔挺的深蓝色西裤。

映着花树，两个人都显得朝气蓬勃……

化妆师给两人补了妆，摄影师开口吩咐："宋总您揽着思琪坐在那边的花树下，对，就是那一棵。思琪双手圈着宋总的胳膊，将头轻轻靠在他的肩膀上。两个人一起往你们右边看，露出笑容，甜蜜一点，对，保持这个姿势。"

摄影师半跪在地上，架着相机抓拍了好几张，低头检查。

画面里，淡淡的温馨幸福感扑面而来。

"很好！"摄影师松了一口气，继续道，"接下来，思琪在前面，宋总从后面抱着她的腰将下巴搭在她的肩膀上，脸颊挨一起。对，非常亲密的一个感觉，很好，保持！"

宋望将林思琪搂到怀里，两个人在花树下笑弯了腰，林思琪一只脚微微跷起荡在半空，一阵风吹来，樱花纷纷下落。

摄影师连忙按了连拍键，将两人的笑容定格在镜头里。

此时，边上围聚的学生已经偷拍了不少照片，三三两两凑在一起交流分享，热闹得很。

摄影师还在指挥："接下来宋总和思琪面对面站着，我们拍一张嘟嘴亲吻的照片。"

"啊啊啊啊啊啊！"

"摄影师我爱您！"

"准备，一、二、三！"

"哈哈哈！"

学生们激动的声音落到耳边，林思琪脸都红了。

摄影师继续道："思琪你双手背后，踮着脚朝宋总凑过去，宋总左手插在裤兜里，倾身压向她就可以，挨上唇，体现出纯爱浪漫的感觉。"

两个人在摄影师的指点下摆出动作。

林思琪仰着脸朝向宋望，脸蛋微红，宋望眉眼间带着很淡的一抹温柔，却专注，倾身压过去。

林思琪看着他越凑越近，不知怎的，突然觉得有点怕，身子往后闪了一下，宋望一把搂住她的腰。他太重，搂上去的速度过快，没有收回去，反而直接扑到了林思琪身上，抱着她滚到了地上。

樱花纷纷扬扬，众人捂着嘴还来不及发出惊呼。

林思琪目瞪口呆地趴在宋望身上。

"别动！"摄影师看见又起了一阵风，连忙喊了一声，按了快门。

宋望平躺在地上，满地樱花映着他的脸，浪漫美好得让人窒息，活脱脱少女漫画里不拘一格的美男子。

边上的学生们回过神来，连忙拿着手机抓拍起来。

宋望一只手撑地，站起身来，朝着他们的方向看了一眼，蹙眉道："没拍好看的不要传上网！"

"哈哈！"学生们倏然笑起来，"宋总你什么样子都好看！"

"你最帅了！"

"天下第一帅！"

"华夏第一颜值！"

宋望微微一笑，顿时又引来一片欢呼、尖叫。

上午十一点多，校园镜头拍完，一行人马不停蹄，赶往第二个拍摄地点，郊区基督教堂。

整座建筑显露出古旧欧风，顶部成半圆拱形，明亮的阳光从两边的

281

玻璃投映而入，在座位和地面上切割出许多斑驳亮光。

宋望牵着林思琪的手往教堂里走，只觉安宁。

他一身白色西装，牵着圣洁的她，走向那扇门，门里面好像藏着幸福和喜悦，足够他信赖仰仗一生。

摄影师跟在两人后面，眼看林思琪提着宽大的裙摆跟着宋望，不知怎的，竟觉得感动。他叹了口气，朝边上道："将鲜花拿过去给思琪。"

前面听见说话的两人停下步子。

"先在教堂门外拍一张，这个位置就可以，"摄影师想着刚才心里那幅画面，继续道，"宋总您牵着思琪往里走就行，不用回头看镜头。思琪放下裙摆，右手握着花往后侧方微笑，明白吗？"

林思琪微笑着点了点头。

"准备了，"摄影师说着话，往后退了两步，半弯腰举着相机喊，"一、二、三，笑！"

林思琪的笑容定格在画面里。

宋望在她左前方，露出清俊坚毅的侧脸，他看着教堂的大门，脚步笃定，十分让人信赖。他一身白色，她也一袭白色，圣洁秀美，两人不远处是巍峨的建筑，看上去庄严肃穆，有仪式感。

这两人的照片，总给人一种难言的感动。

摄影师叹了一声，继续走。

到了最前排，他四下看了看，选位置站定，笑着道："思琪坐那边，宋总坐在过道这一边。思琪用左手托腮朝宋总笑，宋总右手撑着下巴对她笑。"

"很好！"摄影师看着两人，难忍赞叹，继续道，"下一张，宋总您去门口，我们拍一个有故事感的画面，新娘捧着花回头看，新郎赶来，两两相望的一个场景，就好像……等待，好吗？"

"嗯，"宋望看着林思琪笑了笑，"你觉得怎么好看怎么来。"

他转身，一步一步远离林思琪的视线。

他走了两三步，脚步却突然停住，回头看了眼林思琪，转过身来，看着她微笑着一步一步慢慢倒退。

林思琪也看着他，眼眸含笑，好像在数着他的脚步。

两个人都没出声，却默契得好像玩着一个游戏，他只是暂时离开一下，恋恋不舍，接下来还会飞奔过来拥抱她。

摄影师心酸又感动，觉得自己这感觉真是见鬼了！

宋望退了十多步，停了下来，远远地看着林思琪，用目光抚摸她。

摄影师抱着相机往边上退了退，到了角落，将教堂一侧的内景尽数收入镜头中。

林思琪披着洁白的婚纱，捧着花束，侧身回头看。

宋望静静地站着，满目温柔。

这画面非常安静，画面之外的所有工作人员都很安静，好几个年轻女孩看着宋望，觉得他刚才微笑着倒退离开林思琪的那一幕非常浪漫。

她们知道的那个宋望，有些逗趣有些搞笑，有些傲娇有些孩子气，隔着微博，当着所有网民还对林思琪撒娇。他爱吃醋，为了阻止林思琪拍亲密戏，甚至亲自上阵。拍戏的时候他也不安分，吻她要吻十几遍，让所有网友捧腹大笑，叹为观止。

她们知道的那个宋望，也有非常严肃的一面，也是因为林思琪，她受委屈受欺负了，他声色俱厉，对待媒体完全不留情面。

林思琪温柔懂事，宋望却霸道爱吃醋，占有欲极强。

可眼下，这样无微不至的男人却是宋望，他显露出让人意外的柔情，眉眼间的爱意那般醉人，又那般自然。

好像这个才是他。

他将林思琪宠在明面上，没有混乱的私生活，没有潜规则，没有乱七八糟的花边新闻，没有红粉知己。

他只用男助理，干干净净，清清白白。

得夫如此，一生何求？

难怪眼下那么多年轻女孩喜欢他，他微博上一个标点符号都能收获成千上万个赞。

众人唱叹万千，摄影师突然大声道："OK，完美！"

教堂里的照片很快拍完，下一个外景地点是影视城，时间尚来得及，一行人很快赶过去。

路上，荣晴打电话确定了拍摄的具体地点。

民国风情街，纸醉金迷的大剧院。

林思琪穿着红色晚礼服，整件衣服外面点缀了许多轻纱缝制的玫瑰花，灯光下，星星点点，靓丽妩媚。鞋跟很高，她走得慢，袅袅婷婷，好像旧时光里风华绝代的上流社会名媛，轻轻一瞥，都有无限风情。

摄影师看着她，好半晌才回过神来，朝边上的工作人员道："将宋总西装里搭配的那件马甲拿来。"

工作人员应声而去。

摄影师朝宋望笑了笑："先拍一个两位跳舞的画面，拍出年代感，您穿套装，显得更周正一些。"

宋望很好说话，笑着点了点头。

工作人员拿了马甲，他脱了外套，将马甲套进去，扣好每一颗纽扣，站在颇有年头感的剧场大厅里，很容易让人产生联想，好像一位手握重权的名门贵公子。

林思琪是什么呢？

似乎可以想象成受到西方礼仪影响的名媛，也可以想象成风华绝代的红尘传奇。

水晶灯光芒流转。

在摄影师的指点下，两个人轻轻地拥抱在一起。

林思琪的左手搭在宋望的肩膀上，右手放在他的手心里，两人一个垂眸，一个仰头，两双动人的眸子里，流露出绵绵情意。

摄影师选了角度连拍了好几张，觉得这照片赛过好些电影的剧照，还是主宣传照那种。

摄影师感慨万千，心里一个念头冒出来，问宋望："拍一个您半跪亲吻思琪手背的画面怎么样？"这有点折损男人的面子，不过他觉得宋望大抵不会拒绝，想到拍出来的效果他就有点心痒难耐。

宋望点头。

工作人员引领着两人到了一边的沙发处。

林思琪靠坐着，慵懒矜持。

宋望半跪在她脚边，修长白皙的手指微抬，极为绅士地抬起她的手，俯身低头过去，一个吻印在她的手背上。

他动作标准，根本不用摄影师提点。

抢饭碗啊！

摄影师哭笑不得，选好角度对着两人连续拍了好几张，连连点头。

众工作人员长松了一口气。

第一天到此结束。

翌日，早上八点。

京郊影视城，深宅大院，传统香闺。

摄影师在屋子里转悠着找角度，听到耳边传来一阵吸气的声音。

他闻声转身，看见缓步而来的两个人，愣了愣，由衷地赞叹："您二位这打扮可真好看！"

林思琪艳丽端庄，正红色华服穿在身上，美丽到让人窒息。她戴着的凤冠看上去非常引人注目，可即便这样一顶华光流转的凤冠，也丝毫不能压制住她的容颜，反而好像存在就是为了衬托她。

她的一双眼眸太动人太明亮，只微微弯着，就足以让人感觉到幸福，就好像这世间最幸福的一位新娘。

宋望也好看，"芝兰玉树""风华绝代"等词都不足以形容他。

摄影师知道两人这组照片是为了纪念，自然也知道两人这一身装扮价值连城，也知道，这应该是大婚礼服。

距离婚期还有半个多月，网络上粉丝们已经疯了。

等这两人去青城举办婚礼……

摄影师不敢想象，只觉得那定然是万人空巷的一番盛景，青城的交通，会不会瘫痪几日？

他唏嘘不已，让林思琪和宋望端坐在椅子上。

"先拍张正式点的，"摄影师看着两人说道，"你们端坐着一起看镜头就行，抿唇带着一点笑，含蓄一些。"

林思琪和宋望对看一眼，两双眼眸都依言微微弯着弧度，映衬着画面背景，情绪非常能感染人。

这两人好像古代的士族公子和大家闺秀，大喜之日，看似平静淡定，眼眸里却隐忍着充沛的爱意。

天作之合，非常登对。

他们穿的衣服非常保守，只留出精致如画的两张脸，却让人忍不住去想，私底下那些绵绵情意。

摄影师叹息着问边上的助理："有准备洞房的场景吗？"

"已经布置好了。"助理连忙笑道。

摄影师朝宋望道："那我们去房间，喜气浓郁一些。"

"这组照片不用拍太多，"宋望起身笑了笑，"留点发挥余地，结婚时还有许多照片可拍。"

"明白。"摄影师点了点头。

一行人往房间走去。

房间是工作人员一早布置好的场景，床榻上大红色缎面锦被上绣了交颈鸳鸯、招摇花枝，两边床幔挑起，垂坠珠穗。

目之所及，一片喜气洋洋的红……

摄影师笑着指点："宋总坐在我左首边，思琪坐在我右首边。对了，先将思琪的凤冠卸下来。"

工作人员应声而去，造型师也跟着将林思琪的头发打理了一下，没戴头饰，她看上去比刚才更温柔。

摄影师满意了："拍一个新娘替新郎解扣子的画面。思琪，你先把

286

宋总脖颈间那颗扣子解开，然后手指放在第二颗扣子上，做解扣子的动作，神色专注一点，露出点羞意。"

"对，很好。"

林思琪红了脸，艳若桃李。

"宋总微微垂眸，低头看着她就行，眼眸里可以带着点端详、戏谑，显得亲热一些。"

宋望依言，垂眸看着林思琪，深情款款。

真是暧昧啊！

一室寂静，摄影师弓着身子后退，咔嚓咔嚓按起快门来，神色间带着罕见的专注。

这两人拍照的感情简直太足了，情绪饱满得能溢出来。

这些照片传上网，每一组都能掀起浪潮啊！

摄影师想得一点儿没错。

十五天后，在粉丝们的强烈要求下，宋望和林思琪的微博上曝光了两人的婚纱照。

不到一个小时，就在网上掀起新高潮。

婚纱照登上了国内各大娱乐门户网站头版头条，网友们的评论一开始五花八门，最后诡异地统一成了以下几条，反复刷屏。

"怒赞！啊啊啊！"

"思琪美哭了，宋总帅哭了，妈呀，看个照片都感动哭了！"

"每张照片都能脑补出无数剧情！"

"跪求宋总和思琪拍古装剧！"

"跪求宋总和思琪拍民国剧！"

"跪求宋总和思琪拍校园剧！"

"跪求宋总和思琪拍古装剧、民国剧、校园剧，所有剧！"

许多网友跟风评论点赞，好些粉丝却已经坐上飞机、火车、大巴等交通工具，前往青阳凑热闹去了。

五月底，并非旅游旺季，青阳却迎来了史上最热旅游季。

五月二十一日，有粉丝去火车站买二十五号当天去青城的票，被售票员告知："未来四天去青阳的软卧、硬卧、软座、硬座都没有了，站票还有，要吗？"

站票，去一趟几十个小时……

粉丝欲哭无泪："要！"

售票员看她一眼，笑了："是去看宋总和林思琪的婚礼吗？你应该早些来的，月初就有人开始买票了。"

粉丝咬牙：买票的都是禽兽！

五月二十二日，青阳市火车站多了一种奇怪的现象。

出站口拉着许多五花八门的横幅："××酒店，距离宋家大宅步行十五分钟""××旅社，距离宋家大宅步行只需半个小时""××酒店，步行四十分钟可到宋家大宅"……

有刚出站的粉丝好奇地问："干吗都强调走路？走四十分钟是多长距离，坐车得多久？"

举着横幅的大妈好笑地看了她一眼："小姑娘这就糊涂了吧，到时候你还想坐车呀，能从人群里挤过去就不错了！"

粉丝瞠目结舌地看她一眼："那我还是去住走十五分钟可到的那家酒店好了。"

举着牌子的大妈又笑了："那边住一晚上费用已经翻了三倍！"

粉丝："……"

"没办法，行情就这样！"

你有张良计，我有过墙梯。

林思琪和宋望的粉丝一向很聪明，五月二十二日开始，粉丝后援会形成了"拼床"口号，到了地方的粉丝彼此联系，几个人合住一间屋子。

青城当地的粉丝后援会彻底活跃起来，纷纷提供床位。

五月二十三日，青阳市有关部门出面，干预了各大酒店随便哄抬住

288

宿费用的问题。

没办法，宋总发话了。

人家准备造福家乡，一期投资三十亿元，青阳市领导恨不得拿香案将他供起来好吗！

五月二十四日，青阳市所有的酒店、宾馆、青年旅社、民宿，齐齐爆满！青阳市区连带着周围许多县城迎来了史无前例的游客数量，各大著名景区门口排起了长队。

粉丝们来得太早了，总得顺便在当地逛一逛。

五月二十五日，青阳机场热闹非凡。

为什么？

林思琪圈中好友，橙光旗下许多艺人，齐齐现身青阳机场，人数之多，青阳当地许多家媒体表示"完全拍不过来""完全不知道拍谁""妈呀，相机都拿不稳了"！

当天，受邀前来的诸多明星入住了宋家大宅。

媒体拍到的照片里，有戴着墨镜的许依依和邵正泽，戴着墨镜的上官烨和徐尧，戴着墨镜的楚滢和乌童，戴着墨镜的贝南和祈汉，甚至，照片里还出现了卓航、江远、沈小小、江宁、王京等许多业内名人……

好像一场明星盛会。

照片传上网，全国各地许多没能去的粉丝都忍不住哭了。

早知道明星这么多，说什么也要去啊！

可眼下，票都卖光了！

五月二十六日，环亚集团官网挂出一条消息：为祝贺宋总和林思琪大婚，环亚出资在青阳大酒店三个宴会厅摆流水席三天，所有到了青阳的粉丝可以凭借往返车票进入酒店宴会厅参加宴会，青阳当地的粉丝可以在当地粉丝后援会的组织下集体前往。

此消息一出，引得网络上一片哗然，众粉丝欢欣鼓舞。

怎么从来不知道，邵总和宋总关系这么好！

说好的死对头呢？

环亚和橙光作为国内娱乐圈两大巨头，多年来一直是竞争关系，这一出，网友们纷纷表示有点看不懂。

无聊的网友遍寻蛛丝马迹，后来专门在国内知名贴吧开了热帖，名为：那些年，环亚和橙光两大老板之间相爱相杀的故事。

当然，这是后话了……

14 | 我以生命起誓

万众瞩目，五月二十七日来了。

宋望和林思琪的婚礼有许多传统元素，可同时，为了让婚礼顺利进行，在婚礼中又融合了现代婚礼便捷的一面。

比如说，坐花轿。

林思琪家和宋家大宅距离非常远，需要绕多半个青阳市区，宋望和楚家众人商议后，去掉了花轿迎亲的想法，改成了玛莎拉蒂车队。

清一色的黑色敞篷跑车提前一天停在了宋家大宅外。

又比如，新郎在家里等待新娘的习俗。

怎么可能？

宋望坐不住，截至二十七日，他已经整整三天没有见到林思琪，安床后每天和楚家亲朋里一个小男孩睡在新房里，憋疯了好吗！

他决定亲自前往林思琪家里接她。

连带着，美男伴郎团出现。

以好友靳允卿为首，包括往来亲戚朋友家年龄相当的男人，诸如邵正泽、靳允浩、楚洵、楚沐、江栎、赵青、李侯等，此外还有橙光旗下一些艺人和他们两人在圈子里的一些朋友，江远、徐尧、上官烨、贝南、乌童……

二十七辆车，每辆车坐两个人。

算上他本人，接亲的总共五十四人。

早上八点整，婆亲车队浩浩荡荡地从宋家大宅出发，穿过青阳市大街小巷，停在了林思琪家的小区外。

他们一路走过的道路两边，沿途所有开门的商铺和群众很快行动起来，自觉地将早已经送到家的缤纷鲜花搬了出来，点缀在马路两边。有心的，甚至连窗户、墙壁上也装点了好多鲜花。

宋望先前让人专程打点过，这是他给林思琪的第一道惊喜——锦绣花道娶她为妻。

上午十点，阳光普照。

林思琪家到宋宅的大街小巷成了鲜花的海洋。

所有环卫工人都哭了，马路上许多花瓣飘呀飘，根本没办法打扫。上午十点半，市政工作人员带着一张罚单到了宋家。

此时，林思琪家小区外。

一众帅哥和楼道里几个小孩僵持不下，还没进门。

林思琪家没什么亲戚，到场的多半是同学、朋友。为了方便，许多圈内明星是提前一天直接到宋家大宅。

可同一栋住宅楼里的人也不少，好些小孩堵着楼道门，愣是不开。

赵青塞了第三遍红包，无果。

宋望无计可施，又给赵青使眼色，让塞第四次红包，门里的小孩却连连摆手道："够啦够啦，不要红包了。宋总唱首歌给我们听吧！"

唱歌？

唱歌！

边上众人忍不住哈哈大笑起来，李侯前仰后合地道："咱们宋总从来没唱过歌，小朋友们还是别为难他了哈。"

"怎么可能呢？思琪姐姐唱歌很好听的！"一个小孩深深拧着眉，扒在门缝里喊话道，"新郎要唱歌的，不唱歌不让进！"

"对啦对啦，不唱歌不让进！"

林思琪家小区的楼道门是两扇钢化玻璃门，小孩子们手舞足蹈的样子被外面众人看得清清楚楚。靳允卿抿唇笑了笑，邵正泽低笑出声，看着一脸抑郁的宋望，迟疑地道："会唱歌吗你？"

"要不你替我唱？"宋望睨了他一眼。

"想太多。"邵正泽看了他一眼，到底还是准备帮他，朝着门里的小孩道，"新郎叔叔不会唱歌，找其他叔叔唱歌给你们听好吗？"

"不好！"小孩们异口同声，齐刷刷摇头。

半晌，一个小孩道："不用多好听嘛，随便唱首什么歌都可以！叔叔快唱，误了吉时可就不好了！"

"嘿！"李侯挑眉笑了一声，"这群小鬼还知道有吉时呢！"

他低头看表，诧异地道："大哥，上午十一点了！"

按着青城传统，众人最少应该在中午十二点进门，中午十二点整，新娘家里会准备午餐宴请迎亲队伍。

进了楼道门还有家门，进了家门还有卧室门，哎哟，这到底什么时候是个头啊，李侯免不了忧伤起来。

他一脸紧张，连带着跟来的许多人都紧张起来，齐刷刷看着宋望。

结婚是人生大事，吉时还是很重要的。

宋望伸手在眉心按了按，清了清嗓子。边上跟来的婚礼主持连忙将手里的话筒递给他，摄影师扛着机器，站在台阶上严阵以待，等着他开口。

众人等着听他唱，还有人忍不住笑。

宋总这人一向搞笑嘛。

宋望微微闭眼，看着面露期待的一群小孩，低下头，试了试话筒，轻声唱起歌来。

是一首挺轻柔忧伤、传唱度很广的儿歌。

黑黑的天空低垂

亮亮的繁星相随

虫儿飞

虫儿飞

你在思念谁

天上的星星流泪

地上的玫瑰枯萎

冷风吹

冷风吹

只要有你陪

虫儿飞

花儿睡

一双又一对才美

……

他歌词记得极准，声音低柔，一开口，身后跟着的一群人倏然愣住，不可思议地看着他。

他眉眼微垂，大红色华服衬着白玉般精致的一张脸，柔声唱歌，哪里像众人认识的那个宋望？

近在咫尺的邵正泽看着他，一身鸡皮疙瘩，觉得自己简直是见了鬼。

"呜呜，好难过！"里面一个小女孩听着，推了下边上虎头虎脑的男生，嚷嚷道，"讨厌啊，快点开门，让新郎哥哥进来！"

"嗯！"八九岁的小男孩也伤感，挠挠后脑勺，连忙开了门。

门扇大敞，孩子们挨着墙站成两排让了路。

宋望将手里的话筒递给婚礼主持，挑眉看了邵正泽和靳允卿一眼，微微一笑，趾高气扬地甩袖进门。

这人……

身后众帅哥面面相觑，无力吐槽。

五十四个人，坐电梯也得好几拨儿，宋望和几个伴郎便先上去。

守着门的是林思源和几个小孩，听见外面的动静还没来得及开口，就听见宋望气定神闲的声音："阿源，给姐夫开门。"

小思源肩膀颤了一下，紧张兮兮地看向边上一个少年。

"看我干吗？当没听见。"那少年个子高挑，抑郁地说了一句，又道，"要红包，你觉得要多少比较好？"

"我不敢。"林思源扁着嘴小声道，"他让我们开门呢。"

"他让开就开啊！"少年气笑了，"你怎么那么听话？"

宋望隔着门又道："阿源！"

"喀喀！"跟着上来的赵青简直叹为观止，提醒道，"大哥，咱们这是求亲呢，注意态度，注意态度。"

宋望看他一眼，没说话，直接抬手拍了拍门。

林思源已经控制不住要开门了，高个少年抱着他直接放到一边，笑着道："姐夫……"

他话未说完，宋望又道："少游？门打开！"

秦少游是程瑜的追求者的儿子。

听他再度开口，秦少游顿觉压力，按着胸口道："思琪姐就在里面啦，姐夫你要进门拿出点诚意来啊。"

"少不了你的。"宋望气定神闲，"红包没办法塞进去，你总得将门开一道缝。"

屋门下面有门框，门紧闭着一张纸都塞不进去。

秦少游愣了一下，刚将门打开一道缝，外面一行人呼啦一声拥进去，要不是他躲得快，直接在门后被夹成肉饼。

五十四个人vs两个人，体力太悬殊，根本不用较量。

眼看着众人簇拥着宋望呼啦啦到了房门口，秦少游抑郁地摸了摸鼻子，边上的赵青给他和林思源分别塞了一个大红包。

厚厚一沓……

秦少游看了一眼不远处的程瑜和他老爸，程瑜笑了笑，他老爸给了他一个"拿着吧"的口型。

未来姐夫这么阔气，秦少游毫不客气地受了。

宋望到了房门口。

外面一行人吵吵闹闹，里面却一点声音都没有，好像在闷声较量。

宋望敲门三下，里面响起一阵轻笑声，紧接着，许依依气定神闲的声音传了出来："谁？"

"我！"宋望挑了挑眉，直接道。

"你谁呀？"又一道俏皮的声音响了起来。

"宋望。"宋望抑郁地道。

"宋望是谁？"楚滢咯咯笑道，"和我表哥同名！"

"和我表哥也同名。"他的另一个表妹江蔚然诧异的声音响起，夹杂着笑声。

然后她和楚滢同时道："好巧啊！"

"噗！"外面众人忍不住笑起来。

宋望挑眉看了眼憋笑的好友靳允卿，又用目光搜寻到乌童，抑郁地磨了磨牙，继续道："我就是你们表哥。"

"谁知道呢？"楚滢和江蔚然异口同声地道，"你凭什么证明？"

"赵青！"宋望朝着门里面大喊道，"把乌童拖出去先揍一顿！"

呃……

门里面，楚滢和江蔚然面面相觑。

随着赵青一声附和，门外响起了挥拳声和吵闹声。

赵青握拳砸着沙发，乌童配合地喊道："啊！放开我！滢滢快开门，你表哥他疯了！"

"啊。"楚滢紧张兮兮地看了眼林思琪。

边上的江蔚然推了推她，提醒道："你别紧张，指定骗人呢。"

"猴子！"外面又传来宋望斩钉截铁的声音，"把允卿也揍一顿，

296

气死哥了。"

李侯大喊一声"得令"，又是一阵拳打脚踢声，门外的靳允卿捂着嘴，闷声咳嗽。

"他们俩身体不好！"门里面响起了江蔚然气急败坏的声音。

宋望勾唇笑起来："揍到你们开门为止。"

"揍沙发吗？"里面的许依依扬声问道。

外面众人彻底忍不住，前仰后合地哈哈大笑起来。

到底都是来帮谁的？！

宋望没好气地看了众人一眼。

笑得太夸张的帅哥们面面相觑，齐齐捂着嘴咳嗽起来。

没一个可靠的！

宋望蹙眉看着门，话锋一转，可怜兮兮地道："老婆。"

"嗯。"林思琪为难地笑了一下。

边上众人连忙朝她挥手，异口同声地朝外面喊："谁是你老婆？"

"嘿，"宋望磨牙道，"林思琪。"

"林思琪在哪里？"里面众人茫然道，"走错门了吧。"

宋望无计可施了，深呼吸一下，朝着边上的赵青使眼色，赵青蹲下去，从门缝里塞红包。

看见红包，伴娘们稍微宽容了一些，话锋一转道："找老婆得拿出点能打动人的诚意来嘛。"

"说！"宋望高冷地回了一个字。

"五百二十一个俯卧撑吧？"里面响起了伴娘们商量的声音。

外面众人喷笑。

宋望又给赵青使眼色，赵青又蹲下去，从门缝里塞红包。

"二十七个吧，"外面的环亚老总邵正泽终于开口道，"新郎官穿的衣服太重，俯卧撑不太方便。"

"好的老公。"许依依乖巧地应道。

宋望气急败坏。

里面又有女声道："宋总自觉一些啦，动作标准一些，'二十七'是爱妻之意，少一个都不行！"

"准备好了！"外面众人看着宋望伏地，热闹地喊起来，"一、二、三、四……十六……二十四、二十五、二十六、二十七！"

宋望轻喘着站起身来。

林思源挤了进来，递给他一杯水。

宋望一口气喝完，道："可以开门了吧？"

"当然……不行！"里面众人拖长音说道，嘻嘻哈哈又笑成一团。

宋望将袖子往上卷了卷，深呼吸："还要怎么样？"

"终身大事不能儿戏哈，"里面有女声俏皮地道，"新郎官得接受重重考验，才能抱得美人归。"

"嗯，继续！"宋望赞同地点了点头。

"以后思琪生病了怎么办？"有人道。

"衣不解带伺候着。"宋望答。

"思琪饿了怎么办？"

"想吃什么吃什么。"

"思琪渴了怎么办？"

"想喝什么喝什么。"

"思琪身材走样了怎么办？"

"她什么样我都爱。"

"思琪老了怎么办？"

"我陪她一起老。"

……

里面众人七嘴八舌，宋望对答如流，半晌，有人笑着道："你爱思琪什么呢？"

"浑身上下。"宋望不假思索地道。

"噗！"

"哈哈！"

里外两拨儿人哈哈大笑起来。

许依依无奈地道："宋总你这人怎么老想歪呢，这答案不过关。"

宋望抑郁地按着太阳穴。

许依依又道："思琪这么小就跟了你，太吃亏啦，就说出思琪的十个优点吧。"

宋望看着门，一字一顿地道："温柔、善良、乖巧、坚强、可爱、懂事、听话、漂亮……"

"漂亮不算优点啦。"

"得，还有三个，我想想，善解人意、聪明通透、身娇体软。"

几道声音一起嚷道："身娇体软也不算优点哈。"

"包容。"

"勉强过关。"许依依给出结论。

宋望差点吐血，又听到姚蕾道："说十个昵称吧，表达一下你对思琪的爱。"

这个简单。

宋望蹙眉想了想："思琪。"

"名字不算。"有人道。

宋望磨了磨牙，重来："琪琪、宝贝、老婆、小乖、傻子、笨蛋、傻瓜、丫头、小家伙、呆子。"

众人面面相觑："傻瓜、笨蛋、呆子这些算昵称吗？"

许依依哭笑不得地看向林思琪，林思琪抿唇笑了笑，看着门，眼眶里慢慢泛出水光来。

宋望最常唤她的一个昵称是"傻子"。

她当然明白那里面的疼爱怜惜。

许依依看着她，朝门外道："勉强通过。最后一个考验，宋总说一番爱的告白吧，表表决心。"

"先开门，"宋望道，"我看着她说。"

里面迟疑了几秒，门扇慢慢打开，床上的林思琪出现在众人眼前。

身后的伴郎团往里拥，宋望却脚步生根地站在原地，慢慢地道："终于看见你了，好不容易。"

他这话情绪复杂，让人动容。

众人停了拥挤，齐齐看着他，一贯不太正经的他神色非常正经，慢慢地道："我以生命起誓，这一生爱你护你，永不离开；我以生命起誓，这一生疼你宠你，永不厌烦；我以生命起誓，这一生照顾你陪伴你，直到死亡；我以生命起誓，这一生忠贞不渝，直到永远；我以生命起誓，在这之后的每一生每一世找寻你追随你，永不放弃；我以生命起誓，此后没有艰辛波折，你在我身边的每一天，幸福丰足，平安喜乐。"

他看着她，一字一顿地说着，一步一步走到她身边，屈膝半跪下去，嘴角溢开极为温柔醉人的一抹笑，继续道："思琪，我爱你，愿生生世世做你爱情的奴仆，嫁给我吧。"

林思琪扑到他身上，紧紧地抱住了他的脖子，泪流满面。

边上众人齐齐发愣，连鼓掌起哄都忘了。

林思琪偏过头，亲吻他的眼睛和嘴唇。宋望半跪着，仰头亲吻她，一只手揽着她的腰，慢慢站起身来。

掌声如雷。

林思琪没有穿鞋子，宋望将她放在床上，低笑着放开她，伸手拍了拍她的脸颊，帮她抹掉眼泪，柔声道："乖，别哭，一会儿妆都花了。"

"嗯。"林思琪哽咽着应了一声，又看着他笑起来。

她又哭又笑，视线里只有他一人。

楚滢和江蔚然感动不已，许依依也是，不由自主地依偎到自己男人身边。

门口看着的江远慢慢退了出去。

刚才宋望突然说出那番话，让人震颤。

事实上，他参加过不少婚礼，听到过不少新郎对新娘的甜言蜜语，可没有一次能如现在这般，让他震撼触动。

他说："我以生命起誓，生生世世做你爱情的奴仆。"

那么骄傲的男人，突然就说出这样一番近乎卑微的宣言，将面子抛到脑后，却不让人觉得做作反感。

只有感动。

难怪林思琪爱他，他已经有了让女人趋之若鹜的资本，偏偏，还有着让男人自惭形秽的情深。

这世间有了他，那女孩怎么可能还看得见别的男人。

他其实很早就知道，不是吗？

江远在茶几上的瓷碟里拿了一根烟，正要点着，身后的卓航拍了他一下，笑着道："走，吃午饭。"

"可不是，这都中午十二点多了，"赵青说着将众人往下领，边走边道，"按着青城这边的习俗，中午这一餐在女方家里吃，下午才接新娘回去，婚礼在晚上呢。"

"这样啊。"江远点点头，跟着众人往下走。

他不经意间回头，看到房间里宋望坐在床边，一只手摸着林思琪的脚，一只手拿着一双精致小巧的绣花鞋，也不知道说了什么，林思琪低头一笑，温柔娇羞。

林思琪家里地方有限，午餐设在小区外一家酒店里。

一行人用完餐，接近下午两点。

下午三点整，宋望将林思琪抱出了家门。

到了电梯口，李侯哎了一声，回头哭笑不得地道："大哥。"

宋望收紧手臂抱着林思琪，挑眉看他一眼。

"坏了。"李侯看着他，"不对，没坏。不过这物业给了你温馨提示，"李侯对着电梯门上一张大红纸念出声，"宋总好，小区温馨考验第一项，新郎是否孔武有力，能让新娘在往后幸福生活。我们相信您的实力，请避开捷径，抱着新娘走楼梯下来。"

"不是吧，"人群里有人夸张地叫道，"八楼喂！"

林思琪家在八楼，一般人偶尔爬一次楼梯尚可，可这怀里再抱一个人就不是那么容易了。

伴郎们面面相觑，半响，徐尧建议道："那只能走楼梯了，宋总要是觉得累，我们大家可以帮忙抱一会儿。"

他说话时一本正经，看上去不像故意打趣。

宋望抑郁地看了他一眼，咬牙道："你们抱？想得美！"

"噗！"

"哈哈！"

众人哈哈大笑："得，那您自己来，我们断后！"

宋望哼了一声，抱着林思琪往楼梯口走，婚礼主持和两个摄影师连忙跑到最前面拍摄。

前面有人监督，后面呼啦啦跟着一群人，整个楼梯道一片叫嚣打闹声，宋望收紧手臂抱着林思琪，边走边和她说话。

林思琪心疼不已，两条胳膊搂着他的脖颈，将脸颊贴在他的胸膛上，轻声道："你不累啊，别说话了，省点劲。"

"不累，"宋望低下头亲了亲她的额头，"抱着你走一辈子都不累，别说八楼，八十楼都不是问题。"

"噗！"身后众人听到他这话，忍不住齐齐喷笑。

这人简直将情话说出了新高度！

八十楼，确定没问题？

口哨打趣声夹杂着加油叫好声一路紧随，宋望将林思琪抱下楼去，放在了头车的副驾驶座上。

一行人跟着上车，绕了小区一圈，到了门口。

大门紧闭，门里门外都是人。

赵青连忙下车，小区保安室出来一个男人，拿着喇叭，用当地方言，朝着宋望的方向大喊道："宋总好，小区温馨考验第二项，新郎是否招人喜欢，能在婚后让新娘笑口常开。我们相信您的诚意，请打动小区住户十三名，给新娘求得一生祝福！"

"得！"第八辆车子上，卓航捂着耳朵对江远大喊道，"有的等了！保安队长这嗓门，他怎么不去卖声啊？！"

保安队长这一嗓子喊得整个小区都能听见，听者落泪。

距离保安队长最近的宋望差点被震碎耳膜，一开车门下去，朝边上的赵青和靳允卿使眼色。

靳允卿递红包，赵青亲自给保安队长点了烟，保安队长一边揣着红包一边抽着烟，开口道："十三个人的祝福，象征一生祝福，宋总可不能马虎啊，您表示爱意的时刻到了！"

"成。"宋望简短地说了一句，抬眼扫视。

门里面热热闹闹地挤着不少人，男女老少一脸兴奋地看着他，近前还有女孩高举手臂喊道："选我选我，宋总选我！"

宋望到了第一人面前，是个七八岁的小姑娘，宋望拿着一个新婚锦盒递给她，指着林思琪的方向道："小妹妹，看见那边的漂亮姐姐没有？"

"当然看见了，思琪姐姐嘛。"小女孩仰着头看他。

"姐姐要做新娘子了，说两句话逗她开心好吗？"宋望俯身和她对视，温柔含笑。

"当然好啦，"小女孩喜滋滋地道，"不过大哥哥你要抱抱我，我想摸摸你头顶的宝石。"

宋望穿着古装华服，为避免不伦不类，橙光的造型师专程给弄了假发，以金冠束着，金冠上镶嵌着红宝石。

宋望笑着抱起她，小女孩心满意足地摸了两下宝石，顺带圈着他的脖子在他脸颊上飞快地亲了一口，嘻嘻笑道："大哥哥长得真帅。"

"长得帅就可以趁机占我便宜？"宋望哭笑不得。

"嗯，"小女孩害羞一笑，朝着林思琪的方向道，"祝思琪姐姐永远和今天一样漂亮，天天开心，笑口常开。"

"真棒。"宋望放下她，到了第二个人面前。

是一个十六七岁的俊俏少年。

宋望塞了个红包给他，笑着道："喜欢思琪吗？"

男生红着脸朝林思琪的方向看了一眼，道："喜欢。祝福当然可以，一个条件，我可以亲她一下吗？"

"噗。"

"哈哈哈……"

周围众人前仰后合地笑起来。

宋望微微俯身，将脸颊朝向他："来，你可以亲我，亲她不行！"

"噗！"围观的众人爆发出一阵哄笑声。

说话的男生看着近在眼前的一张俊脸，无奈地偏头，朝着林思琪的方向道："思琪姐新婚快乐，祝你此后每一天健康快乐，幸福美满。"

"不错。"宋望伸手在他脑袋上揉了一下，到了第三个人面前。

第三个人是一位白发苍苍的老婆婆。

宋望递了一个锦盒给她，笑着道："老婆婆？"

"什么？"老婆婆有些耳背。

"奶奶您好！"宋望附耳大声道，"我今天娶媳妇了，能给我媳妇说两句祝福语吗？"

"好、好，"老婆婆笑起来，"是你娶思琪丫头呀？你能跳个舞给我看吗？思琪丫头小时候经常跳舞给我看哩！"

老婆婆耳朵背，嗓门却挺好，这一声喊出来，前后左右的人齐齐喷笑。

宋望看着她，嘴角抽动了两下。

跳舞，穿着眼下这一身衣服，开玩笑吧？

周围一群人好整以暇地看着他，后面车子上的邵正泽和靳允浩都下了车，帮腔道："新郎官不会跳舞，他这打扮也不方便，让他唱首歌给您听吧？"

"什么？"老婆婆没听清。

"让他唱首歌给您听！"靳允卿凑到她耳边大声道。

"不行！"老婆婆连忙摆手道，"老婆子耳朵不好，听不见唱歌，就喜欢看跳舞！"

"那让其他人跳舞给您看？"邵正泽凑到她耳边大声道。

"那行，"老婆婆点点头，"那得多来几个，才顶得上一个新郎官。"

"没问题，"邵正泽回应一声，拿过婚礼主持的话筒直接喊，"上官烨、徐尧、贝南、祈汉，出来跳支舞支援一下宋总。"

车队太长了，他不用话筒自然不行，用话筒一喊，小区内外围观的许多人都倏然间欢腾起来。

国民男神跳舞，还有三个小鲜肉一起！

邵总真是太贴心了！

上官烨、徐尧、贝南、祈汉都在后面的车上，听见这声音，愣了一下，无奈地推开车门下了车。

分明橙光也来了艺人好吗，怎么就轮上他们了？！

可没办法，大老板都发话了。

几个人到了人群前面，宋望和邵正泽一行人让开场地，跟来的婚礼主持是圈子里一个网络直播间综艺节目主持人，握着话筒直接唱了一首非常能煽动气氛的搞笑《健康歌》。

"左三圈右三圈，脖子扭扭屁股扭扭。"主持人一开场，上官烨等人愣了一下，门里门外一群人哄然大笑。

"男神加油！"喊声震天。

几人无奈地跟着歌曲蹦跳起来。

伴郎团一行人都下了车，看着前面四个人爆笑不止。

不过，到底都是当红明星，颜值摆在那，跳什么都好看有型，每个扭脖子、抖腿的动作都非常标准，好像上了舞台。

主持人还在继续："早睡早起咱们来做运动，抖抖手啊抖抖脚啊，勤做深呼吸，学爷爷唱唱跳跳，你才不会老！"

他正唱着，围观人群里有人捂着肚子喊："这个舞蹈很简单，宋总必须跟上啊！跟上，跟上，宋总跟上。"

宋望被人推了一把，到了正前面，和上官烨一起跳。

主持人继续道："笑眯眯笑眯眯，做人客气快乐容易。爷爷说得容易，早上起床哈啾哈啾，不要乱吃零食。"

宋望跟着上官烨又伸懒腰又打哈欠，蹙眉摇头的模样逗得一群人哈哈大笑。

"多喝开水咕噜咕噜，我比谁更有活力。"

宋望又跟着上官烨做了一个仰头喝水的动作，喉结耸动非常逼真，让众人捧腹不已。

眼看着里面一行美男个个西装笔挺地靠着车，门外的年轻女孩又忍不住尖叫道："不行，不行，伴郎团动起来啊，给新郎打气才行！"

"啊！"众人跌破眼镜，到最后实在没办法，开始群魔乱舞。

主持人握着话筒一个劲地道："嘿咻嘿咻，嘿咻嘿咻。"

众伴郎看着前面几个人，跟着扭脖子、抖腿，面色十分扭曲。

集体舞跳完，宋望连带着众伴郎齐齐崩溃，门里门外的围观人群却笑得前仰后合，一个劲喊肚子痛。

拿着手机、相机拍摄的人不在少数，只觉得这趟青城当真来得不亏。

跳舞娱乐了大众，眼看着时间已经下午四点多，剩下十个人自然没怎么为难，很轻易说了祝福语，连带着围观的所有人，齐声喊道："宋总、思琪新婚快乐，幸福美满早生贵子！"

喊声震耳欲聋，李侯吹了声口哨上了车，宋望也发动车子出了小区。

婚礼主持和几个摄影师上了前面的保姆车，迎亲车队终于载着新娘，浩浩荡荡地往宋家赶去。

盆栽将马路两边装点成鲜花的海洋，林思琪坐在宋望边上，呼吸着青城的新鲜空气，满心喜悦。

一路上，人行道边人山人海。

青城当地的许多人都出了家门，跟着凑热闹。

粉丝们举着应援牌、花束、横幅、两人的巨型海报，兴高采烈地摇晃，拿着喇叭高喊道："思琪我爱你，新婚快乐！"

路上自然有车辆，可宋望和林思琪结婚的消息已经传遍青城，基本上只要有车子从后视镜里看见婚亲车队，都会直接让道，按着喇叭表示祝福。

车队绕了大半座城市到了宋家门口，时间到了傍晚六点。

宋家大门外是鲜花的海洋，古老端庄的大宅焕然一新，大门和墙壁上都贴了硕大的"囍"字，如火的金色晚霞映上去，美轮美奂，好像梦境。

一路上吵闹喧嚣，又有礼炮鸣笛声，林思琪有些晕乎乎的，宋望抱着她下了车，她还没回过神来。

大门关着，一行人被堵在了宋家大门外。

四面八方都是人，笑着闹着拥挤着。

伴郎、伴娘围成一个大圈，将林思琪和宋望围在最里面，等着看戏。

堵门的以楚家亲朋居多，也有橙光旗下另一些艺人，网络红人"饼哥"张东明打头阵。

宋望抬眸睨了他一眼。

张东明才不怕哩，指挥身后一个人将果盘端了出来，挠头嘿嘿笑道："进门第一关，和水果作战。"

有人搬了椅子让宋望抱着林思琪坐着接受考验。

张东明指着果盘道："第一项，吃香蕉，新郎、新娘一人一口，吃完香蕉，婚后生活如胶似漆；第二项，吃葡萄，九颗葡萄串成项链挂在思琪的颈部，宋总一一吃完，两人爱情长长久久；第三项，思琪削苹果和宋总一起吃，果皮不断，婚后生活平安顺遂。"

"噗！"

"哈哈！"

围观的伴郎前仰后合地笑起来，有人高喊道："饼哥你这样，小心你们家宋总削你！"

"怎么可能？"张东明摆手，"咱们宋总是那么小肚鸡肠的人吗？"

"哈哈！"众人又哄然大笑。

林思琪倏然脸红了。

她垂眸看了眼果盘，好粗一根香蕉，已经剥了皮，这怎么吃，香蕉好容易断的……

"废话少说，"宋望挑眉看了张东明一眼，"要怎么样赶紧的！"

"哈哈，宋总急着吃香蕉了。"围观的众人又哈哈大笑起来。

张东明戴着一次性塑料手套，捏着香蕉中间，递到两人跟前。

宋望含住了一边，林思琪红着脸含住另一边。

两个人慢慢地往嘴里吞，一个人咽的时候，另一个人便不敢动弹，唯恐香蕉断掉。

这过程非常慢，周围一群人哈哈大笑，林思琪一张脸憋得通红。

她口小，吃起来自然慢，非常煎熬，宋望黑亮的眼睛看着她近在咫尺的红唇，便吃得快了些，减轻她的负担。

"加油加油，宋总加油！"边上众人跟着促狭打趣。

宋望也不能说话，不知道过了多久，一口含上林思琪微肿的唇。

"不能亲！"张东明连忙喊起来，"宋总您别着急呀！这还没到洞房呢，吃香蕉而已，没让接吻呢！"

"噗！"

"饼哥你这是要憋死我们宋总啊！"

"哈哈，宋总再忍忍哈，一会儿有您亲新娘的时候！"

"就是就是，先忍忍！"

众人哈哈大笑着打趣，宋望抑郁地放开了林思琪，抿了抿唇，朝着张东明道："你等着。"

"哎呀，不带这么威胁人的呀！"张东明抬眸朝众人道，"大家可都听见了，宋总这明目张胆地威胁我了，以后我要是出了什么事，指定和他脱不了干系。"

"放心吧饼哥，"有人一本正经地道，"到时候哥们儿帮你收尸。"

"去你的。"张东明没好气地瞪了那人一眼，又指挥边上一个小姑娘将葡萄项链给林思琪挂在脖子上。

一群人抱着胳膊好整以暇地看着，宋望仰头过去，含住了第一颗葡萄。

"小心点，葡萄汁别溅在思琪身上了，这喜服价值连城啊！"张东明夸张地提醒了一句。

宋望："……"

吃了三个葡萄他都累得有点喘气了，抑郁地看了张东明一眼。

从早上八点一直折腾到下午六点，真的好吗？

"宋总加油！"远远地，宋家邻居的墙头上都站满了人，看他泄气，拿着喇叭大喊起来。

宋望重新低下头去，含住了第四颗葡萄，咀嚼着。

在所有人的注视下吃完葡萄，还没等他喘口气，张东明又提着一个苹果在两人眼前晃了晃，哈哈笑道："吃苹果的过程分两关，先削苹果，削完了才能吃，吃起来两位不用动手，我提着就好。"

还没等宋望提出反对意见，张东明将苹果递给林思琪，笑着道："削吧，小心手，果皮千万别断，果皮断了宋总就可以亲你了，每次三分钟。"

林思琪红着脸看了宋望一眼。

为了婚礼过程热闹有趣，她全程没有盖盖头，只是拿着等一会儿走个过场，凤冠却戴着，压得脖子疼。

"难受吗？"宋望小声问了句。

"还好。"林思琪朝他笑了一声，低头拿过苹果削起来。

她很聪明，苹果皮削得厚一些，也比较宽，边上的张东明目瞪口呆地看着，没一会儿，将苹果提了起来。

这能吃几分钟？不好玩了啊！

张东明转念一想，将苹果放到了宋望和林思琪中间，笑着道："我数三下，您二位就可以吃苹果了。"

"三、二、一！"边上众伴郎帮着他数了。

宋望和林思琪同时凑上去，还没咬到，张东明哎了一声将苹果抽走，宋望和林思琪吻了个正着。

林思琪的唇瓣非常柔软，宋望愣了一下，还没亲，边上的张东明连忙道："抱歉抱歉，手贱了一下，两位继续，别急着亲啊，一会儿有亲的时候，咱们这环节主要是吃苹果哈，吃苹果，不是吃思琪，宋总您别着急嘛。"

宋望："……"

苹果重新晃到了两人中间，这下，宋望一口咬住，没吃，朝林思琪使了个眼色。

"我去，"张东明晃了一下绳子拽不动，欲哭无泪，"宋总您要不要这么聪明，哎哟喂！"

宋望才不理他，咬着苹果不动。

吃苹果嘛，林思琪一个人吃反而更快些。

周围众人看着他，忍不住哈哈大笑起来，吹着口哨，朝林思琪大喊道："思琪加油，快点快点，一会儿宋总的口水掉下来了。"

宋望："……"

林思琪看他一眼，连忙凑过去，吃起了苹果。

宋望咬着，她自然吃得快，没一会儿，两人中间就只剩下果核，当然，还有宋望咬着的那一块。宋望嘴唇挨着她的嘴唇，咔嚓一声，将那块苹果咽了进去，气定神闲地咀嚼完，朝着张东明吩咐道："开门。"

"真棒真棒！"

"宋总真棒！"

"哈哈！"

众人哗啦啦鼓起掌来，荣晴等人将红包从门框里塞进去。

大门从里面拉开，彩带和花瓣伴随着欢呼声落了两人满身，宋望抱着林思琪，对上门里熊熊燃烧着的一盆火。

火苗蹿动，噼里啪啦带着响。

"嘿。"宋望挑眉，"这谁弄的，烧这么旺？"

"旺些好啊！"婚礼主持举着话筒进了门，"这象征以后的生活红红火火，新娘子跨过去就行了。"

宋望低头看了林思琪一眼，小人儿蜷在他怀里，瑟缩了一下。

"我抱着你跨。"宋望直接说了一句，边上的主持人还来不及喊，他长腿一迈，稳稳地过了火盆。

衣服比较麻烦，幸好他速度非常快，也没有被烧着。

过了火盆，又示意性地过了马鞍，他将林思琪放在地上，接过荣晴手里的红盖头替她盖在头上，又拿了红绸牵着她，往正厅走去。

楚老爷子和楚家几位长辈，连带着程瑜，已经等在了正厅里，边上许多人围着看热闹。

老爷子在场，非常安静。

两人按着传统步骤拜了天地，又跪下敬茶，几位长辈给了红包、礼物，众人才重新热闹起来，将宋望和林思琪簇拥着去洞房。

按着规矩，婚礼进行到这一步应当差不多了，林思琪得坐在房间里，等宋望应酬完宾客再回房，进行闹洞房这最后一项。

可奈何众人不同意，对大伙来说，这婚礼才刚刚开始。

宋望最终改了婚礼流程。

两人到了洞房，掀了盖头，换上婚纱礼服，再举行现代仪式交换对戒，宴请宾客，最后才回房休息。

林思琪着凤冠霞帔，蒙着盖头端坐在古色古香的房间里，众人当真有种时空错乱的感觉。

婚礼主持拿着话筒被挤到了边上，摄影师举着相机站到了椅子上，荣晴充当喜娘，将红绸裹着的一杆秤递给宋望，笑着道："请新郎用喜秤挑起喜帕，从此称心如意。"

宋望笑着接过，众人大喊着"拍照准备"，嘻嘻哈哈笑起来。

各种镜头里，宋望用喜秤钩起了林思琪的盖头的一角，慢慢挑起，露出了林思琪艳丽端庄的一张脸。

她抬眸看他，一笑倾城，不胜娇羞。

"哇，好美啊！"

"真浪漫！"

"美哭了，呜呜！"

看了一整天的伴郎、伴娘们发出一阵起哄叫嚣声，有人推了一把，宋望直接朝林思琪扑过去，将她整个人压倒在床上。

尖叫声、笑声飘出了房间。

围观的众人兴致太好，外面楚老爷子差人催了好几遍，房间里宋望才开始将人往外推。

十多分钟后，房间里只剩下宋望和林思琪两个人。

宋望背靠着门，站在门边看着她。林思琪撑起手臂坐在床边，也看着他，看着看着，慢慢微笑起来。

宋望抬步朝着她走过去，伸手摸上她的脸，眉眼温柔地又看了半天，深深叹息一声，低头吻上她。

林思琪柔顺地回吻他，仰着头，有些吃力。

凤冠压了一整天，她脖子快要断掉了。

宋望伸手揉捏着她的脖颈，半晌，放开她，薄唇落在她的嘴角，声音低低地道："我爱你，思琪。"

"我也爱你。"林思琪扑进他的怀抱，紧紧搂着他的腰，心疼地道，"很累吧，今天真是辛苦你了。"

"不辛苦。"宋望脸颊摩挲着她的脸颊，"你不知道我有多幸福。"

"我也是。"林思琪喃喃道。

"好了，"宋望松了口气，将她扶坐起来，伸手帮她卸凤冠，低笑道，"晚上还有的闹，先换衣服。"

"嗯。"林思琪伸手帮他解纽扣，边解边道，"这衣服穿着还挺累的，都出汗了。"

"要不怎么说时代在进步。"宋望笑了笑，低声道。

他帮着林思琪将凤冠卸掉，又帮她脱了衣服换婚纱，等两个人折腾完，已经过了晚上七点。

宋望还戴着假发，卸妆更麻烦。

林思琪开门叫了荣晴，找了造型师过来，处理过，到了晚上七点半。

林思琪蓬松柔软的头发全部绾在脑后固定着，穿上了洁白的婚纱，虽然裙摆依旧大，却比里三层外三层的喜服轻松了许多。

宋望穿着黑色的笔挺西装，眉眼绮丽，微笑醉人。

两人对看一眼，长长地松了一口气。

晚上八点，婚宴地点在宋家大宅的洋楼一层大厅。

洋楼是复古欧式风格，当年宋望的父亲宋清晖为了取悦妻子楚香兰，专门请了国内以及国际上的能工巧匠联合设计建造。

夜晚，洋楼被花树簇拥着，灯火通明，美轮美奂，好像一座恢宏的城堡，伫立在宋家庭院中。

策划婚礼的工作团队在里面做最后的检查装扮，宋望出门透气，看见了立在夜色中的楚老爷子。

楚老爷子原本并不乐意回宋家举办婚礼，因为宋望坚持，最终妥协。听见声音，他回头看了一眼，唤道："阿宁。"

当年楚香兰跟宋清晖的感情他并不同意，是以，"宋望"这名字他也向来不喜欢，执拗地喊他阿宁。

"外公，"宋望看着他笑了笑，"我是宋望。姓宋，单名一个'望'字。"

宋望回头看了眼身后美丽的洋楼，若有所思："听我爸说，是爷爷临终时给我起的名字，希望宋家自此人丁兴旺。"

"哼，"老爷子古怪地笑了，"那怎么不起'人丁兴旺'那个

313

'旺'？"

"这又是因为我妈，"宋望看着他，一点都没有生气，继续解释道，"她觉得那个字俗气了些，不愿意。我爸一向宠她，就退一步换了一个字。"

"宠她？"老爷子脸色倏然变了，"宠到家破人亡？"

多年前，发生在这座宅子里的那桩惨案轰动青城，起因是楚香兰因为宋清晖在外面有女人，亲手拿剪刀将他刺死，随后自尽。少年的宋望进了书房，看见一地鲜血，以及死不瞑目的父亲。

"不是您想的那样，"宋望深呼吸一下，抬眸眺望夜空，"我们误会他了，他没有背叛我妈，没有背叛您的女儿，当年那件事是误会。"

他语调顿了一下，继续道："您可能不知道，我到京城后认识了一个人，她就是当年和我爸扯上关系的那个女人。她引诱我爸，被我妈看见，可事实上两个人并没有发生什么。您应该了解我妈，她太理想主义，浪漫天真，任性偏激。这悲剧，和她自己也脱不了干系。"

老爷子诧异地看了他一眼，没说话。

宋望转身看着身后灯火通明的美丽建筑，轻声道："事实上，宋清晖多么爱她。她喜欢西洋建筑，他请了国内及国际上著名的建筑设计师为她造了这栋屋子；她信奉基督教，宋清晖一掷千金，修葺一新的那座基督教堂现在都成了青城一景；她喜欢花草，您瞧这整个宋家，都快变成植物园了；她喜欢荡秋千，每个院子里都绑着秋千，她走到哪里都可以晃，有些地方向阳，有些地方背阴，有些地方可以看晚霞，有些地方看得见鱼池。宋清晖对她言听计从，恨不得将这世间最好的一切给她，怎么可能背叛她？"

"呵呵，"老爷子笑了两声，"这些事但凡有钱，自然能办到。"

"不光需要钱，"宋望回头看着他，"外公，做到这些事还需要有心，他原本捧着一颗心爱她，现在回想起他，我觉得……"宋望声音微微哽咽，"我完全相信我的父亲，他爱着我母亲，我以身为他的儿子而骄傲。"

"你倒是个情种。"老爷子话锋一转，微微叹息。

"我觉得这可能是宋家的传统，"宋望笑了笑，"我爸是宋家的独子。他当年说，爷爷心疼奶奶生育之苦，所以只要了他一个孩子。后来他觉得爷爷言之有理，也只要了我一个孩子。"

"唉。"老爷子伸手拍了拍他的肩膀，"思琪那丫头身体康健，你们会子嗣绵延的。"

"借您吉言。"宋望抿唇。

两个人说着话，边上一行人陆续过来，不一会儿，原本尚显安静的一方院子彻底热闹了起来。

晚上八点，大厅中央的摆钟敲响。

《婚礼进行曲》响起，林思琪在花拱门外走上红毯，接受众人的注目礼，朝着宋望走过去。

宋望站在舞台上看着她，面含微笑，整个大厅便寂静下来。

婚礼主持笑容满面地说了开场白，面朝全场道："今天迎亲时，我们宋总说了感天动地的爱情誓言。接下来，请全场嘉宾和我一起，回顾一下我们的迎亲场面。"

婚礼主持话音落地，身后的电子屏亮了起来。

屏幕里出现了迎亲过程。

眼看着宋望唱儿歌，嘉宾们忍不住窃窃私语，好奇万分，觉得画面里的男人简直不像他。眼看着他敲门，众人蜂拥而进，又忍不住哈哈大笑。再看到房间里外两拨儿人对话，许多人笑得越发夸张。

"宋总好爱演啊！"

"乌童的叫声好可爱啊！"

"邵总和依依也很有爱嘛。"

"还有假装咳嗽那个帅哥，好喜欢这一型。"

嘻嘻哈哈的议论声在门推开那一瞬戛然而止，所有人凝神屏息看着林思琪，只觉惊艳。

一直都知道她长得漂亮，可当真穿上这样古典端庄的华服，可以用倾国倾城来形容。

实在太美了。

她看着宋望，目光温柔，让人不忍惊动。

宋望看着她、走近她、跪拜她、亲吻她，那样一番誓言从他口中一字一顿地吐出来，现场许多人猝不及防，突然落泪了。

婚礼主持感慨万千。

他先前根本没和宋望说到这些，宋望却能说出这样一番话。

这样的誓言，足以让每个女子心动。

屏幕里，林思琪哭着扑到宋望身上，紧紧搂着他的脖子。

大厅里，看着的许多人忍不住抹眼泪笑骂："要死啊，妆都花了。"哭完了，再看到宋望抱着林思琪下楼梯，又看到情况陡转，上官烨带领众伴郎"左三圈右三圈"跳起舞，差点笑疯。

后面，车队从人山人海的青城街道畅通无阻地穿梭而过，鲜花遍地、美不胜收。

最后到门口，到洞房……

伴随着笑声和哭声，又浪漫又感动又搞笑，迎亲过程落下帷幕。

所有人唏嘘不已。

舞台上，宋望挺拔高挑，看着林思琪微笑。林思琪似乎有些羞有些感动，眼角溢出泪来。

宋望俯身，用手指帮她擦了擦泪珠，非常温柔。

下面众人倏然起哄，婚礼主持笑道："我们的新娘都被感动哭了，肯定有许多话想告诉新郎官，让我们竖耳细听。"

婚礼主持将话筒递到林思琪嘴边："来，面对这样一番感天动地的爱情表白，面对我们风流倜傥、玉树临风的宋总，思琪有什么话想说？"

一室寂静，林思琪抬眸对上宋望的视线。

她看着他，缓缓启唇，一字一顿地道："你若不离不弃，我便生死相随。这颗心因你跳动，你在，她活，你不在，她无法活。感谢你，给了她活力和生命，这一生，连带着此后的每一生每一世，她都属于你。"

她慢慢微笑起来，眼眶泛泪："宋望，我也愿以生命起誓，生生世世，做你爱情的奴仆。"

大厅里寂静得落针可闻，似乎只有林思琪的哽咽声落在众人耳边。

看着她，许多人又忍不住落下泪来。

宋望上前一步，将她紧紧地搂在了怀里，脸颊摩挲着她的脖颈，心疼怜惜在一瞬间迸发了。

边上的婚礼主持有些感动，半晌，笑着道："思琪这一番话当真是非常感人，和我们宋总的爱情誓言也不相上下。"

大厅里掌声如雷，所有人笑着看过去，祝福艳羡。

主持人等两人分开，从边上的助手手里接过一个小瓷碗，笑道："接下来是交换对戒仪式，进行这个仪式前，我们先来玩一个小游戏。"

说到玩游戏，底下一群人倏然沸腾起来。

主持人哈哈笑着解释："眼看着到了六月，两位新人劳累一天了也非常辛苦，需要慰劳。先苦后甜嘛。两位的对戒被封进了冰块里，"主持人将小瓷碗给众人看了一眼，"这冰块是糖水冻成的，外面又染了一层槐花蜜，舔一口得甜到心里去。接下来我们的新郎、新娘一起吃冰块，到最后，冰块融化，两个人分别含住对方的戒指，为其戴上。"

"啊啊啊！"

"法式湿吻！"

"谁出的这主意，太高端了！"

"宋总这下得高兴死了。"

"哈哈，是呀，他等一天了。"

底下一群人兴高采烈地议论起来，舞台上，林思琪和宋望的目光齐齐落到了主持人手里拿着的小瓷碗上。

碗里，躺着枣子大小一块冰。

317

主持人爽朗地笑起来，征询道："谁先来？"

"宋总！"大厅里众人异口同声地大喊完，爆发出震耳欲聋的笑闹声。

宋望侧头瞥了一眼，抬眸看向婚礼主持。

"宋总先来吧。"婚礼主持也笑欢了，将小瓷碗递到了宋望跟前。

宋望一低头，含住了冰块。

哟，透心凉。

偏偏非常甜，的确像婚礼主持所说的，裹了蜜的糖水冻成了一块冰，舔一口甜到人心里去。

他含着冰块，看向林思琪。

林思琪一张脸艳若桃李。

他只想象着，都感觉得到她此刻脸颊的温度，定然是滚烫滚烫的，像火一样，摸上去指尖都会被烧着。

宋望眼睛弯了弯，无奈地使了个眼色给林思琪。

他不抗拒在众人面前秀恩爱，唯一担忧的就是这小女人脸皮太薄，一会儿会不会羞愤欲死？

林思琪自然知道无法推托，和他眼神交流了一下，听到底下起哄声越发激烈起来，她慢慢凑近，一只手握住了宋望的衣袖，仰头含住了冰块。

含冰块又不是吃香蕉，为了使冰块迅速化开，两个人的嘴唇得亲密贴合才行。

不敢动，林思琪的嘴唇和他的紧贴着，不敢动，怕众人起哄。

可就算她不动，众人也少不得起哄，平时都是矜持骄傲的大明星，被约束久了，此刻碰到这难得百无禁忌的喜事，有人甚至敲起桌子吹起了口哨。

一室喧嚣，吵闹得好像集市。

内场没有媒体记者，可林思琪就是诡异地听到了许多闪光灯的轻响，感觉起来，好像两个人置身于全国人民的眼皮子底下了。

林思琪欲哭无泪。

宋望的嘴唇慢慢动了起来。

含着不动冰块融化得太慢了，时间越长，底下众人起哄得越厉害，还不如速战速决。

嗯，他喜欢速战速决。

宋望一只手揽着林思琪的腰，一只手扣着她的后脑勺，舌尖含着冰，在林思琪的口腔里来回搅动着。

蜜糖渐渐化开，甜腻冰凉，好像酒，两个人都醉了。

他非常温柔，林思琪有些晕乎乎的，仰头承受着他绵长深情的吻，渐渐地腰肢有些软，她朝着他倾斜，将所有的力量都交付给他。

宋望用舌尖钩住了她的戒指，将自己的那一枚抵到了她的嘴里。

冰块融化了。

他揽着林思琪站稳，含笑看着她，底下响起了震耳欲聋的尖叫声。

"啊，宋总真棒！"

"思琪别害羞啊！"

"小心别吞了戒指！"

"噗，哈哈！"

众人笑着闹着，神色间满是艳羡。

宋望将林思琪的戒指拿出来，接过边上婚礼主持递到手边的软布擦拭干净。

林思琪也将他的戒指拿出来，擦干净。

两人含笑对视。

宋望牵过她的左手，低下头，将戒指缓缓地推进去，套牢她的无名指。他握着她的指尖递到唇边，落了轻轻一个吻。

厅内，掌声雷动。

林思琪抿着唇牵过他的左手。他的手指修长白皙，指腹略有薄茧，硬硬的，不同于她的柔软滑腻，却让她非常有安全感。

林思琪用戒指套牢他的无名指，攀着他的胳膊，在他嘴角印了一个吻。

底下笑声更大，婚礼主持乐得合不拢嘴。

这两人太给面子了。

半个多小时，婚礼仪式举办完，到了宴会阶段。

新人开始敬酒。

林思琪换了正红色短款无袖旗袍，斜襟，右肩往下彩色丝线绣成精美的凤凰图案，凤尾拖得长长的，有飞翔飘摇之韵。

她长发尽数盘起在脑后，露出莹白如玉的一张脸，脖颈修长优美，身材凹凸有致，婀娜窈窕，曲线柔美到不可思议，走动间，活色生香，笔直白皙的两条腿似乎暗含着无限风情，惹人心动。

"彩凤出岫。"走道边，有人轻声惊叹了一句。

"什么？"另一个人疑惑地看了她一眼。

"思琪身上的旗袍啊，"说话的女明星无比艳羡，"是旗袍世家张老先生的得意之作，世上独一无二，名为彩凤出岫。"

"难怪觉得刺绣好精致，凤凰好像活了一样。"边上好几个女明星惊叹着抬眸看过去。

林思琪挽着宋望，到了邵正泽等人那一桌，一桌子俊男美女，让人没办法移开视线。

宋望和林思琪拿着酒杯站定，一桌人侧头看着他们，好整以暇地忍着笑。

"怎么？"宋望的目光落在靳允卿桌前的气球上，挑眉道，"这意思你们还给我准备了节目？"

邵正泽低头笑了一声："节目很简单。"

他边上的靳允浩将手边的酒瓶推了推，解释道："这酒瓶里有一根削尖的竹筷，你们夫妻二人用舌尖抵着它夹出来，绕桌一周，刺破允卿前面那个气球，就算过关。"

"嘿。"宋望挑眉瞪他一眼。

"别看我，"靳允浩摊了摊手，"阿泽想的。"

320

"哈哈。"一桌人齐齐爆笑。

环亚这老总，今天好像是专门来砸场子的。

"不难的。"邵正泽看他一眼，安慰道，"以你的功力，这些根本不是问题，分分钟完成。"

"就此一项？"宋望讨价还价。

"宴席上就此一项。"靳允卿连忙给他打预防针。

"你给我等着。"宋望咬牙朝邵正泽说了一句。

众人齐齐笑开。

邵正泽两根手指有节奏地敲着桌面："巧了，这话我好像也对你说过。"

敢情他是等在这报仇呢？

用舌尖？！

亏他想得出来。

宋望垂眸看了林思琪一眼。

林思琪欲哭无泪。

"得。"宋望揽着林思琪到了靳允浩边上。

后者连忙让开，给两人发挥的空间。眼看着宋望低头，众人又扑哧喷笑，旁边几桌人都饶有兴味地转身看着。

太尴尬了。

林思琪也抑郁，眼看宋望低头，没的选择，她咬着唇低下头去，舌尖和宋望的相抵，小心翼翼地将那根筷子往外夹。

第一次，眼看着筷子即将出瓶口，林思琪松了一口气，掉了。

第二次，筷子出了瓶子，边上的邵正泽突然打了个喷嚏，宋望分神，掉了。

第三次，两人将筷子夹到了靳允卿边上，林思琪流着泪打了个哈欠，呃，又掉了。

大厅里爆发出一阵欢笑声。

林思琪苦恼地看了宋望一眼，折腾了一天，她都有点瞌睡了。

宋望看着筷子，无奈地叹了一口气，朝邵正泽道："要不我给你表演个别的什么，琪琪就算了。"

"啧啧，宋总真体贴。"边上有人打趣。

邵正泽也笑："行，让你老婆向大伙求饶，就说……嗯……"

邵正泽还没想好，宋望一挑眉梢，道："美死你们。"

他揉了揉林思琪的脸蛋，打气道："乖，再坚持一下，这下别出错了。"

"哈哈。"众人又笑得前仰后合。

宋望从靳允浩手边又拿了一根削尖的竹筷，重新塞进瓶子里，低头和林思琪用舌尖抵着它，重新往气球方向移动。

啪！一声轻响在空中爆开，大厅里响起一阵叫好声、口哨声。

晚上九点，婚宴进行到尾声，两个新人被推搡着送到了房间里。

林思琪喝了不少，有点晕乎。

闹洞房才开始。

以张东明为首，橙光艺人满满当当站了一屋子。

林思琪欲哭无泪。

宋望抬眸审视着张东明，目光如炬。

"哎呀，"张东明哈哈笑着喊了一声，求饶道，"宋总您可别这么看我，我害怕，真害怕。"

"我看你胆儿肥得很。"宋望挑眉道。

"也就这一次，也是为您好。"张东明又笑笑，啪啪啪拍着手。

边上有人端着两个小碟子到了跟前，一个碟子里放着彩色软糖，一个碟子里放着一块心形蛋糕。

张东明解释："这是大伙给您二位准备的第二关，甜点大战。第一项，宋总您用嘴喂思琪吃了这些糖，补充补充体力，很简单吧？第二项，思琪蒙着眼睛喂您吃了这块蛋糕，给您也补充补充体力，很贴心吧？"

"噗。"

"哈哈。"

众人跟着起哄道："对了，补充体力晚上才好做功课嘛，预祝宋总一举得男。"

众人倏然间沸腾起来，推搡道："小公主也不错嘛，看不出来你这人还重男轻女。"

"双胞胎！宋总怎么也不能比邵总差啊！"

环亚老总邵正泽和"国民女神"许依依，前不久得了对双胞胎儿子。

有人爆笑："必须得龙凤胎才行！"

"三胞胎！"有人接口。

"五个吧，来五朵小金花。"

"去你的，宋总怎么着也得一支足球队！"

"噗！"

爆笑声充斥着整个房间，被要求生下足球队的林思琪羞愤欲死，咬着唇低着头的娇羞模样妩媚动人。

一整天了，宋望眼下就想抱着她睡觉，抑郁地道："东西拿来。"

有人将碟子递给张东明。

张东明端着糖放到了宋望跟前，宋望低头直接含了一颗，凑上去递给林思琪。

众人还来不及叫好，他又喂第二颗。

第三颗、第四颗、第五颗……

眨眼间，碟子空了。

张东明目瞪口呆，抑郁地道："您别着急啊，哪有这样喂的！太直接粗暴了，温柔些嘛。"

"温柔的时候让你看？"宋望睨他一眼，"蛋糕拿来。"

张东明："蛋糕不是让你喂的。"

"哈哈。"众人爆笑道，"蛋糕是让您吃的。"

宋望闭了嘴。

有人递给他一块黑布，宋望低头折成长条，凑过去，给林思琪遮在了眼睛上，摸了摸她的脸蛋，心疼地道："是不是困了？喂了蛋糕就可以睡觉了。"

　　他旁若无人地哄着，林思琪被蒙上眼睛，声音软软地道："真的吗？"

　　她有些晕，这几个字好像撒娇。

　　宋望骨头都酥了，看了眼房间里一群人，倏然间哪儿哪儿都不舒服了，接过边上张东明手里的蛋糕，直接递到了林思琪手中。

　　林思琪小心地捧着蛋糕，往他嘴边喂。

　　砰！蛋糕撞到了他下巴上，奶油蹭了他一脸。

　　众人哄然大笑。

　　宋望哭笑不得，柔声道："宝贝别急，往上点。"

　　林思琪捧着蛋糕往上凑了一点，宋望张口咬掉一半，咽着奶油。

　　"宋总为了洞房也是挺拼的。"

　　这人话音刚落，宋望又张口，咬了第二口。

　　吃完了……

　　众人瞠目结舌，张东明倏然失语。

　　宋望继续咽着蛋糕，目光搜寻着人群里的赵青。

　　赵青眼看他满脸奶油找着自己，辛苦地忍着笑，朝众人道："行了行了，一整天大家都累得慌了，差不多就行了哈，晚上十点多了，该休息休息。"

　　"这奶油还在脸上呢，得舔掉！"有人抗议道。

　　"放心放心，小大嫂肯定帮大哥舔掉的！"赵青打着哈哈。

　　"好吧。"众人看着宋望，只觉得这大老板今天也被折腾得差不多了，慢慢退了出去。

　　十多分钟后，房间里恢复安静。

　　宋望长长地松了一口气，帮林思琪解开蒙眼布。

　　林思琪看着他一脸奶油，扑哧一声笑起来，宋望揽着她，她便主动凑过去，亲着他的脸，将那些奶油全部舔掉。

两个人吻到了一起。

宋望压着林思琪倒在床上，一只手顺着她旗袍的下面伸进去。

轰！房门被众人从外面挤开了。

"哎呀，非礼勿视！"

"怎么晚上也不关门啊！"

"路过路过！"

众人捂着眼睛夸张地尖叫起来。

宋望扯过被子盖住林思琪，起身大喊道："赵青。"

"大哥！"赵青从人群里挤出来，"这个真不怪我，你忘了关门。"

宋望大跨步走到门前，将推搡拥挤的人全部推了出去，插上门。他重新回到床边，扯了领带，将自己的外套顺手扔在椅背上。

林思琪睡着了。

宋望拍了拍她的脸，小声哄："别睡，你睡了我怎么办？"

"我好累啊。"林思琪小声道，"要不先睡吧，明天再……"

"不行，"宋望揽着她翻了个身，蹙眉道，"大喜的日子哪有你这样的？乖，就一次……"

宋望说着话，凑到她脖颈间，用牙齿咬着她的扣子，慢慢地解着，一只手伸了进去。

林思琪原本绵软无力，被他撩拨着，渐渐忘乎所以，哼哼唧唧，声音软而媚，低婉缠绵，销魂蚀骨。

宋望浑身都酥麻了，抱着她，不知道该怎么办才好。

他正想说话，床下传来阿嚏一声。

一室寂静。

半晌，林思琪往床里缩了缩，宋望直接起身，站在床边，居高临下地看着，面无表情道："出来。"

李侯小心翼翼地探出头，从床下钻了出来，宋望还来不及发作，林思源也紧跟着钻了出来。

林思琪抱着被子坐起来。

宋望和两人面面相觑，抬腿刚踹过去，李侯飞快地蹿起来，大喊着"嗷，大哥我错了"，拉着林思源飞快地开了门，蹿了出去。

"哈哈哈哈哈！"门外又响起一阵爆笑声。

这些人怎么这么精神！

宋望啪的一声重新关了门，再到床边，和林思琪面对面坐着，大眼瞪小眼。

"这下应该没人了吧？"林思琪小心翼翼地问了句。

"也就猴子那样。"宋望抑郁地揉了揉额头，突然道，"你还想做吗？"

林思琪："……"

宋望打了一个哈欠，抱着她重新躺到了被子里，原本觉得疲劳，可抱着林思琪娇软的身子，他又想了。

他翻个身压过去，重新开始。

他解开了林思琪的扣子，一寸一寸地剥了旗袍，揉搓着她娇嫩的肌肤，柔声哄："将我的衣服解开。"

"嗯。"林思琪有气无力地应了一声，去解他衬衫的纽扣。

"用牙齿解。"宋望要求道。

林思琪晕乎乎地松了手，拽着他的衣摆，依言进行。

房间里温度慢慢升高，宋望嗬叹一声，正想进行下一步，"懒猪起床、懒猪起床"的尖叫声突然在房间里响起。

宋望不管它，继续吻着林思琪，可闹钟声就在耳边："嘀嘀嘀嘀嘀，懒猪起床，嘀嘀嘀嘀嘀，懒猪起床！"持续不断，吵死人。

好烦躁哦！

宋望重重地吻了一下林思琪的唇，起来翻找。

闹钟藏在墙角，他直接拍灭，坐回床边，喘着气，回头看了一眼意乱情迷的小女人，在上床和找闹钟里纠结了半天，站起身，又在房间里找起闹钟来。

找到了三个，他全部关掉，蹿到了床下，重新上床。

林思琪蜷在他身下，不满地哼唧着。

宋望正欲吻上去。

"喔喔喔！喔喔喔！"几声尖厉的鸡叫突兀响起，划破了气氛暧昧的房间，还是闹钟，声音非常仿真。

"啊啊啊啊！"林思琪崩溃了，伸手推着他的胸膛，撒娇道，"你找完嘛找完嘛，吵死了，好难受，呜呜。"

她累了一天，晕乎乎被折腾了好久，喊着话眼泪都气出来了。

"别哭别哭。"宋望火冒三丈，不上不下地憋着一口气，再这样下去，他肾都得闹毛病了。

胡乱吻着林思琪安抚两下，宋望又下了床。

他找了半天，抽屉里还藏着两个闹钟。

他深深呼吸了两下，耐心地关掉，将两个闹钟一下踢到了床下，坐在床边，喘着气，看房间里哪儿哪儿都不顺眼。

他重新上床，安抚林思琪。

小人儿安抚好了，他刚重整旗鼓，外面突然传来砰砰砰的声音，烟火上天，将整间屋子照耀得宛若白昼。

宋望翻了个身，平躺在床上，气喘吁吁。

林思琪哭闹着蹬他。

他想杀人！

宋望看着外面的夜空，耳边突然响起了欢快的歌声，他咬牙接通手机，那边传来邵正泽的声音："睡了吗？"

"睡个屁！"宋望咬牙切齿。

邵正泽低笑："那刚好，带你老婆出来看烟花。"

"看个屁啊！我都被你们折腾死了！"宋望抑郁地问，"你们在我房间里放了多少闹钟？"

"没几个，五六个吧。"

327

"滚。"宋望果断地挂了电话,翻了个身,重新抱着林思琪,一边吻,一边小心翼翼地安抚道,"没了没了,你别急。"

"呜呜。"

宋望扯过被子,将两人盖在里面。

正值六月,被子里热得很。

林思琪出了一身汗,酒劲上来,蹬着被子哼哼唧唧地哭,怎么也不肯配合,闹得像个孩子。

宋望哪里见过她这样,又急又气,被她挠了一把后,直接掀开了被子。

哟,脸好疼。

他伸出手指碰上去,指尖浅浅一丝血迹。

林思琪将他的脸颊给抓破了。

宋望无语地看着她,瞧见小人儿满身汗水,头发都湿漉漉的,脖颈滑嫩得根本抓不住,胡乱摆动着,好像案板上的一尾鱼。

他心疼不已,俯身过去,双手按着她的胳膊,小心翼翼地安抚道:"别哭别哭,宝贝你别哭。难受吗?别着急,我在这呢。"

林思琪胡乱扭动着踢他:"下去,你下去,不要你。"

"傻子,"宋望揉了揉她的脸蛋,"我下哪去?是不是喝了酒难受?我倒杯水给你喝,别着急。"饶是她酒量比一般女生好许多,也耐不住喝那么多,尤其是刚才出了那么多汗,肯定渴了。

宋望略微想了想,从她身上起来,要下床。

"别走,"林思琪又拉扯他的胳膊,用脚将他缠回去,"讨厌死了,你怎么这样……走了就别上来……"

她哼唧着骂他,手脚却缠着他的身子,还很紧,藤蔓似的。

宋望哭笑不得,重新压上她,一边揉搓一边低声道:"呆子,嘴上说不要,身体却诚实得很。"

"你才是呆子。"林思琪嘀咕着推他,却因为他的触碰声音小了许多,声音软软地撒着娇。

"嘿，敢顶嘴了。"宋望忍不住笑起来，动作却十分温柔。

砰砰砰——

窗外突然又传来几道声音，烟花将整间屋子照亮，宛若白昼。

宋望低头吻她，将那些沙哑的喊声尽数吞没。

"大哥！"窗外传来李侯的声音。

宋望头也没回，抽了林思琪身下的枕头扔过去。

砰——

外面又传来众人的笑闹声。

桌上的花瓶掉下来，滚到地面上，也不知道磕到哪了，瓷器脆薄的破碎声划破一室暧昧。

林思琪烦躁起来，两只手抓着宋望的背，呜呜直哭。

宋望一只手捂了她的嘴，一只手揉搓着她滑软的身子，挥汗如雨。

许久后，宋望埋头在她颈侧，重重地呼吸着。

手机铃声又响了起来。

这下是靳允卿。

宋望接听，那边靳允卿闷笑一声："门窗都震一个多小时了，你差不多行了，穿上衣服出来。"

宋望直接爆了句粗口，然后问："你都不睡？"

"你这第二道惊喜还进不进行了？"靳允卿无语地道，"思琪不会没办法下床了吧？"

"屁，滚蛋。"宋望挂了电话。

他放下手机，伸手在脸上抹了一把，一手心的汗。

"琪琪？"他柔声唤了一句。

林思琪晕乎乎地抬眼看他，一张脸绯红如血。

"你好了吗？"宋望问。

林思琪往他怀里蜷了蜷，声音低低的："冷。"

宋望扯了被子将她抱在怀里，语带商量地道："困吗？想不想睡觉？不想睡的话起床去外面。"

"干吗呀？"林思琪往他怀里又蜷缩一下，撇嘴道，"不想理那些人，讨厌死了，好吵。"

好几个小时的放炮声，她耳鸣。

"嗯，没一个好东西。"宋望点了点头，"不理他们。你不瞌睡的话我们出去看风景，趁着秋千看，想不想去？"

"我想睡觉。"林思琪抱着他的脖子。

"想睡觉？"宋望有些无奈，抱着她平躺下来，让她趴在自己身上。

这动作平时轻而易举，今天却难受，背疼，他微微蹙着眉，嗓音沙哑含笑，继续哄："去外面，看星星，我抱着你睡觉好不好？"

"嗯，"林思琪趴在他的胸膛上，酒醒了一大半，"那好吧。"

总算是同意了……

宋望哑哑地笑了声，一只手撑在身侧，起身找衣服穿。

夜里有点凉，林思琪原本穿的旗袍当然不能穿，他略微想了想，将林思琪放开，下去帮她找衣服。

林思琪狐疑地看着他："你的后背怎么了？"

宋望愣了一秒："被野猫给抓了。"

"我吗？"林思琪愕然。

"除了你，"宋望笑起来，"这屋子里还有第二只猫能近我的身？"

林思琪抿了抿唇，彻底清醒过来，一时间不知道该说什么好。她刚才有点晕，被一次次整得非常烦躁……

"没事……"宋望拍了拍她的脸蛋，还没来得及说下一句，林思琪又发现他右侧的脸颊还带着一道抓痕。

她紧紧咬着唇，迟疑地道："你脸上，也是我？"

"抬胳膊，"宋望给她穿上衣服，笑了笑道，"都没关系，一两天也就好了，你要是觉得心疼，多爱哥哥一点。"

"没办法了。"林思琪闷声道。

"嗯？"宋望动作一顿，挑眉看她。

"已经爱到极限，没办法多了。"林思琪好像在做梦，恍恍惚惚地说着。

宋望一只手揉搓着她的后颈，俯身和她额头相抵："傻瓜。"

林思琪看着他笑，傻乎乎的。

宋望帮她系了纽扣，又拿过边上的牛仔裤："抬腿。"

林思琪乖乖照办，宋望掐着她的腰将她提起来站在床上，撩过她的衬衣下摆塞进裤子里，若有所思地道："会不会还有点冷？"

他拿过自己的西装外套，披在她肩上，然后才自己穿衬衣。

两人收拾好，宋望没有给林思琪穿鞋，直接公主抱将她抱了出去。

门一开，外面一群人齐齐看着，扑哧一片，笑声四起。

"真没办法走路了。"

"宋总您怎么不知道心疼人！"

"是啊，不带这样的！"

众人七嘴八舌，宋望站在台阶上看了一眼，抑郁地道："闭嘴！"

笑声更大了。

宋家广植花草树木，基本上每个院子都花团锦簇，眼下这个院子还连着花园，非常大，四下有许多凉亭，也有竹椅、秋千。

修葺以后，更是焕然一新。

他就说邵正泽这几个怎么不睡，原来都忙着讨好自己的老婆。

许依依和邵正泽躺在一角的竹椅上看星星，手边摆放着凳子，凳子上置放着果盘和红酒，四周还燃着蚊香……

这两口子来度假的？

宋望无语地移开视线。

楚滢和乌童在荡秋千，晃啊晃啊，谈情说爱。

他视线再移，江蔚然和靳允卿在亭子里，江蔚然趴在桌子上，手里抱着平板电脑，应该是在看电视剧，边上靳允卿陪着。

宋望闷闷地吐了一口气，抱着林思琪到了邵正泽边上，居高临下地看着他，抑郁地道："起来！"

邵正泽挑眉："你们家花园不错，就是蚊虫有点多。"

这还嫌弃上了？

宋望踢了踢他的椅子："起来，让我家宝贝儿躺着，她没穿鞋。"

没穿鞋，就得坐他的位置吗？

邵正泽觉得这人脑回路一贯不正常，却到底绅士地让了位子。

宋望一弯腰，将林思琪放进了躺椅里。

林思琪身上裹着宋望的西装外套，看了边上的许依依一眼。

许依依身上也盖着邵正泽的西装外套，看着她笑了笑，无奈地道："这些人太能闹了，我帮你劝过了，没用。"

邵正泽垂眸看了她一眼。

刚才那个说"再放几个，再放几个"的女人是谁？

这样光明正大地扯谎真的好吗？

林思琪有些倦，抿唇笑了一声，红着脸道："没事，大家开心嘛。"

宋望也垂眸看了她一眼。

刚才那个说"不想理那些人，讨厌死了"的女人是谁？

果然，女人心海底针。

靳允卿披着自己的外套从凉亭里出来，笑着说："你这时间够久的。"

宋望看他一眼："你们把烟花放完了？"

邵正泽目光扫向角落："没，给你留了几个。"

宋望垂眸看过去。

就一个！

后面他给林思琪准备了两个惊喜，合称"灯火辉煌"，其一是一城烟火，其二是天灯祈福。

眼下，烟花就剩了一个？

邵正泽带着众人放了两个多小时，用他给宝贝儿准备的惊喜取悦了他们自己的女人？

这人还能再阴损一些吗？！

宋望正想说话，躺椅上的林思琪突然咦了一声，宋望垂眸看去，见她正仰着脸看天。

宋望也顺着她的视线仰头看天。

一个、两个、三个……

天灯上了天。

七个、八个、九个……

天灯慢慢地多起来，就在他看的过程中，几十上百个天灯飘上了天，灯火辉煌，美不胜收。

他还没有放……

宋望仰头看着，突然想起这一遭，一回身，这才发现，他们身处的这个院子里突然人少了许多。

"别看了，"邵正泽忍着笑道，"都去放灯了。"

宋望："……"

看着邵正泽一本正经的一张脸，他一时间说不出话来，半晌，咬牙切齿地道："真是辛苦你了。"

"帮点忙应该的。"邵正泽拍了拍他的肩膀，去陪自己的老婆了。

宋望深深地看了他一眼，抬步到了林思琪边上，将她抱起来，自己坐进去，抱着腿上的她一起摇晃，边摇边道："喜欢吗？"

"嗯，"林思琪将脸颊抵在他的胸膛上，"你怀里真舒服。"

宋望："……"

他问的明明不是怀抱好吗？

他问的是天灯！

他欲哭无泪。

不过，总归到了这一日，他胡思乱想了一会儿，索性也释怀，抱着林思琪，看着天灯，闻着花香，说着甜言蜜语。

15 | 三胞胎

婚礼后，第四天。

宾客和粉丝们基本上都离开了青城。

这座城市恢复了以往的平静安宁，网上因为这一场大婚引起的风潮却才刚刚开始。

在粉丝们的强烈要求下，林思琪和宋望的婚礼视频发到了网上，连带着网友和有些宾客也跟着凑热闹，发布了好些照片。

宋望迎亲过程中被折腾的许多细节惹得网友捧腹大笑，两个人的爱情誓言，上官烨带着伴郎团群魔乱舞的画面，宋望为林思琪求得的一生祝福、打造的锦绣花道，两个人的吃水果、吃冰块、戳气球以及晚上的闹钟事件和烟花、天灯事件，都被粉丝们剪辑珍藏起来，永远怀念。

青阳市政府工作人员送到宋家大宅的两张巨额罚单都被有心人拍了下来，传上网去，逗乐了许多人。

再后来，这婚礼引发了许多连锁反应。

先是婚纱照。两人的婚纱照被封为经典模范，许多婚纱影楼都推出了民国精品系列照、古装精品系列照、恋爱故事精品系列照等五花八门的套餐来吸引目光。

再是婚礼仪式。两个人传统婚礼和现代婚礼相结合的仪式让许多新人蠢蠢欲动，婚庆公司因时制宜，推出了许多新的婚礼流程吸引目光。

还有青城这地方。因为宋望和林思琪的婚礼，青城这座城市生动了起来。林思琪所在小区的保安队长、索吻的小姑娘和大男生，甚至要求宋望跳舞的老婆婆，都意外地成了网络红人。

环卫工人放假一天，迎亲途中所有群众极度配合点缀鲜花，路上的当地司机让路按喇叭道喜，火车站拿着横幅和粉丝闲扯的大妈……

这一切，将青城人的热情淳朴展示出来，让人倍觉温暖搞笑。

青城，成了年轻人首选的浪漫旅游城市。

去一次青城，看花看人看风景，学几句当地方言，吃着当地的新鲜瓜果和心爱的人一起放烟火、放天灯，成了许多年轻人的心愿。

更甚至，网上有人以林思琪和宋望为例，赋予青城"爱情天堂"的美称，憧憬道："趁着年轻，总得去一次青城，邂逅林思琪那样的女孩或者宋总裁那样的男人，谈一场轰轰烈烈的动人爱情。"

青城的山水风景、城市文化、民俗风尚，都通过这样一场令人瞩目的盛世婚礼，立体而生动地呈现给全国人民。

林思琪和宋望成了青城的典范，被更多的家乡人所熟知。

他们的婚礼视频创造了不可思议的网络点击量，他们掀起的这股热潮久久未能消散，在往后的许多年，被好些人津津乐道……

婚后第五天，《青蛇》在云岫湖取景。

正值傍晚，六月的晚霞绮丽绚烂。树林间凉风阵阵，抬眼看去，湖面波光粼粼，云岫湖的风景名不虚传，美若画卷。

卓航惬意地轻叹一声，重新看向镜头。

是巫灵王初见青萝的一幕戏。

林思琪一身青衣罗裙，立在湖畔一块泛白的石头上，微微歪着头看向眼前的俊俏少年，长发如瀑，美若仙娥。

好奇、灵动、狡黠、天真、无忧……

她演活了青萝。

四下非常安静，卓航看着镜头，目不转睛，一只手摩挲着下颌，神色间带着一些担忧。

林思琪表现得无可挑剔，他这担忧，自然是因为配戏的巫灵王。

巫灵王相当于这部影片的灵魂人物，当初选角色的时候他和导演组颇为纠结。

江远剧本里的巫灵王是男性，有"青丘第一公子"的美称。

巫灵王的相貌极为俊俏出挑，剧本里用"面若冠玉，唇红齿白"形容他的相貌，用"凝敛天地灵秀，举手投足尽风流"形容他的气质。

这样的人物，纵观影视圈也难得一见。

导演组走访了电影学院、传媒大学、戏剧学院无果，最后选了在华夏舞蹈学院意外碰到的一个女孩。

没错，饰演巫灵王的小新人是一个女孩，华夏舞蹈学院古典舞专业的应届毕业生，秦子澜。

秦子澜相貌秀丽，眉眼间却自带英气，生气勃勃。她身姿优美、个子高，同时兼具男性的英气清俊和女性的秀丽仁善，也算是难得的妙人儿。

唯一让人哭笑不得的是，这姑娘私底下性格非常豪放。在剧组待了一段时间后，众人才知道，原来人家的老爸是体育教练，老妈是舞蹈老师，从小一刚一柔，形成了她这挺罕见的个性。

已经合作过一段时间，卓航还挺欣赏她的。

先前巫灵王出场的镜头她虽然有NG，却绝对不差，挺适合表演行业。

只是眼下，算是她和林思琪第一次搭戏，都是女孩嘛，让她表演出一些男孩对女孩的一见倾心，也算挺为难人了。

卓航看着镜头感慨，做好了多拍几遍的心理准备。

画面里，秦子澜一身宝蓝色锦袍，越发衬得面若白玉，微微抬眸，看向立在高处的林思琪，倏然一笑。

秦子澜笑起来没有声音，微微抿唇，眼角眉梢都因此而生动起来，神色间带着点惊喜，好像怕吓跑她一般，轻声开口问："你叫什么名字？"

秦子澜这表现出人意料。

林思琪歪着头打量她，也第一时间对这女孩产生了好感。

她看着秦子澜扁了扁嘴，微微蹙眉，双手背后，身子稍微往前探，大睁着眼睛好奇地道："嗯，名字是什么？"

她神色间隐含期待，让人很容易想到她的下一句台词："可以吃吗？"

她这一脸迫切喜悦，就好像一个贪吃鬼。

"卡！"卓航干脆利落地喊了句，眼看林思琪和秦子澜同时回头看他，直接竖起大拇指夸赞，"真棒！"

一条过……

剧组众人舒了一口气齐齐笑开，林思琪和秦子澜对看一眼，兴奋地击了一下掌。

"美人儿美人儿！"下了戏的秦子澜登时活跃起来，直接喊着蹦上石头，揽着林思琪兴高采烈地道，"终于见到你了哇，拍个照吧。"她说完，不等林思琪回答，又啊呀一声敲了下自己的脑门，喊道，"手机不在身上。"

"我帮你们拍吧，"沈小小朝着林思琪笑起来，"这姑娘老早就喊着要见你，可惜第一次她到得晚了，生生拖到现在。"

第一次剧组到青城取景，秦子澜因为有事，坐第二天的飞机赶到，宋望前一天晚上出了事，她没有见到林思琪。后来没有戏份，她又忙着毕业事宜从未去过剧组，也就一直没见上林思琪。

"好呀。"林思琪微微侧头靠在她的肩膀上，一副小鸟依人之态。

"哎呀。"沈小小举着手机，一只手忍不住捂着腮帮子道，"你们这模样太酸了，思琪你这样真的好吗？宋总知道了得吃醋。"

"怎么会？"林思琪抿唇笑起来，"子澜是女生。"

"可她演的是男人呀，"沈小小接连抓拍了好几张，一本正经地抿唇道，"依着宋总那性子，我觉得他才懒得管子澜到底是男是女，他只会关注你和她是不是过分亲密了。"

"哈哈，那就让宋总裁吃醋。"秦子澜一把揽上林思琪的腰，男人般豪迈地道，"我倒希望自己是个男人呢，嘿嘿，趁机揩揩油。"

沈小小收了手机递给两人："你要是男人，这可就成妄想了。"

"哈哈！"秦子澜看着手机，又在林思琪腰上揩了一把，神色荡漾，一副风流公子的做派。

眼看着两人相处融洽，卓航和江远对视一眼，都松了一口气。

他们是男人，很多事情上不如女人敏感细腻。圈子里年龄相当的女演员搭戏素来你追我赶，有了竞争的关系在里面，和平相处并非一件容易事。

这两人都算主演，尤其是秦子澜学古典舞，也挺优秀，他们还一直挺担心她们不能融洽相处，现在看来，完全是多心了。

卓航又检查了一遍画面，朝着林思琪道："思琪过来。"

接下来林思琪有吊威亚的戏份。

她需要以人形飞身缠上树干，绕树欢快地说："可以吃吗？"

卓航讲着注意事项，工作人员给林思琪绑了威压。

江远在边上叮咛道："这一块拍起来挺麻烦，你先上去试一次，感觉不舒服随时开口。"

"知道了教授。"林思琪朝着他笑了笑。

"嗯。"江远低头略微想了想，看着她又道："害怕蚂蚁吗？"

"嗯？"林思琪疑惑地看了他一眼。

"树干上可能有蚂蚁，"江远道，"不过你不用贴着树，晃一下被拽上去就行了，剪辑出来这一幕肯定非常快。"

"知道了，"林思琪抿唇又笑，"教授您忘了，我就是青城人，这

338

里植物原本就多，蛇虫鼠蚁什么的还吓不到我。"

"那就好。"江远松了一口气。

"思琪哪有那么娇气，"边上的卓航好笑地说了一句，转头道，"二号机位准备。"

林思琪走了几步，到了树丛边。

卓航喊："Action！"

林思琪被吊着往树干的方向带去，她脚尖离地，身子倾斜着刚从树丛上空掠过，晃动的树丛里突然蹿出一条小黑蛇，紧跟着她绕上树。

"啊！"边上看着的众工作人员倏然惊叫。

有人轻呼过后，急忙朝着卓航的方向喊道："卓……卓导……"

卓航当然也看见了，眼看着林思琪要回头，怕惊着她，急忙朝着吊威亚的工作人员打手势。

已经来不及了……

眼看着小黑蛇要缠上林思琪的脚腕，他边上的江远不知什么时候大跨步上前，拿起手边一根树枝直接去挑蛇。

剧组的女人们尖叫成一团，小黑蛇绕着树枝攀回来，不等众人反应过来，吐着芯子蹿到他脖颈上，咬了一口。

"啊！"尖叫声四起，小黑蛇被江远扯起来扔到了湖里。

他平素生活在城市里，每年出游几次，倒也有些野外生存经验，刚才那条蛇，他觉得隐隐在哪里看到过图片。

"江远！"

"江编！"

边上呼啦啦围过来一群人。

林思琪被工作人员放下来解了束缚，飞快地跑到江远边上，伸手解他的纽扣。

她刚才一回头看得非常清楚，小黑蛇蹿到了江远的脖颈上，按那距离，定然是咬上了。

林思琪出了一身汗，解着他的扣子的手指打战。

那是七步蛇，算是青城当地丛林里毒性挺强的一种，之所以称"七步"，其实并不是说人走出七步就毒发，而是一种比较夸张的说法，一旦被咬伤，毒性发得非常快，倒霉一些的，十多分钟足以毙命。

林思琪胡思乱想着，急出了一脸汗。

边上众人看着她，想起她是本地人，也觉得情况不太妙，没有人敢开口说话。

林思琪解开了三颗扣子，将江远的衬衫扯到了胳膊处。

她抬眼看上去，倒吸了一口气。

江远被咬在了肩膀上，就眼下这工夫，伤口四周已经泛青。

"打火机，"林思琪朝着边上的卓航开口，一只手将江远的扣子又解开一颗，边解边道，"有小刀吗？谁有刀？无论什么刀都行，锋利些。"

"刀片，这有刀片。"

林思琪用打火机将刀片烧了一下，抿了抿唇，抬眸看了眼江远，低声道："可能有点疼，您忍忍。"

"没事，"江远额头也出了汗，看了她一眼，"让卓航来。"

为了取傍晚的景，众人只拍这么一下午，医生有点事，刚好没跟来，眼下这剧组里，有点野外生存经验的也就卓航和沈小小。

"我来吧，我来。"卓航欲拿过她手里的东西。

林思琪看他一眼："您有这方面的经验吗？"

卓航张口结舌。

他们出去野营时，自然是装备齐全，驱蛇虫的药粉也会带着，偶尔遇到那些东西，拿着棍子敲敲打打吓跑就是了。

原本都挺小心一群人，还着实没有人倒霉到被蛇虫咬过。

林思琪又抿唇朝着他道："还是我来吧。您按着他的脖子，对，压着这一块，这只手按着他的肩膀……"

她指挥完，让江远就势坐到边上的一张折叠椅上。

林思琪又烧了刀片，凑上去看着，额头一滴汗砸到江远的肩膀上。

周围有人咝的一声别过脸去，林思琪将刀片按下去，皮肉破开的声音非常瘆人，她咬唇看着，又割了一道，扔了刀片，挤压着他的伤口。

她的动作算得上娴熟，周围众人大多从小生活在城市，也没这方面的经验，看着她，松了一口气，没有人说话。

"拿瓶水。"林思琪朝秦子澜说了一句，一低头，唇覆了过去。

江远因她受的伤，她又算唯一有急救经验的人，帮助他责无旁贷，尤其是吸蛇毒本就是挺危险一件事，一不小心毒液入喉，可能危及生命。

江远伤着的地方比较凶险，如果真的有人必须做这件事，只能是她。

她有经验，不至于危及自己，只是看起来危险而已。

旁的人却不这么觉得。

眼看着她被放下以后飞快地跑过来，解扣子、处理伤口、吸毒液，一分钟也没有耽误，虽说看上去好像挺懂，可作为一个女生，能这样临危不乱担当起来还是让人目瞪口呆。

就像她侧空翻避开瓷片那一次，放在其他人，几乎不可能做到。

她平素看上去温柔带笑、柔弱懂事，可实际上，遇到危急的事情，总能让人意外。

林思琪吸一口吐一口，用水漱口，处理起来非常快。

边上众人怕打扰到她，没人敢开口，卓航按着江远的脖子和肩膀，额头都冒了汗，他侧头看了江远一眼。

江远垂眸看着林思琪，目光似乎是平静无波的，可卓航觉得，他听到了这人沉稳有力的心跳声，略快。认识这么久，他当然知道，每当这人的目光平静到一丝波澜也没有的时候，大抵正是情绪最复杂的时候。

此时此刻，他可能在想些什么呢？

自从《青蛇》开拍，他为林思琪考虑周全，很多时候卓航都忍不住想提醒他一两句，可最终都作罢。

其一，江远和林思琪原本有师生关系，来往密切圈子里也算众人皆知，他对她好一些，算得上正常。

其二，江远不承认，关系再好，朋友间有些事也得忌讳。

眼下，林思琪就好像他的一个忌讳，被他放在一个非常特别的位置上，不容旁人置喙。

卓航在心里无声地叹了一口气，重新看向林思琪。

林思琪停了动作，看到江远的伤口溢出鲜血，长长地松了一口气，朝着江远道："好了，应该没事了。您感觉怎么样，有没有头晕？"

她站着，江远坐着，得微微抬头看她。

林思琪在笑，看上去如释重负，优美的唇上沾着他的血，犹不自知。

江远目光深深地看了她一眼，很快，低下头去。

他看着自己被处理过的伤口，那里依旧灼热滚烫，要烧起来一样。

他慢慢笑起来，温声道："感觉还好，谢谢了。"

那一瞬间看见她有危险，他上前，全凭本能，没想到会被咬伤，自然更想不到林思琪会不顾危险地救他。

总归，看着眼下这样的她，他心情极为复杂。

他觉得她很美。

他其实一直知道她漂亮，要不然也不会一进校门就引起轰动，他不想知道都不行。实在是太早了，在他还没有踏进教室的时候，就已经知道，本届新生里公认的校花就在他们班。

这些事学生关注，老师们其实也八卦。

毕竟，他们是表演专业，得天独厚的相貌相当于实力的一部分，稍加雕琢，扶摇直上不成问题。

他最开始知道，是怎么想的？

听说是青城来的，应该是笑容烂漫淳朴的一个姑娘，一进校门就被捧作校花，难免骄傲些，也许还眼高于顶。

可实际上，和他想的都不一样。

他进教室，站在讲台上扫视一周，便知道是她。

她漂亮，那是一种含而不露的漂亮，很安静很淡然，周围许多学生看着她窃窃私语，她却安之若素，眉眼恬静，让人非常舒服。

他没有刻意关注她，可大抵因为她太红，许多消息便不时传到他耳边，他越来越多地将目光落到她身上。

他通过绯闻八卦了解她，通过课堂表现了解她，通过课下作业了解她。

这些统统是被动的。

他和所有人一样，被动地知道她的许多消息，被动地看到许多时候令人惊叹的她，被动让她无声无息地渗透到心间，生根攀缘。

等他察觉，已经无力驱除。

他不忍心。

江远胡思乱想着，听到林思琪如释重负地道："那就好，刚才那条小黑蛇是七步蛇，被咬到挺危险的，伤口得立刻处理，我朋友以前也被咬伤过。眼下流了鲜血，没事了，不过还得回去打针才好。"

"你感觉怎么样？"江远看着她，开口提醒，"你先漱漱口。"

"哦。"林思琪愣了一下，下意识地摸自己的唇，看见指尖淡淡的血迹，神色有些窘，从沈小小手里接过一瓶水，去几步开外漱口。

沈小小看了一眼她的背影，眼眸里有些复杂，微微叹息。

她洞悉了江远的心思，却不敢过分试探他，眼下目睹了刚才的一幕，哪里还有什么不确定。

她只觉得无能为力。

她明白沉沦的感觉，她自己就是这样，早早地看到了结果，知道根本没什么希望，却还是清醒地看着自己慢慢地陷进去。

沈小小深吸一口气，到了江远边上，问道："还好吧？"

"嗯。"江远应了一声，一边探手将衬衣套好，先系了下面几颗扣子，挑眉朝卓航道："问问场务怎么回事，让刚才那两个算工资走人。"

"我知道。"卓航看着他点了点头，叹气。

紧张的拍摄工作进行了一段时间，转眼到了六月底。

距离考试就剩下十天左右，学校里没课，林思琪一直泡在影视城拍戏，只能利用休息时间复习功课。

从元月份开拍，《青蛇》已经拍摄了差不多七个月，剩余的一些镜头，大抵也都和她有关。

考完试最多再半个月，应该可以收工。

想到这，一直倍感压力的她也难得轻松起来，拿了剧本走到监控画面前。

眼下拍摄的是剧本里赵华阳的一幕高潮戏份。

姜王炎宠爱青萝的名声传遍青丘五国，赵华阳利用玉容未能奏效，眼看着他们一日日缠绵恩爱，怒火攻心，装病引得姜王探望。姜王万分无奈，告诉她："你是孤永远的王后。"

自此，赵华阳知道了他对青萝的宠爱不过是图谋天下的障眼法，可即便如此，她依旧无法忍受。

在姜王离去之后，她自挖双目，让近侍献给姜王。

此刻，画面里。

唐韵饰演的赵华阳长发披散，披着一袭锦绣长袍侧身坐在软榻上，写着那一句："妾赠双目为江山。"

场地是非常幽深华美的宫殿，四周帷幔低垂，影影绰绰，精致的浮雕鸟凤烛台上，晃动的烛火散发出幽香。

赵华阳在蘸墨书写，她边上，有宫女静静站立。

画面很安静，她微微低垂着头，众人便不能看清她的神色，只觉得落魄悲伤，讽刺冰冷。

她一贯气场强大，只侧身而卧一个姿态，就能让人感觉到母仪天下的风采。

她是赵氏一脉的掌上明珠，被当作皇后教养长大，从小就知道，姜王炎，那个挺拔俊美的男子是她未来的夫君。

他君临天下，她陪伴他坐享江山。

她拥有这世间最好的仪态姿容，也一直以为，她是那男人的无可取代，可眼下，那人依旧说她无可取代，却日日夜夜和别的女人翻滚纠缠。

尤其是，那人还是卫国送来的下贱舞姬。

一个贱奴，被他捧到了天上去。

国宴上，他身为一国之君，亲自给她剥荔枝、为她擦嘴，当着满朝文武亲吻她，朝堂上，他甚至抱着她听大臣议事，荒诞昏庸至极，为此逼死了两位耿直老臣。

虽然眼下她知晓，那两位大臣是假死，可天下苍生不知道。

在姜国百姓眼里，他昏庸至极，她可怜至极。

既如此，她要这后位何用？她既已是天下百姓眼中的笑话，不如坐实了这个笑话。

大殿里寂静得落针可闻，低头写字的赵华阳突然冷笑了一声。

她没抬头，一声笑，悲凉入骨。

林思琪目不转睛地看着画面，忍不住叹息，事实上，能和许依依斗这么多年，唐韵的演技自不必说。

想到一会儿紧接着自己的戏份，林思琪转身朝稍远处的椅子走过去。

她还得再琢磨琢磨剧本。

她边走边想，不小心和急匆匆而来的一个工作人员碰了一下，一抬眼，鲜红的半碗血。

恶心感突如其来，她连忙伸手捂住嘴。

倒退了一步的工作人员连忙问："没事吧？"

"这是？"林思琪看着他手里端着的东西。

"拍戏要用的，"工作人员笑了笑道，"一会儿唐韵要自戳双目嘛，自然得用到血。是不是看着挺害怕的？"

"还好。"林思琪侧头道，"那你快去吧。"

工作人员笑了一声，抬步匆匆离去，林思琪捂着嘴，坐到了不远处树荫下的椅子上。

刚才那人拿的不是人血，可应该也不是颜料，看着浓稠，闻着有点味儿，她整个人都不好了。

"怎么了？"已经换好衣服的徐尧远远而来，眼看她扶着额头，自边上箱子里取了瓶矿泉水给她，出声道，"是不是觉得晕？这两天慢慢热起来，大早上就挺闷的，多喝点水。"

"嗯。"林思琪笑着应了一声，也没客气，拧开瓶盖喝了一口。

恶心的感觉慢慢下去，她又觉得口干，甚至因此而烦躁，一抬眼，看到边走边吃的秦子澜。

剧本里她是吃货，剧本外，秦子澜却是剧组众人公认的吃货。

从早到晚，没有戏份的时候，她捧着的零食品类非常多，甚至有些稀奇古怪的还挺罕见。林思琪好奇地问了一次才知道，这人每星期都在网上选购一大堆全国各地的小零食，嘴不停，还吃不胖。

林思琪胡思乱想着，看着她忍不住笑起来。

"美人儿吃早饭了吗？"秦子澜到了两人边上，也没坐下，垂眸笑着问了一句。

"喝了豆浆。"林思琪笑着应了一声。

她这几天没什么胃口，早上喝的豆浆还是徐尧带的。

"嗯，好少。"秦子澜扁了扁嘴，挤眉弄眼地道，"不会是在保持身材吧？要不要尝尝梅子？"

"减肥的？"林思琪挑眉问了一句。

"算是吧。反正还挺好吃的，店家说这种梅子有助于减肥保持身材，谁知道呢。"

"酸的吗？"林思琪拧开盖子喝了一口水。

"嗯，还有点咸。"秦子澜一本正经地道。

"那给我一小包，"林思琪笑着接了一颗，朝着徐尧晃了晃："你

346

吃吗？"

"小女孩的零嘴。"徐尧撇嘴道，"不吃。"

"哎呀。"秦子澜登时柳眉倒竖，"男神你这一脸嫌弃的样子看上去很欠扁，你知道吗？"

"我喜欢有营养些的东西。"

"比如豆浆？"

"豆浆。"

秦子澜和林思琪同时哈哈笑起来。

徐尧不理她们俩，握着剧本，高冷地坐到了椅子上，低头看起来。

秦子澜记性不怎么好，说笑了两句去边上背台词。

林思琪一只手托腮，趴在桌上吃梅子，腮帮子一鼓一鼓的，看上去像小仓鼠。

走到跟前的江远忍不住笑了笑，拉了一张椅子坐下，看着她道："怎么这么闲？"

平时早上来，这人一般是捧着剧本看，有时候是课本。

今天罕见了，捧着一袋零食。

"嗯，"林思琪抬头看见他，有些不好意思地笑了笑，"复习得差不多了，今天就没带书。"

"按照你的水平，考试应该没什么问题。"

"借您吉言。"林思琪笑着喝了一口水。

江远看着她的脸色，若有所思地道："这几天是不是没休息好？你看上去挺累的，要是不舒服，回去休息几天备考也行。快杀青了，不急在这一两日。"

"还好。"林思琪抓了抓头发，"可能睡的时间少了，拍戏没问题。"

"那就好。"江远点点头说了一句。

等他离开，林思琪打着哈欠，又往嘴里塞了一颗梅子。

酸味溢满口腔，她看着手里的矿泉水瓶突然发起呆来，自己愣了好一会儿，低头继续咀嚼着梅子。

嗜酸、嗜睡、觉得累、没什么胃口、看见荤腥一点的东西还犯恶心。

不会是怀孕了吧？

这念头冒上来，她整个人更呆了，眼睛睁得老大，看着自己手上的一包梅子，半晌，慢吞吞地掰着手指数起数来。

半天，她后知后觉地发现，平时挺准时的"亲戚"四十多天没来报到了。

电影没拍完，期末考试还没考，林思琪非常头疼。

烦恼了一小会儿，她又觉得想笑，事实上她非常喜欢孩子，如果不是因为外在因素影响着，恨不得两人一开始就有孩子。

宋望也想要，每次亲热的时候都要叽叽歪歪哄半天，想尽快要个孩子，若是知道了，肯定非常高兴。

林思琪胡思乱想着，边上突然有人唤了她一声。

"来了。"林思琪将身上裹着的衬衫递给了快步到她跟前的荣晴，穿着里面的抹胸罗裙朝另外一个场地走去。

接下来她和徐尧搭戏，还是剧本里最香艳的一场床戏。

赵华阳自剜双目，将眼珠子放在锦盒里，让内侍送到承欢殿。

姜王炎和青萝云雨初歇，被打扰，一脸烦躁地让内侍打开锦盒，带着血的双目让青萝受了惊，姜王也震惊万分，一怒之下打翻了锦盒。

赵华阳的眼珠子滚落在地。

自此，姜王加快了一统天下的脚步，青萝的悲剧从此展开。

林思琪香肩半露，到了拍戏的床榻前，她边上，造型师帮着徐尧拢了拢长发，卓航在清场。

林思琪还有些不舒服，站在原地抿了抿唇。徐尧回头看见，以为她是紧张，开玩笑道："你说拍完这个我会不会被追杀？"

"嗯？"林思琪仰头看他，神色倦倦的。

348

"哈，你家宋总啊，"徐尧失笑道，"有可能追杀我，到时候你别忘了帮我收尸。"

"他没那么小气。"林思琪红着脸争辩了一句。

"啧，娶亲那一幕我还没忘。"徐尧想到宋望抱着她下八楼的英勇劲，只觉得哭笑不得。

林思琪脸微红，原本的紧张、不适也尽数退去。

两个人先后上了床。

林思琪在里面，伸手盖了锦被，露出香肩，营造出一种没有穿衣服的错觉，长发散落便十足香艳。

徐尧在边上，穿着黄色软绸中衣，衣带半解，看上去风流慵懒，俊美性感。

卓航喊："Action！"

林思琪侧过身子，将脸颊依偎在徐尧精瘦的胸膛上，柔若无骨的一只手挑着他身前的衣带，呵气如兰。

徐尧拍过床戏，可是第一次拍摄这样香艳的床戏。

不是因为动作多夸张，主要是林思琪的角色问题。青萝是一条蛇，软而媚，这感觉被她演绎得非常到位，她漫不经心的一个动作都能引诱到人，好几次直接带他入戏。

这感觉别人不知道，他只觉得心惊。

他是得过"金麒麟影帝"的人，而林思琪，第一次出演电影。

徐尧不敢懈怠，微微垂眸看她，一翻身，重新压在她身上，挑着狭长的凤眼，嘴角含笑，一只手抚摸着她的脸。

被子里两个人其实有距离，徐尧一只手撑在她身侧，等于做了一个略微高一些的俯卧撑，镜头里，却因为是后侧方拍摄，两个人非常亲密。

林思琪柔顺妩媚，徐尧微微眯着眼睛，看似审视，实际上眼角眉梢都是温柔的笑，抚摸她脸庞的手指也异常柔情，痴迷缠绻。

不知道什么时候，他已经深爱她，却不自知。

349

"炎。"镜头里林思琪微微侧头，用嘴唇挨上他的手指，声音柔软地唤了一声，依赖痴缠。

她从一开始就唤他的名字，他也从未阻止过。

"嗯？"徐尧眉眼含笑地应了一声，欲低头亲吻，薄唇慢慢下落，尚未挨上，外面突然传来"陛下、陛下"的声音。

徐尧神色一顿，颇不耐烦，一翻身从林思琪身上躺到了侧边，扭头朝殿外道："何事？"

"王后有东西呈上。"殿外有人答，声音忐忑。

"明日再看。"徐尧伸手将边上的林思琪揽进怀里，指腹摩挲着她的肩，倦倦地应道。

"说是非常紧要。"

"呈上来。"徐尧略一沉吟，放开了林思琪，起身坐在床榻上。

外面响起一道应答声，紧接着，脚步声响起，低垂着头的侍从迈着小碎步急匆匆走了进来。

侍从站定，将锦盒双手捧上。

"什么呀？"林思琪一只手握着徐尧的胳膊，从他身侧探出头来，好奇地问了一句。

她侧身，墨黑的长发便尽数披散在裸露的肩膀上，映着玉白的皮肤和质地柔软的裙衫，非常美。

低着头的内侍根本不敢看。

宫内有传言，青萝夫人的美可以惑人心智。

她是妖妃，勾缠国君，祸国殃民。

可此刻，她问话的语调天真无邪，像被宠大的孩子，微微歪着头，神色好奇而期待，一点嫉妒防备也无。

她当然不用防备，姜王宠她，自她入宫后夜夜留宿，后宫三千佳丽如同虚设。

一入宫门深似海，她却因为这男人的无上宠爱，一直保持着最初的天真姣美。

"打开看看。"徐尧侧头，弯着手指在她鼻尖上刮了一小下，疼宠有加。

他试探过许多次，青萝毫无野心。

她无忧无虑，娇憨可爱得能让人忘却所有烦闷，她不用刻意勾引，便能让这世间所有男人深陷温柔乡，无法自拔。

她本来就是妖精……

徐尧眼眸微微冷了些，侧身端坐着看向内侍。

锦盒被缓缓打开，一双带着血的眼珠子呈现在两人眼前。

"啊！"林思琪一声尖叫跌坐在床榻上，她虽是妖，却是极为善良的一只妖，从未有伤人之心，看见这带血的眼珠，当然心悸。

徐尧霍地站起身来，长袖一甩，掀翻锦盒。

他穿着中衣挺拔而立，目光紧紧地看着滚落在地面上的眼珠子，半晌说不出话来，垂在身侧的一只手紧握成拳。

内侍胆战心惊，扑通跪倒，呈上手中的折子。

大殿内非常安静，林思琪背身对着徐尧，完全看不到他的表现，一只手紧抓着锦被，克制着喉咙口泛上的恶心感。

眩晕想吐，她几乎控制不住……

"cut。"卓航一声喊突兀地响起，让她长长地舒了一口气。

林思琪直起身转过头，看到卓航笑着竖起了大拇指。

一条过……

她如释重负地笑起来，起身下床，微微的眩晕感袭来，她一脚踩下去，突然往边上栽去。

"小心！"卓航快走一步接住她。

林思琪定了定神站稳，看着快步走到近前的经纪人荣晴，脸色惨白。

"是不是低血糖？"荣晴扶着她到了边上，给她披上衬衫拿了水，想了想，先去给宋望打电话。

医院，妇产科。

宋望扶着林思琪坐下，几个人安静地等着结果。

过了一会儿，护士一脸喜色地出了门，看着两人笑逐颜开地道："恭喜宋总和思琪，要做爸爸妈妈了。"

林思琪倏然笑起来，被宋望扶着，跟着护士进去。

给林思琪看诊的医生年龄挺大，头发在脑后绾成髻，穿着干净的白大褂，看上去非常和蔼。

医生抬眸看向林思琪和宋望，比了个"请坐"的手势，低头端详着自己手里的B超报告，神色渐渐严肃起来，若有所思地道："你这情况挺特殊的。"

林思琪顿时紧张起来，和宋望对看了一眼。

宋望握着她的手，朝医生轻声道："有什么问题吗？"

医生抬眸："三胞胎比较少见。"

"啊？"

"您说什么？"

两人狠狠愣了一下，瞠目结舌地看着她。

医生诧异地抬起头来，看着两人一脸愕然的样子，笑了笑："宋夫人怀了三胞胎，这概率很低的。"

"三……三个？"

"三胞胎？"

林思琪和宋望又对看一眼，说不出话来。

三胞胎……

林思琪想起许依依怀双胞胎到最后的肚子，倏然间害怕起来，一时间手足无措。

三胞胎会不会撑破肚皮？

宋望不由自主地看向林思琪平坦的小腹，暗想，她腰那么细，自己一条胳膊都完全环得住，三个小鬼，要怎么怀？

半个多小时后，医生说完情况，两个人晕乎乎地一起出去。

三胞胎……

这三个字在宋望脑海里一直转啊转，他看着边上走着的林思琪，连忙喊道："赵青。"

赵青被吓了一跳。

宋望将手里的东西全部塞给他，直接将林思琪打横抱起。

她现在不是一个人啊，是四个人。

四个人!

宋望哪里敢让她走路!

"我没事，"林思琪哭笑不得，"他们还是'小蝌蚪'呢。"

"我紧张。"宋望紧紧地抱着她，"我紧张怎么办? 思琪我紧张，太紧张了，别急，我缓缓。"

他停下脚步，抱着她坐到了边上的椅子上。

"小大嫂怀了双胞胎?"赵青听到林思琪话语里的"他们"，扬眉惊喜地问了一句。

宋望没理他。

林思琪窘迫不已，小声道："三胞胎。"

"三……三……三胞胎?"赵青和身后跟着的李侯对视一眼，突然爆笑，"三胞胎? 大哥你太棒了!"

"滚蛋。"宋望没好气地说。

他烦躁着呢。

这下怎么办，接下来十个月怎么办?

他应不应该买个香案将林思琪供起来? 抱在怀里已经不行了，还是挺紧张，不知道拿这四个人怎么办。

"喀喀……哈哈!"李侯乐不可支，劝慰道，"大哥你别紧张，还有人怀四胞胎、五胞胎呢。"

"滚!"宋望丢下言简意赅的一个字，抱着林思琪重新站起来，脊背笔直地往外走。

接下来的事情他得好好想想。

林思琪的电影还没拍完，要不然不拍了？不知道违约金得付多少？邵正泽那家伙一向腹黑。嗯，期末考试马上要来了，不考算了。那是不是意味着要全部挂科？休学一年？两年？

家里怎么办？

将卧室移到一楼算了。

还有……

宋望停在原地，发起呆来。

一般怀孕的话前三个月不能恩爱，后面几个月还勉强可以。

三胞胎，他得十个月不能动林思琪了？

除去已经怀孕一个多月，等于八个多月，再加上生产后两个月，差不多还是十个多月。

十个多月……

宋望站在原地，脸色变了又变，精彩极了。

林思琪觉得他是不是被吓着了，声音小小地唤了声："宋望？"

"嗯？"宋望看着她应了一声，勉强笑道，"三个就三个，其实三胞胎也挺好的。"

林思琪："……"

她没说三胞胎不好呀？

她一脸无语地看着宋望，宋望抱着她下楼。

李侯跟在身后笑了一会儿，朝赵青喟叹："大哥此刻的心情一定很崩溃。"

"嗯。"赵青点了点头，"我此刻心情也很崩溃。"

"你崩溃个什么劲？"李侯挑眉看他一眼。

赵青道："三胞胎就是三个孩子，加上她自己，四个人，我简直不敢想接下来这十个月怎么过。"

他一脸抑郁，李侯一愣，也说不出话了。

依着大哥宠妻狂魔那个样子，这十个月绝对够人受的。

16 │ 江远，你爱她吗？

晚上七点。

宋家，程瑜和林思源刚吃过晚饭。

宋望抱着林思琪进了门。

程瑜一愣，连忙问："琪琪怎么了？受伤了？"

"没。"宋望一笑，将林思琪放到沙发上。

"妈，"林思琪抿了抿唇，有些不好意思地看了程瑜一眼，声音低低地说，"我怀孕了。"

"啊！"程瑜和林思源齐齐一愣。

宋望定了定神，开口说："今后在家里得小心点，别让她干活。不对，什么都别让她做。接下来九个月，她唯一的事情就是休息。"

"噗！"程瑜忍不住笑起来，"你太紧张了，这是每个女人都得经历的。"

"妈，"宋望无奈地伸手扶额，看着她慢慢地道，"不紧张不行，她怀的是三胞胎，一丁点问题都不能出。"

"啊？"两个人又齐齐一愣。

林思源傻傻地看向林思琪的小腹："三个小宝宝啊，那我是不是有三个小外甥了？"

"是啊。"宋望拍了拍他的肩膀。

"哈哈，三个小外甥。"林思源倏然笑起来，朝程瑜道，"妈妈，你有三个小外孙啦！"

程瑜看他一眼，笑容却倏然间勉强起来。

她是做母亲的人，当然明白怀孕生产的辛苦，她这闺女才多大，一胎三个，她实在心疼。

"你们平时都没有措施吗？"程瑜看着宋望，忍不住开口道，"琪琪还是个孩子呢，大学都没上完，这下怎么办？"

她的神色陡然转变，宋望愣了一下，自责地道："对不起，妈，是我考虑不周。"

他认错这么快，程瑜一时间无可奈何。

宋望待林思琪如何，没有人比她看得更清楚，她由衷地为女儿高兴，因而有时候两人疯一些她也睁一只眼闭一只眼。

程瑜无声地叹了口气，问林思琪："多久了？你感觉怎么样？"

"不到五十天呢，平时也没什么问题，就是觉得困一些，食欲不振。"

"这些都是正常反应，"程瑜说着话站起身来，"还没吃饭吧？我去弄饭给你们吃。想吃什么？"

林思琪抿了抿唇："要不你做个酸汤面吧？有金针菇和牛肉卷吗？想吃。"

程瑜看她一眼，眼见她一脸馋样，忍不住又笑起来，伸手在她额头上点了一下，嗔怪道："平时都不吃酸的，男孩子爱折腾，有你受的。"

林思琪脸蛋一红："还不知道性别呢。"

"赶明儿生三个混世魔王。"程瑜说着话往厨房里去了。

林思源看着林思琪问："姐姐你吃水果吗？我削苹果给你吃，三个宝贝都平平安安的。"

宋望扯着他的胳膊推开，拿起茶几上的水果刀，朝着林思琪一脸温柔地道："我削一个苹果给你吃？"

"不用了吧，我妈做饭去了。"林思琪推了推他的胳膊，"你别太紧张了，你弄得我都紧张了，接下来八个多月怎么办？"

"别紧张，我寸步不离地跟着你。"宋望放下水果刀，摸了摸她的脸蛋，"要不我先抱你上楼洗漱一下？做饭得一会儿呢。"

"那好。"林思琪略微想了想，点头道，"先洗澡吧。"

宋望将她重新抱进怀里，在林思源有些呆愣的目光中上了楼。

翌日，早上九点。

清亮的阳光浅浅洒落，房间里静谧安宁。

宋望搂着林思琪，满目温柔地看着她的眼睛，林思琪还没有醒，可能是因为太困了，她这一觉睡得非常沉。

宋望蹙眉想着要不要叫她，床头她的手机突然响了起来。

他拿过来一看，屏幕上显示"江教授"三个字。

江远？

宋望定定地看了一眼，接通电话喂了一声，很客气。

电话那头江远愣了一下，回过神，语调同样客气："宋总？思琪呢，早上没有按时间过来拍戏。"

"嗯，"宋望淡淡地道，"她还没醒。"

"没醒？"江远意外地问，"是不是不舒服？昨天去医院检查了吗？情况怎么样？"

"嗯，不舒服。"宋望压低声音道，"电影的事情，一会儿她醒了我带她过去，当面说一下。"

"当面说？"江远一头雾水，只觉得他这话奇怪极了。

"嗯，我觉得她眼下不适合拍戏，"宋望略微想了想，"她怀

357

孕了。"

"什么？"

"她怀孕了，"宋望以为他没听清，继续道，"三胞胎，情况比较特殊，拍电影的事情有待商议。"

"三胞胎？"那头的江远倏然间石化了。

宋望隔着手机，能听到他的呼吸有些乱。宋望慢慢地道："嗯，三胞胎，所以眼下她的安危对我来说非常重要，希望理解。一会儿我会带她去剧组，商量一下拍电影的问题。"

"那行。"江远声音低沉地应了一句。

宋望挂了电话。

看着暗下去的屏幕，他若有所思。

江远辞职和蔓青微博对峙，波及林思琪，两个人产生第一次互动，他其实没吃醋，故意逗林思琪的。

可后来，江远对林思琪的关心似乎慢慢超越了正常的师生关系，哪怕这师生关系是过去式。

再到拍戏时，毒蛇咬人那件事。

他心里隐隐觉得，江远对林思琪的在乎、关照，类似爱情。

是男人对女人的那一种。

宋望的心情有一点复杂。

在他看来，江远一直帮助爱护林思琪，他对能爱护林思琪的每个人都心存感激。

尤其是，这人还非常优秀。

有文化有修养，有内涵有学识，品貌端正，无可挑剔。

他怎么就喜欢上自己的学生了？

宋望挺抑郁，可是又隐隐觉得自豪，他觉得，躺在自己身边这女人，值得这样优秀的男人喜欢疼爱。

宋望放下手机，侧过头，看着林思琪的一张脸。

她依旧在睡梦中，眉眼恬淡、呼吸清浅、嘴角微翘，是最能让他觉得幸福满足的样子。

宋望一脸痴迷地看着她，伸手摩挲着她的脸，动作十分轻柔。

大约上午十点半的时候，林思琪醒了。

她一转头，对上宋望温柔含笑的脸，神色愣了愣，迟疑地道："几点了？"

"不到上午十一点。"宋望笑了笑道。

"哦。"林思琪应了一声，准备起身，身子却突然僵硬。

不到上午十一点？

上午十一点！

天哪，她没记错的话自己早上有工作！

林思琪欲哭无泪，一只手揪着被子下床，侧身道："我睡过头了，你怎么不早点叫醒我啊？这下迟到了，怎么办？"

"迟了就迟了，"宋望看着她，突然道，"你别动！"

"怎么？"

"我拿衣服给你。"宋望蹙着眉头，直接下床去给她找衣服。

"我自己可以……"她实在有点不明白大早上的这人又是怎么回事，她穿个衣服也要帮忙？

"不可以。"宋望拿着衣服到她跟前，伸手拍了拍她的额头，"傻了？你现在不是一个人。"

不是一个人？

林思琪愣了愣，突然反应过来，她怀孕了。

哦，还是三个小家伙。

她欲哭无泪。

"一孕傻三年，"宋望一边给她套衣服一边道，"刚才江远打电话过来，我接了，顺便说了你怀孕的事情，我们吃了饭一起过去，看剩下的镜头要怎么处理。"

"什么意思？"林思琪仰头道。

"你不会还想着拍摄吧？"宋望蹙眉，"我的意思是剩下的镜头别拍了，要不就找替身，总归从今天开始，你就养胎这一件事。"

"真不至于，"林思琪闷声道，"后面没几个镜头了，不辛苦。"

"就按我说的来。"宋望斩钉截铁地说完，直接抱着她往洗手间去，拿了拖鞋给她，看着她刷牙。

林思琪无奈，牙刷入口觉得恶心，一只手撑着台面干呕起来。

她弓着腰，肩头耸动着一声接一声，宋望只能看着，干着急没办法，半天，林思琪也没吐出个什么来，撩着水漱口。

"感觉怎么样？"见她擦脸，宋望心疼地问了一句。

"其实还好。"林思琪扶着他的胳膊出了门，坐在梳妆台前扑着水，一抬眼，只见宋望出了衣帽间，回来将一双平底鞋放在她脚边。

"谢谢老公。"林思琪看着他，眼睛弯弯。

"老婆，"宋望直接将她从凳子上抱起来，自己坐着，将脸颊埋进她的颈窝里，懒懒地撒娇道，"难受。"

"又怎么了？"林思琪拍着他的背。

宋望亲吻吮吸着她的脖颈，闷声道："八个多月怎么挨？"

林思琪抚摸他后背的动作倏然停下，声音小小地道："你怎么这么……这才第一天。"

"也是。"宋望无奈地仰头，"那亲亲好了，快亲亲我。"

林思琪哭笑不得，圈着他的脖颈吻上去，给了他一个温柔绵长的吻。

半晌，宋望克制地放开她，去洗手间冲澡。

上午十一点十五分，宋望抱着林思琪下了楼。

程瑜老早就起来了，等了一早上，坐在沙发上担忧。

林思琪这段时间工作量很大，程瑜总觉得三胞胎过于危险。

眼见宋望抱着林思琪下来，她又莫名地松了一口气，打量着两人的穿着，起身迟疑地道："你们这是要出门？"

"嗯，"宋望应声道，"去影视城有点事。"

"还拍戏呀？"程瑜着急道，"怀孕前三个月要特别注意，拍戏能免则免吧，那些化妆品都影响胎儿发育。你得注意着，这事不能当儿戏。"

林思琪小声道："我会注意的。"

"嗯，"程瑜应了一声，往餐厅走，"也不知道你早上想吃什么，准备了面包、果汁给你，还有清水煮荷包蛋，打了点豆浆，出去买了新鲜荠菜，包了点小菜包给你。我还特地买了点水果和梅子……"

林思琪笑了笑道："您别太担心了。"

"你知道什么？"程瑜蹙眉看她一眼，"三胞胎非比寻常，很危险，你现在不察觉，过段时间就知道辛苦了，有你受的！"

"您别太担心了，"宋望将手边的豆浆给林思琪推过去，声音温和地道，"我会照顾好她的。"

"嗯。"程瑜看着他道，"女人怀孕和平时不一样，可能脾气大点，心情焦躁些，你多担待着，别惹她伤心。孕妇不能哭的，所有情绪都会影响到胎儿。营养这些你不用担心，我今天列了一张营养食谱出来，以后按着执行就好了。"

"对了，"程瑜边想边道，"你们有时间了再去医院和医生好好聊聊，三胞胎这个我也没什么经验，看看还有什么需要特别注意的，不能马虎。"

"嗯，我知道。"宋望一本正经地点了点头。

"妈您别太紧张了，"林思琪咬着鸡蛋笑了笑，"您这样弄得我也跟着好紧张，后面还有八个多月怎么过？"她歪着头，说话带着点娇态。

程瑜伸手戳了戳她的额头，抑郁地道："我能不紧张？简直操不完的心。"

"嗯，"林思琪扁嘴道，"我会注意的，真会注意。"

361

"那就好。"程瑜叹了口气。

下午一点左右，影视城。

宋望停了车，揽着林思琪往剧组方向走。

休息室里，江远、卓航和沈小小三人沉默相对，脸上的神情都颇有几分无奈。

半晌，沈小小开口道："只能用替身了。剩下的镜头不多，几天就可以拍完，没办法再拖了，怀孕生产少说得一年时间。三胞胎非同小可，万一出事，剧组担待不起。"

"这小宝宝也不说多等几天，"卓航苦笑道，"思琪从头到尾没用替身，挺困难那些动作都是独立完成的，用替身总感觉不好，抹掉了她的努力。"

"没错，"江远叹了一声，"戏份不多了。"

他话里的意思，也是不怎么赞同用替身，他和卓航都有点吹毛求疵，总觉得除了她没有人可以演出青萝的神韵，没办法接受不完美的表现。

"可女人怀孕前三个月的确危险……"沈小小正说着话，门外传来了有节奏的敲门声。

"进。"江远抬眸应了一声。

宋望揽着林思琪进了门，看着三人微笑："抱歉，晚了些。"

"不晚，休息时间。"江远率先说了句，目光落在林思琪脸上，笑了笑，"恭喜你，要做妈妈了。"

"谢谢教授。"林思琪也笑了笑。

"恭喜！"

"恭喜恭喜！"

沈小小和卓航也一贯喜欢她，虽说她怀孕这个事挺让人纠结的，但还是大方地道喜祝贺。

"谢谢卓导、沈编，"林思琪有些歉疚，"又给你们添麻烦了。"

"坐下说吧。"沈小小指了指边上的沙发，"宋总请坐。"

"嗯。"两人应了一声，坐到沙发上。

宋望放开了揽着林思琪的手臂，一只手在腿面上敲了敲，开门见山："思琪的情况大家也都知道了，接下来拍戏可能不太方便，为安全起见，我的意思是用替身完成后面一点戏份。"

沈小小看了看其他两人。

卓航蹙着眉，一脸无奈。江远双手环抱，倚靠在一边的办公桌上，略微想了想，云淡风轻地道："思琪的意思呢？"

林思琪看看他，微微抿唇，又看了宋望一眼，慢慢地道："接下来的戏份差不多一个星期时间，我觉得，要不我和替身一起完成？"

"哎？"沈小小有些诧异。

"有些正面镜头和特写镜头，替身没办法代替我。"林思琪笑了笑道，"因为我好几次拖累剧组进程，已经很过意不去了。教授您和卓导都是精益求精的人，我知道。"

林思琪看向江远："这电影凝聚了大家的心血，我也不希望在最后留下遗憾。只可惜反应有些大，可能没办法每一条都由我来演，我可以保证正面镜头和特写镜头全部出镜。教授您觉得合适吗？"

"还行。"

"不行！"

两道声音同时响起。

前者是江远，后者是宋望。

"她这想法很合适。"江远看着宋望，"既能保证电影品质，又不至于累着自己，两全其美。"

"不合适。"宋望也看着他，"万一出事怎么办？现在多关键，我不能让她承受丝毫风险。"

"你的心情我们明白，"江远继续道，"我们和你一样。"

"哼。"宋望闷哼一声，"你说得挺好听，拍戏是个苦差事我深有体会，一个特写镜头有时候也得拍摄好多遍。"

"这个和演员水准有关。"江远气定神闲。

宋望目光紧紧地盯着他，感觉这人在拐弯抹角地说自己演技不行，所以特写镜头要拍好些遍。

江远也看着他，嘴角带着温和的笑，一脸包容。

两个人一时间都没有再说话。

宋望一双桃花眼潋滟生辉，专注锐利，好像是审视，江远不闪不避迎着他的目光，眼神深邃，像墨黑的一片海。

房间里气氛倏然微妙起来，卓航连忙笑道："宋总你应该对思琪有信心，她只拍正面镜头和特写镜头应该没什么问题。"

宋望听到他说话，侧过头不再看江远，沉声道："我有一个条件。"

"你说。"

"全程陪同拍摄。"宋望一本正经地道。

"这个没问题，"卓航松了口气，笑了笑，朝着林思琪道，"那就按照你说的吧，下午有两场戏，先去准备。"

"嗯。"林思琪也松了一口气。

宋望揽着她起身，卓航将两人送到了外面。

沈小小看向站直了身子的江远，略微想了想，扬眉笑道："你刚才……江远，你不会喜欢上林思琪了吧？"

"怎么？"江远垂眸看了她一眼，"不会。"

"你确定？"沈小小依旧笑着，"你刚才和宋总说话的语气太奇怪了。"

"我确定。"江远淡淡地道，"刚才是就事论事而已。我不至于喜欢上自己的学生，更何况她已婚。"

"人家都要做妈妈了。"江远略微一笑，"我出去抽根烟。"

话音落地，他没再看沈小小，拿起桌上的烟盒和打火机，抬步出门。

七月初，正值中午，阳光很好。

休息时间，树荫下没什么人，江远抬步走到了人工湖边，拉了张椅子坐下，点了烟，狠狠吸了一口。

他刚才的确有点情绪失控，想起来自己都后怕。

太嫉妒。

看着宋望气定神闲地拥着她，看着宋望不容分说地替她做决定，看着宋望眉眼飞扬，他有难以言表的嫉妒。

他从来没想过，有朝一日，自己也会产生这样的情绪。

像火。

熊熊燃烧的一团火。

他再不克制，就要被燃烧殆尽，再多说一句话，也许就会出错，将自己的心思暴露在大庭广众之下，暴露在她面前。

不可以。

他从来没想过，有一天自己会将这样的情绪暴露出来，也从来没想过，要让她知道这样一份心情。

她心地善良，有幸成为她的朋友，便能得到她一心对待维护。

就像楚滢、徐尧、他……

可同时，对待爱情的她实在冷漠理智。

江远思绪游离，不自觉地飘到许久前一个黄昏，场景是在传媒大学里，当时的他，还是教授身份。

因为学校临时有点事，他下午走得晚了些，去取车。

路过学校图书馆时，他意外听到了很简短的几句对话。

林思琪被学校里一个男生临时拦下，那男生他有印象，是学校播音主持专业的一个大三学生，经常出现在学院的各种晚会上。

那男生主持晚会游刃有余，拦下她却似乎紧张，声音紧绷地道："能请你晚上一起看电影吗？"

林思琪道："不能。"

她冰冷的两个字让自己都微微诧异，更何况那个男生。一向进退得宜的男生突然道："我挺喜欢你的。"

林思琪却没什么情绪，冷冰冰地道："我不喜欢你。"

男生紧张地问："你有男朋友吗？"

"和你无关。"林思琪说了最后一句话，"抱歉，真的不用在我身上费心思，我先走了。"

话音落地，她绕过冬青树，直接进了图书馆。

那段对话当时让他意外了很久，可那之后他也一直不曾在意，眼下突然想起来，却记得那样清晰。

历历在目。

她的爱情世界，永远只能容纳那一个男人。

其他人，表白便等于失去了靠近她的机会。她戒备除了宋望之外，任何以爱情之名靠近的男人。

江远胡思乱想着，手中夹着的一根烟燃尽，烧到了手。

他走两步在旁边的垃圾桶盖上灭了烟，情不自禁地又想起云岫湖拍戏那一次。

他肩膀上林思琪割开的伤口留了一道疤，挺浅，可是也退不下去。

他换衣服、洗澡的时候都能看见，每一次都能回想起当时的每一个细节，她的紧张、汗水、呼吸，还有最后如释重负的微笑。

那是最近的距离了吧？

他和她当时那样的距离，可能是此生最近的距离了，尤其让他想起来就觉得喟叹的是，林思琪是心甘情愿。

她主动。

这是否预示着，他其实在她心里也有一个挺重要的地位，如果没有宋望，可能发展为爱情吗？

他甚至想象，他很早就遇见她。

在她还是一张白纸没有任何经历的时候，被他遇见。

当时的他也许还没有结婚，二十四岁，大学刚毕业，去青城旅行游玩，遇到正当年少的她。

她应该多大？

十三岁吧，还是漂亮灵动的小女孩。

如果意外相遇，她可能会怎样称呼自己？

大哥哥？

他想象着这个称呼被她眉眼含笑地唤出来，她天真烂漫的样子一定足以打动自己。

他会将她放在很特殊的一个地位上，也许陪着她等着她长大。

是大哥哥，不是江教授。

是你，不是您。

是亲近喜爱，不是礼貌客套。

眼下她对他这样的称呼，原本已经阻隔着两个人之间的所有希望，在他眼前划开了深深的一道鸿沟。

他眼睁睁看着，却无能为力。

原本一开始就知道的。

就像卓航说的，注定悲剧。可他心甘情愿，愿意站在边上，看她幸福圆满，愿意扶持帮助她，让她发光发亮。

人总是贪婪的。

他看见她一天，总想着再多看见她几天，看见她微笑，还想看见她天天对着自己微笑，看见她乖巧懂事的模样，就幻想着她其实是他的女孩。

有过了亲密的举动，就想更亲密。

她的下巴抵过他的肩，她的嘴唇触碰过他的肌肤，她的呼吸就在他耳边，有那么几次，他面上平静无澜，心里却翻滚着惊涛巨浪。

只差一点，每次都只差一点，他也许就忍不住拥抱她。

实在是……

江远微微闭上眼睛，身后突然传来清淡有礼的一声："江教授。"

他回头，收回思绪笑了笑："宋总。"

林思琪去换衣服，荣晴已经跟过去陪着，宋望出门透气，看见了立在湖边的江远。

刚才那一遭，他自然知道了江远的心思。

两个人差不多一样高，身材也接近，都是宽肩窄腰大长腿，穿着笔挺的衬衫西裤立在湖边，挺拔得像两棵树。

宋望比江远年轻几岁，眉眼偏秀气，此刻四目相对，却显露出几分平素难见的沉稳内敛。

他相貌好，随意而站都有清雅高华的气质。

江远也不差，尤其是他学识、修养从小具备，面对更年轻锐利些的宋望，显得从容不迫。

他优秀，足以和宋望匹敌。

宋望略微笑了笑，收回视线，看着湖面道："琪琪她很仰慕您。"

他用了敬语，声音低缓恳切："我知道云岫湖的事情，一直感谢您。能在那样的情况下挺身而出救护她，您的心意，我会永远铭记。"

"不用这么客气，"江远也看着湖面，"她毕竟是女孩，应该的。"

"她善良心软，却倔强，不撞南墙不回头，无论是爱人还是朋友，认定了就是一生，全心相待、不离不弃。"宋望说着话，笑着看了他一眼，征询道，"她很好是不是？"

"是。"江远不看他，拿着烟盒道，"要一根吗？"

"不了。"宋望摇头。

江远低下头，给自己拿了一根，正要点燃，听到边上的宋望语气低缓笃定地道："江远，你爱她吗？"

江远点烟的动作顿了一下："是。"

"男人对女人的那一种？"宋望又道。

"是。"江远将那根烟重新放回了烟盒里，看着他的眼睛。

"嗯。"宋望略微想了想，若有所思地道，"我相信您的品行，也仰慕您的学识，您能培养指正她，所以我不会影响你们的往来，只一件事……"他一本正经地道，"只一件事，希望您能应允。"

"请说。"江远语调淡淡的。

"这一生，无论什么时候，何种地点，您爱她这件事，永远不要被她察觉，哪怕她察觉到，我也希望您永远不要承认。"他话音笃定，看着江远一字一顿，眼眸极亮，深黑锐利，却不显得迫人，反而有几分请求商量的意味。

江远看着他静了几秒，倏然笑了："你对待情敌一向这样？"

"不，"宋望也笑起来，"其他人我不放在心上。"

正因为这个人是江远，他才认真请求。

林思琪敬重喜欢他，他的感情，会让她烦恼茫然，甚至不知所措。

其他人也许都不足以在她心上划过波澜，但江远是不一样的。毕竟，他曾不顾性命安危救她。

他是良师益友，帮助她颇多，这样的感情，让人很难厘清。

这样的道理，宋望明白，江远自然也明白，他收回视线又看向湖面，半晌，声音低低地道："我答应你。"

"谢谢您。"宋望松了一口气。

17 | 青梅成妻，余生无憾

几天时间一晃而过，林思琪迎来了期末考试。

宋望发动车子，带着她往学校去。

林思琪这种状况，他一个人跟着自然不行，《闪婚》以后，两个人出现在哪里都能引起轰动，由不得他不重视。

宋望在半道上打了电话，叫赵青带上四个保镖。

上午九点十分，两个人到了学校。赵青和四个保镖早早就赶到，陪同两人一起往考场去。

宋望揽着林思琪往里面走，发问道："哪一栋呢？"

"三号教学楼。"林思琪仰头回了句，问他，"你不会要等我考完试吧？"

"不是等你考完试，"宋望笑着刮了刮她的鼻子，"是陪你考试。"

"啊！"林思琪停下步子，"那怎么行！太扎眼了。"

从某种程度上来说，宋望比她还红，他太吸引女孩，尤其是女大学生或者刚上班的年轻女孩，他一去，考场不得乱套了？

"必须行。"宋望揽着她继续走，语重心长，"学校里人多，考前考后更是不用说了，被撞一下怎么办？我放心不下。"

"可不是！"边上快步跟上的赵青帮腔道，"你现在不是一个人，这还怀着三个呢，必须重视。"

"可是……"

"没什么好可是的！"宋望直接道，"要不然不考，要不然我陪着，选一样。"

"……"

"走吧。"宋望捏了捏她的脸蛋，"要不我抱你？"

"不用。"林思琪连忙躲开。

马上开考，学校各处的学生还挺多，这两人一下车，几乎就吸引了周围所有学生的注意力。

看着宋望揽着林思琪往教学楼方向去，众人目瞪口呆之后，难免议论纷纷。

有人一脸惊喜："宋总和林思琪啊。"

有人喟叹不已："真是一对璧人！"

有人神色复杂："宋总裁不会是陪着林思琪来考试的吧？"

有人忍不住酸溜溜地道："真是呵护备至！"

"'单身狗'没法活了啊。"一个戴眼镜的女孩仔细看了两眼，无比忧伤地道，"多看宋总几眼，都没办法找男朋友了。"

"结婚一年多还宠成这样，羡慕死了。"另一个抱着书的女孩一脸艳羡地道，"他们那结婚视频，我看了之后连着几晚上没睡着。真是太感动了，世界上怎么有这么完美的男人。"

"唉。"众女生齐齐叹了一声。

因为都急着考试，倒也没人冲上前去要签名。林思琪是本校生，喜欢她的学生难免有一种优越感，不像粉丝那般疯狂。

当然，这其中也有例外的。

苏艺和钱朵儿刚出了饭堂，走了一会儿听到前面的一群女生凑在一起窃窃私语，再抬眼，就看到隔着人群十分醒目的几个人。

最中间是宋望，他环着林思琪的肩膀，垂眸和她说着话，眉眼宠溺。

真是他？

苏艺心里莫名一阵狂喜。

大一开学分配宿舍以后四年不换，她和林思琪同班两年，又是舍友，基本上亲眼目睹林思琪一路走到今天。

林思琪只发布了一张专辑，却同时拿到了2015华夏音乐风云榜年度最佳新人奖和2015华语音乐最受欢迎女歌手奖。

她出演了两部电视剧，《篮球宝贝》收视率在同期所有偶像剧里遥遥领先，《闪婚》则根本不能用收视率来衡量，上课时学院的教授都会反复提起，称它为"《闪婚》现象"。

《闪婚》的红火程度堪称奇迹。

眼下，林思琪又出演了卓航团队备受瞩目的新电影。

获得一个影后头衔，指日可待。

两年时间，她从云中省初入云京，即将走到影、视、歌全面发展的三栖巨星地位，落后的云中省都因为他们的婚礼声名大振。

她是学校的骄傲，家乡人的骄傲，未来，很有可能是华夏娱乐圈的骄傲。

简直不能想象！

而这一切，都是因为她身边的那个男人。

没有他，她眼下最多是一位偶像新星，有了他，就有了《闪婚》，有了盛世婚礼，有了她豪门阔太的身份。宋望捧红了她，成就了她，给了她似锦的前程和令人艳羡的社会地位。

如果只这些也就算了，最让人艳羡嫉妒的，莫过于他的爱。

他们的结婚视频她看了不知道多少遍，眼下，记得他每一个眉眼飞扬的笑容，也记得他每一句感人肺腑的誓言。

宋望是太让人倾慕痴迷的一个男人。

苏艺神色怔怔地看着他的背影，边上的钱朵儿唤了她两声都没反应，索性推了推她，蹙眉道："你想什么呢，这么专心？"

"宋望啊。"苏艺脱口而出。

"什么？"钱朵儿诧异地看了她一眼。

"那不是宋总裁和思琪吗？"苏艺反应过来，飞快地道，"好久没见到思琪了，打个招呼去。"

"哎……"钱朵儿话未说完，已经被她扯着快步走了过去。

宋望和林思琪正走着，听到身后有人唤："思琪。"

"好久不见，"苏艺扯着钱朵儿到两人近前，温柔地笑了笑，开口道，"好久没见你和楚滢了，你这几天考试住校吗？"

"不住吧。"林思琪笑了笑道，"应该回家。"

"有宋总天天接送，舍不得住校吧？"苏艺促狭地笑了笑，眼看林思琪脸红，又抬眸看向宋望，伸手道，"宋总裁好，我是苏艺，思琪的舍友。"

宋望垂眸看了她一眼，淡淡地笑道："你好。"

他说着话，一只手依旧垂在身侧，一只手揽着林思琪，完全没有伸出去握手的意思。

苏艺尴尬了，始料未及。

握个手而已，这人连这点面子也不给？

林思琪也有点尴尬，却素来知道宋望的脾气，他对除了她之外的女人一向没什么耐心，倨傲冷淡得很。

林思琪勉强笑了笑："咱们是在301教室吗？"

"没错啊，"钱朵儿稍微有点眼色，连忙挽了苏艺的胳膊，"301，就是上了楼梯第一间。"

"小心。"宋望突然出声，一只手揽着林思琪的腰，提醒道，"看着点台阶，别光顾着说话。"

"哦。"林思琪低头看路。

几个人进了教学楼。

苏艺不自觉地停下步子，视线里，宋望打横抱起林思琪，气定神闲地上了台阶，林思琪轻呼一声，他却不为所动，脚步沉稳、目不斜视。

身后助理和保镖神色如常，似乎见怪不怪。

苏艺第一次体会到这种感觉，满腹酸水似乎能冒出来，脸蛋烧得通红，浑身的骨头似乎都因为嫉妒和羡慕疼起来。

"人都走了。"钱朵儿和她认识时间久了，其实也算了解她，好意提醒道，"宋总裁那种人，不是我们可以妄想的。"

"林思琪就可以吗？"苏艺神色古怪地说了一句。

"思琪和我们不一样。"钱朵儿一脸苦恼。

"不都是一个鼻子两只眼？"苏艺看了她一眼，"除了稍微漂亮点，她还有哪里不一样？"

"这……"钱朵儿嘴笨，说不出话来。

她的确觉得林思琪和她们不一样，不光是漂亮那么简单，林思琪的气质非常特别，很吸引人。

她是全校公认的校花，又岂是相貌漂亮那么简单，第一眼吸引人的也许是漂亮，持久吸引人的却是气质和感觉。

她为难地看了眼苏艺，苏艺闷声一哼，率先上楼。

到了教室，眼看着宋望就坐在林思琪边上的位置，其他助理、保镖则是规矩地站在门口等，她更是抑郁难平。

苏艺拿出手机看时间，不动声色地拍了张照片，转身去洗手间。

她用自己的账号发微博，上传了图片，配文："期末考，宋总陪着思琪一起来的哦，背影都这么登对。"发布完，又用小号第一时间评论："我也见到了啊，不光是宋总和思琪，还有助理和四个保镖呢，感

374

觉好大牌哈！"

这一条评论完，她又用第二个小号继续回复道："第一次感觉到我等平民和巨星的差距，考个试都这么大排场，给跪了。"

她发布的照片里，宋望坐在林思琪旁边的座位上，呵护备至。

这样影响考场纪律真的好吗？

苏艺看着照片笑了笑，完全没注意到，自己发布照片的时间是早上九点十九分。

她刚收了手机的工夫，两个小号就遭到了本校学生的攻击。

确切地说，是她们的同班同学。

大学考试氛围轻松些，老师也一般在最后几分钟才进考场，眼下大二，他们班许多学生在外面开始兼职演出，大多数习惯了随时刷微博。

林思琪是他们班的骄傲，怎么能容许别人亵渎？

第一个跟着评论的人就不怎么客气。

传媒表演2014："楼上搞笑吧？还没开考呢！思琪那个身份，人家宋总送一下怎么了，羡慕嫉妒恨吧？"

后面的依旧不客气。

长了脚的菠萝："前两楼这谁啊？不是我们班学生吧？不过肯定是女生！呵呵！"

管我哪根葱："哟，犯红眼病的来了。"

江燕我爱你："支持思琪、宋总，秀恩爱我也喜欢看，黑子滚！"

我是小虾米："苏艺你发这照片思琪知道吗？"

下一个晴天："不会是想借思琪上位吧？呵呵！"

苏艺的性子并不讨喜，平时在班上和几个女生彼此看不顺眼，针锋相对。

她原本以为自己发照片坦坦荡荡，不显得心虚。毕竟，能发这照片的肯定是同班学生，如果一开始就用小号，被发现了反而狼狈，因此她几乎是毫不犹豫地用了大号。

没想到的是，她的动机路人皆知。

能进表演专业的大多有一颗想成名的心，平时在学校里竞争就激烈，哪个女生会简单？

也许因为同在一班，她们对林思琪有些羡慕嫉妒，可大多数是识相的。

女生如此，男生自不必说。

林思琪是他们班上出去的"国民宝贝"，男女生又不存在竞争。原本他们就都以和林思琪同班为荣，指不定以后还能搭个戏呢，自然用大号齐上阵，逮着苏艺的两个小号往死里掐。

有人直接@了林思琪的几个死忠粉。

很快，苏艺的评论区沸腾了。

挚爱思琪："坐看博主自黑，呵呵！"

一面小彩旗："这是我们琪琪的同学吧，呵呵，长相差距甚大啊！"

冷暖玉棋子："这有什么好意外的？一条瓜蔓还结出不一样的西瓜呢，有的又圆又大又甜，有的连个好形状都没有呢，呵呵。"

天马行空2009："有点纳闷呀，这样的长相也能进传媒大学表演专业吗？这姑娘到底是怎么通过专业课面试的？"

我女儿叫林小妞："哈哈，楼上亮了，点赞！"

教授什么的最帅了："哈哈，上上楼真相了，她老爸是学院的教授哦！"

天马行空2009："这样啊！"

琪天大圣："这样啊，呵呵。"

林思琪的粉丝们用"这样啊""呵呵"两个句式在苏艺微博下刷屏，考场里拿着手机的一些女生窃笑不已，却没人将事情告知林思琪和宋望。

这种事情，默默看着才有趣嘛。

苏艺向来敏感，被众人看了几分钟，只觉得如坐针毡。

莫不是微博上出事了？

她这样想着，正想拿出手机看一看，监考老师进来了，她一时间什么心思都没了。

监考老师是学院的李教授，出了名地严苛古板。

"所有不用的东西，手机、包、课本、复印册，统统放在第一排课桌上！"李教授将考卷放上讲台，一脸严肃地说。

他边上的年轻老师开始拆考卷了。

学生们窸窸窣窣地动起来，李教授目光扫视一圈，和宋望四目相对。

一个深深拧眉，一个慢慢起身。

李教授愣了一秒，严肃地道："闲杂人等不得在考场内逗留。"就说呢，怎么刚才看到外面站着好几个人，敢情是守着里面这位爷？

林思琪闹了个大红脸，教室里所有学生的目光也投向宋望。

视线中心的他却不愠不恼，气定神闲地到了李教授边上，声音低低地道："教授好，可否借一步说话？"

"这……"李教授抬起手腕看了一眼时间，朝着边上的年轻老师道："你先发卷子。"话音落地，跟着宋望出了门。

李教授不说话，看着宋望，等着他说话。

宋望客气地笑了笑，温声道："陪着考试是不得已，琪琪有身孕，我怕她考试期间不舒服，得看着点。"

李教授："……"

能别一开始就这么大信息量吗？

里面那丫头还是学生呢，这男人到底为什么这么不要脸？！

李教授气愤不已，看着宋望，那眼神就好像自家精心培育的小白菜被猪拱了，鼻子都气歪了。

实在不怪他，他虽然在课堂上斥责过林思琪，可一贯非常看好她。

难得的好孩子，又谦虚又礼貌，学习也好。

可自从她跟了宋望，过早踏入娱乐圈，虽说成名是好，可这三天两头不能来学校上课，怎么想都不是一回事啊！

他希望林思琪有个好前程，又希望她保持品学兼优。

她本年度出勤率低了些，已经和奖学金无缘了。

眼下，竟然怀孕了？

要是他没记错，那丫头也就二十出头吧。

宋望眼看着李教授的脸色变了又变，略微想了想，又道："其实也不是我紧张过度，琪琪她怀的是三胞胎。您也知道，这个概率非常小，很危险，得时刻注意着，那丫头有事情又喜欢强撑着不吭声，我得坐边上看着才行。"

三胞胎，真行啊！

李教授脸色又变了变，半晌，出声发问："三胞胎？"

"没错。我们宋家三代单传，眼下这三个小宝贝来得实在难得，我有些紧张，您见谅。"宋望无比诚恳地道。

李教授能说什么？话都被这人说完了！

"也不一定非得坐在她边上，"宋望又道，"特地说出来，是希望您监考时注意着点她，她孕吐反应挺厉害。我就等在门口，有什么事您叫我一声。"

他礼貌客气，说得无比诚恳，李教授审视地看了他一眼，闷闷地哼了一声，算同意了。

宋望点头一笑，站到了边上，没有椅子，他和赵青等人站着等，也看不出丝毫急躁。

李教授转身进了门，视线落在林思琪身上，忍不住多看了几眼。

林思琪尴尬地笑了笑，脸蛋通红。

教室里众学生面面相觑，也不明白李教授和宋望在外面说了什么，怎么看上去好像是达成了某种共识，好古怪。

铃声响起，教室里一片安静。

教室门没关，偶尔抬头的学生能看见宋望，他树一样站得笔直，等在外面，显得非常耐心。

一个小时平安无事地过去。

考场里诸多学生也习惯了宋望的存在，不过，因为看他，竟然没有

378

人提前交卷。

宋望看着林思琪，发现她一只手捂着嘴，明显不舒服了。

他抬眸看了眼李教授。

李教授还未说话，宋望自口袋里递了一颗独立包装的梅子给林思琪。

自带零食？

李教授看着林思琪脸蛋通红的样子，装作没看见。

林思琪的确难受，可到底不好意思在考场吃东西，她将宋望给的东西攥在手心里，勉强答了最后一道题，提前交卷。

收卷子的年轻老师笑着看了她一眼，她却突然捂着嘴跑出教室。

宋望扶住她。

赵青进来拿走了林思琪的东西。

满教室学生面面相觑，半晌，有人声音低低地说："思琪她，不会是怀孕了吧？"

"天哪，看起来好像！"有学生惊呼一声。

"安静。"李教授声色俱厉道，"答完了没有？剩下最后十分钟！"

"完了完了！"众人兴高采烈地举着手。

"答完了好好检查！"李教授话锋一转，绝口不提交卷的事情。

学生们一贯怕他，也没人敢带头交卷了，一个两个又低下头，神色抑郁地检查起来。

林思琪在洗手间漱了口，被宋望抱着下楼。

考试尚未结束，外面学生不多，一行人一路畅通地上了车，宋望头也不抬地朝赵青道："回家。"

赵青应了一声，将车子开出校门，看了眼后视镜，暂时没说话。

林思琪不舒服，坐上车又觉得晕，整个人蜷在后座，趴在宋望腿上，晕乎乎地睡着觉，其间吃了一颗梅子。

宋望揉了揉她的头发，心疼得很，也没吵她。

赵青开车又稳又慢，走了一段路，小声道："大哥。"

"说事。"彼此认识已久，赵青脸色一变，宋望就晓得他是要说什么。

"微博上出了点事，我让公关暂时没动。"

"然后呢？"宋望挑眉。

"你搜一下'苏艺'吧，"赵青略微想了想，"就是刚才想和你握手那个女生，她发微博了。"

宋望蹙眉看他一眼，从口袋里摸出手机，微博搜索了'苏艺'，看到她的头像和下面几百个粉丝，忍不住嗤笑一声。

他看人一向准，刚才那女生一副刻薄相，怎么可能和思琪关系好？

她想干什么以为他不知道吗？

和他握手，就她也配？

宋望看了她最新的一条微博，底下评论、回复已经上千，没几句好话。

人活成这样也是挺不容易的。

他略微想了想，@苏艺评论："恭喜你，出名了。"

几分钟后，苏艺的评论区彻底沸腾了。

毕竟，这段时间宋望很少发微博，应该说，自《闪婚》以后，他就变得低调了许多。

微博粉丝七千万，他一点风吹草动对网络来说都是大事，况且，他原本也很少@除了林思琪之外的其他人。

可眼下，他@了苏艺，还回复了这么意味深长的一句话。

太耐人寻味，太讽刺了。

下了考场的学生们哈哈大笑，人群里的苏艺看着手机，又气又怕，浑身都剧烈颤抖起来。

紧接着，她眼睁睁地看着林思琪的粉丝们在她的评论区里冷嘲热讽。

一面小彩旗："博关注？美死你，就不关注！"

冷暖玉棋子："粉丝们别让'绿茶婊'如愿，看个笑话就行，别关注。"

天马行空2009："哈哈，恭喜博主，出名啦。"

我女儿叫林小妞："宋总都恭喜了，哈哈。"

苏艺气急攻心。

很快，她发现自己的粉丝从原本的六百多掉到了五百多，粉丝一个没涨，反而掉了一百多。

再接着，同班的传媒表演2014突然发言道："思琪真的怀孕了？"

底下有人问："什么？"

"看宋总的微博啊！"

一瞬间，她微博下的评论骤然少了。

苏艺握着手机，连边上的钱朵儿也没理，快步朝宿舍走去，还没到宿舍楼下，忍不住点开了宋望的微博。

他最新一条微博，留言上千、点赞上千、转发上千。

不到五分钟时间。

苏艺怔怔地看着宋望的最新微博。

他还配着图片，是林思琪的睡颜照。背景是在车上，林思琪枕着他的腿睡觉，眉眼恬淡安宁，几缕长发散落在她的脸颊上，边上有修长白皙的一只手帮着她拢头发，单从手势看，都能感觉到非常轻柔。

宋望V："嗯，可能有同学猜到。谢谢同学们对琪琪的维护。她的确怀孕了，三胞胎，所以我特别紧张，陪伴她考试算耍大牌吗？"

他发了一句话，里面的意思却让看到的人一瞬间齐齐惊呆了。

冷暖玉棋子："三胞胎！"

天马行空2009："三胞胎！"

挚爱思琪："三胞胎，哭了！不算不算，真的不算耍大牌啊，求思琪天天耍大牌！紧张得小心脏要跳出来了！"

一面小彩旗："小心脏跳出来了！"

思琪思琪，旗开得胜："三胞胎，哭了！"

卓航V@林思琪V@宋望V："恭喜思琪，恭喜宋总，期待宝宝们平安降生！"

卓航这一条祝福之后，《青蛇》剧组许多人紧随其后。

再接着，娱乐圈一多半的明星都被惊动，在第一时间@两人送上了祝福，将这喜讯宣扬得尽人皆知。

最后，跟着蹭热度博眼球的人不计其数。

认证的淘宝店主、某品牌的大区经理、青阳市政府工作人员、各种工作室和官博……

林思琪一觉醒来，她怀了三胞胎的消息便像长了腿一般，传遍网络，甚至传遍全国。

整个孕期，林思琪当起了大门不出二门不迈的豪门太太。

三胞胎实在非比寻常。

宋望放下了手头的许多事，陪着她在家里一心待产，原先对林思琪还有些不满的楚老爷子也彻底捐弃前嫌，天天打电话问候。

半年多时间一晃而过。

圣诞节当天，《青蛇》在全国各大影院上线。首日票房近亿元，连续三天票房过两亿元，到了十二月三十一日，票房成功突破五亿元大关，并且呈持续上升之势，在年度电影票房中大获全胜。

业界评论家口径高度一致，评价林思琪："演活了青萝。"

有观众惊叹道："青萝太可爱了！我和男朋友看了一场，又和闺密看了一场，陪着两个表妹看了两场，最后陪着上初中的堂弟看了一场，还是好想看怎么办？"

有不知名观众的这条评论被许多粉丝无数次转发，业界影评人也转发道："《青蛇》就是这样一部神奇的影片，能吸引人一次又一次掏腰包，心甘情愿地走进电影院。林思琪作为大银幕新人演员，展现出令人瞠目结舌的精湛演技，毫不逊色于已经获得过影帝桂冠的徐尧和获得过影后桂冠的唐韵。要感谢卓导和江编，为大家献上这样一部优秀的影片。林思琪没有辜负所有影迷的期待，她完美地演绎了青蛇，《青蛇》也成就了她。从《闪婚》到《青蛇》，从电视剧到电影，一年时间，这个姑娘创造了震动华夏影视圈的收视奇迹和票房奇迹，'国民宝贝'当之无愧，毫不夸张地说，2016年，是'思琪年'。"

这一段评论显然是对林思琪的高度肯定，娱乐圈众人却深以为然，很快引起转发高潮。

这一年年初，林思琪获得两项国内音乐大奖。这一年年终，林思琪以《青蛇》完美落幕。这一年期间，一场婚礼，万众瞩目；一部电视剧，引发全民观看热潮；一胎三宝的消息，震惊娱乐圈，令人艳羡。

她像被命运眷顾的宠儿，娱乐圈一年，创造了旁人终其一生也难有的诸多奇迹，获赞一句"思琪年"，实至名归。

网络上无数人无数次@宋望和林思琪，送上各种祝福。

与此同时，云京市天伦医院。

林思琪经历了几个小时阵痛后，晚上十一点被推进产房。她要生了，宋望和程瑜等人站在手术室外面，紧张得团团转。

"啊……"

撕心裂肺的一声喊突然传来，宋望差点腿软，一只手扶着墙壁，深深呼吸了一口气。

新年倒计时，远远的夜空烟花升腾四散，非常美丽。

新年的钟声远远传来。

2017年了……

宋望握拳在墙上猛砸了一下。

程瑜被吓了一跳，眼看他紧张到肩膀轻颤，忍不住安慰道："别紧张，生孩子都这样，医生说宝宝都很健康，顺产没问题的。"

"我知道。"宋望抿了抿唇，深呼吸一下，还是觉得难受。

383

她疼啊……

她在里面受着苦，自己只能等在外面，这种抓狂心碎的感觉，让他险些崩溃掉。

林思琪撕心裂肺的尖叫声揪着他的心，持续整整一夜。

"让剖吧。"夜幕渐渐褪去，天微微亮起，宋望也不知道自己出了几身汗，一脸疲倦，朝着边上的程瑜道，"让医生准备剖腹产。"

"顺产对胎儿好。"

"可对琪琪不好，她太疼了！"宋望失控地说了一句，眼眶里差点泛出泪来，扭头朝赵青吼："剖腹产剖腹产，现在立刻马上！"

他声音颤抖，边上几个人吓了一跳正要说话，产房里突然传出一阵嘹亮的啼哭声。

宋望猛地扭头看过去。

他身后，天色大亮，耀眼的阳光投射而来。

宋望站在冬天早上的凉风和阳光里，神色怔怔地看着手术室的门，紧紧握拳，忍了半天，一低头，泛红的眼眶里落下一滴泪。

他低头缓了一口气。

边上，程瑜拿着手机看了眼时间，如释重负道："早上七点十五分，这第一个小家伙早上七点十五分出生。"

宋予安，2017年一月一日早，七点十五分。

程瑜用手机小心记下。

众人又紧张地等着第二个宝宝。

过了五分钟却没什么动静。宋望握拳看着，只觉得每一分每一秒都是煎熬，林思琪的一声哭喊突然传出来，他神经倏然紧绷，烦躁地道："我能进去吗？我进去陪着她，在外面受不了了！"

"别急别急，"程瑜连忙握着他的胳膊，"生孩子哪有那么容易？里面血污太重，你不能进去。"

程瑜讲究这个，说话语调急促。

宋望重重地叹了一声，一扭头，又站到扶手边去。

这几日天色一直不好，阴云很重。

可此刻，冬日稀薄明亮的阳光穿透厚厚的云层照耀大地，没什么温度，却让人觉得暖。

没事的……

宋望安慰自己，小家伙选在这样好的日子出生，未来一定充满希望和快乐，不会有事。

他一只手紧握着冰冷坚硬的扶手，一遍一遍地安慰着自己，一颗心七上八下。

不知道过了多久，里面再次响起了孩子的啼哭声。

这一声没有第一道声音那般响亮，却清晰地传到了外面每个人耳中。

"谢天谢地！"程瑜又低头看手机，顺带报时间，"七点五十九分。二宝七点五十九分出生。"

她一边说一边拿手机记上，这一个刚记完，里面又响起了第三道小孩的哭声。

八点整。

程瑜顿时松了口气，对上宋望扭过头来泛红的眼眶，不知怎的觉得有点感动，笑了笑道，"别紧张了，都过去了。"

宋望眼下也就二十七岁，在她看来其实也像个孩子。

"嗯。"宋望低低地应了一声，眼眶泛红地看着她，突然慢慢地开口说，"谢谢您，妈。"

程瑜一愣："谢我做什么呀？"

"谢谢您生了琪琪。"宋望神色间有几分动容。

谢谢您生了她，养育她。

谢谢您将她嫁给我。

谢谢您，允许她为我生儿育女……

青梅成妻，余生无憾。

番外一
青梅成妻，余生无憾

减肥

林思琪怀了三胞胎。

一胎三宝非同小可，为了保证宝宝平安健康地出生，她整个孕期都在补充营养。这带来的后遗症是：她胖了不少。

1月1日生产完，她觉得自己像一个突然被放了气的皮球。硕大的肚子突然瘪了下去，留给她的，只有松垮垮的一堆肉。

一周后出院，减肥计划被她迅速提上了日程。

"减什么？"宋望闻言，盯着她明显丰满不少的身材，没好气地说，"身材这么苗条，不许减！"

话音落地，他又将鸡汤往她嘴里送。

"不吃啊！"坐月子的女人脾气可是很大的，林思琪扁着嘴扭过头，一副委屈又生气的样子。

"哎呀。"宋望将小碗放在床头柜上，搂着她哄，"宝贝儿先吃饭，吃饱了才有力气减肥啊，对吧？"

"陈词滥调。"

宋望笑，继续哄："来，你说一般人为什么减肥？"

"难看啊。"

"可是你够美。"

林思琪一噎："反正我不管。"

"行行行。"宋望好脾气地妥协，重新端起鸡汤，一边将勺子送到她嘴边一边说，"减，必须减，都听老婆的。咱们喝完鸡汤就说这个事！啊，张嘴——"

说话间，林思琪乖乖地配合了。

宋望憋住了到嘴边的笑。

妊娠纹

产后三个月，丰腴的林思琪有了新的烦恼。

肚子到大腿上的妊娠纹好丑，她看一次烦恼一次，到最后，和宋望亲热时都显得心不在焉，没办法好好地回应他。

直到这一晚，宋望执拗地亲吻着她的小腹，动情地说："宝贝儿，我想开灯看看。"

"不要。"

"可是我想看。"

"看什么啊。"林思琪有点烦躁。

宋望一手抚着她的脸，声音轻柔地说："看看你肚皮上的纹路，它美得像一幅画。"

"抽象画？"

宋望扑哧一乐："老婆你真是越来越幽默了。"

林思琪："……"

有些东西，突然就释怀了。

洗澡

这年夏天。

宋家三个宝宝两岁半了。

因为迷糊妈妈每次将他们三个脱光光之后都很难分清谁是谁，三兄弟每晚洗澡要排着队轮换。

于是，最讨厌洗澡的三宝宋佑安灵机一动，洗澡前和大哥宋予安商议："一会儿妈妈抱二哥去洗澡，咱们俩换一下好不好？"

宋予安："我为什么要洗两次？"

宋佑安撒娇："大哥——"

宋予安嫌弃地看了他一眼："脏。"

天天都洗，哪里就脏了，宋佑安不以为然。可他没想到的是，平时最会犯迷糊的妈妈突然聪明了。被掐着胳肢窝放进浴缸的宋佑安大喊大叫："啊啊啊，妈妈你弄错了，我是大哥。"

林思琪："……"

小宝宝

这天清晨，阳光明媚。

林思琪和孩子们起得晚，正坐在餐桌前吃早餐。

程瑜给他们准备的面包、牛奶和煎蛋，林思琪小口小口地咬着面包，半晌，抬头看着对面一模一样的三张小脸，试探道："嗯，可能……"

正喝牛奶的三个人齐齐停下看她。

林思琪压力山大，小声道："可能有个小宝宝以后要和你们一起玩了。"

"在哪里？"宋佑安警惕地问了一句。

宋予安狐疑地看着林思琪："妈妈不会又有小宝宝了吧？"

"呃……"林思琪有点不好意思地看着他。

"外婆昨天问妈妈，最近这么能睡，会不会又有了，是宝宝吗？"宋佑予小朋友难得开口了。

"嗯，你们开心吗？"林思琪试探地又问了一句。

她最近的确能睡，月经也有段时间没来了，可因为一点孕吐反应也没有，一直没有放在心上。

也就程瑜好奇地问了以后，林思琪早上起来才犹豫着测了一下。

有了……

"妈妈我没意见，只希望不是弟弟就好了。"宋予安也犹豫了一下，一本正经地回答道。

已经有两个弟弟了，好多。

"妈妈我也没意见，只要不是哥哥和弟弟就好了。"宋佑予紧跟着一本正经地道。

哥哥太乖，弟弟嘴巴太甜，自己要费心思抢妈妈，真的好累。

呃……

林思琪看着一本正经说话的两个人，欲哭无泪。

宋佑安嘟着嘴看了眼继续喝牛奶的两个，甜甜地笑起来："可开心了，妈妈生个萌萌的小宝宝和我玩吧，只要不是哥哥都可以的。"

林思琪看他一眼，半晌道："肯定不可能是哥哥。"

"那就好。"宋佑安也低头喝牛奶了。

林思琪伸手抓了抓头发，一抬眼，对上宋望垂眸审视她的眼神。

宋望："……"

他能回到当夜戴个套吗？

番外二
最会投胎的小公主

这一年，植树节。

在一胎生了三胞胎兄弟后，林思琪在天伦医院顺产了第二胎，是一个体重整六斤的小公主，起名宋清宁。

宋清宁小朋友在全家的翘首盼望中平安降生，一出生，就获得了她老爸宋望的无上宠爱。

主要因为她太乖了。

她在林思琪肚子里的时候，从不折腾，贴心懂事，让宋望怜惜到骨子里。出生也不比她那三个能折腾的哥哥，林思琪被推进产房半小时后，宋望便听到了婴儿嘹亮的啼哭声。

产后第三天，林思琪便准备出院。

和第一胎之后隐蔽的出院方式不一样，宋望非常大方，眉眼含笑地抱着宝贝女儿接受了诸多记者的采访围观，让赵青给现场每个人包了大红包，才客气道别，搂着老婆，抱着女儿回了家。

当天晚上，他更迫不及待地上传了自己抱着宝贝女儿的照片。

粉丝们直呼："小公主好漂亮""一看就是美人坯子""嗷嗷嗷，小鼻子好挺，眼睛真大""软乎乎的好可爱哟"！

宋望傲娇地回复评论道："我女儿能不漂亮吗？能不可爱吗？眼睛能不大吗？长大了能不美吗？"

一连四个反问句，让所有粉丝捶着大腿狂笑不止。

宋望在"妻控"之后，又多了一个"女儿控"的称号，网友们戏谑地评价宋清宁小朋友："史上最会投胎的小公主。"

此刻，小公主的爸爸靠在床上，怎么看，都觉得自己的宝贝女儿越看越乖，完全失宠的三个小小男子汉自然气恼不已，一起爬上床，将小被子里的小丫头团团围住。

"妹妹好小哦。"

"手好小，脚丫子也好小。"

"唔，看上去软软的，像包子！"

"妈妈我想咬一口。"

宋佑安一句话将宋望吓了一跳，连忙扣着他的脖子提溜到边上，不悦道："就你贪吃，找外婆去。"

"不要。"宋佑安又爬上去，"我要和妹妹玩。"话音落地，他又一本正经道，"我晚上要和妹妹一起睡。"

"我们也和妹妹一起睡！"宋予安和宋佑予研究半晌，连忙附和道。

"都和外婆睡去。"宋望坐起身，"吵吵嚷嚷吓到清宁了。"

他话音落地，手边的宋清宁小朋友应声哭起来，声音软软的，小猫似的。

宋望连忙将她抱在怀里，三个哥哥面面相觑，探头探脑朝自家爸爸怀里看去，七嘴八舌地安慰起来。

宋予安："宁宁不哭，哥哥不吵你了。"

宋佑予："宁宁别哭别哭，爸爸你让我抱抱妹妹吧。"

宋佑安："我们家宁宁最乖了，别哭别哭。"

宋望一低头，怀里的小家伙眯着眼睛拧着鼻子看他。

真的好吵，她只想当个安静的小公主。宋清宁小朋友头一歪，继续在她老爸宽厚的怀抱里睡觉。

这怀抱，在未来的一个月一直陪着她。

宋总裁宠老婆出了名，在以后的日子里，宠女儿更出名。宋清宁的满月宴在寰宇旗下一家五星级大酒店举办了整整三天。

第一天是正式的满月宴会，第二天是清宁福利基金成立暨第一届慈善晚会，第三天是寰宇旗下诸多品牌联袂举办的明星慈善夜。据说，慈善晚会筹得的善款，将全部投于他们的故乡云中省，修建儿童以及社会残障人士福利院。

当然，这是后话。

此刻的宋清宁小朋友窝在妈妈香香的怀抱里，睁着好奇的大眼睛看着眼前来来往往的人。

楚滢拿手指逗弄着她，过了一小会儿，声音小小地问林思琪："话说，生宝宝会不会很疼呀？"

"你到时候就……"林思琪尚未说完，楚滢突然哕一声，捂着嘴朝大厅洗手间方向跑去。

林思琪一愣，正准备让人跟上去看，听到耳边不远处骤然响起议论声，她下意识抬眸，朝大厅门口看去。

许依依在邵正泽的陪同下进了门，男俊女靓，光彩照人。他们身后，跟着长子邵长安。

小小的少年眉目清秀、气质沉静，跟着父母一起到了林思琪身边，等大人说完话，礼貌地笑着喊："林姨好。"

"你好。"林思琪看着他沉静懂事的样子便觉得喜欢，免不了多打量了几下，朝许依依笑着说，"长安这孩子模样、性子都随了邵总啊，懂事又听话，一看就招人喜欢。哪像我们家那三个混世魔王，天天吵吵嚷嚷，头都炸了。"

许依依垂眸看一眼自家孩子，正想吐槽，不期然瞧见了林思琪怀里的小丫头。宋清宁一出生就睁开了眼睛，眼下已经满月，皱巴巴的小脸蛋长开了一些，粉嫩又可爱，软软的，引得许依依忍不住捏了一下她的小手，让邵长安看："瞧，小妹妹多乖。"

邵长安微微抿唇，看着近在咫尺的小丫头。

她那么小，眉毛颜色浅浅的，还有些稀疏，眼睛却随了她母亲，明亮润泽，黑葡萄似的盯着他看，懵懂又无知。此外，她的鼻子和嘴巴都又小又挺，玉雪可爱，简直像一件小工艺品。

指尖有点痒痒的，邵长安想摸摸她的脸。

缩在母亲怀抱里的小丫头片子突然展颜，朝他笑了起来。

刚满月的孩子是笑不出声的，可这已经足够让边上众人意外了。毕竟，宋清宁小朋友从出生到现在，还没有露出过这么明显的笑容呢。林思琪诧异地看了邵长安一眼，扑哧乐了，逗他说："小东西很喜欢你呢。"

当妈妈的就是这么容易满足开心。许依依看着她的笑容，打趣说："乐傻了吧。小丫头这才多大，眼睛还看不清人呢，笑容也是无意识的。你瞧着她在看长安，实际上谁晓得她在琢磨什么呢。"

小孩子四十几天才开始看人，林思琪当然知道。可她就是觉得很奇妙，哪怕她已经有三个孩子了，养育宋清宁的过程，还是新奇又好玩的。毕竟，前面三个怀孕的时候都已经费尽她的气力，让她辛苦得不得了，生产的过程又非常辛苦，产后恢复又有一个特别艰难的过程。那段时间，哪怕有宋望、妈妈、月嫂、营养师等人照顾她，她还是觉得非常辛苦难挨。

到了宋清宁这儿，完全不一样了。

小丫头很乖，孕期没有折磨她，整个孕期她都过得轻松又安逸，因为有前面那三个做对比，这一个简直是天使宝宝。宋望偏疼她不是没有道理的，就连自己也时常感叹，女儿是妈妈的贴心小棉袄嘛。

有了经验以后，这个孩子基本上一直是她自己带。眼下这个笑容，是女儿的第一个笑容呢。哪怕宝宝自己是无意识的，却不影响她对邵长安多几分喜爱。林思琪想到这，笑眯眯地对许依依说："话是这么说，可她就是在对上长安的时候才笑的嘛，就连我们家那三个，怎么逗都没将她的笑容逗出来呢。"

"我们三个怎么啦？"边上突然蹿出的三个小鬼头齐齐仰起脸，一脸好奇地问。

许依依刻意逗他们："小丫头刚才对着长安哥哥笑了，你们的妈妈正说你们呢，没办法把妹妹逗笑，哈哈。"

跑到边上的三个小鬼头愣了一下，齐齐对上没什么表情的邵长安，倏然不满起来。

哼，妹妹竟然对着这个没表情的家伙笑成那样？

关键人家还不笑！

看着和邵叔叔一个模子刻出来的邵长安，宋家三兄弟齐齐抿唇，鼓着腮帮子一脸不悦，看上去恨不得立马将他吃掉。

处在视线中心的邵长安抬眸看着三张一模一样的俊俏小脸，觉得头晕，索性转过脸，朝许依依说："妈，我去旁边沙发那里休息一下。"他用手随意地指了下不远处的一张沙发。

许依依晓得自己儿子脸皮薄，笑道："行了，不打趣你了，去吧。"

"嗯。"邵长安抬步走了。

看着他的背影，宋家三兄弟齐齐石化。

讨厌，无视他们三个？！

最重要的是：竟然无视他们人见人爱的宝贝妹妹！

打死他打死他！

宋家三个小鬼头齐齐磨牙。

他们生气到不行，已经走远的邵长安却完全不将他们放在心上。他比一般同龄孩子早熟独立，早已经不屑这种幼稚可笑的较量了。他只是在坐下后又朝着林思琪的方向看了一眼，露出一个浅笑。

刚才那小家伙，真的好可爱哦。

盛夏，艳阳天。

初二年级组的教师办公室在三楼，楼外有一棵颇具年代的洋槐树，眼下槐花花期已过，深深浅浅的绿色遮住了硕大的树冠，送来些许阴凉的同时，也让整个办公室经受着一波又一波的蝉鸣之扰。

宋清宁被吵得有点烦，拿着水杯，起身去饮水机跟前接水。

距离饮水机最近的位置坐着初二（1）、（2）班的数学老师林雪，林雪二十六岁，和宋清宁同一年毕业，眼下也在云师大附中正式任教三年，两个人关系一向不错。抬眸看见她接了水要走，林雪身子往边上探了一点，笑着说："喂，下午有什么安排？"

宋清宁看过去："要干吗？"

她在学校里一向低调，因而哪怕和林雪关系比较好，也没有透露自己交了男朋友的事情，林雪逛街看电影的时候喜欢邀请她做伴。

宋清宁一时出神，又听见林雪说："一起看电影呗。史蒂芬·周的新电影上线了，几个主演都是国际大腕，应该不错。"

"我下午有点事。"宋清宁犹豫着说。

"哎呀,我给你说,人家这新片里有尤曼曼加盟呢,你不挺喜欢她的吗?难得她在国际大片里露面,作为迷妹,好歹该支持一下吧?"

宋清宁笑了笑:"真有点事。"

"好吧我想想。"触及林雪可怜兮兮的表情,宋清宁改了口,补充说,"等我发个短信,完了说。"

"那行。"林雪爽快地道。

宋清宁点点头,回了自己的位置。

尤曼曼是国内近几年风头正劲的流量小花之一,去年,她有幸出演史蒂芬·周的新片的消息整整占据好几天微博头条。可宋清宁时常关注并不是因为喜欢,而是因为男朋友徐钊跟她一起出国了。

徐钊是她的初恋,两个人在A市念大学的时候同专业不同班,徐钊从大三开始追她,临毕业的时候,她接受了他的心意,两个人一起来了云京。确切地说,徐钊要求来云京发展,而她是因为在外地念了大学让一家人颇为担心,无奈之下,同意了他们苦口婆心的念叨,回云京上班。

她和徐钊念了A市同一所外国语大学,到云京后,她通过考试顺利地到了云师大附中教初二英语,徐钊则去环亚传媒,主业翻译。

环亚传媒是国内娱乐圈三大巨头之一,旗下大腕不少。近些年国内娱乐圈发展迅猛,作为老大哥的环亚引领风骚,好多艺人都往国际市场挺进。这一现象促使公司对专业翻译人才的需求量增加,徐钊便是在这种情况下,经由尤曼曼引荐,进的环亚。

尤曼曼老家在A市,她是徐钊高中时候的同桌,徐钊正式入职当晚,和宋清宁一起,请她吃了饭以表感谢。

按理说,她作为徐钊的正牌女友,应该对尤曼曼心存感激。

可……

正胡思乱想着,宋清宁突然叹了一口气,抬手将鼻梁上的黑框眼镜推了推,拿出手机给徐钊发短信:"你下班后有空吗?"

徐钊和她同班两年后才开始追她，追了也有两年，眼下两人在一起三年，算下来，这缘分也有七年了。

人的一生能有多少个七年？

和他认识七年的现在，她也已经二十五岁了。

自己老爸就是二十五岁的时候和老妈结婚的。慎重考虑后，宋清宁也总算下定决心，想要将徐钊正式带回去见家长，之后，她会和他一起，面对可能到来的所有反对和抗拒，她会努力说服父母和三个哥哥，让他们同意这段感情。

这件事很有难度，这种时候，她实在不该胡思乱想、瞻前顾后。

手机叮一声响。

宋清宁收回思绪，低头查看。

徐钊发了个问号过来。

宋清宁抿抿唇，回复："有点事情和你说。"

在一起三年，她和徐钊还保持着发乎情止乎礼的相处模式，毫不夸张地说，两个人甚至连亲吻都没有几次。并非徐钊未曾要求过，相反，他要求过多次。是她一直无法踏出那一步，将自己交付出去。

生在宋家，她有这世上最恩爱的一对父母，她老爸宋望微博粉丝好几千万，"炫妻狂魔"的绰号一度被传为美谈。眼下他和母亲结婚近三十年，晚上出门散步仍然会手牵手依偎着回来。

相比而言，她和徐钊的感情实在有些寡淡。

可再寡淡，这也是一段长达七年的缘分、交往三年的感情。徐钊虽然和自己老爸无法相提并论，在普通人眼中，却算得上是仪表不凡的青年才俊。眼下这世道，哪有交往三年还尊重容忍女朋友不发生关系这怪毛病的男人呢？

就凭这一点，徐钊也很不错了。

宋清宁放下手机，端起桌上的水杯喝了一口，定下心来。

这一次，徐钊好一会儿没有回短信，她拿起手机看了一眼，微微蹙眉，正纠结着要不要再发，前面位置突然传来哇一声惊呼，林雪转过身来，瞪大眼睛说："清宁清宁，快看新闻，你女神的男朋友被曝光了！"

女神？

宋清宁愣神，很快反应过来，她指的是尤曼曼。

"喀！"侧后方一道男中音突然传来。

扭过头喊叫的林雪一愣，红着脸笑笑，转过身去。

宋清宁看一眼角落里低着头批改作业的年级组长，很快收回视线，扭头看向自己的电脑屏幕。

右下方闪动着林雪的头像。

她点开。

"我去。不就聊一句八卦嘛，还咳嗽，喀喀喀喀喀！"

宋清宁笑，回复："组长的性子你又不是不知道，没事啦。"

"下午要不要去看电影啊？"林雪问。

桌上的手机还是一点动静都没有，宋清宁正纠结，桌面对话框里突然弹出一张图片，林雪随后说："哇，这一张尺度好大。哈哈哈哈哈，看不出来尤曼曼私底下挺开放啊，还有她男朋友，这长相不当明星可惜了……"

对话框里，林雪喋喋不休。

宋清宁拖动鼠标，将那张图放大了看。

那是一张室内偷拍照。因为没有拉窗帘，能清楚地看到，男人光裸着上身，将女人举在自己半腰的位置。女人只穿一条吊带裙，吊带裙松垮地挂在她身上，她则松垮地挂在男人身上，妖娆至极地亲吻着。

看着看着，宋清宁只觉得胸腔里被一股子憋闷的感觉堵得无法喘息。

那男人的一张侧脸，化成灰她也认得，徐钊。

难怪他迟迟不回短信，是以为她知道了新闻要兴师问罪，所以正在考虑如何为自己开脱吗？

宋清宁收拢手指，握紧了手机。

消息提示音又一次传来的时候，她深吸一口气，低头去看。

徐钊回："晚上没空，明天中午吧，见一面。"

"行。"宋清宁打出一个字。

徐钊的短信冷淡得和两人最近相处的方式差不多："那就这样，明天中午我把见面地址发给你。"

宋清宁没有回复徐钊后面那条短信，心情不佳，她也没有应下林雪一起去看电影的邀请，下班后就回了自己在学校附近的公寓，顺带给家里打了电话，撒谎说自己周六要加班半天，完了再回家。

因为当年那桩事，宋家众人这些年对她百依百顺。

林思琪在电话那头叮嘱她一个人要记得吃晚饭之后，有些无奈地挂了电话。

宋清宁随后将手机放在茶几上，坐在单人沙发上发了一会儿呆，外面一片璀璨灯光的时候，她被迫起身，开了所有灯和电视。

房间骤然大亮，她觉得自己活了过来。

当年那件事说起来其实不复杂。

因为父母名气太大，她一出生便获得了万千关注和宠爱，网友们称呼她"最会投胎的小公主"。她有一个家财万贯又俊美深情的父亲，还有一个名动华夏又貌美温柔的母亲，更有三个继承了父母所有优点的妹控哥哥，就连她的名字，也是父母相遇相识并且最终成婚的地方。

她在众人的呵护宠爱中，无忧无虑地长到了九岁。那一年夏天，她因为被曝光过度，遭到了一群穷凶极恶之徒的绑架勒索，在那一次意外中，她担惊受怕三天两夜，最终，历经九死一生，险险获救。

宋清宁长嘘一口气，摘了眼镜，起身去洗手间洗脸。

镜子里映出一张年轻却沉闷的脸。

这几年来，她其实一直有点不明白，在她相貌、性格、家世皆不出众的情况下，徐钊喜欢她什么。

那次绑架让整个宋家很长一段时间处在阴霾笼罩之中。她受惊过度，得了好几次大病；父母过度自责，险些崩溃；三个哥哥如惊弓之鸟，那以后她展现出一点不对劲都竞相小心翼翼地慌乱安慰……

她还记得那个司机，临走前朝她房间的方向磕了好几个响头。

这一切让他们喘不过气的同时，也让她难以忍受，她的一举一动，脱离了媒体和粉丝的视线，却被家里众人牢牢掌控。这样的日子过了一年多，她主动提出和外婆一起回老家生活。

避开媒体关注，她在青城念完了初中，相貌和身形发生了挺大变化，走在路上也没有了星二代、富二代的光环。

这样的生活让她越发自在，她没有顾及父母的心情，又在青城念完了高中，最后还自己做主，报考了云京邻省的A市外国语大学，直到现在，终于在自己的执着和父母的无奈中，活成了普通家庭女孩的样子。

做到这一点其实也是有难度的。

随着年龄越大，她的外貌也越发和母亲林思琪相像。在路上被人指点了几次后，她刻意弄了头发，将天生的浅褐色自来卷做成了黑长直，齐刘海像一道门帘似的，挡住了额头和眉毛。这之外，她给自己配了副五十度的近视眼镜，眼镜是非常普通的大黑框式样，戴上去便遮了半张脸，让她原本立体深刻的五官瞬间平凡了很多。

徐钊就是在这样一种情况下追求她的，也因此，她一直觉得，他并非那种沉迷美色或者追名逐利的男生，他可能打心眼里就喜欢看上去质朴踏实的女孩，这样的男生可靠又沉稳，能让她放心。

可事实是，他出轨了。

翌日，上午。

宋清宁一觉睡到自然醒，天色大亮。

她起床洗漱完，时间是十点五十五分，她正好收到了徐钊的微信消息："老白家私房菜馆，怀明路西段，三十九号，十二点半。"

这消息干巴巴的像一条短信，仿佛两人现在已经一刀两断。

宋清宁看了很久，回复："好。"

她名下这间公寓就在云师大附中校外不远处，是她上班后，母亲林思琪执意给买的，当时母亲还想买车，是她以这里到学校就几分钟路程为由，执意没要。可父母还是过意不去，三天两头打电话，一到周末便会第一时间开车过来接。

想到这，宋清宁心里突然有点不是滋味。

她没吃早饭，却也不想赶时间按时过去。徐钊约的这家私房菜馆她知道，距离她这公寓非常远，要是不想迟到，她应该坐地铁过去。可两人交往这三年，她在这方面一向体贴又自觉，从未让他等过。

宋清宁也不晓得自己是出于一种什么心理，她没有选择坐地铁，而是坐地铁到一半，换乘了公交车过去。

云京地处北方，夏天很热。眼下已经到6月中旬，公交车上人多，冷气很足，可一下车，迎面而来的热浪似乎能将人击晕过去。宋清宁将披散的长发在脑后绑了个低马尾，撑了碎花的小太阳伞，不紧不慢地到了目的地。

一抬眸，方方正正"老白家"三个字映入眼帘。

宋清宁拿手机看一眼时间：下午一点整。

徐钊没有短信和电话过来，她抿抿唇，发短信："我到了。"

"上楼梯，三楼，左首最里面一间。"

宋清宁收了手机，上楼。

三楼，包厢里。

围绕着大圆桌坐了十几个衣着考究的年轻男女，酒过三巡，中间捏着酒杯的男人起身，笑着说："请哥几个来这地方吃饭，实在过意不去……"

他话音刚落，边上另一个男人便抬手喊道："哎我说你这说什么屁话呢？什么过意得去过意不去的，结婚是喜事，别说这些见外的话。今天你就是请我们去大排档，那也必须捧场，大家说是不是？"

"对，说得对。"

"喜事喜事，来，自罚三杯。"

一桌人顿时热闹起来，让起先说话的男人眼眶泛红。

家道中落这种事，发生在谁身上都不好受，更别提家道中落后婚姻大事被父母当成救命的筹码来掌控。他兜兜转转两年多，总算下定决心脱离家里，牵手这对他的前途没有丝毫帮助的小女人，难得这一帮老同学，还能赏脸过来吃顿饭。

男人连喝三杯，又给自己满上了第四杯，侧个身，看向边上坐着的邵长安，笑说："来，长安，我先敬你。"

邵长安起身，杯沿落低和他相碰："新婚快乐。"

"招呼不周，招呼不周。"男人连说两句，仰头将杯子里的酒水一饮而尽。

邵长安微微一笑，放了酒杯，落座。

他起身时，一桌人的目光都似有若无地落在他身上，艳羡不已。眼看他坐下，所有人收回目光，又忍不住在心里感慨，投胎真是一门技术活。在座的人家世背景都不错，可和这人一比，顿时不足一提。

邵长安是云京邵家这一辈的长子，父亲邵正泽眼下年近六十，仍然和宋家那一位一起，被网上无数女人赞为"不老情人"。他母亲是国内大满贯影后，和宋夫人一起，并称娱乐圈"不老女神"。

邵长安继承了父母的所有优点。

刚过而立的他接手家里的公司三年有余，身家丰厚姿容清绝，偏偏和他父亲当年一样，身处娱乐圈却清心寡欲、洁身自好，三十岁了，连个绯闻女友都没有，让这个圈子里各家父母又爱又恨。

毕竟，这样的女婿打着灯笼也难找，可同时，自己女儿再跟着这么耽误下去，都得成老姑娘了。

饱汉子不知饿汉子饥……

几个公子哥儿正在心里感慨，包厢门突然咔嗒一声被人从外面推开，一个戴着大黑框眼镜的女人闪了进来。

众人："……"

两秒钟沉默后，请客的男人站起来，笑着说："您是不是走错……"

"宋清宁。"对门传来一声唤。

"对不起，打扰了。"女人啪一声拉上门，室内重归寂静。

又过了几秒钟后，一个男人哈哈笑着说："还真是走错了。宋清宁，这名字，哈哈，吓我一跳。"

"可惜不是宋家那位。"

"说起来宋家那小公主也这么大吧？是不是出国了啊？那件事后基本上就没见过她，连张照片都没有。"

"出了那种事，宋家那两位怕是吓得够呛。"

"可不，听说找到的时候头发都被剪得没几根了，指甲也被卸了好几个，幸亏获救及时，再晚一小会儿都被撕票了。"

"当时媒体都跟疯了似的，那不是上赶着找死嘛！"

"唉。"有人长叹一声，突然道，"不过刚才那女人乍一看肤质还挺好的，高鼻梁、尖下巴，还有那嘴唇，都和宋夫人有几分像。"

"噗，你说刚才那土包子？"他边上的男人错愕地看着他，啧啧叹道，"什么眼神啊你这是？宋家小公主会一个人就这么出现？哦，穿一件土不拉几的短袖配条牛仔裤，还戴那跟出土文物似的大眼镜？"

"哎我去，你出土个眼镜给我看看？"

"不就那么一形容吗？"

满桌人哈哈地笑了起来，很快又将话题转到了别处。

宋家那两位的婚礼一度轰动全国，后来的三胞胎和小女儿也引发了全民追捧和关注。宋清宁被网友称为"史上最会投胎的小公主"。

那一年，为了沾到她的福气，好些年轻孕妈都给自家女儿起了清宁这么一个名字，尤其是姓宋的。这现象让人哭笑不得，还被好些网媒报道过呢。眼下，宋清宁这名字早已经烂大街了。

对门，包厢里。

宋清宁掩上门，抬步到桌前，侧身将手里的碎花折叠伞和包一起放在一张空椅子上，坐下后才抬眸看向对面脸色隐忍的男人。

徐钊沉默地看着她。

相识七年，他对宋清宁是有一点感情的。他很早就意外地知道了宋清宁是云京人，最开始追求她也是这个原因。云京是华夏首都，几年前就因为人口爆满对户口迁入展开了近乎严苛的限制。

结婚，几乎成了简单却唯一的途径。

他因为这个对宋清宁展开追求，原本以为，凭借自己的条件，这件事容易至极。可他没想到的是，这件在他想来非常容易的事情，花了他整整两年。他还记得宋清宁答应他的那天，他竟然有一种如获至宝的感觉，再后来第一次牵到她的手，他确信，他听到了自己骤然加快的心跳声。

人可能都有这样的劣根性，再平凡普通的东西，一旦难得到，便都会显得弥足珍贵。宋清宁于他，就有这样的意义。

眼下，他对宋清宁的感情非常复杂。

沉默在包厢里蔓延，许久后，徐钊叹口气，笃定地问："你知道了？"

宋清宁点点头："嗯。"

"我和曼曼……"

"分手吧。"宋清宁打断他，轻声说。

徐钊因为她这看似平静却坚决的态度愣了一下，好半晌，他才苦笑了一下，再次开口道："其实你心里压根没有我。"

宋清宁自嘲一笑："原本想这周带你去见我父母。"

徐钊因为这句话又愣了一下。

他见过宋清宁摘掉眼镜的样子，感觉她和林思琪有几分相似，再加上年龄、籍贯，他曾经也怀疑过，宋清宁可能是并不显山露水的豪门千金。可来云京三年，他彻底打消了这个猜测。

怎么可能呢？

无论是寰宇集团掌权人千金这个身份，还是林思琪女儿这个身份，她都不可能用眼下这种方式生活。

　　在初中任教、租住小公寓、穿平民品牌……哪个豪门千金会这样啊？

　　叫"宋清宁"这名字的女孩儿在云京少说也有几十个。徐钊这般想着，在心里长叹一声，无所谓地说："随便了。先前我说见见你父母，你不乐意。眼下要分手又说这些，不觉得为时已晚吗？"

　　再温暾的人也有三分性子。宋清宁听到这里怔了一下，憋了一天的情绪也突然有了宣泄的出口，她看着徐钊，一字一顿地说："难不成这是我的错？出轨劈腿的是你，导致我们分手的也是你。"

　　徐钊冷笑，扬眉看着她："所以呢？"

　　"嗯？"

　　"你以为你是谁？"徐钊咬牙问，"今天故意来晚，使脸色呢是吧？宋清宁，你以为你是谁？宋家小公主？宋望和林思琪的女儿吗？你不就叫了人家的名字，摆什么高高在上不容侵犯的谱儿？"

　　两个人相恋三年，几乎没红过脸。直到这一刻，宋清宁才分外清楚地认识到，他们这段感情，的确走到了尽头。

　　原来，她在徐钊心中是这样的。

　　"既然事情都说清楚了，那也没有吃饭的必要了。"话音落地，宋清宁拿了太阳伞和包，直接起身。

　　"你给我坐下！"徐钊看着她起身的姿态，突然动怒，大力一拽便让宋清宁摔回了座椅上，看着她错愕的神色，他越发觉得自己像一个小丑，气急败坏地说，"你知道我为什么和尤曼曼上床吗？"

　　"没兴趣。"

　　"没兴趣？"徐钊重复一遍她的话，突然哈哈笑了，他一弯腰提了自己的公文包，趾高气扬地站在她面前，一脸嫌弃地说，"交往三年都不让上，我以为怎么回事呢，原来是性冷淡啊。也难怪，就你这副样子，能让男人有兴趣就怪了！"

他也许是气极了，口不择言。

宋清宁缄默。

徐钊看见她这副样子又恨又气，想再做些什么发泄偏偏又找不到方式，最终，他一扭头铁青着脸走了出去，将门摔得震天响。

宋清宁觉得那一声重重地撞在她心上，又听见房门被人咔嗒一声打开，徐钊去而复返，站在门口气急败坏地道："我真是有病，足足在你身上浪费了五年时间。宋清宁你最好找面镜子照照自己！就你这土得掉渣的样子，我多看一眼都倒胃口！"

宋清宁坐在椅子上，无动于衷。

她松松绑着的头发在刚才拉扯间散开了，此刻发圈突然坠落在地，一头乌发垂下，遮住了她的半张脸。

徐钊看不清她的表情，深吸一口气，用一种近乎残忍的酣畅淋漓的语气说："老实告诉你，我当初之所以追你，不过是因为你有云京户口。要不然，就你这样的，跪着求我我都懒得看一眼。"

他在门口，再三强调对她的不屑一顾。

"滚。"宋清宁突然说。

徐钊愣了一秒："你说什么？"

"我说让你滚！"宋清宁猛一扭头看过去，顺手抄起手边的玻璃杯朝他脸上摔去，力道又大气势又足。

砰！玻璃杯砸在门框上，碎片四溅。

徐钊早已避开，却有点被震惊到，愣了几秒后，他再也说不出一个字，铁青着脸跨着大步走了。

房间里安静下来。

几秒钟后，响起了女生吸鼻子的声音。

宋清宁没哭。眼泪已经在眼眶里打转了，可她不允许它掉下来，一仰头，想让它就那么收回去。

对面包厢的门在这时候被打开。

十多个人先后出来，目光落在地毯上，忍不住啧啧喟叹，眼神还互相交流，很显然，刚才发生的事，被他们听了个一清二楚。

"邵总接下来有什么安排？"一个男人的目光突然落在驻足的邵长安身上，脸上带笑，客客气气地问。

邵长安和他往来少，闻言只淡声答："回家。"

男人还想说话，开口前却发现人家根本没看他，目光一直落在半开的房门内，在看谁，不言而喻。他忍不住一愣，想了想，又一次客气礼貌地问："宋家小公主您应该认得吧，总不可能……"

不可能什么？

他话未说完，邵长安已经避开地上的碎玻璃碴，抬步进门。

众人："……"

门口的动静宋清宁自然听到了。

因而，邵长安走到她跟前的时候，她便自然而然地侧过头去看他。他站着她坐着，他个子又太高，她只能仰起头，对上他略带探询的眸子。

不争气地，眼泪又差点流出来。

宋清宁蓦地低头，听见他声音平缓地问："没事吧？"

"没事。"

"我送你回家。"

这句话落到耳边，宋清宁又微微一愣，没忍住抬起头来，再次和他对视。

几秒钟后，她确定，邵长安认出了她。

事实上，刚才走错门那么一瞥，她也看见了包厢里的他。可她没想到，他会注意到并且认出她。

小时候，她最喜欢黏着他了。

她有三个亲哥哥，可那三个从小就毫无原则地宠着她顺着她，她指东不往西，她说太阳是方的他们明知错了也要附和一声"宝贝儿真有见

407

地"。因而从能记事起，她就觉得他们无聊，不大喜欢和他们一起玩。

相反，她非常喜欢邵家哥哥。

两家父母关系好，逢年过节时常走动，邵长安偶尔跟来。他比自己的哥哥大几岁，性子也和他们不一样，非常沉静冷淡。她就喜欢他对她爱搭不理的样子，每次看见了就凑上去，围着他叽叽喳喳、说东讲西。到后来，三个哥哥因此经常委屈控诉，她妈和他妈却忍俊不禁，时常打趣说："看来这儿女亲家是当定了。"

据说，她在满月宴上第一次见到邵长安就一个劲地盯着他看，眼珠子跟着他转，表情逗乐了两个妈，她们私下就开玩笑说要当儿女亲家。

可惜，那些年邵长安一直对她兴致缺缺，她得在他腿边说很久很久，他才会应付地回答一下，回答的也是诸如"嗯、啊、不行"这样听起来就没什么感情的字眼，又冷淡又敷衍又酷。

偏偏他怎么样她都很喜欢。

后来呢？

宋清宁恍惚地想着，才发现，后来他们两个人的交集少得可怜。

那一次意外让她受了不少折磨，被救回来后在重症监护室待了三天，等她终于清醒之后，很长一段时间连镜子都不敢看。九岁正是小姑娘爱美的年纪，也懵懵懂懂地有了男女性别意识，可她被那些人剪成了光头，拔了几个指甲盖，在四肢上抽出鞭痕，还险些遭受凌辱。

那样难看的她，怎么敢见人呢？

那一次之后她几乎就没看见邵长安了，后来从爸妈口中得知，他念书很好，他越大越不爱说话，他出国了，他回国了，他接手公司了，他很能干。

好多年，关于他的事，她都是从旁人口中听到只言片语。

仅此而已。

她都不晓得两人多久没见了。

他却认出了她。

包厢里气氛凝滞了好一会儿。

宋清宁收回自己落在邵长安身上太久的目光，她觉得眼睛有些酸涩，便低头眨了眨，轻声说："嗯。"

"走吧。"邵长安温声说。

他还和以前一样，表情少，话不多。

两个人一起往外走。

外面过道上还站着不明就里的一群人，因为邵长安突然进去，他们也没走，全部等在外面，沉默着面面相觑。此刻眼见两人一起出来，心里某种震惊的猜测好像得到了证实一般，一个两个的目光全部无法控制地落在宋清宁身上。

女生看上去比他们小一些，穿着简单的白色短袖T恤和浅色牛仔裤，脚上一双白色板鞋，干净朴素。她肤质很好，白皙紧致，裸露在外的小臂很纤细，握着包和太阳伞的那只手也非常细长柔美，很好看。

相比之下，她相貌逊色很多。

土到掉渣的黑长直发型，刘海又长又密，遮住了额头和眉毛，齐得好像一刀剪过去那般无趣。她的眼睛和半张脸都掩在大黑框眼镜下，因为看不真切给人一种懒得去探究关注的感觉。整张脸上，也就高挺的鼻梁和略丰润的嘴唇因为无法遮掩，显露出一点儿轮廓分明的美感。偏偏，眼镜和头发在第一时间夺去人的目光，一般人还真的很少会将注意力停在她的鼻梁和嘴唇上。

宋家小公主？

开玩笑呢！

这两个念头在众人脑海中划过，有男人没忍住，小声又克制地问邵长安："你认识这个姑娘啊？"

邵长安看过去："怎么了？"

他没回答，这一句反问也明显昭示着不想回答的意思，周围都是聪明人，先前又在包厢里多嘴讨论了好一会儿，因而纠结之后没人敢将话挑明，问话的那一个也打着哈哈笑说："没什么，随便问问。"

邵长安收回目光，转而看宋清宁一眼。

宋清宁走在他右侧，低着头，一副沉默无趣的样子。

记忆里那个活泼可爱的小姑娘，一见他就会叽叽喳喳、说东说西，高兴了还会上蹿下跳、手舞足蹈，眼下却变成这样……

邵长安止了思绪，领着她，很快和众人告别。

黑色宾利驶上正路。

邵长安侧头看一眼副驾驶座上安安静静的宋清宁，温声问："回哪？"

宋清宁报了公寓的地址。

邵长安点点头，想着过去挺远，便又一次开口问她："听广播还是听歌？"

宋清宁在这问题之后抬眸看了他一眼，她似乎有些认真地想了想，开口轻声说："你不是喜欢安静吗？算了吧。"

邵长安又点点头，无言以对。

他的确喜欢安静，平时也习惯了周围人守他的规矩，在他跟前保持安静。可这里面是不包括宋清宁的，记忆里她的形象太深刻鲜活，因而眼下骤然见到她这般沉默寡言的样子，让他很不适应。

两人就这样好一会儿，邵长安再一次打破安静，淡声说："听我妈说，你现在在云师大附中教初二英语。"

宋清宁看过去，过了好一会儿，点点头："嗯。"

邵长安："……"

好不容易开的头就这样给终结了，他这次再也说不出什么话来。

一路安静。

黑色宾利到了小区门口后，宋清宁抬起头，说："你就把我放在这儿吧，我自己走进去就……"

她话未说完，邵长安已经接了门卫递给他的临时卡。

410

他将车子开进小区，解释说："天热，送你到楼下吧，免得晒太阳。"

小时候的宋清宁是个火娃娃，活泼好动，一动就是一身汗。因而她也很怕热，夏天的时候偶尔来他们家串门，午睡的时候经常连小裙子都直接脱掉，就穿一条卡通的小内裤在床上打滚儿。

房间里有空调。他妈担心她睡着了着凉，偶尔会支使他过去看一眼。他每次去看的时候她的姿势都不一样：有时候呈"大"字摆在床上，有时候撅着小屁股埋头趴着，有时候双手举高好像投降……

记忆好像画册，翻一页出现一个她。

邵长安想起这些总觉得温暖，平素总绷着的脸也在不知不觉中变得柔和，直到边上突然传来一道古怪的声音，打破他的思绪。

他侧头看去，目光微微低垂，后知后觉地想到：这丫头没吃饭。

早饭和午饭都没吃，宋清宁早已经饿了，肚子会叫出声也压根不受她控制，可这么不合时宜的一声让她分外窘迫。她感觉到邵长安的目光，头都没抬，低声说："你停车吧，我到了。"

车子停到了宋清宁住的楼下。

宋清宁一手按在安全带上，听见边上的男人突然开口问："家里有水吧？"

"嗯？"她下意识侧头看过去。

邵长安低头解了自己的安全带，声音淡淡的："喝了点酒，这会儿有点渴。"

他吃饭的时候喝了一两杯，按理说不该开车的，可当时要送她，又不想让她等，只得亲自当了司机。

上去喝杯水，不过分吧？

邵长安如是想。

两个人乘电梯上楼。

宋清宁住1802，电梯叮一声停在十八楼，她深吸一口气，率先走出，往自己房门的方向去。

门锁转动，她抿唇朝邵长安道："进吧。"

邵长安抿了一下唇，抬步进门。

两室两厅的户型，目测面积八十平方米左右，现代简约风，室内家装家具以米色为主，看上去清新素雅却缺少点温馨。

邵长安不动声色地瞥了两眼，收回目光坐到了客厅沙发上。

"得等一会儿。"宋清宁开了饮水机，俯身将茶几上的果篮朝他推了推，细声细语地说，"要不你先吃点水果。"

邵长安抬眸看过去。

果篮里放着两根香蕉、一个苹果、一些小番茄。

他没拿水果，抬眸又看宋清宁一眼，淡声说："我自己坐着等一会儿，你不是饿了吗？不吃饭？"

宋清宁哦一声，抬步去了厨房。

邵长安跟上来这个事在她意料之外，因而她整个人有点晕晕的，完全是下意识地听了他的话去厨房。可她在做菜这项技术上大概随了母亲，一点天赋也没有，眼下二十五岁了，勉强能做出来的东西也就是泡面。

哦，泡面不用做，开水一泡就行。

宋清宁撕开了桶装的红烧牛肉面，撒上调料，端去客厅。

等水的邵长安看见她出来便愣了一下，他的目光在她手中足足停了好几秒，才微微拧起眉，问："你就吃这个？"

"我厨艺不行。"宋清宁解释说。

邵长安还是拧着眉。

宋清宁想了想，流露出今天的第一个笑容，补充："不是天天吃这个，我妈帮我请了钟点工，她平时中午会过来打扫卫生顺带做饭，只是今天周末，所以她没来。"

邵长安听到这脸色才略微缓和，问她："家里有菜吗？"

"唔。"宋清宁想了想，"冰箱里好像有。"

412

"别吃这个了。"邵长安起身，一边往厨房里走，一边说，"我今天下午没什么事，等你吃了饭再走。"

宋清宁回过神的时候，听见他打开冰箱门的声音。她端着面愣了好一会儿，才反应过来，他这是要给自己做饭呢！这想法让她吓了一跳，转个身放下泡面，她急忙跟进厨房，反对道："你别做啊，我可以下楼去吃或者叫外卖。"

邵长安又拧眉："外卖有什么好？"

宋清宁眼见他手里拿着一把蒜薹，轻轻地咬住了唇，蚊子嗡嗡一般低语："可是做菜这种事不是你该做的。"

"什么？"邵长安没听清。

宋清宁也不好意思说第二遍，只得改口道："那我给你帮忙吧。"

"不用。"邵长安看一眼她的手。她虽然刻意扮丑，手却没办法遮掩，绞在一起的双手纤细白皙，柔美又好看。

这样一双手，就该养尊处优。

十五分钟后，两菜一汤摆上桌。

邵长安在电饭煲里盛了一碗米饭出来，连同筷子一起放在碟子边，扭头朝她说："洗了手过来吃。"

宋清宁嗯一声，洗了手坐到桌边。

冰箱里有钟点工阿姨买下的食材，邵长安用木耳炒了蒜薹、红辣椒炒了虾仁，还做了道看似很简单却很难操作的西红柿蛋花汤，之所以这么说，因为西红柿蛋花汤曾是她尝试过的失败案例之一。

宋清宁没忍住，先用勺子舀了蛋花汤往嘴里送。

好喝到飞起！

她肚子里的馋虫顿时全部被勾了出来，只抬眸看了邵长安一眼，瞧见他已经洗了手坐着喝水，便也不想太多，先低头吃饭。

很难想象，男人做饭还能这样好吃。

尤其这男人还是邵长安，是那个她从小觍着脸追着跑的邵家哥哥。

413

想到这，宋清宁蓦地觉得眼眶发酸，蛋花汤的热气扑在镜片上，她顺手摘了眼镜，正想喝汤，一低头，眼泪却差点掉进碗里去。

一来二去，弄得她忙乱起来。

宋清宁随手扯了纸巾擦掉眼泪，看着碗里漂着的软嫩蛋花，又想笑，情绪太复杂，她还没忍住又去看邵长安。

这一下，突然四目相对。

邵长安的目光还来不及收回，他就隔着两米左右的距离看过来，深黑明亮的眼眸里带着的情绪有点复杂，看见她看他，他也没有收回目光，而是微微扯动嘴角笑了一下，温暖又柔和，一下子击中她的心灵。

宋清宁脸上一热，连忙低下头去。

心跳很快，她觉得很羞愧。

她眼下这个样子，这么土气这么丑，他竟然一点也不嫌弃，做饭给她吃，还露出那样温暖得让她心动的笑容。

心动……

这个词让宋清宁吓了一跳。

她没想到自己轻易地就用了这个词，也没想到就在刚结束了一段三年恋情的当天，她就感觉到了自己跳动的心声。她只是在这一刻，突然被唤醒了埋藏许久的很多心事和情绪，深深地折服于他的魅力。

下午五点，邵家。

邵长安步入客厅的时候，电视上正播放娱乐八卦："环亚旗下流量小花尤曼曼的恋情一经曝光便挤上微博热搜前三，人气可见一斑。今天上午，网友曝光了她男朋友的个人信息，结果让一众吃瓜群众跌破眼镜。据悉，她男朋友并非什么富二代、官二代，而是一名翻译，两人是在去年前往M国拍戏时结缘……"

啪——许依依按了静音，抬头问："不是说中午回来？"

"临时有点事。"邵长安坐在一边的单人沙发上，看着自己年过五十仍然风韵不减的母亲，笑问，"您怎么有空看这……"

话说到一半，他目光落在一闪而过的电视画面上，微微愣住。

许依依抬眸看向电视，有些不解："怎么了？"

"没什么，公司艺人。"

刚才一闪而过的电视画面正是尤曼曼和徐钊的亲密照，让他错愕的却并非尺度问题，而是里面那男主人公，他上午刚无意中瞥见过。

许依依却想不到那么多，目光从电视画面上收回来，有些不悦地说："尺度大成这样也是罕见，幸而公关不错，又给她贴了张忠于本心寻求真爱的洒脱标签。"

环亚原本就是邵家的公司，邵正泽年届花甲，大把时间用来和她四处旅游，眼下这公司交给儿子也不错，各方面正常运作，无须夫妻俩操心。可她这董事长夫人看见自家流量小花的新闻仍是下意识留意上了。

尤曼曼这一桩绯闻让公司猝不及防，照片尺度大到毁人设。幸好公关那边迅速做出反应，不等网友抨击她私生活混乱便将区区翻译身份的徐钊讲成她的男朋友，如此一来，流量小花不爱权贵找真爱，瞬间成了圈子里一股清流。

可惜了，这真爱是别人的男朋友……

邵长安不无讽刺地想着，脑海里又突然浮现出宋清宁微微仰起的小脸，小脸带泪，楚楚可怜。

"长安，长安？"

"嗯？"女人纳闷的声音瞬间拉回他的思绪，邵长安定定神看向不远处的许依依，问道，"怎么了？妈。"

"我还想问你怎么了呢，魂不守舍的。"

邵长安薄唇轻抿，没说话。

他这副样子和他老爸像了十成十，许依依当年虽然迷恋老公的这副模样，眼下却有点见不得儿子也跟他老爸一样。她有些无奈地叹了一口气，苦口婆心道："你这性子还真是随了你爸，可你爸在你这个年龄，我们连你都有了。你可倒好，三十了连个女朋友也没谈过。哎，你老实告诉妈，你是不是对女人不感兴趣？"

邵长安也有点无奈，正想说话，又听见自己亲妈问："那男人呢，你对男人有没有兴趣？不管是男的女的，能领回来一个总是好的。"

"你这越说越不像话了！"邵正泽不知何时出现，板着脸看向妻子。

许依依翻个白眼："思琪都快抱孙子了。"

她话音落地，突然想到什么一般，笑着说："看我这记性，当真老了似的，长时间没见，连清宁那丫头都忘了。"

这话一出，父子俩皆沉默了一下，邵正泽接腔道："你先前不就提过了？说她在云师大附中任教，教英语呢。"

"我说年龄呢，她今年也二十五了。"

言下之意，可以结婚了。

邵长安没接话，又听见她问："说起来实在太久没见了，我都快记不清这孩子长什么样了。长安，你说是不是？"

邵长安没说他刚见过，只点点头："嗯。"

许依依见他应和，顿时笑了，试探着又问："那我找找思琪，赶明儿一起聚聚，玩一下吃个饭？"

邵长安眼眸微垂，说："您决定吧。"

话音刚落，他起身上楼。

许依依眨眨眼，看向跟前的男人，有点后知后觉地问："我怎么觉得咱儿子对那丫头也有点感情啊？"

"好像是。"邵正泽微笑。

儿子喜怒不形于色，他也挺无奈的。

二楼，书房。

邵长安端着水杯坐到了电脑前。

将工作处理完，他觉得房间渐渐暗了下来，扭过头，隔着一整扇落地窗，看见楼下花园里怒放的几株粉色月季。

室内很安静。

他就那么靠着椅背坐了一会儿，关了电脑，起身要出门。人还没走到房门口，视线却突然扫过一处，微微顿住，若有所思。

他抬手打开了灯。

实木书柜里，和他视线平齐的一个位置上，摆放着一个玻璃相框。相框里是两个小姑娘举着蛋糕的照片。

他看着那张照片的背景，记忆飘回到好些年以前。

相框里的两个小姑娘，一个是他妹妹邵长乐，另一个便是宋清宁。这两个姑娘年纪差不多，小时候性子也都活泼可爱，能玩到一处去。这张照片应该是他爷爷过寿的时候拍的，背景是家里一楼大厅。

大厅里灯光璀璨，衣香鬓影，她们穿着一样可爱的无袖小粉裙，嘴唇涂得亮晶晶的，微微噘起摆出了亲蛋糕的姿势，亲密无间地依偎在一起，个头身形都差不多，看上去就像一对可爱的姐妹花。

长乐应该挺喜欢这张照片，特意洗出来挂了起来。

看着看着，邵长安忍不住勾起薄唇，抬手将相框重新放了回去，听见了身后传来自己手机振动的声音。

手机还在桌上呢。

邵长安拿起手机一看，陌生号码来电。

想了想，他接通道："喂，您好？"

"长安哥哥吗？"电话里传来一道略微拘谨的声音。

邵长安一愣，问："清宁？"

"嗯啊。"听见他问出自己的名字，宋清宁显然松了一口气，小声地说，"我问大哥要了长乐的电话，又问了你的电话。"

邵长安淡淡一笑："你到家了？"

"嗯。"宋清宁应一声，告诉他，"临走的时候去厨房，发现你的手表忘在控水槽旁边了，给你说一声。"

邵长安看一眼自己空空的手腕，回她："那我有时间过去取。"

宋清宁似乎想了想："好。"

挂了电话，宋清宁长嘘一口气，抬手摸了摸自己的脸蛋儿。

她在家里没有刻意扮丑，染成黑色的长发全部扎了起来，齐刘海也梳了上去，用两个黑色小发卡固定着。那个遮脸的大黑框眼镜也没戴，露出了长而卷翘的睫毛和一双大而水亮的眼眸。

她相貌肖似母亲，整张脸上眼睛最好看。

此刻这样随意地一收拾，穿一件及膝的宽松版大短袖在家里晃悠，怎么看都漂亮得让人移不开视线。

小时候那桩意外已经过去很久，意外带给她的身心创伤也在慢慢平复，不过因为她习惯了没有光环自在随意地生活，也习惯了相貌平凡所带来的宁静，所以一直以来也没想着换一种打扮。

倒不承想，会因此失恋。

她突然想到徐钊，不可避免地，想到了他最后那番话。

宋清宁有点失落，更多的却是庆幸。

徐钊当年能因为一个云京户口追她两年，说起来可笑又让她唏嘘。她得庆幸，她没将他带到宋家来。一旦来了，也许就再没可能认清他的真面目，甚至为此葬送自己的一生、重挫父母和哥哥对她的爱护之心。

幸好……

她胡思乱想着，突然听见手机的信息提示音。

"老实交代，找我哥什么事！"短信来自邵长乐。

两个人虽然很久没联系了，可小时候的玩伴感情就是这么奇妙，她看着短信都能想到邵长乐鬼精灵的样子，因而也笑着回复说："你猜啊？"

"某人小时候就爱追着我哥跑。"

"某人小时候也爱追着我哥跑。"

发了一句意思差不多的话过去，宋清宁没忍住又笑起来。

她没说错。

她嫌弃自己三个哥哥好动调皮，邵长乐正好相反，她嫌弃邵长安冷淡无趣，因而每次两家人一见面，她总围着邵长安打转，邵长乐却总追在自己那三个哥哥屁股后面，跟着他们打闹玩耍。

"哎，我给你说哦，我哥现在还是个老处男，你可以下手。"

邵长乐紧接着过来的这一句话成功地让宋清宁红了脸，她将这条短信看了好几遍，忍不住又想到了中午邵长安挽起衬衫袖子在厨房里切菜的样子，他那么好看，眉眼都能入画，让她不敢亵渎。

第一次，她有点懊恼自己平时土气的打扮。

懊恼完了，她又觉得烦。烦恼过后，又是一阵一阵的怅然若失和自惭形秽。邵长安洁身自好三十年，岂是她配得上的？

就在今天，他还刚刚见到了丑态百出被嫌弃的自己。

一连几天，宋清宁没有再见到邵长安。

他肯定不止一块手表，平时工作又忙，也没有着急取。反倒是宋清宁，她一直将那块表随身带着，等到星期四这一天，下午没课，忙完了距离正常下班时间还早，她便决定去一趟环亚传媒。

云师大附中距离环亚传媒不算特别远，她从小区附近的地铁站出发，半小时左右，又出了地铁站。

快到公司楼下的时候，她给邵长安发了一条短信。

下午四点半，邵长安正在开会，桌面上的手机突然嗡嗡地振了起来。他随手拿起手机看了一眼，进来一条短信："我今天下班早，将手表给你带过来了，你现在方便吗？让秘书来一楼前台取一下吧。"

现在？

邵长安下意识看了一眼时间。

临近五点。

他随手合上桌上摊开的文件夹，起身说："今天就这样，其余的内容明天上午开会继续说，散会。"

这号令让人猝不及防，会议室里一众人面面相觑，回过神来才发现，老板早已经迈开大长腿出了会议室。

邵长安一出会议室便给宋清宁打电话。

宋清宁已经到楼下了。因为心里坦荡，她并未觉得自己过来给邵长安送手表这举动其实有点暧昧，正和前台小姐说话呢。

前台小姐其实也有点蒙，她从未遇见过这种状况。她一边不动声色地打量着宋清宁平平无奇的模样，一边客气而疏远地说："您不是说自己有邵总的电话吗？您打电话给他吧，让随便哪个秘书下来取嘛。"

还手表这事，前台并不想代劳。

一来眼前这姑娘普通至极，二来她拿着的手表极为名贵，这件事本身就透露出一股子诡异意味，没准是什么套路呢？

她不接，宋清宁也不好意思将手表硬塞给她，这一刻，宋清宁才觉得自己跑过来送手表的举动似乎有那么一点不妥当。可人都来了，短信也发了，她只能硬着头皮说："我已经发短信给……"

后面的话尚未说完，她的手机突然响了。

宋清宁连忙接通，唤："长安哥哥。"

她这四个字随口就来，自己也并未觉得有什么不对，可站在不远处的前台小姐早已经傻眼了，用一种难以置信的全新目光打量着她。

上班时间来了个女人找总裁已经够让她意外了，这女人相貌普通打扮寻常也很让她意外，不过，最意外的还是：邵总竟然主动给她打电话，而同时，接了电话的她如此熟稔又随意地唤出了这个好像肉麻兮兮的称呼。

天哪……

前台小姐还沉浸在震惊中，又看见宋清宁突然弯了一下嘴角，笑着说："那好吧，我等一下你，没关系的。"

没关系？

她们高冷的邵总在那边说什么了？

眼看着宋清宁打完电话，前台小姐才从震惊中回过神来，她飞快地转身，拿起一次性水杯接了一杯水递出去，笑容满面地说："您喝杯水吧。"

宋清宁看过去："谢谢。"

420

她道了谢，端起水杯抿了一口，重新放回去，将目光投向电梯间。

邵长安从专属电梯上下来，往前台走去。

"邵总好。"边上响起一道甜美温柔的女声。

邵长安连目光都没有扫过去，淡淡地点了一下头，径直往外走。

看着他的背影，尤曼曼忍不住握紧了手里的黑色链条包，淡笑着说："邵总这性子，还真是够冷淡的哎。"

"谁说不是。"走在她身侧的经纪人刚接了这句话，一抬眸便看到邵长安停在了前台那里，微微一低头，笑着对一个女人说话。

那女人穿短袖和牛仔裤，长直发齐刘海，鼻梁上还架着一副土气的黑框眼镜，站在环亚敞亮开阔的一楼大厅，颇为格格不入。偏偏，邵总好像完全没觉得她土气，看向她的时候，冷峻的侧脸都分外柔和。

这一幕让经纪人震惊了。

她边上的尤曼曼比她还震惊。

尤曼曼看着宋清宁，好一会儿说不出话来，直到目送两人的背影消失在门口，她才飞快地踩着恨天高到前台，蹙着眉头问："刚才那女人和邵总说什么？"

前台被她这古怪的样子弄得一愣，沉默着回忆了两秒，不确定地说："好像是邵总将自己的手表忘在哪了，那女的给送过来了。邵总很过意不去的样子，说是请她吃饭，然后两个人就出去了。"

"捡了手表？"尤曼曼反问。

前台一愣。

她觉得好像不是这样，可她又说不清到底是怎么回事，因而她看着尤曼曼，勉强地笑着说："好像吧，我听得不是很清楚。"

她语调里的勉强和犹豫尤曼曼听见了，可人总是这样，下意识将事情往自己能理解的方向想。因而前台小姐的神色在尤曼曼眼前只短暂停留了一下，很快便被抛诸脑后。尤曼曼满脑子只剩下一件事：宋清宁刻意勾搭邵总。

作为徐钊的高中同桌兼好友，宋清宁的事她早就一清二楚。

徐钊那人她也了解，学习好，好胜心强，因为相貌英俊还特别恃才傲物。高中时两人当同桌，明明彼此都有意，可徐钊就是不表白。她那会儿成绩不行，面对他也很有自卑感，眼睁睁地错过了这段可能发生的初恋。

三年前高中同学聚会，两个人又碰上面，她刚刚小有名气，原以为徐钊会主动凑到她跟前献殷勤，可没想到的是：她得到徐钊追一个女生两年，并且终于在毕业时如愿以偿牵到女生的手的消息。

徐钊是他们那一届的风云人物，这消息被某个同学爆出来以后，得到了一班学生毫不留情的群嘲。现在回想，那一天简直是徐钊的灾难日。至于她，当时心情复杂又微妙。这复杂又在听说他女朋友相貌普通的时候变成了震惊和嫉妒。

她介绍徐钊到环亚当了翻译。

其实她没出多少力。徐钊本人年轻英俊气宇轩昂，家世清白还从名校毕业，如果不是因为他们环亚名声够响亮，他不一定会做此选择。

接触的机会多了，她听到好些他女朋友的事情。

"她是云京本地的，我刚好也准备来这边发展，算得上一拍即合吧。过来后她去云师大附中面试，很快就被录用了。"

"她长得其实还行，眼睛大鼻梁高，就是不怎么喜欢打扮。"

"懂事又谦虚，一点没有矫情虚荣那些毛病。"

"她是那种挺保守的女孩。"

……

徐钊说起她的时候语调不咸不淡，好像对她没有多深感情的样子，可她作为旁观者又是一个女生，分明能清楚地感觉到：在他内心深处，其实挺喜欢他那个其貌不扬的女朋友，话语里都带着维护她的意味。

日积月累的情绪爆发的时候，她借着酒意，勾着他上了床。

徐钊在床上生涩冲动，竟然是初次。

更出乎她意料的是，第二天她浑身酸疼地靠在他怀里时，他的第一句话却是："帮我瞒着清宁吧。"

他以为她是什么?

招之即来挥之即去的站街女郎吗?

她原本也没打算和他长久发展,可这件事一出,她反而泥足深陷,发誓要占了他的人,还要住进他的心。

关系被曝光是意外,她却觉得还不赖。

娱乐圈这么乱,哪个红透半边天的女星没有一点经历呢?不是人人都能幸运地成为林思琪或者许依依,更多的都是像她这样,慢慢往上爬,撑得起荣誉,忍得了唾弃,等到最终功成名就,还能风光大嫁保证下半生荣华富贵。

徐钊,终有一天会成为她的过去。

可眼下,她对他的那些感情和征服欲仍在,那么,对宋清宁的敌意和嫉妒也一样,仍在。

尤曼曼深吸一口气,打电话给徐钊,等电话一接通便笑着问:"你现在在哪?"

"好啊,我去找你。"两秒后,她挂了电话。

环境优雅的餐厅里。

邵长安坐在宽大的沙发上,抬眸看了一眼对面刚拿起刀叉用餐的宋清宁,微微勾起嘴角,温声问:"合胃口吗?"

一小块鲜嫩多汁的牛排刚下肚,宋清宁抿抿唇,嗯了一声。

邵长安笑着点点头,拿起了自己的刀叉。

他有过国外留学的经历,吃西餐的时候也比一般国人讲究一点,可宋清宁看着他微微低垂的面容,只觉得他怎么样都非常好看,就连这般再寻常不过的一个动作,都显得那么赏心悦目。

这一顿饭吃完,时至八点。

从离开环亚到现在,他们一起待了三个小时,面对面坐了两个多小时,吃饭、聊天,一点儿也不觉得烦,就像两个早有默契的老朋友。

坐上副驾驶的时候，宋清宁胡乱想着，抬手去弄安全带。

好半晌，安全带没被她拉过来，也不晓得哪里不对劲，正在她要侧身去看的时候，边上传来一声："我来吧。"

男人清隽的身影靠过来，宋清宁下意识往后缩了缩，邵长安抽出了安全带扣好，退回去的时候，鼻尖嗅到了一阵清浅的芳香。一点点诱人的酒香，还有某个品牌沐浴乳的味道，玫瑰花香掺杂着牛奶香。

他抬起手背在鼻尖蹭了蹭，听见宋清宁的手机铃声。

宋清宁从心跳骤停的感觉中回过神来，有点慌，抿着唇从裤兜里掏出手机，可她太紧张了，以至于将手机拿到耳边的时候都没注意，她不小心碰到了免提键。一接通，那头就传来男人硬邦邦的问话："清宁，你和邵总怎么回事？"

"……"宋清宁一愣，转头对上邵长安微带错愕的眼神。

她慢了半拍，都没意识到自己开了免提，侧着身压低声音说："不懂你在说什么。"

"不懂？"徐钊的声音里带着一点冷笑，"分手是你提的，你要是不想分，可以明说，没必要想方设法去勾搭邵总来……"

安静的空间里，徐钊的声音戛然而止。

宋清宁愣愣地看着自己手中的手机，恨不得找个地缝钻进去。

徐钊提到了邵长安。

她开了免提。

无论这两点之中的哪一点，都让她羞恼不堪，更何况，眼下两点皆有，她简直连死的心情都有了。

她不敢去看邵长安，电话又响了。

这一次，宋清宁直接挂断并且将徐钊的号码拖进了黑名单，做完这些还不够，她将手机给关机了。

边上，邵长安目不斜视。

可车上空间就这么大，两个人距离又这么近，宋清宁不奢望他没听见，想了想便主动道歉："对不起啊，他就是个神经病。"

她从小虽然骄纵，骂人这种事却不擅长，干巴巴一句话让邵长安觉得有点好笑，他侧头看她一眼，问她："你怎么看上他了？"

"啊。"宋清宁张张嘴，想了想，咬唇说，"他追了我两年。"

"就被感动了？"

"不全是吧。"宋清宁自己其实有点记不清当时的心情了。

的确有点感动，次要的原因还有很多。比如，因为她刻意打扮平庸，从没有那么优秀的男生追过她；再比如，她年龄到了，觉得自己也该谈一场恋爱了……

她蹙着眉头想，看着她的邵长安也轻轻地蹙起了眉头。

半晌，眼见她沉浸到回忆里去，他轻咳一声打破安静，开解说："过去了就算了。这样的人早一天认清楚对你也好。"

"嗯。"宋清宁朝他笑了笑。

她还是那副打扮，浓密的齐刘海下配着大黑框眼镜，土气的装扮很难让人联想到她真实的模样。

不得不说，化妆真是一种神奇的技术。

无论是扮美，还是扮丑。

晚上九点。

黑色宾利驶入小区，停在一栋楼下。

邵长安看了眼副驾驶座上的宋清宁。她睡着了，一只手握着安全带，另外一只手随意地垂在腿侧，脑袋微微垂着，乖巧地靠在椅背上。

昏黄的路灯从挡风玻璃上投映进来，一点儿灯光打在她的脸上。邵长安就保持着侧过头的动作静静地看着，发现她的肤质很好，又白又细，脸蛋儿看上去光滑娇嫩，好像春日里刚萌出的花骨朵一般，散发出粉粉的光泽。

看着看着，他棱角锐利的脸上多了一抹温柔纵容的神色。他解开安全带，从驾驶座一侧下了车，从外面开了副驾驶的门，俯身轻声唤她："清宁，到了。"

晚饭的时候两人喝了点红酒，宋清宁有点晕。她平时其实不太喝酒，可西餐厅气氛太温馨，邵长安又非常让她信赖，她便浅尝辄止地喝了一点，不承想这红酒入口清冽甘甜，后劲却有点大。

"清宁？"

邵长安连唤两声，宋清宁醒了，看见他先是愣了一下，而后揉着脑袋坐直身子，懊恼地说："到了啊，我睡着了？"

"嗯，到了。"邵长安倾身帮她解开安全带。

他这举动猝不及防又透露出一点自然的亲密，宋清宁反应过来之后，脸更红了，好像晕开了最艳丽的胭脂。

她母亲林思琪容貌偏明媚艳丽，她其实也一样，喝了酒微醺的样子带着一点儿娇憨的情态，美丽不可方物。可她不自知，顶着这样一张脸抬头，对上了邵长安仍旧俯低的脸颊。狭小昏暗的空间里，气氛顿时变了。

大黑框眼镜遮住了她的眼睛，可邵长安能想象到，那后面藏着怎样黑亮灵动的眸子。曾经，那双大眼睛里满满都是他的身影，她唤他哥哥的时候，总会微微偏着头，大眼睛眨呀眨，闪着狡黠又明亮的光。

无法控制地，他喉结轻轻地滚动了一下。

这一点儿动静，打扰了两人之间凝滞的暧昧，成功地让宋清宁白皙的脖颈都爬满红晕，也成功地，让他恍了神。

这一恍神的工夫，他薄唇凑了过去。

两个人挨上的那一刻，时间仿佛都突然静止了。

邵长安短暂地犹豫了一下，一手压住了宋清宁想要起身的动作，他甚至在她不知所措的瞬间轻声地开口要求："闭上眼。"

那双眼睛纵然隔着碍事的眼镜，仍然让他有点慌。

宋清宁大脑一片空白，听了他的话。

这一切好像太快了。她才失恋，也才再次遇上他不久，可这个突如其来的吻一点儿也不让她排斥。邵长安薄唇有点凉，却很柔软，他的吻混合着红酒醉人的香味和薄荷糖清冽的凉意，很舒服，瞬间让她沉醉。

这个瞬间，她突然就想起了很多事。

记忆深处那个总穿着白衬衫的清隽少年，比自己大五岁，表情很少话不多，她缠着他的时候，他的反应都显得冷淡而敷衍。可那又怎么样呢？如果他真的厌烦她，避免出现在她眼前就是了，可是他没有。

很多次，她在他身边玩累了，醒来后都在柔软的床上，而那一刻，少年总在她目所能及的地方看书，要么阳台上，要么沙发上。

很多次，她玩累了却没睡着，他虽然冷淡，却仍会无奈地看着她，在她跟前半蹲下去，开口催促："上来。"

哪里是她恬不知耻地追着他？

他分明也一直耐心好脾气地纵着她。

宋清宁恍惚间睁开眼，隔着镜片，看见男人英挺的眉眼。她下意识抬手，攥紧了他衬衫的袖子。

邵长安眼眸微垂，加深了这个吻。

时间一分一秒地流逝着。

许久，邵长安停了这个吻，离开一些，打量着她。

宋清宁模样有点呆傻，头发乱了，也有点狼狈，嘴唇被亲了好一会儿，颜色变得鲜红欲滴，饱满而诱人。

邵长安别开视线，轻声道："下来吧。"

"哦。"宋清宁连忙下车。

坐了太久，下车又急，她差点腿麻地跪下去，边上的邵长安手疾眼快地扶住她，让她逐渐适应。

过了好一会儿，宋清宁挣开他的手："不要紧了。"

"我送你上去。"邵长安似乎有点尴尬，声音很低，还有点哑。

关于刚才那个吻，他没解释，宋清宁也没问。都是成年人，气氛正好，一个吻，似乎也没有太糟糕。

两个人沉默地上了楼。

邵长安出电梯以后停了步子，朝她说："我就不进去了。"

宋清宁点点头："哦。"

心里突然有点失落，她抬步往房间门口走，刚迈出脚，腰上却突然一紧。

邵长安从后面抱住了她，他两条胳膊圈着她的腰，脑袋抵在她的颈窝处，声音低低地说："对不起。"

宋清宁心下一沉。

眼眶蓦地发酸，她刚想说没关系，又听见他继续道："一时间情难自禁，我是不是应该先追求你比较好？"

一语地狱，一语天堂。

分秒间的起落让宋清宁狠狠愣了一下。

良久，她轻轻地挣了一下，转过头去，仰头看着邵长安。

从小被她追着跑的少年长大了，英俊颀长、挺拔笔直。他那张脸还是记忆里的样子，棱角分明，特别好看。脸上的神色也是记忆里的样子，不，应该说比记忆里柔和许多，那些脉脉温情，没有克制压抑，便好像能将人溺毙。

宋清宁有些难以置信，张张嘴，却不知道说什么好。

邵长安用手背碰碰她的脸蛋儿："怎么傻乎乎的，不会说话了？"

"你喜欢我啊？"话一出口，宋清宁想咬掉自己的舌头。

邵长安却没觉得哪里不对，看着她，神色专注地说："这些年没再陪你长大，很抱歉。"

宋清宁突然哭了。

她控制不住，就是突然觉得委屈，眼泪也不受控制，顺着眼角流下，等她感觉到抬手去抹，又差点将眼镜打掉。

邵长安摘了她的眼镜，手一揽，将她拥进怀里。

他有点后悔。

这几天他偶尔想起宋清宁，想起她的时候便会产生这样的情绪。

当年那件事在云京过于轰动，宋家乱了套，他父母也跟着一直团团转，焦头烂额。可当时正值新闻大爆炸的时代，网络将所有的事情放大了无数倍，消息传播和渲染的速度根本无法遏制。哪怕有警方一直三令五申，媒体仍然像疯了一般报道、追踪，这一切，综合导致了一帮绑匪的丧心病狂。

直到现在，他还清楚地记着一个场景。

这丫头被救出来推进医院，手术室的门倏然闭合的时候，在他记忆里向来风流含笑的宋叔，砰一声，重重地跪在了手术室门口。

那之后，宋家众人很长一段时间消失在社交场合中，云京媒体单位大换血，宋叔停用微博至今……

先前那个宋叔，"炫妻狂魔"的称号一度传遍网络，等到宋清宁出生，"护女狂魔"的称号又取代先前那一个，全网尽知。他微博粉丝大几千万，他一直将女儿被绑架的原因归咎到自己身上，许久后才走出来。

这件事成了宋家的伤疤，连他父母也很少提及。

再后来，宋清宁消失在众人的视线里。

直到那件事过后三年，一次吃饭的时候，他母亲才说起宋清宁的事，他也终于得知，她去了其他城市，过上了普通女孩的生活。可他没想到，这所谓的普通女孩的生活，是这个样子。

邵长安收回思绪，拍了拍宋清宁的肩膀，柔声说："好了，以后我都在。"

宋清宁有点不好意思，慢吞吞地从他怀里退出来，低着头，声音小小地说："我就是突然……"

邵长安一根手指按住她的嘴唇，笑了笑。

宋清宁便也不解释了，抿唇看着他。那双眼睛，水润透亮，好像许多星光落入湖水里，倒映出点点璀璨光辉。

邵长安摸摸她的头发，笑着说："不早了，进去吧，好好休息。"

宋清宁点点头："晚安。"

"晚安。"邵长安进了电梯。

他走到楼下正要上车的时候，宋清宁打电话说她忘了自己的眼镜，眼镜被他摘走，就在手中。

邵长安对着手机说了一句话，随手将眼镜丢进了垃圾桶。

他说："乖，不戴眼镜比较漂亮。"

在宋清宁的印象里，邵长安从未说过甜言蜜语。

他这一句话，她反复回想了一整天，以致星期五这一天，她脸上都带着淡而柔和的笑意，林雪追着她问了一天，是不是恋爱了？

宋清宁收拾着桌面上的教案和学生交上来的习题册，在林雪软磨硬泡好一会儿之后抬起眼眸，抿着唇问："这么明显？"

"当然啦，你没听过女为悦己者容吗？"

"和这个有什么关系？"

"怎么没关系！"林雪歪着头打量她，笑眯眯地说，"你今天可是连眼镜都没戴，还敢否认？老实交代，是不是啊？"

宋清宁已经将桌面收拾好，笑着不说话。她的长发在脑后扎了一个松马尾，低头太久，马尾有点松，几缕头发调皮地垂了下来，在她脸颊上扫过。宋清宁一抬手，随意地将几缕头发别到了耳后。

原本挺寻常的一个小动作，愣是让林雪看得有点呆。

她怔怔地看着宋清宁，好半晌才笑着说："说实在的，你这副模样比戴眼镜好看一百倍啊，我早就想吐槽了，你那什么眼镜啊，又大又丑。"

"是是是，以后不戴了。"宋清宁好脾气地说。

林雪站在边上，用一种全新的目光打量着她，又说："还有啊，你这头发也该弄弄了。你看看现在还有谁留这种发型啊，尤其这个刘海，简直毁形象。不过清宁你皮肤好好哦，还有还有，我怎么觉得你摘了眼镜有点像林思琪啊……"

她絮絮叨叨，宋清宁耐心听着，不知不觉两个人就出了办公室，正要往学校门口走，宋清宁的电话响了。

她愣了一下，接通道："喂。"声音有点低，还很甜。

林雪促狭地看着她，将她的脸蛋给看红了。

宋清宁微微侧过脸去，柔声问："你下班了吗？"

"你在哪？"手机那头，传来男人清冽的声音，分外好听。

宋清宁回他："刚下班，正要回家呢。"

"那行，小心点。"

"嗯。"宋清宁刚应了一声，手机上又进来一个电话，她侧头瞥了一眼，忙说，"我有电话，晚点说。"

邵长安挂了电话。

宋清宁接了老爸宋望的电话，开口唤道："爸。"

"下班了没？"电话里传来男人沉稳成熟却饱含宠溺的温柔声音。

宋清宁心中一暖，下意识点点头回答他："已经下班了。"

她周一到周五住公寓，周五下班以后便会回家住。若是她提前没打电话回去，周五这个点便会有人过来接她。宋清宁胡乱地想了想，听见那头宋望笑着说："那行，我在校门口等你，菁华大厦对面。"

"好，知道啦。"

宋清宁挂了电话，朝林雪道："我爸过来接我，得走了。"

一起工作三年，林雪从往日的细枝末节里也能感觉到，她应该有一个挺温馨幸福的家庭，因而笑着摆摆手，告别："路上小心，周一见。"

"嗯嗯，你也是，路上小心。"

云师大附中校门口街边。

宋望抬起手腕看一眼时间，缓缓地将副驾驶边上的车窗降了下来，看着倒车镜，耐心地等着宝贝女儿出现。

他年近六十，膝下子女四个，最宠的就是最后这个丫头，偏偏，因为他的过分宠爱并且将这份宠爱弄得天下皆知，直接导致了那一场意外的发生。眼下事情过去十六年，家里一众人也早已经从那份恐惧阴霾里走出来，可每次看见小女儿现在的样子，他仍然会觉得抱歉心疼。

"爸！"轻柔甜美的声音突然传来。

431

宋望收回思绪，看着探头进来的宋清宁，笑着说："吓我一跳。"

　　"您想什么呢？"宋清宁拉开车门坐上副驾驶，一边给自己系安全带一边说，"我给您摆手都没看见啊。"

　　"没想什么。"宋望驱动车子离开停车位，余光瞥见她系好了安全带，温和地问，"今天下班挺准时，工作怎么样，辛苦不辛苦？"

　　"还好啦。班上学生都还算听话。"宋清宁说的是实话。她带的两个班都是重点班，学生也都极为自觉，偶尔有那么一两个调皮的会让她换个眼镜，可总体来说，没有那种让老师头疼的混世魔王。

　　宋望见她这么说便放心很多，正想再说点其他的，突然又发现她今天一上来便没有戴眼镜，有点意外地问："眼镜呢？"

　　女大十八变，越变越好看，这句话用来形容女孩子真是一点错也没有。宋清宁从高中起，相貌一日日越发明艳。她在家里自然不用顾忌那么多，在外面却一直很小心。有了前面那件事，她刻意扮丑的事情家里人也知道，可没人提出异议。

　　女儿长大了，不想要星二代、富二代的光环，也只能尊重她的意思。

　　宋望正喟叹，便听见她说："被人给扔了吧。"

　　宋望："……"

　　他好一会儿才回过神来，没去琢磨宋清宁话里的亲昵，看着她，脸上的神情严肃又认真："怎么回事？"

　　宋清宁眨眨眼："他说我不戴眼镜比较好看。"

　　宋望："……"

　　他？

　　他！

　　等他终于回过味来，难以置信地看着宋清宁问："谈男朋友了？"

　　"算是吧。"宋清宁一低头，笑着说。

　　吱——

　　宋望踩了急刹，转过脸去，一字一顿问："什么叫算是吧？"

"怎么了爸？"

"怎么了？"宋望用一副痛心疾首的神色看着她，"你问我怎么了？你这突然就说谈朋友了，有没有考虑过老爸的心情啊？谈了谁，男的女的？哦不，哪家男的？多大？身高体重籍贯学历……哎，你气死我了……"

想问的太多，人前一贯威风八面的宋老板，唠叨起来像个欧巴桑。

哔——哔——

后面差点追尾的车子将喇叭按得震天响。

宋望絮絮叨叨一通，叹了口气，一边开车一边道："你这太突然了。老爸年龄大了，上次去体检，医生说心脏都不怎么好了，血压也高，经不起你这么一惊一乍的。你二哥啊，不声不响地带回来一个说要结婚，我已经够忙的了，你就别跟着添乱了哈，谈朋友的事情等一等，不急，咱们才二十五啊，还是个孩子。"

宋清宁："……"

她愣了好一会儿，忍着笑说："我妈在我这年龄，孩子都四个了。"

自己老婆上大学时候就被拐着领了证结了婚，二十五岁那时候刚上研究生便怀了二胎，就是这丫头。

宋望听着她的揶揄，脸色分毫未变，而是非常正经地说："你妈那是遇上我了，这世上像我这么好的男人有几个？"

"长安哥哥蛮好的。"

"谁？"宋望没听清她的嘀咕，蹙眉问。

宋清宁抿抿唇，看着他笑眯眯地说："邵长安呀，邵家哥哥。"

"你和他谈？"宋望又狠狠一愣，脑海里很快蹦出邵家那长子的样子。

那小子模样和他老子是一个模子刻出来的，长得还不赖，当然，比起他年轻那会儿还差很多。可这世上比他还好看的男人也没几个，就那个样子将就也能看了。至于家世、背景、学识，倒都不至于委屈了他们家丫头，可就那个性子……

想起邵长安冷冰冰的性子，宋望顿时不悦地拧起了眉头。

下午思琪在家里还说呢，邵家两口子约他们周末一日游，好像准备去郊区的横山牧场，邵正泽他老婆还特别叮咛了，让带上他们家清宁。眼下一想，这压根就是准备好的局啊，就为着拐带他们女儿来着，弯弯绕绕真多！

宋望愤愤不平地想了一路。

等两个人总算到家，刚进大厅，宋清宁的手机突然响了。她刚换了鞋子，看见来电便笑了一下，扬扬手机朝宋望说："我去接个电话。"

话音刚落，她跑窗户边上打电话去了。

宋望盯着她明媚的侧脸看了半晌，一边往客厅里面走，一边念叨说："这孩子，接个电话高兴成这样，了不得了……"

他语调里的心酸一言难尽，林思琪一走近便听见，笑着问："你这一个人念叨什么呢，还没老呢，碎碎念上了。"

"清宁谈恋爱了，跟邵长安。"宋望没好气地说。

"哈？"林思琪好像听见什么不可思议的事情一般，睁大眼睛说，"不会吧？依依才打电话和我抱怨过呢，说是长安都三十了还不开窍，急死她了。周末想聚聚就是撮合他和清宁呢，看看两个孩子彼此有没有意思。"

"人家画个圈圈让你往里跳。"宋望仍是没好气。

"去去去。"林思琪推了他一把，不满地说，"你以为谁都跟你一样，那么多弯弯绕绕。那估计是长安还没给依依说呢，孩子大了，自己都有主意。哎，好了好了，女儿早晚不得出嫁嘛，我先给依依回个电话通通气，要是俩孩子彼此有意，也不需要一大家子跟去当电灯泡了，让他们过二人世界。"

"你等等！"

"你可拉倒吧，别以为我不知道你想干什么。我可告诉你，长安这孩子不错，我很喜欢，你别跟着捣乱！"

"怎么说话呢！我捣乱！"

"……"

平素在外面光鲜亮丽的两口子，均已年过半百却爱上了日常拌嘴，这些话传到宋清宁耳边，她忍不住笑了笑，说："我妈说你妈原本提议这周末聚会，要让我们相亲呢。"

邵长安一手握着电话下了台阶，开门上车，低笑反问："是吗？"

"嗯啊。"宋清宁应一声，隐约听见他发动车子的声音，不好意思地说，"对不起，让你白跑了一趟。"

先前两个人打电话，她说自己正准备回家。邵长安以为她要回外面的公寓，因而开车过去找。可没想到，他到了门外打电话，却得知宋清宁已经回了宋宅的消息，实在让人哭笑不得。

黑色宾利驶出住宅小区，邵长安仿佛突然想到一般，声音低低地开口问："你在家里打电话？那你爸妈知道了？"

"什么？"

"我们在一起的事。"

邵长安可记得很清楚，他那个宋叔，从小就不怎么喜欢他和弟弟长宁。不，应该说，所有靠近宋清宁的小男生都不得宋叔喜欢。这其中，宋清宁最喜欢黏着他，导致他过去宋家，领到的红包都比别人薄。

他当然不在乎那一两个红包，只是阴影太重，如今想起来还觉得心有余悸又哭笑不得。

宋清宁听见他问得认真，想了想，更不好意思了，声音小小地回："嗯，下午在路上给我爸说了，你介意啊？"

"不介意。"邵长安一笑，又问，"宋叔不生气？"

"他……"宋清宁想起她老爸的样子就觉得好笑，可因为她说的这个人是邵长安，她爸的表现好像并不过激。对比之下，她想象中带徐钊回来的场面简直堪比世界末日。想到这，宋清宁突然觉得整个人都轻松起来了，她笑意盈盈地宽慰邵长安："我爸肯定有点意外啦，不过我妈很喜欢你，他能有什么办法？"

邵长安低低一笑，问："那你呢？"

"嗯？"

男人声音更加低沉，清冽的音色，平缓又动人，带着一点儿似有若无的笑意，仿若随口一提地问："你妈很喜欢我，那你呢？"

电话里被撩这么一下，宋清宁整张脸都红了，半晌，才声音小小地回答他："嗯，我也很喜欢。"

从小就喜欢。她在心里补充。

邵长安却有点无奈："声音这么小，听不太清。"

"不和你说了。"宋清宁脸很烫，突兀地喊了一声又觉得羞窘，忙不迭补充，"我回来以后还没和我妈说话呢。"

"那快去吧。"邵长安笑了笑，挂了电话。

这一晚，两家人都晓得了他们在一起的事情。

宋清宁从小便喜欢追着邵长安跑，邵家一众人对她喜欢得不得了，仅次于自家的小公主邵长乐。至于邵长安，在宋家却完全是"别人家儿子"的标准模范。没办法，谁让林思琪生了三胞胎呢？孩子一多就容易闹起来，一闹起来就显得没那么可爱了，个个都跟讨债的小魔王似的。因此，林思琪从小就喜欢沉静聪慧的邵家长子，眼下得知女儿当真跟他谈了，那完全就是丈母娘看女婿，越看越喜欢。

这事情在两家女主人那里全票通过，似乎都没男人什么事了。

当晚，林思琪和许依依煲了一通电话粥，取消了原本说好的周末两家的友好聚会，决定将时间留给孩子，让他们自由发展。

和林思琪相比，许依依在这件事上热情度极高。

周末这天，她大清早五点半起来，拍着邵长安的卧室门喊："长安，你醒了吗？今天要带清宁去横山牧场玩，早点出发。"

横山牧场就在云京郊区，不远，是圈子里各家年轻人聚会玩乐一日游的首选之地，早出晚归，一路都能培养感情。自家这老大都三十了，

436

眼下连个恋爱都没谈过。许依依操心得很，等邵长安下楼到了餐厅，她又忍不住支着说："和女孩子相处也算一门学问了，你得张弛有度、不急不缓。比如说呀，等清宁上车的时候，你可以帮着扣一下安全带；再比如说啊，骑马的时候，你可以两个人共乘一匹嘛，凉风习习绿草茵茵，浪漫舒心的气氛也能很快征服女孩子的心；还比如啊……"

"妈！"边上两个用人在偷笑，邵长安忍无可忍地唤了一声。

他三十岁，不是十三，更不是三岁！

可偏偏，就因为他三十了，许依依才更心焦，联想到宋望宠女儿那个章法，她忧心忡忡地又说："清宁这孩子从小被你宋叔当眼珠子疼，说是捧在手心怕飞了含在嘴里怕化了毫不为过。你说你这冷冰冰的性子啊，我能不操心吗？"

邵长安："……"

他叹口气，不吭声了。

好在，早餐时间不长，忍忍就过去了。

宋家这一早上比邵家还热闹。

宋清宁想着这是两个人第一次约会，因而也很早就起来，想要化一个淡妆打扮一下，最起码不让邵长安丢脸。

她在房间里折腾了半个多小时，头发卷了又拉直，各种不满意，最后联想到可能要骑马，便将一头长发全部扎了起来，束成一个高高的马尾。刘海都快遮住眼睛了，有点碍事，她将刘海用细发卡夹了起来，露出额头，又拿了几个小发卡备用，最后，选了件雪纺的碎花衬衫遮阳，又配了条高腰且富有弹性的黑色长裤，衬衫衣摆大半别进裤腰里，显得灵巧又漂亮，还有点酷。

这样一番终于打扮完，她选了合脚的平底鞋，拿上遮阳帽和背包，心情美美地下楼去了餐厅。

"哇，宝贝儿真漂亮！"

餐厅里，三张一模一样的俊脸，发出一模一样的惊叹。

听闻妹妹谈恋爱，做哥哥的都很忧心，哪里睡得着？他们比宋清宁起得还早，就为了一起去考验未来小妹夫。

他们边上，坐着一夜未眠的宋望。

宋老板已经六十岁了，年轻时浓密利落的黑发里都有了银丝，精神自然也比不得从前了，一夜没睡眼眶周围都有点发青。他顶着一双黑眼圈盯着宝贝女儿看了好几秒，不满地说："周末总共才两天，为了跟他出去玩这一半的天数都不能睡懒觉，邵长安太不像话了。"

何为鸡蛋里挑骨头？

宋清宁这下总算见识到了。她背着包包坐到了宋望边上，笑着说："早睡早起身体好啊，您起得比我还早呢。"

"哼。"宋望很不高兴，告诉她，"他们三个陪你去。"

"啊？"宋清宁哭笑不得。

哪有三个哥哥陪妹妹约会的，传出去不笑死人吗？可她还没表态呢，边上三个年近三十的大男人便争先恐后地开始撒娇。

"是啊小妹，就让我们陪你去吧。"

"对啊对啊，瞧瞧我为了这个，大清早就起来了。"

"男怕入错行，女怕嫁错郎。邵长安虽说一向风评不错，可他在国外待久了，回来还没几年呢，得好好考验考验。"

"小妹，宝宝——"

宋清宁有个小名叫宋宝宝，小时候家里人都喜欢唤她"宝宝"或者"宝贝"，可那毕竟是小时候，眼下她已经二十五岁了，再听见年近三十的三哥这样唤她，整个人都不好了。宋清宁看着撒娇最厉害的宋佑安，哭笑不得地说："三哥你这样子要是让你的粉丝们看见了，她们估计会脱粉的。"

"不对，她们会更爱我。"宋佑安神色分外欠扁。

三个哥哥，大哥沉稳，二哥风流，三哥傲娇。其中，三哥继承了母亲的事业继续演戏，童星出道至今已有二十多年，男女老少通吃，非常有观众缘。宋清宁最怕和他出门，一旦同框被拍会超级麻烦。

想到这，她罕见地正了脸色，不容拒绝地说："不行，你们都不许去。"

　　"宝宝——"

　　"叫什么都不行。我长大了这才第一次和他约会呢，不许给我弄砸了。"宋清宁认真地说完，低头喝粥。

　　几个男人面面相觑，一时沉默。

　　林思琪刚好从洗手间出来，闻言笑着说："行了行了。那是长安又不是其他人，他要是信不过，我们家清宁这辈子不用出嫁了，对吧宝宝？"

　　宋清宁哭笑不得地抬头："妈——"

　　她语调软软的，跟撒娇似的，她边上坐着的宋望顿时心软了，叹口气，抬手将宋清宁头发上的几个小卡子取了下来，一本正经地说："肤浅的男人才看脸呢，瞧你这急的，随便约个会弄这么漂亮，怕他不知道你喜欢他啊……"

　　这语调里满满的醋味让宋清宁扑哧一声，也没制止他。

　　最后，她顶着一头黑乎乎的齐刘海出门了。

　　早上七点多，阳光正好。

　　宋清宁出了家门，抬眸便瞧见邵长安等在车边。

　　他穿着比平时休闲些，白衬衫配着黑色长裤，长裤不是西装款，倒也笔挺熨帖，显得他一双长腿分外好看。此刻他整个人侧身站在夏日早晨明媚又清新的阳光里，俊美温暖，看一眼便让人心生迷恋。

　　她脚步慢了一些，嘴角扬起笑容。

　　邵长安在这一刻抬眸看过来，唇畔浮上浅笑："早啊。"

　　"早。"宋清宁打完招呼，有点不自在地在刘海上摸了摸，心里有点后悔。老爸将她的刘海弄乱那时候，她应该制止的。

　　女生的小心思邵长安自然想不到，在他眼中，她今天没戴眼镜还将头发扎起来，已经算一点进步了。那件事发生的时候她年纪小，宋家众人宠她，这么多年都顺着她的心思过来，有些事也并非一朝一夕就能轻易改变的。

美丑有什么关系呢？

他看重的是从小追在他屁股后面跑的小丫头，是那个既能经历大起大落，也挨得住普通枯燥生活的小丫头。无论她变成什么样，刻意还是无意，一时还是永久，对他来说，都没什么区别。

她就是她，宋清宁。哪怕世上有千万人叫了她的名字，可他认知里的宋清宁，永远只有这一个。

那个童年时玩累了睡在他床上的小姑娘，是独一无二的。

两个人上了车。

邵长安将车子驶离宋家，余光瞥见宋清宁扣上了安全带。他的脑海里突然闪过早上母亲那一番苦口婆心的叮咛，转瞬间，又想起前几天两个人因为解安全带而引发的那一个缠绵亲吻，一时间，只觉得心情分外愉悦。

宋清宁一抬眸看见了他嘴角的笑容，忍不住问："你笑什么啊？"

邵长安没转头："你猜？"

宋清宁："……"

没头没尾的，她能猜到什么？可莫名其妙地，她就是觉得他这句话甜甜的，听起来有一丝宠溺的意味在里面。

宋清宁微微抿紧了唇，忍不住也笑起来。

这下轮到邵长安问她了："你又笑什么？"

宋清宁没有和他一样卖关子，她看着他，音调柔柔地说："我爸昨晚好像失眠了。临走的时候还说肤浅的男人才看脸。可能是为了测试你吧，就将我的刘海弄成这个样子了。"话音落地，她抬起眼眸，指着刘海给他看。

浓密的刘海的确有效地减了几分她的美貌，可她这句话里分明也有着试探、卖乖、撒娇的意思，再迟钝木讷的男人也能懂。更何况，邵长安原本虽然对女人缺少兴趣，却并非木讷迟钝，因而他转过头便加深了笑意，说："看来宋叔对我还是不太放心，这说明我应该继续努力。"

宋清宁红了脸。

邵长安抬手，冰凉的指尖触碰到她的刘海，他随手将它往两边拨了拨，笑着说："其实现在这模样并不难看，就是看起来挺焐的。天气越来越热了，有空去剪一剪也挺好的，免得捂出痱子来。"

"嗯，那我有时间去剪。"

乖巧地说完这一句，宋清宁愣了愣。

她和徐钊是毕业了才在一起的，两个人也没有像现在很多年轻人那样，出了学校便开始同居。因而，仔细算起来，真正相处的时间其实很有限。毕竟，她要备课上课批改作业，挺忙的，徐钊在环亚当翻译，大半时间跟着那些艺人往国外跑，也很忙。难得见一次面，徐钊好像也提起过，说是毕业了上班了，让她换个发型或者戴隐形眼镜什么的，可她习惯了这样平淡安宁的生活，并没往心里去。

眼下，邵长安不过提了个建议而已。

可仔细一想，他们两个的确是不一样的。徐钊要求的时候，她能很明显地感觉到他想要自己亮眼美丽些的愿望，而邵长安提建议的时候，语调里没有一点儿惋惜遗憾，平淡又温和，还顺带关心了她。

是因为她从小更喜欢这一个吗？

宋清宁有点出神地想着，许久后，又觉得她考虑这些问题没什么意义。

她的确不够喜欢徐钊，更提不上爱，可在适应了平凡生活的这些年，她也没想过要谈什么轰轰烈烈的恋爱，徐钊愿意几年如一日地耐着性子对她，她便也愿意和他试试，甚至考虑带他见父母。相处的时候，她在各项花销上也从未让徐钊吃过亏，这也是他一直很满意她的一点。

可其实，这样不咸不淡的相处，哪里有感情的成分呢？

她一直觉得徐钊挺喜欢她，最起码可能觉得她性子踏实，能让人放心，所以一直和她谈应该也有娶她的心思。可现在回头再想，一切简直可笑得让人唏嘘。云京户口而已，是一个男生追求她的理由。

所谓的尊重包容所以没发生关系，大抵也是因为她其实吸引力不够。

真可笑啊……

看着窗外一闪即逝的景象，宋清宁没忍住在心里自嘲地笑了笑，随后，她便将关于徐钊的所有联想抛诸脑后了。

临近十点。

宋清宁和邵长安到了横山牧场。

两个人家世相当，虽然都不是喜好吃喝玩乐的那种富二代，对圈子里这种玩乐的项目倒也不陌生。可就像许依依所说的，过来玩主要是为了培养感情，又不是比马术，舒适放松最重要。

念及宋清宁第二天还要上课，邵长安让马倌牵了两匹马出来，只提议陪她溜达一圈看看风景。

宋清宁有近一年没有骑马玩了，邵长安让马倌牵出的一匹小白马性情非常温驯，是他妹妹邵长乐过来玩的专属坐骑，名"闪电"。起这名字倒不是因为它跑起来快如闪电，而是因为它脑门上有一绺黄毛，形状就和闪电一模一样，显眼得紧。

笑着将这些给介绍完，邵长安站在小白马侧前方，等宋清宁和马儿接触得差不多了，他亲自扶着她上去，又亲自周全地安顿好一切。

牧场很大，6月的草也很茂盛，放眼望去，绿色连绵成海洋，望不到边。

宋清宁坐在马上，扶着缰绳，被马儿驮着慢悠悠地走。

邵长安骑着一匹棕色马，在她身侧。

他个子高，骑着的那匹马体型也很健壮，迁就着她的步伐走得很慢，马儿在他身下也显得很温驯，慢慢地走着。

过了好一会儿，宋清宁有点不好意思了，扭头说："要不，让马儿跑起来吧？"

"太慢了？"邵长安问她。

其实，他还挺享受这种两个人细水长流的感觉。

宋清宁笑着说："过来不就是为了玩嘛，慢慢溜好像有点……"

"大材小用？"她看着邵长安身下矫健的棕色马儿，想了想，歪着头用一个词语来形容感受。

邵长安点点头，同意跑一会儿。

两人跑了两圈，时至十二点，一起还了马，洗澡用餐。

横山牧场周围农家乐很多，两人选了一家位置略偏人也略少但风光还不错的，慢悠悠地用餐。

一顿饭又花了两个小时，邵长安领着她去看马术表演。

马术表演算得上横山牧场每天的重头戏项目，等他们两人从场外往里走的时候，看台上已经坐了好些人。

邵长安拿了视野极佳的两个座位号。

宋清宁一坐下，围场里精彩刺激的马术开场秀便夺去了她的注意力，以至于她都没发现，不知何时，邵长安一条胳膊从她身后伸过去，以一种宠溺又亲密的姿势，搭在她的椅背上，他修长好看的那只手，呈一种宣示所有权般的样子，揽在她的肩头上。

这一幕，落在稍远处一直关注着他们的几个人眼中。

这几个人看上去都挺年轻，二十来岁的样子，穿着打扮也都非常讲究，其中唯一一个女孩儿，穿着露肩掐腰的白色绉纱裙，此刻她正一手拿着手机拍照，嘀咕着说："看清了是邵长安没错吧？"

"哎呀，那侧脸不是挺清楚嘛，还坐那么好的位置，肯定是他。"

女孩咔嚓拍了一张，笑着说："第一次见他在公众场合带女伴，还这么亲密，这张照片我得镶起来。"

"哈哈。"边上的同伴笑了两声，"这下圈子里可得热闹好一阵子了。"

邵家这一位几年前接手了家里的公司，经营得有声有色，在圈子里同辈中饱受艳羡。难得还洁身自好、矜持克制，再加上那么一张脸，惹得云京不知道多少待嫁女人望穿秋水，做起了嫁入邵家的美梦。

眼下倒好，人家不声不响地有了女朋友。

不过……

年轻男人停了思绪，扭头问："那女孩哪家的啊？"

"一直被挡着，看不清。"

"凑近点拍？"

"我去，你这不害我吗？不要。也不看看人家手里那公司是干啥的，警惕性高着呢，一凑近准被发现。"穿裙子的女孩性子带着一点小傲气，她拍照纯粹是抱着看热闹的心理，因而也并不在乎那女生是谁，只仔细地看了一眼，觉得相片上男人的侧脸足够让人看出是邵长安，便随手编写了一条朋友圈消息，发送出去。

这一刻开始，这张相片便在小圈子里传播起来。

星期一，中午。

云京下起了小雨，淅淅沥沥的，给夏天带来一丝凉意。

宋清宁和林雪在校门口的一家川菜馆里吃午饭，等菜的间隙，墙上架着的电视被一个顾客转到了一个午间娱乐频道。

几个镜头之后，画面里出现了尤曼曼精致的脸。

那应当是今天的某活动现场，她的镜头一出现，媒体记者便高举话筒摄像机，争先恐后地问："恋爱的事情被突然曝光，曼曼有什么想对粉丝说的吗？"

林雪目不转睛地盯着电视，将手里的茶杯放下，疑惑地问宋清宁："你女神不会是隆胸了吧？我记得她以前蛮平啊，至少没你大。"

"……"宋清宁刚喝了一口水，差点喷出来，无语地看了林雪一眼。

她今天也没戴眼镜，随意瞥过来一个眼神含羞带嗔，眼皮微抬，眼尾稍扬，不经意间，便勾出两分温柔流转的风情来。林雪呆了呆，突然说："我说，你真的和林思琪有点像啊，尤其眼睛、鼻梁、嘴唇……"

444

林雪说到这里突然顿了一下，好像有点蒙。

宋清宁、云京本地人、二十五岁、家庭幸福、摘下眼镜气质变化很大，眼睛鼻梁嘴巴都像林思琪……

再联想以往，年级组这些老师还罢了，可学校领导偶尔遇上，都对她非常客气亲切，那态度，简直跟见了亲女儿似的。

林雪张张嘴，突然说："你不会，是那个宋清宁吧？"

放着好好的豪门千金不当，剪一个土气的齐刘海黑长直发型，戴一副仿佛出土文物一样的大黑框眼镜，她这是跑到云师大附中当老师体验生活来了？怎么想，都很玄幻啊，简直不可思议！

宋清宁抬手揉了揉头发，正想着要不要坦白，突然听见了电视里尤曼曼温柔笑着的声音："无论我有没有谈恋爱，我都是原来那个尤曼曼，也会继续努力拍戏，争取给大家呈现出更好的作品，希望喜欢着我的你们，离我的作品近一些的同时也能尊重我的选择，给X先生足够的空间和包容。"

林雪性子跳脱，很快又被她引跑了思绪，啧啧喟叹："瞧瞧瞧瞧，你家女神还真是实力宠男朋友啊。"

宋清宁叹口气："她不是我女神。"

林雪愣了一下："不过说实在的，尤曼曼在这一批小花里实力还行吧，演技和美貌并存，人气也高，就是这张脸吧，看着反倒没几年前那么舒服了，也不知道是化妆原因还是动了哪儿。"

演技、美貌、人气？

这三样尤曼曼的确都有，宋清宁没吭声。

服务员在这时候上了菜，林雪一边吃饭一边问："吃完了要不要逛逛？这段时间都快忙死了，我想买两条裙子。"

宋清宁嗯一声，笑说："时间足够的话我还想剪个头发。"

吃完饭，宋清宁没能如愿剪头发。

她和林雪往外走的时候，在餐馆外面被徐钊给堵了个正着。

那一次打电话，她拉黑了徐钊的号码，之后看到陌生来电也不接，以至于徐钊现在已经联系不上她了，只得来学校这边找人。

天上还飘着雨丝，可今天这雨小风又大，实在没办法打伞，因而路上的行人多少有点行色匆匆，步伐都比往常快。徐钊突然出现扯了一下宋清宁，边上的林雪被吓了一跳，直愣愣地抬眸看过去。

徐钊却没看她，盯着宋清宁问："你什么意思啊？"

他语调里有两分克制隐忍的脾气，问话的方式和语调都挺奇怪，林雪愣了下，看着宋清宁沉默的脸，突然笑着问："你男朋友啊？"

徐钊一表人才又年轻，看上去还挺帅的。

林雪打量他一眼，觉得哪里有点眼熟又一时想不起来，正蹙眉呢，看着徐钊直接扯着宋清宁的手臂往边上去。

"放开！"宋清宁突然甩开他的手，径直往学校方向走。

徐钊追上去，着急讨好地说："你是吃醋了，对不对？清宁你听我说，我和曼曼是一时醉酒才出了事，我心里真的对她没感觉的。这几天我一直在想你。她说你和邵总有牵扯，我也是一时激动才口不择言，你给我一个机会，我们从头开始好不好？"

曼曼、邵总……

这话里信息量有点大。

林雪看着他的脸，脑海里突然灵光一闪，想到了。

徐钊啊！

尤曼曼刚被曝光的男朋友，据说是翻译，两个人去年就在国外搞在一起了！

弄了半天是一个渣男！

林雪震惊地愣在原地，餐馆外面甚至里面好些人也频频张望，没几分钟，耳边传来窃窃私语的同时，有人拿起手机开始拍照了。

当事人却完全没注意到，徐钊看着宋清宁脸上明显的厌恶，语调一顿，又用一副恳切至极的语调说："清宁，我是真的很喜欢你。"

他觉得自己好像着了魔。

尤曼曼比宋清宁漂亮、名气大、有钱、爱他，可他这几天就是控制不住地想到自己追了两年又好了三年的宋清宁。

她相貌是挺普通的，可摘下眼镜那双眼睛其实很漂亮；她不是富二代又如何，她透露过，家里父母都很宠她，没有负担；她性子好像挺无趣的，可偏偏有时候会突然显露出一两分温柔可爱，也很迷人；她穿衣服都是不显身材的那一种，可仔细观察就会发现，她身材其实很好，胸部饱满臀部紧翘，非常有少女感……

最重要的是，拥有的时候总觉得也不过那样，可一旦失去了，就觉得没有那一样还真不行。

还有特别见鬼的一点：他觉得自己压根就没有拥有过人家。

气愤、难舍、恼怒、遗憾、不甘心，这种种情绪混合在一起，最终形成一种古怪的好像是悔恨的心境，让他这几天难受极了。

可惜，他的心情宋清宁体会不到，她震惊得不得了，没想到这世上还有这么厚颜无耻的男人。

是，她刻意打扮得难看了一些，某种程度上算一种欺骗。可徐钊从去年就开始出轨尤曼曼却已经成了尽人皆知的事实。因为女朋友相貌普通并且不愿意和他发生关系便理直气壮地劈腿，劈腿后还刻薄地道出当初为了户口追人的不良动机，这还没几天呢，又开始恬不知耻地求复合！

饶是宋清宁一贯性子随和，这会儿也忍不住情绪了，她定定地看着徐钊，一字一顿地说："你怎么样和我没关系，过去那些我也不计较，一笔勾销。大庭广众的，你现在好歹也算公众人物了，给自己留点脸吧。"

她这冷冰冰的一句话，顿时让徐钊回神。

他一转头，脸色顿时变了，一个箭步到了边上一个围观的年轻人跟前，抬手去夺人家的手机。

年轻人也桀骜，举高手机就跑。

一来二去的，餐馆前面乱成了一团。

447

宋清宁不想和徐钊多纠缠，抬眸看了愣神的林雪一眼，开口唤道："林雪，走啦。"

林雪哦一声，连忙跑过去。

经过这个意外，两人哪里还有心情逛街？

林雪挽着宋清宁的胳膊往学校里走，进了学校大门，终归还是没忍住，小声地问："你是那个宋清宁吧？"

宋清宁看向她，嗯了一声。

林雪虽然早有猜测，这会儿也被吓到一般捂住了嘴巴，露在外面的一双眼睛睁得老大，传递出不敢相信的信息。

宋清宁等她平静了好一会儿，解释说："因为小时候被绑架的事，有点阴影吧。就跟外婆去老家念书了，再后来觉得不被关注的感觉挺好的，很自在，稍微大一些就想办法遮掩了一二。"

林雪放下捂着嘴的那只手，下意识地撩起了她的刘海。

人常说，美女有三宝："美瞳、刘海、内增高。"

这句话，放在宋清宁身上非常不适用。

又浓又密的齐刘海遮住了她光洁白皙的额头，显得整张脸比例都不好看了，美瞳啊眼镜啊都不用，她眼睛又不近视，大而黑亮，一旦露出额头和眉毛，便立时多了顾盼神飞的光彩，再微微一笑，温柔动人，简直活脱脱一个倾国倾城的大美人，又或者说，是她母亲林思琪的年轻版。

她母亲林思琪，当年可一度有"国民宝贝"之称，出道开始就直接挑梁饰演女主角，大部分角色都是校花或者乱世佳人，貌美到何种程度，可想而知。

这是林思琪和宋望的女儿呀。

是那个一张露背图便能让无数女观众为之发狂尖叫的宋望，是那个好看到赛过娱乐圈各路男星的宋望，他也有美称：行走的人形春药。

至于当年那件事，林雪自然也知道。

虽然当时她还挺小，可长大这些年无数次地听说过那一桩轰动网络轰动全国甚至最后引发国际媒体讨论的绑架案。

宋氏夫妇在网络上人气太高，他们的四个孩子得到了网友的过分关注和喜爱，小公主宋清宁九岁的时候，放学途中被早有预谋的匪徒绑架，绑匪勒索三个亿，消息不知怎么被泄露出来，引发全国媒体倾巢而动。

那是网络影响力最大、网络秩序监管力度却尚显不足的历史性的几年，饶是宋家在云京赫赫有名，仍未能阻住新闻传播。宋清宁被绑架的事情就在这样一种情况下，眼睁睁地被推到了令人恐惧的关注度上。事后，甚至成为现今新编的传媒学课本上，新闻传播效用的典型代表性事例之一。

那件事里，宋清宁历经九死一生，三天两夜后，获救。

那件事后，国内网络这一块监管秩序引发了国际媒体联合讨论，直接促进了这方面法律规范制度的发展和完善。宋清宁的父亲停用微博十六年，至今。她的母亲刚拿到全满贯影后殊荣，事业如日中天的时候，宣布隐退。宋家三胞胎至此淡出媒体视线颇长一段时间。至于绑架案的受害者，宋家那个先前受到全国粉丝喜爱的小公主，再也没有被任何一家媒体拍到过，长达十六年，全无消息……

影响太大，被关注讨论太多，林雪每每听到这件事，总免不了唏嘘喟叹。可当她突然得知，眼前这相处了三年的好朋友就是事件里当年那小女孩的时候，很突然地，一股子酸酸胀胀的情绪填满了胸腔。

宋清宁看着她神色恍惚的样子，笑着握住了她的手："怎么啦？这么激动。"

"你是林思琪和宋望的女儿呀？"林雪又问。

宋清宁有点哭笑不得了："不相信啊？"

"信信信！"林雪忙不迭点头，似乎想哭，眼泪却没流出来，变成了嘴角的一抹笑，"刚刚那个渣男，真是瞎了眼。"

等他知道自己错过了什么的时候，怕是要气得吐血身亡吧！

林雪愤愤不平地想着，觉得扬眉吐气。

时间一分一秒地流逝。

很快，时至下午放学时间。

宋清宁刚走出教室，正要回办公室，裤兜里的手机突然振动起来。

她微微驻足，接通道："爸，怎么了？"

"你现在在哪？"宋望的语气有点怪，宋清宁已经很久没听见自己老爸这般带着点隐忍克制和着急的说话腔调，因而她只微微怔了一下，很快回过神，答道："我刚上完课，在二教二楼，正准备去办公室。"

宋望松口气，吩咐说："那你现在下楼，我在楼下。"

"楼下？"宋清宁走到栏杆边，目光搜寻，果不其然，很快瞧见宋望的身影，他好大的架势，带了十几个保镖，一副严阵以待的样子。

刚放学，教室里学生正往外走，已经引起了一点骚动。

宋清宁额上几道黑线，却也不敢掉以轻心，连办公室也没回了，抱着书就往楼下走，脚步飞快。

保镖开路，宋望就等在楼下，眼见她下楼，握着她的手就往校门口走。

宋清宁感觉到他好像有点儿生气，她也不敢多问，就在学生和老师的轻呼、指点、讨论、注目礼中，硬着头皮跟宋望一路坐上车。

几辆车缓缓地从学校门口离开。

中间一辆车上，宋清宁总算松口气，侧头问边上脸色紧绷的宋望："怎么了，出什么事了啊？"

她声音小小的，很轻柔，带一点小女儿的撒娇和讨好。

宋望看了她一眼，满腔怒气瞬间消失，变成了满满一胸腔的心疼。

他的小女儿啊，明明能锦衣玉食众星捧月地活着，偏偏因为那么一件事，变成眼下这再普通不过的样子。她倒是觉得自在舒服了，可他这当父亲的，每每看见这副刻意打扮的样子，都觉得自己还不如就当一个普通家庭的父亲，给她创造优质的条件，同时，也能给她最快乐无忧的生活环境。

心里叹了一声，宋望放缓语气，问："那个徐钊，和你什么关系？"

徐钊？

宋清宁一愣，顿时联想到中午那件事。

她没说话，宋望便又叹了一口气，将前因后果讲给她听。

徐钊和尤曼曼的新闻这几天很有热度，况且徐钊本来也长得不错，因而中午一出现，很快便被路人认了出来，认出来之后，拍到的视频便被好事的路人给传上了网络，趁机又红火了一把。

自然而然，宋清宁躺枪了。

网友那视频拍得挺清楚，这件事里她本身没什么错，还受了大委屈，可尤曼曼那边得到消息，她和经纪人肯定不干了。经纪人在第一时间雇了水军，在网上将风向引到了另外一个点上：长得美是我曼曼的错咯？

这切入点其实挺奇葩的。可哪个流量小花没有蔚为壮观的脑残粉丝团呢，视频里宋清宁打扮普通，自然和硬照里光彩夺目的尤曼曼有着天壤之别，水军将风向搅乱，好些粉丝便跟着添油加醋，一边吹捧尤曼曼的美貌，一边将宋清宁往尘埃里踩。

不过，三观不正的毕竟是少数。

等宋望看到这新闻的时候，大多数网友都对宋清宁表示出深深的同情。人家姑娘好端端被劈腿也能惹来脑残粉谩骂？

可饶是如此，宋望仍然被气得火冒三丈。

一来他从未听宋清宁提起徐钊这个人，也从未想过，自己女儿竟然默默地忍受了这么大的委屈；二来他觉得邵长安简直不合格，自己的宝贝女儿被他公司下面的小艺人这么欺负，他竟然置若罔闻。

说起来邵长安也冤枉。

视频传上网的时候，别人又不晓得那里面被劈腿的女生是宋清宁，公关那边自然只想方设法地维护公司艺人的形象。而且这一下午，他的

451

确也挺忙的，电话都快被打爆了，就因为一张偷拍照。

那张照片里的人毋庸置疑，是他和宋清宁。

等他看到照片的时候，照片也传上网了，时间很赶巧，和视频传上网的时间一前一后。可照片里没拍到宋清宁，因而这两件事虽然都在网上引起轰动，却并未被联系到一起去，在各自发酵着。

这过程中，他接到了宋望的电话。

宋望将他狠狠地说了一通，同时，也了解了一点关于徐钊的事。再然后，宋望自然坐不住了，亲自过来接女儿回家。

宋清宁抬眸对上宋望隐忍怒气的脸，抿唇说："是我前男友。"

宋望："……"

前男友？

他仿佛听见一个笑话。

邵家那小子他尚且看不上呢，自己这宝贝女儿先前竟然还谈了那么一个渣男。更可气的是，他竟然为了环亚旗下一个小艺人，背叛伤害了自己的宝贝女儿，这还不算，伤害了还有脸回来求复合！

网上那乱糟糟的言论又一次浮现在眼前，宋望一手按着自己心口的位置，生怕一口气没提上来，自己被生生给气死。

宋清宁小心翼翼地看着他，抿唇唤道："爸。"

"别叫我爸！"宋望明显气得不轻，这么重的话都出来了。

宋清宁闻言，安静下来。

气氛一安静，宋望自己先受不了了，扭头看着宋清宁，叹气说："哪天气死我了就高兴了是不是？"

"我没想气您。"宋清宁声音小小地说。

"那你说，现在怎么办？"

宋清宁一愣，看着他，只觉得无奈。

能怎么办啊，总有被曝光的一天，而她似乎也没有以往那么抗拒了。

下午七点多，父女俩到了家。

网上已经乱成一团。

宋清宁和母亲林思琪长得很像，视频里的她没有戴那一副大黑框眼镜，土气的齐刘海自然无法遮住轮廓深刻的明媚容颜了。因而众网友围观到最后，话题开始往宋清宁和林思琪身上扯，扯着扯着，许多网友跑去@宋佑安，喊他看视频。

宋佑安早已经看了视频，可因为这件事牵扯到小妹的身份问题，他不敢擅自做主，因而早早地回了家，等候吩咐。

正好是饭点，一家人前往餐厅，边吃边讲。

宋望作为一家之主，反常地没有第一个开口。他边上的林思琪看一眼他的脸色，想了想，问宋清宁："宝宝，这件事，你怎么想？"

宋清宁沉默了一瞬，看着她说："身份曝光以后，我还能当老师吗？"

"能是能，"林思琪笑着答，"不过肯定受点影响，比如说，好多你三哥的小粉丝，求你给他们带个签名照什么的……"

她这话有点出乎意料，却让宋清宁忍俊不禁。

那件事过去好多年了，她一直觉得那些阴影在慢慢地淡化，可其实，它仍然如影随形，影响着她。

她一直刻意扮丑，等于一种自我保护。

说到底，还是害怕……

可这两天，随着邵长安的出现，她能感觉到自己想要挣脱这层束缚的渴望，她想要光明正大、美美地站在他身边。

况且，爸妈现在早已经退出这个圈子，那种事也不可能发生第二次，她虽然是星二代、富二代，可她本身又不是明星，网友和媒体还能无聊到整天就把目光放在她身上吗？不可能的。

宋清宁胡思乱想着，拼命地在心里说服自己。

边上，一家人等着她的答案。

这等待的时间不长，可对他们来说，却好像过了一个世纪那么久，宋清宁突然抬起头，扬起如花笑靥："那随便吧，还能上班就行。"

翌日，上午十点。

"宋望更博"这短短四个字占据了微博热搜榜首位。

距离那件轰动全国的绑架案十六年，这十六年，他没有主动更新过微博，有好些粉丝渐渐取消了关注，可还有更多的粉丝一如既往地关心着他，等待着他，希望他从这一场自责中走出来。

所幸，终于等到了。

十六年后的这天早上，九点半，宋望更新了微博，很简短的六个字："我女儿，宋清宁。"

这六个字配了两张照片。

第一张照片是宋清宁大学毕业那一年，穿着学士服的单人照。照片里的她腼腆而沉静，黑长直的发型配着遮了半张脸的大黑框眼镜，是那种一眼看上去便让人觉得很踏实很朴素的女生。第二张照片应该是昨晚临时拍的。照片里她换了发型，浅褐色微卷的短发随意地扎在脑后，丸子头清爽又调皮，她穿了一件白短袖配着背带牛仔短裤，立在灯光下，笑盈盈地挽着宋望的胳膊朝镜头比了一个经典剪刀手，明眸善睐、唇红齿白。

两张照片一左一右地显示在屏幕上，对比明显却一目了然。

她就是那个宋清宁。是那个视频里，被渣男劈腿还惨遭尤曼曼的脑残粉一通辱骂的土包子宋清宁；是那个曾经就读于A市外国语大学并且毕业后在云师大附中任教的英语老师宋清宁；是那个被徐钊追了两年最后又出轨抛弃的宋清宁……

网友们震惊了好一会儿，有人评论："如果我是徐钊，现在怕是要吐血身亡了。"

不过几分钟而已，这条评论下点赞人数轻松破千，徐钊和尤曼曼在尚未回过神的工夫，便迎来了网友们暴击一般的群嘲。

"放着宋家小公主不要，他是不是傻？"

"徐钊哭成个三百斤的二傻子！"

"哈哈，错把珍珠当鱼目，转瞬间损失全世界啊！"

"仿佛预见到尤曼曼的未来。"

"小公主和宋总这一张好暖，手快的人已经保存当手机屏保啦。"

"求徐钊心理阴影面积，哈哈……"

环亚传媒某办公室里，尤曼曼和经纪人总算从震惊中回过神来，一言不发地浏览完这些评论，两个人顿时都不好了。

许久，经纪人压低声音，咬牙问："宋家小公主的身份，你先前不知道？"

她怎么会知道！

尤曼曼在看到宋望的微博的那一瞬间已经六神无主，她要是先前知道，给她一百个胆子，也不敢将徐钊勾上床啊！

宋清宁是宋家的宝贝千金，他们环亚集团和寰宇集团关系向来好，尤其是两位老总，私底下交情好这在圈子里早已不是什么秘密。她抢了宋清宁的男朋友，这不等于自掘坟墓吗？她又不傻！

可眼下，好像说什么做什么也来不及了。

尤曼曼正惶恐，听到边上传来经纪人的一声轻呼："天哪。"

"怎么了？"

"你自己看！"经纪人这下懒得说话了，直接将手机摔进她怀里。

尤曼曼好半天才将手机拿好，低头看了起来。

继宋望更新微博后，宋清宁的母亲林思琪、他们环亚前老总夫人许依依、宋清宁的三哥宋佑安、环亚官博都紧跟着更新了微博。

十点零三分，林思琪V："宝宝和她的男朋友。"

林思琪这一条微博配图两张。第一张抓拍照看上去有些年头。那是在金碧辉煌的餐厅宴席上，两三岁的小丫头坐在穿白衬衫的少年怀里，少年星眉剑目，脸上神色淡淡的还有一丝无奈，一只手却紧紧地扣在小丫头的腰上，就怕她一不留神摔下去。第二张偷拍照时间却不远，清隽的男人坐在看台VIP区，侧脸的线条干净而利落，他平素冷淡锐利的面容上染着一抹闲适的笑意，一手自然地搭在身侧女生的椅背上，宣示所有权的意味十足。而这个男人，是他们环亚现老总，邵长安。

十点零五分，许依依V："长安和他的女朋友。"

许依依这一条微博也配图两张。其中第一张图和林思琪发的那张异曲同工，也是宋清宁和邵长安小时候相处的抓拍照。第二张则和林思琪发的那第二张图一模一样，很明显，两个人是商议过的。

十点十分，宋佑安V："我们家的小公主。"

宋佑安这条微博配图九张，形成九宫格。从第一张到最后一张，每一张都是宋清宁的抓拍照。她平时很少化妆，因而这九张照片堪称纯素颜，每一张都粗暴直接地显示出她丝毫不逊于母亲的美貌。

同样是十点十分，环亚官博转发了宋望先前的微博，发声："介绍一下，这位是我们未来老板娘，宋清宁小姐。"

这一上午，好些已经当了妈妈的女人忍不住感慨：网上好多年没这么热闹过了。

时至今日，她们纵然不再年轻，也没有了少女时代火一般的热情，可这不妨碍她们仍旧清楚地记着那个时代，那个属于宋望和林思琪的时代。那个俊美的男人和那个美丽的姑娘，他们的一部电视引发全民讨论，他们的一场婚礼引发全民瞩目，眼下，他们一起沉寂了十六年，终于再次主动出现在粉丝的视线里，这一次，是为了他们的小女儿。

他们的小女儿，最开始那九年，也是她们看着长大的。

一转眼，她们也有自己的女儿了。

时间过得好快呀！

这个上午，宋氏夫妇和邵氏夫妇联合发声在网上引发了一波怀旧风，好些已经当了父母的网友跳出来，字里行间带笑，怀念着曾经一起追星的日子。

而这一场事件的主角，早已经回到自己的工作中。

"下课！"

"老师再见！"

讲台上宋清宁收了书本，美丽的面庞上染上明媚笑意。

不晓得是不是父母提前打点过的原因，她这一天并没有受到自己想象中那么多骚扰，反而迎来了更多的善意和包容。这群可爱的孩子，他们像懂事的天使，一上课就开口夸她："宋老师短发好漂亮哦。"

此外，再无其他。

那一场绑架彻底成了过去。

她多年来刻意扮丑也并未受到丝毫嘲笑和指责，一切仿佛一场梦一样，醒来了，惊惧担忧便都不复存在。

宋清宁抱着书本，心情愉悦地回了办公室。

十二点刚过，各科老师基本上也都下班了，年级组的办公室里站满了人，好像都等着开会似的。

宋清宁抬眸看见，步子便顿了一下。

"小宋来了。"

不知道是哪个老师喊了一句，一屋子的人刹那间回过头来，站在她前面的两位还很快让出一条道，让她通过。

宋清宁有点不自在地笑起来："怎么了啊？"

"小宋藏得够深啊。"

"可不是，看到新闻吓一跳有没有？"

"我是你爸的脑残粉哎。"

"我是你妈的骨灰级铁杆粉！"

"还有我还有我！"林雪小碎步跑到她跟前，挽着她的胳膊说，"我超喜欢你三哥的哎，我是他的小迷妹。"

"签名照人手一份好不好啊？"

一屋子女人叽叽喳喳的声音袭击着她的耳膜，宋清宁这才注意到，办公室里等她的大半是女老师。

她爸妈都已经年过半百，当年那些粉丝大多比他们小一些，粗粗一算，基本也得三四十岁了，比她还要大呢。宋清宁想起来觉得暖暖的，目光扫视一周，点点头笑着说："好啊，没问题的。"

"就喜欢你这样的啊啊啊！"林雪抱着她的手臂一阵尖叫。

她们俩年龄小，闹惯了，周围一众女老师却都已经过了这般犯花痴的年龄，看见林雪忍不住想到自己以前的傻样，好笑又喟叹。最终，她们的目光爱怜地绕着宋清宁转了好几圈，先后出去了。

办公室总算静下来，宋清宁回了自己座位。

林雪一屁股坐在她桌边，一脸幸福地说："天哪，真不敢想象，我竟然和偶像的小妹是同事，啊啊啊！"

"行了啊，很吵的。"宋清宁嗔怪着说。

林雪扭过头看着她："我激动啊，你不知道我课间看到微博的时候有多激动。悄悄告诉你，隔壁班上课的卓老师都哭了呢。"

宋清宁一愣："卓老师？"

"对啊，就是被他们班学生喊成灭绝师太的那个。"

宋清宁知道那个卓老师，四十多岁仍单身，因为平时常板着一张脸不苟言笑又喜欢拖堂留作业，被一群小浑蛋起了这么一个绰号。那么严肃的人，竟然会哭？宋清宁觉得简直不可思议。

喟叹间，两人一起出门。

"宋老师好。"

"林老师好。"

楼道上，往下跑的学生停下来和她们打招呼。

宋清宁这一天变化太大，学生们有的知道网上的事，有的不知道。可是无论他们知道或者不知道，看见她的时候总会下意识停下步子打量她，目光里带着满满的倾慕和惊艳，单纯又炙热。

以前都没发现，那个温柔可亲的宋老师这么漂亮！

临近暑期，天气早已经热了起来。宋清宁昨晚临时剪了头发，短发的颜色和造型均是母亲以前的御用造型师赶到宋家帮她弄的。上午要来学校，她将浅褐色的俏丽短发随意地扎在了脑后，光洁白皙的额头露出

458

来，漂亮灵动的眉眼也露了出来，瞬间和变了一个人似的，看上去元气满满、娇俏靓丽。

她和林雪跟着一众学生从楼梯上下来，没走几步，突然听见边上传来一道略急促的女声："宋老师，请等一下。"

宋清宁一愣，抬眸便笑了："卓老师，什么事啊？"

四十多岁的女人已经不算年轻，卓老师虽然未婚，眼角的鱼尾纹却很深了。她走到宋清宁跟前，停顿了好几秒，突然笑着说："没什么事，想说你今天这样很漂亮。"

话音落地，她近乎怜爱地盯着宋清宁看。

她压抑着心里的激动，想从宋清宁脸上看到那个人的影子。

那个人是宋望。

她因为喜爱林思琪而知道他，知道他以后，却无法自拔地迷恋上了他。年轻的时候她交过好些男朋友，他们有的眉毛和那人像一些，有的眼睛上有一两分他的风韵，可到头来，他们都不是他。

那个男人是这世间独一无二的。

因为见识了这样的独一无二，导致她在爱情里过分挑剔，挑着挑着，最后就慢慢地剩了下来，再也不对婚姻抱有幻想。

宋望不知道她，知道了恐怕也不屑一顾。她也从未将这种心思告诉任何一个人，追星追到这种地步，已经有点变态了。可是，这一生啊，眼看着已经过了一半，她也默默地、远远地倾慕他将近三十年。

她从未近距离地接触过宋望。

那一年，他和林思琪的盛世婚礼在青城举行，她当时还是个学生，攒钱买了火车票，最终却没去。不敢去。她总觉得，有些男人靠太近是会伤到人的，就像宋望。他像太阳，光芒太盛，她满心渴望，却不敢去做那扑火的飞蛾。

眼下，他的女儿距离她这么近……

卓老师恍惚地想着，她甚至想抬手碰一下宋清宁的脸，好像这样，便能最近距离地接触他一次。可她和宋清宁平日里往来少，这样的触碰未免太过古怪。她最终克制地收回目光，露出一个礼貌客气的笑容。

"谢谢您。"宋清宁看着她，有些受宠若惊地说。

刚才某个瞬间，眼前的卓老师让她产生一种错觉。就好像，卓老师并不是在看她，而是通过她的脸，温柔地注视着某个故人。

"喂，回神啦！"林雪的声音突然响起，宋清宁如梦初醒。

林雪拿手在她眼前挥了挥，笑说："怎么一脸恍惚，卓老师都走了。"

宋清宁抿唇笑笑："太意外了而已。"

"因为她夸你啊？"林雪抬步往校门口走，若有所思地说，"这的确有点不像她，不过人家到底怎么样咱们也不算非常了解啦。有些人看着冷冰冰的，感情丰富着呢，指不定她这么多年没结婚，就因为一直暗恋你老爸。"

"啊？"

"啊什么！"林雪朝她翻个白眼，"我可告诉你，就你三哥现在，那么红！人气也比不过你老爸当年。"

"你这都打哪听说的？"宋清宁哭笑不得。

林雪嘿嘿一笑："我小姨。"

宋清宁："……"

好吧，都是上一代人的事了。

下午，五点。

环亚传媒，一楼。

邵长安从专属电梯里出来，抬步往门口方向走去。

"邵总。"

"邵总好。"

正值下班时间，电梯间出来的人挺多，看见他便你一言我一语地问候起来，声音还一声高过一声。

他们这小邵总随了老邵总，性情品貌都是一等一的，三十而立还一点绯闻都没有，不晓得被圈子里多少千金名媛惦记着呢。这下倒好，人家一出手就拿下了宋家小公主，秀得一手好恩爱，公司官博今天那句话着实赚足了关注。

众人早在上班的间隙都八卦了几百遍，此刻看见他本人仍是好奇得很，恨不得将眼珠子黏在他身上，从他的细微神情里看出一点儿关于私人感情的端倪来。

可惜，他们邵总仍是平时那副样子。

面色冷淡、步伐从容……

他目不斜视地往门口方向走，听到问候也不带停的，点点头算作应答，安之若素的样子着实让一众八卦员工深深地失望起来。

不过，这其中不包括尤曼曼。

她站在几步开外端详着邵长安棱角锐利的侧脸、嘴角轻抿的弧度，暗暗觉得：他并没有多在乎宋清宁。

的确，上次遇见的时候，邵长安对宋清宁态度还不错。林思琪和许依依微博发布的那一张偷拍照上，他也的确搂着一个女孩。

可这些，就能说明他的心吗？

宋清宁刚和徐钊分手，怎么可能这么快另结新欢，这新欢还是邵长安！他好歹是环亚传媒现任掌权人，在这种时候接手宋清宁，不怕网友耻笑吗？

她想了快一天，觉得这大抵是宋氏夫妇央求邵氏夫妇帮忙，为着宋清宁曝光而安排的一场面子工程，抑或宋家和邵家预备让他和宋清宁联姻。至于邵长安本人，应该对宋清宁无感。

要不然，自己现在怎么会还好端端在这呢。

尤曼曼暗暗松了一口气，却突然察觉到哪里有点不对劲。

一抬眼，原本该从她身边走过的邵长安不知何时停了下来，正垂眸看着她。而边上，原本还小声说话的一行人早已经齐齐住嘴，注视着他们两个人，很显然，都在等着看一出好戏。

尤曼曼暗暗攥紧了手，笑着问候："邵总好。"

461

传闻里，邵长安连他们公司一线大腕都没认全，她忐忑一天之后选在这时候下来，也是想采取主动，观察一下他的态度，再行打算。可眼下邵长安就这么突兀地当着公司里几十号人的面停在她跟前，很明显说明了：他知道她。

尤曼曼有点无法形容这一刻自己的心情，就好像，等了一天的那道判决终于要宣布，又好像，悬而不坠的那块石头，立马要塌下来……

所幸，她已经做好打算。

邵家和宋家势力庞大又如何，娱乐圈这么大，又不全是他们家。环亚和寰宇也有着竞争对手，自己若是在此撕破脸皮，大不了重投他家。定定神，尤曼曼绽开温柔而礼貌的笑容，客气地问："有什么吩咐？您请说。"

此言一出，周围一片倒吸气的声音。

邵长安冷淡的面容也在这时候有了变化，他仍是保持着先前那个站姿，居高临下地垂眸注视着她，忽而一笑："尤曼曼。"短短三个字从他口中出来，缓慢低沉，微微清冽，竟难以形容地好听。

尤曼曼抿紧了唇，直视着他。

他又一笑，语调里带着几许冷嘲，很随意地道："挺好，我记住你了。"

话音落地，他一转身，直接走了。

大厅里气氛凝滞一秒后，顿时又炸开了锅。

"这是威胁吗？"

"我记住你了？这不是霸道总裁的台词吗？"

"感觉这惦记可不太好。"

"我男神威胁人都这么云淡风轻啊！"

"杀人于无形啊。"

周围一群人叽叽喳喳地发表感言，完全忽略了当事人还在场呢。在他们心里，属于尤曼曼流量小花的光环，就在刚才邵长安转身离去的一瞬，成了过去。

尤曼曼先前应该有了打算，才敢就那么对峙般和他说话。或许，她想在事情闹得沸沸扬扬的时候高调解约，另投他家。可人家邵总根本不接招，就那么四两拨千斤的两句应对，便足以让她计划落空。

"尤曼曼，挺好，我记住你了。"他这短短一句话，想必不到明天早上就能传遍公司，尤曼曼未来的处境可想而知了。

说起来，杀鸡焉用宰牛刀呢。

黑色宾利驶在城市四通八达的街道上。

邵长安一手握着方向盘，想到方才那件事，也不过流露出一个转瞬即逝的哂笑，再不往心里去。

小丫头和徐钊交往没吃多大亏，他也并非不容人的性子。可尤曼曼勾搭她男朋友在先，污蔑欺辱她在后，他自然得帮小丫头找回一点公道。不承想，他这边还没考虑好怎么处置呢，她就自己上赶着往枪口上撞。

那点打算他一眼望到底，说白了不就是想将事情闹大。

她也不想想，谁乐意陪她玩？

区区小事，需要他动手？

呵。

前方红灯亮起，邵长安彻底收了思绪，拿出手机，侧头开口："打电话给宝宝。"

"正在给宝宝打电话。"一道清脆却机械的女声响起，邵长安戴上耳机，随手将手机放在副驾驶座上。

目光一闪而过，"宝宝"两个字让他愣了一下。

存号码的时候，他下意识地存了宋清宁的小名，刚才突然唤出来，才发现这两个字分外亲昵，让他一颗心都柔软得无以复加。

"喂。"电话那头柔和的女声止住了他的思绪。

邵长安看一眼时间，犹豫着问："还没下课？"宋清宁在电话里的声音非常小，很明显不方便说话的样子。

"嗯啊，有点忙，我等会儿给你回过去。"

"那你先忙，不急。"

邵长安挂了电话，先将车子往云师大附中门口开去。

学校门口。

徐钊站在一株葱郁的梧桐树下，神色懊丧又烦躁。

这一天，他仿佛感觉到了来自全世界的恶意。电话被打爆了，好些先前不怎么联系的人都跑来问候安慰他，并且旁敲侧击地打听宋清宁的事。他一气之下拉黑了好多人，正刷微博呢，手机没电了。

想见宋清宁，他只好在学校门口守着。

他无法形容自己的心情。

这就好像买彩票的市民，抱着中一千块的念头买了张彩票，结果发现彩票没中，他随手丢弃了那张彩票，又突然发现，自己其实中了一千万，只是因为第一次眼拙，没看清彩票上的号码。

宋清宁就好像那张彩票，不，用彩票形容她似乎也不太贴切，而且一千万这个面额太小了，和宋家的万贯家财比起来，根本不值一提！

越想，他越觉得心如火烧。

那是宋清宁啊。

是宋望和林思琪的女儿，寰宇集团的千金。

她是那个被网友称为"最会投胎的小公主"的姑娘，是那个他纵然穷尽毕生气力都不一定能高攀上的女孩。

可现实是，他曾经拉过她的手，抱过她，还有过几次更亲密点的接触。

他今天一度觉得自己在做梦，可眼下似乎无法从这个梦里走出来了，梦里满满都是宋清宁那张脸，以及那一句："本来这周想带你见我父母。"原来，他曾经离顶级的荣华富贵那么近！

可该死的，他做了什么！

啪！徐钊狠狠地甩了自己一巴掌。

视线里出现了一双鞋，他一愣，再抬眸就结巴起来："邵……邵……邵总……"

"徐钊？"邵长安的语调很轻，语气却笃定。

两个男人彼此打量着。

邵长安仍旧是往常那副样子，白衬衫、笔挺西裤、黑皮鞋，浑身上下干净清朗，一尘不染。

徐钊却很狼狈，胡子拉碴，双目猩红。

他们彼此对视，徐钊很快败下阵来，耷拉着脑袋，一蹶不振的样子。

"还找她做什么？"许久，邵长安问。

"我……"

"不甘心？"

徐钊颓然地叹口气："我其实挺爱她的。"

"你还分得清吗？"

"嗯？"

"她，还是她漂亮的容颜，抑或身后的权势财富。"邵长安点到即止，语调冰冷到让人抬不起头。

他的确分不清了。

时至今日，哪个普通男人能分清呢？

"宋清宁"三个字就代表了一切，拥有她，便是拥有她的一切。

徐钊胡乱地想着，神情一会儿苦涩一会儿懊恼，他恍惚到已经完全看不清自己的心了，甚至，等在这里要做什么，他也不晓得。他晕晕乎乎，邵长安却显然没有那么多耐心陪他，他最后看了他一眼，淡声说："今后不要出现在她眼前。"

话音刚落，他转身就走。

徐钊看着他挺拔的背影越来越远，突然喊："凭什么！"

邵长安没回头，缓慢而低沉的声音却传到他耳边："不然，你可以试试。"

465

徐钊："……"

一连哼笑了好几声，他跟跄后退了一步。

试试？

他凭什么试试呢！

往小了说，邵长安是公司老板，他是员工；往大了说，邵长安在云京金字塔顶端，他在不入流的底端。无论怎么说，他们两人的身份阶层在那摆着，他莽撞地凑上去，无异于以卵击石。

眼下，邵长安不计前嫌，自己都得感恩戴德。

至于宋清宁……

还和他有什么关系呢？

时至七点半。

学校门口经历了放学时短暂的兵荒马乱，渐渐安静下来。

偶尔有出来晚一点的学生，三三两两，勾肩搭背，抬眸转身间都带着青少年独有的朝气和活力。

邵长安目送了好几拨这样的学生，目光从挡风玻璃上收回，再一次看了一眼时间。

前几年教育制度大改，云京取缔了大大小小许多个补习班，同时，严令禁止以晚自习、假期考试等任何一种方式变相给学生们补课的行为，一般的中学，下午七点都已经放学了。

宋清宁却一直没出来。

他眉心微微蹙起，又看了一眼手机。

没有来电、没有短信。

"给宝宝打电话。"邵长安再没有犹豫，朝着手机屏幕说。

宋清宁关机了。

机械却甜美的女声传来的时候，邵长安推开了车门，抬步往放学后静悄悄的校园里走。

宋清宁教初二，他拦住一个学生问了之后，直接去年级办公室找她。

脚步声回荡在空旷的走廊上，他走路的步伐比以往略快，直到"初二年级组"一行字样映入眼帘，才突然松口气，他稍微放慢了脚步，神色如常地到了那一扇半开的门前。

　　两天前才下了一场小雨，傍晚的天气尚算适宜。夕阳将落，橘红色光芒透过宽大敞亮的窗户映进来，在摆满了教案本的桌上布了一层浅浅的光辉，好像一层金色的薄纱，温柔地笼住了这一切。

　　短发的女人坐在靠窗的位置上，头微低着，娴静又专注。

　　在邵长安的心里，他其实还未将宋清宁看成女人。过去那个小小的她在他生命里刻画的痕迹太深，因而哪怕重聚，他看着她，也总会下意识地带上多年来积蓄的情绪。

　　清宁，还是那个小丫头、小女孩、小姑娘。

　　可这一刻，他停住脚步静立在门口，隔着几米之遥看着她，却突然清晰地认识到：那个小姑娘长大了。有了自己的思想、自己的坚持、自己的职业，并且，认真地对待着这一切。

　　看着看着，他原本因为等待而有些焦躁担忧的心情突然奇异地平复下去，变得温柔又耐心。

　　砰——

　　"你怎么来了？"

　　办公室里，宋清宁意外地起身，碰掉了手边一本书。

　　"还没忙完？"邵长安轻笑着问一声，抬步走近，顺带着解释说，"想着过来陪你吃晚饭。"

　　后知后觉地，宋清宁想起了先前那个电话，她懊恼地拍了拍额头，一边俯身捡起那本书，一边说："你打电话的时候我们年级组正开会呢，马上要期末考试了，任务挺重的，我就想着加会儿班，忘了要给你打电话的事情了。"

　　她说话间放下书，伸手掏手机。

　　手机不知什么时候没电了。

　　这真是……

宋清宁不晓得说什么好，想着他肯定等了好一会儿，心里又甜蜜又抱歉，仰起头笑着问："要不我请你吃晚饭吧？当作赔罪。"

"依你。"邵长安点点头，温声说。

他在边上等着，宋清宁动手收拾东西，等她收拾好了，邵长安便抬手接过，一手拎着她的包，一手揽着她的肩膀出了办公室。

在校园里，这样的姿态无疑非常亲密。

宋清宁有一点不好意思，走着走着便悄悄地抬起头去看他。男人棱角锐利的侧脸近在咫尺，下巴的弧度流畅又好看，微微抿起的薄唇勾了一点弧度，显露出他此刻的心情。

他在微笑，心情应该很好吧？

宋清宁甜蜜地想着，突然听见他问："看够了吗？"

邵长安垂下目光，和她视线相接。

他的眼睛深黑明亮，鼻梁又高，看人的时候便显得深邃又专注，还很正派。可那微微勾着的眼角和抿起的薄唇一样，泄露了情绪。因而宋清宁一点儿也不惧他，笑着歪歪头："看不够呀。"

邵长安停下步子，笑了："那就让你看一辈子，可好？"

宋清宁看着他，脸红了。

她能感觉到吹拂的风，轻轻地，很温柔。

怦怦——怦怦——

宋清宁似乎听到了自己急促的心跳声。

她看着微笑的邵长安，恍惚地觉得，他其实不是冰冷冷很难接近的，在以往许多个不起眼的时刻，他似乎也有过这般温柔的笑容，以及，这般不自觉便泄露着笑意的眼神。

宋清宁抬起手摸着脸，头一低连忙往前走。

邵长安揽着她的肩头的那只手落了空，他看着宋清宁有些急促的步伐，忍不住勾起嘴角，眼角眉梢都漾出愉悦的笑。

两人就这么一前一后地走了一小会儿，过马路的时候，邵长安唤住了她，在她回过身的时候牵住了她的手。

她的手娇小而细嫩，摩挲两下，拇指和食指的指尖却有细细的薄茧，那是职业无可避免的痕迹。

邵长安轻轻地摩挲着她的手，想着她在办公室里，阳光下，微微低着头的样子，忍不住问："怎么想起当老师的？"

这问题让宋清宁猝不及防，她微微愣了一下，又仔细地想了想，诚实地说："一开始就觉得这份工作比较踏实简单罢了，工作时接触的也都是一帮孩子，不会给人压力。"

邵长安点点头："现在呢？"

"现在啊。"宋清宁笑了笑，"觉得学生们都很可爱，这份工作很好。"

她说话直白又单纯，仍然是他记忆里那个样子，可他垂眸看着她的脸，却明白，这份简单直白，早已经不是当初的稚嫩无知，而是历经磨难也忍受了平静后，最动人的品格。

邵长安若有所思。

一连回答了两个问题的宋清宁却隐隐有些疑惑，还有些不安，她走到马路对面的时候停了步子，想了想之后问："你觉得这份工作不好吗？"

"不是。"邵长安笑笑，"只是想了解你多一点。"

两人从小相识，眼下纵然好些年不见，以往的感情还在。可缺失的那些年，想起来总归有一些遗憾的。

人来人往的街头，车流不息，暮色临近。

宋清宁看着邵长安，目光被他身后城市里骤然亮起的亮光所吸引。仿佛不过一瞬，夕阳退去，晚霞消失，城市的夜晚悄无声息地就来了，伴随着璀璨闪烁的灯火。

很寻常的一个城市傍晚，却这么美。

她收回目光，轻轻地抿起了嘴角，下意识攥了攥手指，终于，鼓足勇气张开手臂拥抱住眼前的男人。宋清宁将微烫的脸颊轻轻地贴在他的胸膛上，小声地说："你不是说了吗？让我看一辈子。那你还有一辈子的时间慢慢地了解我呢。我也是，还有一辈子的时间可以继续了解你。"

说着说着，她突然觉得有些心酸，慢慢地住了口。

一辈子很长，幸好。

幸好，她和他，还是完全来得及的。

她看懂了邵长安的遗憾，邵长安也感觉到了她的委屈。

他慢慢收紧手臂，在人来人往车流不息的街头紧紧地拥抱着她，低声含笑地说："是，一辈子还很长。"

宋清宁笑了，仰起脸，露出眼睛里的迷恋和甜蜜。

四目相对。

她踮起脚，一个吻印在邵长安的下巴上。

路边的饮品店里，响起了一首很老很老的流行歌："我能想到最浪漫的事，就是和你一起慢慢变老……"

后记

Hi,，大家好。

很开心，再一次以这样的方式，和大家见面。

《你好，小青梅》是阿锦的第二本出版书，和上一本《献给亲爱的邵先生》（下文简称《邵先生》）一样，都是网络小说改实体。因为阿锦怀孕生宝宝，它比原计划晚一年上市，在这里，想对一直等待的小可爱说一句：抱歉，久等了。

在作者这个群体里，阿锦尚算新人。《献给亲爱的邵先生》是阿锦的第一本现言，同时也是第一本出版书，网络原名《影后重生之豪门萌妻》（下文简称《萌妻》）。特别感谢我的编辑风染白，因为她，我有了这样的机会：认识你们，并且用我拙劣的笔触，写故事给你们看。毫不夸张地说，这件事改变了我的人生，圆了我自少女时代开始的作者梦，让我能够将兴趣爱好变成职业，暂时全心全意地以此为生。

网络长文改出版，过程并不容易。

犹记得第一次修改《邵先生》的时候，交稿后不久，小白就在QQ

上找阿锦，她的原话是："你重修一遍吧，审核编辑实在没办法改。"

的地得用法混淆、口语方言乱用、语句烦琐啰唆……阿锦第一次交上去的稿子，暴露出的问题让我汗颜羞愧。

因为改稿，影响了当时连载的《重生娱乐圈之名门盛婚》（下文简称《盛婚》），即《你好，小青梅》的质量。回头去看，每一篇完结文都暴露出很多问题，让我惭愧自责。《盛婚》是《萌妻》的姐妹文。相信看完《萌妻》的读者都应该记得宋望和林思琪这一对。是对这一对的心疼，促使我写了他们的系列文，想要给他们幸福而美满的生活。

毋庸置疑，《盛婚》是非常甜宠的文。写的过程中，阿锦也经常觉得满足而愉快，但完结后细想，总觉得许多情节不尽如人意。原本，阿锦可以处理得更好。

因为这份难受，《你好，小青梅》修改的过程中，我曾经三次推翻了前面改好的内容，重新来过。《邵先生》上市后，有读者妹子在我的微博留言抱怨，因为删减过多，很不满。她说："文文都是作者的孩子啊，那些配角，也是你创造出来的，这么对他们，于心何忍。"阿锦解释说："出版文有规范，网文修出版等于戴着镣铐跳舞，我只能在自己能动的范围内，尽可能做到最好。"两本出版书，都是我基于这样一种态度，一字一句，修改了好几个月的成果。但是即便这样，仍旧担心先前就在关注我的亲失望，所以请求了编辑后，有这么一个带着解释意味的后记。

可能有读者问："既然不能原文出版，就不能保留原文，不出版吗？"

很抱歉，不能……

相信每个看出版书长大的亲，都应该明白，纸质书拿在手里的感觉，那是和看电子书不一样的心情。看着自己写的故事印成铅字，那一种感动和满足，无法言表。因而，即便在实体书市场越发萧条的现在，我也愿意耗费心力，去努力地做好这样一件事。

很感谢，拿到这本书的每一个亲。

写下这些话的时候，《你好，小青梅》还没有上市。但是我已经能预想到，这一个故事，被我铭记并且收藏起来的场景。也很期待，你们能怀着喜爱，接纳这个也许仍旧存在瑕疵的故事。

　　《你好，小青梅》改自《盛婚》，却不全是《盛婚》。它更像了无遗憾的《盛婚》，是那个琪琪想象中，属于她和宋望圆满幸福的一生。他们幼时便相识，暖暖地、甜甜地在一起，没有屈辱痛苦，没有那么多惊心动魄生死波折，却拥有爱情最唯美浪漫的样子。

　　阿锦希望，看文的你我他，都能有这样安稳且甜蜜的爱情。

　　期待下一个故事，再次相逢。

　　祝：平安富足。

浮光锦

2017年12月11日